VdN

Georg Günther

Gewinne das Leben

Autobiographie

Verlag der Nation
Berlin

ISBN 3-373-00238-9

Für Jutta Cornelia

… denn der Mensch kann sich
nicht versagen nach seiner Art
wirken zu wollen, er versucht
es erst unbewußt, ungebildet,
dann auf jeder Stufe der Bildung
immer bewußter …

Johann Wolfgang Goethe

Vorwort

Das Leben stellt uns in den Strudel zufälliger oder gesetzmäßiger geschichtlicher Ereignisse, die unabhängig von uns unsere Geschicke bestimmen können.

Je vielfältiger die Ereignisse, je größer die Zahl der geschichtlichen Wenden, um so bunter gestaltet sich oft das Dasein des einzelnen, der den Schicksalskräften ausgesetzt ist, ihnen entweder ausweichen kann oder die Stirn bieten muß, um gegen sie anzukämpfen. Jeder beginnt sein Leben von anderen Positionen aus, mit anderen Startmöglichkeiten, die wieder verschieden genutzt werden können. Jetzt hängt es vom Einzelwesen ab, wie es die ihm gebotenen Chancen erfaßt, anfängt, aktiv zu werden und Entscheidungen zu treffen.

In Autobiographien, deren kraftvolle Aussage das Authentische ist, finden wir neben dem geschichtlichen Dokument das Bild des Autors, sein Ringen mit den von Urahnen ererbten charakterlichen Widersprüchlichkeiten, seine Auseinandersetzung mit den Zeitumständen und schließlich den Kampf um seine Bestätigung als Mensch. Dieses Ringen bleibt keinem erspart; vielleicht sind deshalb Autobiographien so interessant, weil sie einen jeden von uns betreffen. Das Schicksal ließ mich von einer ungewöhnlichen Situation ausgehen und hat mich durch eine Zeit größter politischer, wirtschaftlicher und technischer Umwälzungen und schließlich durch zwei Weltkriege geführt. Das Interessante für den Leser werden der zurückgelegte Weg, die damit zusammenhängenden Begebenheiten und Umstände und schließlich das erreichte Ziel sein. Die Schilderung dieses Weges ist gleichzeitig die Wiedergabe der Geschehnisse jener zurückliegenden Zeit, also das Zeitdokument schlechthin.

Es muß im breiteren Rahmen auch scheinbar Nebensächliches erwähnt werden, um das Milieu anschaulich zu machen und jene Menschen, die für mich bedeutsam waren. Umgekehrt drängt sich die Frage auf, ob ich jemandem neue Möglichkeiten im Leben eröffnet habe.

Wann soll man seine Lebenserinnerungen schreiben? Am Lebensende – wäre die einfache Antwort. Ein Vorteil des spät gewählten Zeitpunktes ist die Tatsache, daß das Leben in jedem Augenblick neue Eindrücke und Fakten mit sich bringt, die unsere Ansichten verändern und uns zu neuen Einsichten führen. Was man als falsch angesehen hatte und anderen vielleicht zur Last legte, verändert im Alter plötzlich seinen Wert und wird zum Positivum. Vielleicht sieht man so auch seine eigene Schuld ein. Man ist im hohen Alter vor solchen Überraschungen nie sicher.

In diesem Bericht soll der Dank spürbar werden, den ich all jenen schulde, die mich mit Verständnis und Freundlichkeit, Güte und Liebe umgaben. So gedenke ich meiner Eltern und Geschwister, Lehrer und Kollegen, Schüler und Kameraden, Freundinnen und Freunde, meiner vielen Patienten, Bekannten und schließlich meiner lieben Frau und meiner Kinder. Mit besonderer Wehmut gedenke ich derer, die vor mir gestorben sind, und der Menschen, die ich enttäuscht habe.

Erstes Kapitel

So fließt alles dahin wie ein Fluß,
ohne Aufhalten Tag und Nacht.
Kung Dse

Ursprung

Meine Vorfahren stammen aus der Rheinpfalz. Wie und wann gelangten sie nach Galizien, in die Österreichisch-Ungarische Monarchie, das Land meiner Geburt?

Bei der ersten Teilung Polens (1772) wurde Südpolen, das sich nördlich der Karpatenkette ausdehnt, von der Kaiserin Maria-Theresia annektiert und dem damaligen Deutschen Reich angegliedert. Dieses neue, größte, aber ärmste Kronland erhielt den Namen Galizien-Lodomerien. Josef II., Mitregent und späterer Nachfolger der Kaiserin, erkannte bei seiner ersten Inspektionsreise im Jahre 1773 den desolaten, reformbedürftigen Zustand des Landes. Um die Landwirtschaft zu beleben, vor allem aber wohl, um das Land zu germanisieren, verfügte er eine Besiedlung seiner Ostländer Galizien, Ungarn und der Bukowina mit Deutschen. Die Ansiedler kamen zum größten Teil aus der Pfalz, aus Baden und dem Saargebiet, teilweise auch aus den im Osten angrenzenden türkischen Provinzen.

Die Auswanderung der Pfälzer fällt in die Zeitspanne 1780 bis 1786. Bis zum September 1786 hatten sich zweiunddreißigtausend deutsche Siedler in Galizien niedergelassen.

Josef II. eröffnete dazu eine große Kampagne. Kaiserliche Werber in Uniform kamen in die Rheinpfalz und verbreiteten die Kunde:

> Der Kaiser ruft euch in eine neue Heimat,
> das jüngste Kronland Galizien.
> Deutsche Kolonisten werden dort angesiedelt.
> Freiheit von Herren Fron, 40 Joch freies
> Eigentum, Glaubensfreiheit für Protestanten,
> zehnjährige Kriegsdienstbefreiung.

War das nicht verlockend für all jene unzähligen Bauernfamilien, denen das 18. Jahrhundert seit Generationen die schwerste Bürde auferlegt hatte? Dauernde Kriege, Plünderungen, Räuberunwesen und Mißernten vernichteten viele Existenzen. Dazu kam aus dynastischen Erwägungen heraus der wiederholte Wechsel der Fürsten in ihren Glaubensbekenntnissen. Gewaltsam wurden die Untertanen dann gezwungen, sich der neuen Konfession zu unterwerfen. All dieses Ungemach veranlaßte bereits vor der Umsiedlung zahlreiche Menschen, sich eine neue Heimat zu suchen. So flüchteten viele heimlich nach Rußland, nach Ungarn oder nach Amerika.

Jetzt aber erschloß sich den Umsiedlern innerhalb des Deutschen Reiches anscheinend ein geebneter Weg. Es wurden ihnen gute Versprechungen gemacht:

> Die Bedingtheiten des K. und K. Hofes
> waren zur Etablierung jeder Familie 500 Gulden,
> fertiges Haus, im Stall 2 Pferde und 2 Kühe,
> ferner einen Garten und 40 Joch Feld und
> 10 Jahre abgabefrei.

Außer in Galizien wurden in dieser Zeit der Umsiedlung noch in Ungarn und der Bukowina hundertfünfzigtausend Ansiedler gezählt. Diesen beängstigenden Strom der Auswanderer versuchten viele weltliche und kirchliche Fürsten einzudämmen. In einer historischen Quelle heißt es:

«Der Churfürst von Trier trifft auf einmal mit lebhaftem Eifer Veranstaltungen zur Aufnahme des Nahrungs- und Gewerbestandes seiner Unterthanen und hat bei diesen Absichten zugleich die geschärftesten Maßregeln ergriffen, den zeithiesigen unseeligen Auswanderungen aus seinem Lande vorzubeugen, in dem künftig jeder heimliche Emigrant nicht allein sein Vermögen verlieren, sondern auch wenn er ertappt wird, zu dem Zuchthause auf ein Jahr bestraft werden soll.»

Trotz dieser fürstlichen Androhungen verließen viele das Land und schlugen sich in der Fremde durch.

Nach einem Bericht aus dem Jahre 1786 «... hatten Siedler ein gutes Fortkommen. Viele waren imstande, Pachtungen von Weinhäusern und Wirtshäusern zu übernehmen.»

Diese optimistische Schilderung kann jedoch nicht darüber hinwegtäuschen, daß die Kolonisten kein leichtes Leben hatten. Es hieß nämlich damals: «Der ersten Generation ward der Tod, die zweite litt Not und erst die dritte hatte Brot!» Mangelnde Organisation, Seuchen, Mißernten, Überschwemmungen verbitterten die Siedler, dezimierten ihre Familien und schädigten Hab und Gut.

Unter den damaligen Kolonisten befand sich Johann Christoph Günther (1735–1810), Sohn des Johann Carl (1708–1768) und Enkel des Johann Günther (1670–1736) aus Höringen, einem kleinen Dorf in der Pfalz und zugehörig der Kayserlich-Königlichen Reichserbschaft Falkenstein. Dieser Ort ist heute noch auf der Landkarte zu finden – ungefähr zwölf Kilometer nördlich von Kaiserslautern gelegen. Die Bevölkerung lebt dort in einfachen Verhältnissen, da der Boden wenig ertragreich und kein Weinanbau möglich ist.

Johann Christoph war achtundvierzig Jahre alt, als er mit Frau und fünf Kindern nach Galizien auswanderte. Auf der Durchreise wurde er in Wien am 3. Juni 1783 als Auswanderer mit sieben Personen registriert. In Galizien siedelte er in der neuerbauten Kolonie Steinau, südlich von Nisko, im Weichsel-San-Dreieck an, wo er eine kleine Landwirtschaft von fünfzehn Hektar Land erhielt. Sein ältester Sohn, Johann Philipp, war damals sechzehn Jahre alt und der letzte in der Pfalz geborene Vorfahr meines Vaters.

Mit Johann Philipp (1767–1812) beginnt also die Reihe der Galizianer. Aus seiner Ehe mit Margarete Barbara Schneikart gingen neun Kinder hervor. Der älteste Sohn, Friedrich Christoph (geb. 1793), ist mein Ur-Urahne. Ihm folgten Johann Philipp (1811–1874), mein Urgroßvater, Johann Jacob (1840–1918), mein Großvater, und schließlich Georg (1876–1955), mein Vater.

Heute, zu Beginn dieser Niederschrift, sind genau zweihundert Jahre verflossen, seit der Kolonist Johann Christoph ausgezogen war, einen neuen Wohnsitz zu gründen. Das war die männliche Ahnenreihe meines Vaters. Als ältesten männlichen Vorfahren konnte ich Christoph Schneikart (geboren 1734) aus Lohnsfeld in der Pfalz ausfindig machen. Der Ort liegt etwa vier Kilometer östlich von Höringen. Wahrscheinlich kannten sich beide Familien schon lange. Ich vermute, daß Johann Christoph Günther bei seiner Vorbereitung zur Auswanderung Christoph Schneikart hinzuzog und sich beide vornahmen, den Weg gemeinsam anzutreten.

Zunächst reiste J. Ch. Günther allein mit Frau und Kindern. Wie aus einem authentischen Aktenstück hervorgeht, kehrte er noch einmal von Galizien nach Höringen zurück, um, wie er schrieb,

«... alle meine rückständige Verlassenschaft und Vermögen bei meinen Schuldnern und Creditoren durch eigene Person einzuhändigen ...». Dieses teilte er

«... untertänigst einer wohllöblichen Kayserlichen Königlichen Administrationskanzlay der Grafschaft Falkenstein ...» mit und kündigte seine Ankunft in Höringen «... vom 28. Aprillis 1787 in Zeit einer Monatsfrist ...» an.

Christoph Schneikart konnte sich jedoch nicht zur Auswanderung entschließen. Er blieb zurück und starb in der Heimat. Nicht er, sondern sein Sohn Mathäus (1779–1860) machte die Auswanderung mit, und zwar als neunjähriger Adoptivsohn der Familie Backofen, die keinen männlichen Erben, nur eine Tochter namens Elisabeth besaß. Ohne männlichen Erben durften Familien nicht auswandern.

Diesmal hatten die Auswanderer in J. Ch. Günther schon einen erfahrenen Leiter. Wien hatten sie auf einem Donauschiff erreicht und nach der Registrierung bald wieder verlassen. Noch lag ein langer Weg mit Pferdegespann vor ihnen: von Wien nach Krakau fünfzig österreichische Meilen (400 Kilometer), von Krakau bis in ihr Siedlungsgebiet weitere fünfundzwanzig (200 Kilometer). Oft liefen die beiden Kinder, Mathäus und Elisabeth, barfuß im frühsommerlichen Straßenstaub hinterher, das kleine Wägelchen mit Spielsachen nachziehend. Bald aber gelangte der Treck in bergiges Gelände. Hohe Gebirgszüge, deren Gipfel noch Schneekappen trugen, mußten überquert werden. Die Ansiedler erreichten im Spätsommer 1787 ihr Ziel. Mathäus wurde Windmüller und heiratete am 5. Juli 1799 Elisabeth Backofen. Er war der Großvater meiner Großmutter.

Die Ahnenreihe Günther in Galizien hat somit Johann Philipp mit Margarete Barbara Schneikart eröffnet, die der Schneikarts Mathäus mit Elisabeth Backofen. Außerhalb dieser zwei Vorfahrenslinien stehen die Bollenbachs mit Johann Philipp, dem Vater meiner Mutter, meinem Großvater, von dem noch die Rede sein wird.

Intermezzo

Das war wohl ein merkwürdiges Paar, das sich im Frühjahr 1901 mutig auf die weite Reise machte.

Der Ältere – mein Großvater Bollenbach mütterlicherseits –, ein schlanker, hagerer Mittfünfziger mit Raubvogelgesicht, das nach damaliger Mode durch einen stattlichen Backenbart betont wurde; der jüngere Reisende – mein Vater – ein zierlicher, halb so alter, noch etwas unsicher auftretender Geselle. Sein schmales Gesicht vermännlichte ein flotter Schnurrbart; die großen graublauen Augen sahen neugierig in die sich vor ihm auftuende Welt. Aus dem Bummelzug, der sich schnaufend gen Osten bewegte, war zunächst noch nicht viel von ihr zu sehen. Reiseziel war Stanislau und hier die deutsch-evangelische Anstalt von Theodor Zöckler (1867–1949). Dieses, von dem streitbaren Kirchenmann 1896 gegründete evangelische Missionszentrum der ehemaligen Kolonisten in der Österreichisch-Ungarischen Monarchie war der Ort, dem sie zustrebten. Sie hofften, dort Auskunft zu erhalten, sie hofften auf Hilfe für ihr nicht alltägliches, gewagtes Unternehmen. Hilfe, wofür? Schwiegervater und Schwiegersohn hatten sich etwas emporgewirtschaftet, wollten ihre beiden Bauernhöfe verkaufen und im Osten Galiziens ein größeres Gut gemeinsam erwerben. Man hatte nämlich gehört, daß es dort größere Wirtschaften und sogar Güter gäbe, die von polnischen Edelleuten verkauft würden.

Nach umständlicher Reise über Galiziens Hauptstadt Lemberg erreichten sie erschöpft ihr Ziel. Wie groß war aber die Enttäuschung! Der berühmte Leiter der deutsch-evangelischen Kirche konnte und wollte wohl vor allem ihre Wünsche nicht erfüllen. Die Aussprache endete in einer heftigen Auseinandersetzung, an der der leicht aufbrausende Schwiegervater sicher auch nicht ganz unschuldig war. Er sei kein Makler, hatte der ungekrönte Papst Galiziens schließlich seine Besucher wütend angeschrien, und sie sollten sich mit ihrem profanen Anliegen gefälligst zu einem Handelsjuden scheren.

Die Bahnfahrt zurück nach Lemberg verging nur langsam. Großvater Bollenbach grollte noch immer heimlich in seinen Bart: «Der rot Teiwel, der rot Pulwer ...»

In Lemberg angekommen, erkundigten sich die Reisenden nach dem nächsten Zug in die Heimat. Sie hatten Glück. Ein Personenzug, der gleich abfahren sollte, stand bereits auf dem Nebengleis. Sie stiegen in ein Abteil, das nur von einem einzigen Passanten besetzt war. Die beiden verstauten ihr dürftiges Gepäck und nahmen Platz. Der Jüngere drehte sich eine Zigarette und begann zu rauchen. Umständlich holte der Ältere die Schnupftabakdose hervor und nahm eine tüchtige Prise.

Inzwischen hatte sich der Zug in Bewegung gesetzt. Beide atmeten auf, und Großvater Bollenbach sagte befriedigt: «Wir haben's gut geschafft!» Der Fremde hatte die Zugestiegenen während der ganzen Zeit interessiert, wenn auch verstohlen beobachtet. Er hatte die größte Lust, sie anzusprechen, wagte es aber zunächst noch nicht. Es war ein etwas kurios aussehender Mann, vielleicht Anfang Vierzig. Dem grauen Anzug konnte man die Strapazen vieler Reisen ansehen. Sein blasses, hageres Gesicht wurde von einem graumelierten Backenbart eingerahmt, der aber seine vollen, wulstigen Lippen nicht zu bedecken vermochte. Zwischen den wieselartig beweglichen Augen ragte eine beachtliche Nase hervor. Trotz dieses lauernden Blicks hatte der Fremde nichts Unangenehmes an sich. Er versuchte zu erforschen, ob die beiden wirklich deutsch gesprochen hatten, etwas Ungewöhnliches in einem Personenzug dritter Klasse mitten in Ostgalizien. Der Zug bewegte sich langsam gen Westen, die Neuankömmlinge sprachen jedoch kein Wort. Schließlich konnte er seine Neugier nicht mehr bezwingen: «Sie verzeihen, Sie doch nicht sennen von hier?»

Mein Vater horchte auf. Eigentlich hatte er den Mitreisenden schon identifiziert: ein Jude, wahrscheinlich ein reisender Handelsmann. In geläufigem Jiddisch antwortete er prompt, dabei den Unwillen seines Schwiegervaters auf sich ziehend: «Najn, mir fuhren zirick nach Haus!»

Das weitere Gespräch wurde zwischen Vater und dem bisher Unbekannten geführt. Eines ergab das andere. Der

Handelsmann, mit Namen Spitz, erfuhr nach und nach, was er wissen wollte, nämlich, daß die beiden Fremden Deutsche waren, ein Gut kaufen wollten und bisher nichts Passendes gefunden hatten. Herr Spitz wußte Rat. Er war in der nächsten Stadt, die der Zug bald erreichen sollte, zu Hause. Er selbst wäre des öfteren geschäftlich in der Umgebung unterwegs, handele mit Getreide, Ochsen und Pferden, höre dabei so manches und wüßte daher von einem zum Verkauf stehenden Gut. Nun, vielleicht ergibt sich ein Geschäft mit den Herren, sie würden sicher mit ihm zufrieden sein. Wie sei noch der ehrenwerte Name? Günther und Bollenbach, wirklich schöne Namen von gutem Klang.

Ein gewisser Puretz (Herr) namens Szczepański – übrigens von polnischem Adel – besäße weite Ländereien und wolle verkaufen. Schon oft hätte er davon gesprochen und Vermittlung gewünscht. Mein Vater war erfreut, Großvater jedoch argwöhnisch. Vielleicht ist Herr Spitz ein Schwindler, vielleicht will er sie in eine Falle locken und ihr Bargeld rauben, das sie bei sich tragen. Wer weiß, was es nicht alles gibt!

Inzwischen war der Zug laut pfeifend in die Station der Stadt Mościska eingefahren. Nur kurze Haltezeit, Beeilen beim Aussteigen! Herr Spitz eifrig: «Kommen Sie schnell, der Zug fährt gleich ab!» O weh, diese armselige Station, typisch für alle ostgalizischen Bahnhöfe. Keine Stadt ist zu sehen! Sie liegt zwei Kilometer vom Bahnhof entfernt. «Ja», erklärt Herr Spitz, «um keinen Menschen zu überfahren!» Die Dampflokomotive war noch etwas ganz Neues, Unheimliches für die Bewohner.

«Machen Sie sich keine Zures. Schwager Jankel wartet sicher mit dem Fiaker. Er wird uns bringen in die Stadt. Am besten zu uns.»

Alles geschah, wie ihr Reisebekannter vorhergesagt. Großvater begann allmählich Zutrauen zu gewinnen. Spitz, ein etwas begüterter Handelsmann, brachte sie in ein sauberes Zimmer seines Hauses. Vor der Nachtruhe mußten die Gäste noch einen kleinen Imbiß zu sich nehmen und einen Schluck jüdischen Met – einen siebzigprozentigen Honigwein – probieren. Der starke Alkohol schoß den beiden sofort in den Kopf. Sie ließen es sich aber nicht anmerken. Vater fragte unbefangen, wie es denn den Juden so ginge.

«Ja, sie drejn sich arum», war die etwas ausweichende Antwort.

Mit jedem Gläschen wurde Herr Spitz gesprächiger, pries «unseren Kaiser» und wünschte ihm ein langes Leben. Herr Spitz war ein gebildeter Mann und wußte von dem Toleranzedikt Josephs II. aus dem Jahre 1781, das den Juden hier eine Heimstatt ermöglicht hätte und ihnen, die in den Städten vor allem Handel und Gewerbe entfalten sollten, gewisse Freiheiten zugestand. Im weiteren erfuhren die Gäste aber, daß es den Juden nun längst nicht mehr gut ergehe. Die meisten lebten in großer Armut und vermöchten mühselig gerade das Nötigste zum Leben zu verdienen. Sie wohnten in elenden, schiefen Holzhäusern ohne Wasserleitung und Kanalisation. Die Straßen seien im Sommer staubig, im Frühling und Herbst kotig und voller Schlaglöcher. Nur wenn im Winter Schnee gefallen sei, werde die Armut durch die weiße Hülle überdeckt. Trotz dieser Armut und Notdürftigkeit komme es nie vor, daß jemand Hungers wegen sterbe. In der größten Not finde sich immer einer, der dem Hungernden eine Brotrinde reiche.

«Ja, es geiht», sagte in Gedanken versunken Herr Spitz. Schlimmer sei's auf der russischen Seite beim Zaren. Dort würden die Juden durch böse Pogrome verfolgt. Er wollte diese Drangsale noch ausführlicher beschreiben, merkte aber, daß seine Gäste zu müde waren und jetzt ruhen wollten.

Am nächsten Morgen fuhren Großvater und Vater, noch immer etwas benommen durch den starken Trunk, in gedämpfter Stimmung ab. Im Fiaker, zum Glück ein Zweispänner, mit Jankel auf dem Kutschbock, machten sie sich auf den Weg. Was werden die Verhandlungen mit dem polnischen Edelmann ergeben?

Den Reisenden fiel auf, daß die Landschaft im Gegensatz zu ihrer Heimat einen anderen Charakter hatte. Ein anderer Boden, kein Sand, anders geartete Felder. In den Dörfern, die sie passierten, sah man kleine, strohgedeckte Katen ohne Schornsteine. Die geduckten Dächer qualmten, da der Rauch aus den offenen Feuerstellen durchs Dach abzog. Es roch durchdringend nach verbranntem Torf. Jankel versuchte zu erklären: So wäre es schon immer gewesen. Die Leute würden noch mit Holzpflügen den Acker bestellen. Nach ihrer Nationalität gefragt, antwortete er, es seien Ruthenen. Sie sprächen so ähnlich wie die Russen. Bei dieser Unterhaltung verstrich die Zeit. Drei Stunden waren sie unterwegs, bis sie vor dem Herrenhaus des Herrn Szczepański hielten.

Ein freundlicher Verwalter, jung an Jahren, begrüßte die Ankommenden und versprach, sie gleich zu melden. Jankel versorgte inzwischen seine Pferde, die eine Rast nötig hatten.

Die Verhandlungen mit dem Herrn Szczepański gingen flott vonstatten. Beide Parteien wurden sich über die Modalitäten bald einig: dreihundert Joch Ackerland, dabei fünfzig Joch Wald, etwa zweihundertfünfzig Hektar, je sechzig Gulden das Joch, Anzahlung von einer bestimmten Summe, über die die Käufer verfügten, der Rest in Raten.

Das Geschäft mußte natürlich begossen werden. Man bewirtete die Käufer mit polnischem Schnaps, dazu wurden Brot und Speckscheiben gereicht. Noch hatten die Käufer das Gut nicht besichtigt. Das sollte anschließend erfolgen. Der gutmütige Jankel nahm auch diese Mühe auf sich, seine Gäste dahin zu fahren. «Auf gute Nachbarschaft», noch ein Gläschen, und dann nahm man Abschied.

Zu dem herrschaftlichen Gut von Szczepański gehörte das Dorf Laszki mit Kirche, Schule und Postamt. Es zählte einige hundert Einwohner, alles Kleinstbauern, die höchstens ein bis zwei Morgen Land, eine Kuh und, seltener schon, ein Pferd ihr eigen nannten. Besonders erwähnt werden müsse als wichtige Dorfpersönlichkeit noch der griechisch-katholische Pfarrer, der, wie alle seine Amtskollegen vom Zölibat befreit, eine Ehefrau hat, daneben natürlich noch mehrere Kebsweiber. Die Kinder aus den illegitimen Verbindungen wurden später Arbeiter auf dem Pfarrhof. «So war es schon immer, und so wird es wohl noch lange bleiben», erklärte erneut der redelustige und gut informierte Kutscher Jankel seine Auskünfte. Man traf fast keine Menschen auf der Straße. Es war ja noch Mittagszeit.

Nach der Dorfrundfahrt trieben die Reisenden Jankel zur Eile an, denn sie wollten noch vor der Nacht den Zug in M. erreichen. Sie fuhren jetzt in Richtung Süden. Nach mehreren hundert Metern brachte Jankel den Wagen an einem kleinen Fichtenhain zum Stehen. Er zeigte mit seiner Peitsche nach einer Anhöhe in etwa zwei Kilometer Entfernung, auf der man zwei hohe Eschen erkennen konnte. «Sehen Sie diese großen Beim und darinter ein roites Dächel? Dort werden Sie bauen, efscher ihr Gut!»

Beide Reisende waren sehr bewegt. Besonders der Jüngere hatte Tränen in den Augen, und der Ältere strich sich dauernd den Backenbart. Die Kutsche rollte fast lautlos auf dem Feldweg. Sie befanden sich jetzt schon auf eigenem Boden. Rechts und links nur weite, zum Teil brachliegende Felder, Schwarzerde mit Löß gemischt.

«Guck mol, welch guter Boden, viel besser als bei uns», sagte der Ältere.

«Machen Sie halt», meinte der Jüngere, «wollen bekieken die Erd.»

Der Kutscher folgte der Bitte. Beide stiegen aus, griffen mit ihren Händen in die von der Sonne erwärmte Erde und ließen sie liebevoll durch die Finger gleiten. Ein Erdreich zum Liebhaben, ein gelobtes Land, dachte der Ältere. Obwohl er gar nicht allzu religiös eingestellt war, fielen ihm die heiligen Bibelsprüche ein. Er hätte sie zu gern laut ausgesprochen, doch gerade jetzt kam ihm der genaue Wortlaut nicht in den Sinn. Nur so viel wie «Gelobtes Land» und «Hier will ich leben, hier werde ich sterben», sagte er. Und so geschah es auch! Großvater Bollenbach kam 1901 in sein gelobtes Land und starb hier 1924, achtundsiebzigjährig.

Durch die Berührung des Bodens, ihres Bodens, übermannte beide eine nie gekannte Rührung. Jankel, der das feinfühlig erfaßte, war zur Seite gegangen, um seine Reisenden nicht zu stören.

Nach einer Weile fuhren sie weiter, die Anhöhe hinauf. Dort besichtigten sie das Gelände. Von hohen Holunderbüschen fast völlig versteckt, stand da ein kleines, baufälliges Ziegelgebäude, die ehemalige Meierei mit rotem Ziegeldach. Türen und Fenster fehlten. Dahinter erstreckte sich ein verfallener strohgedeckter Stall. Im Innern fanden sie nur altes Stroh und Heu; kein Lebewesen war zu sehen.

Auf der höchsten Stelle der Anhöhe könne man das Wohnhaus bauen und die Ställe in Form eines offenen Vierecks zwei bis drei Steinwürfe vom Haus entfernt. Beide Reisende waren, als sie ihre Ideen austauschten, derselben Meinung. Der anschließende Rundgang führte sie in die Nähe des Waldes. Es war ein noch junger Mischwald, Tannen und Fichten waren aber am stärksten vertreten. Das Holz schien für Bauzwecke nicht geeignet. Also wird man Bauholz holen müssen. An einer anderen Stelle stießen sie auf reinen Lehm.

«Guck mol, reiner Lohme, daraus können wir Ziegel brennen», sagte Großvater.

«Aber fürs Haus keine Ziegel, ich möcht' es aus reinem Holz aufbauen», wendete Vater ein. Bollenbach war einverstanden. Aus Holz, wie in ihrer Heimat.

Inzwischen war die Sonne bereits hinter dem Fichtenhain verschwunden. Verlegen stand der Kutscher Jankel da. Ihn drängte es nach Hause. Großvater Bollenbach ergriff die Initiative: «Wir können doch auch hier übernachten, im Stall ist genug Platz für uns alle, und dann können wir uns gleich umsehn, ob nicht Bauleute im Dorf aufzutreiben sind.» Durch Jankels Einwand, daß tags drauf ein ruthenischer Feiertag wäre, ließ er sich nicht beirren.

Am nächsten Morgen kamen sie ins Dorf, als gerade die Kirchenglocken zum Gottesdienst läuteten. Festlich gekleidete Menschen strömten ihnen entgegen: Die Männer in schwarzen Jacken, weißen, kragenbestickten Leinenhemden, die über die Hosen fallen und bis zum Knie reichen; die Stiefel schwarz gewichst, die selbstgeflochtenen soliden Strohhüte sehen ausgesprochen malerisch aus. – Und die Frauen! Schwarze Umschlagtücher bedecken nur teilweise die weißen Hemdblusen mit reichlich bestickten Ärmeln. Glitzernde Glasperlenschnüre, in zahllosen Reihen um den Hals gelegt, lassen die Trägerin Kopf und Kinn hoch tragen. Besonders die Mädchen zeigen sich in anmutiger Koketterie. Die kurzen, bis zum Knie reichenden Röcke, meist drei bis vier übereinander, stehen weit ab, fast wie bei Ballerinen. An den nackten Füßen Schaftstiefel, Bein und Knie frei lassend.

Jankel hielt an und erkundigte sich nach dem Baumeister. Sie erhielten die gewünschte Auskunft: Jacko P. soll er heißen und dort und dort wohnen. Schnell hatte man ihn gefunden, einen etwa vierzigjährigen, sehr gewandten und freundlichen Mann, der alles in einem war, Zimmerer, Maurer und Baumeister. Er nahm die Bestellung entgegen, und mit seiner Hilfe gelang es mühelos, einen Bautrupp zusammenzustellen, der zum gegebenen Zeitpunkt mit der Arbeit beginnen würde.

Nun konnte die Heimreise angetreten werden. Am späten Nachmittag erreichten Großvater und Vater mit dem Fiaker den Bahnhof in M. und den Personenzug, der sie nach Hause bringen sollte. Sicher wurden sie dort mit großer Neugier erwartet.

Im Süden zog sich am Horizont von Sonnenaufgang bis Sonnenuntergang die unregelmäßige, gezackte Kette der Waldkarpaten soweit das Auge reichte. Sie war schon immer da, im Sommer und Winter, Frühling und Herbst, für das menschliche Auge aber nicht ständig sichtbar. Es gab Tage, an denen sie im Blaßgrau der Ferne völlig verschwand, sich wie in Nichts auflöste, und wiederum Tage, an denen sie sich fast zum Greifen nahe im dunklen Blaugrün vom hellen Horizont abhob. Mit gutem Fernglas konnte man sogar Wälder erahnen oder an den Nordhängen hellgraue Schneedecken schimmern sehen. Diese Karpatenkette war nicht weg zu denken. Sie bedeutete für uns das Symbol der Ordnung der Dinge in dieser Welt. Ja, wir waren sicher, daß jeder Mensch, gleich, wo er sein Leben lebte, auch auf diese Begrenzung seiner Welt blicken mußte, wie man zu den Sternen, dem Mond oder der Sonne aufsieht.

Jener Landstrich lag also an den nördlichen Ausläufern der Karpaten, bildete eine Art Gebirgsvorland. Das Terrain war anmutig gewellt und erstreckte sich weithin in Wiesen und Felder, auf denen im Sommer Gräser und Getreideähren wogten, im Winter eine dicke Schneedecke sich ausbreitete. Im zeitigen Frühjahr und im Spätherbst verwandelten sie sich in lehmigen Schlamm, der den Menschen buchstäblich die Stiefel von den Füßen zog. Nach Osten war die Aussicht durch dichten Wald verdeckt, über dessen Wipfeln Wildtauben kreisten; auf den hohen Föhren nisteten Kolkraben; im Waldesdickicht lebten Rehe und Füchse, und der Erlengrund war das Revier der Wildschweine.

Strenge, früh einsetzende Winter und trockene, warme Sommer zeichneten diese Gegend aus, ein Merkmal leicht kontinentalen Klimas. Ungewöhnlich laue Sommernächte brachten wenig Abkühlung, verschönten aber bei Mondhelle den Aufenthalt im Freien.

Meilenweit im Umkreis lagen nur ruthenische Dörfer, deren Einwohner seit Jahrhunderten ihr armes und anspruchsloses Leben führten. Ihre schmalen Ackerstreifen wurden mit jeder Generation schmaler, dafür das Landmosaik um so bunter. Es war ein Land, in das sich kein Auto, keine Eisenbahn, kein Lärm oder Getöse verirrten. Zu hören waren nur Naturgeräusche, Gewitter- und Frühjahrsstürme, die in den hohen Eschen am Haus orgelten, Regen und Hagel, der an die Fensterscheiben trommelte, das Muhen der Kühe auf den Weiden, die wehmütigen, in Moll-Tonarten gesungenen Lieder der Hütejungen und das entfernte Klappern der Flachsbrechen nach der Lein- und Hanfernte.

Die einzige Verbindung zu Kultur und Welt bestand in einem veralteten Telegrafenapparat auf unserem kleinen Dorfpostamt, den ein pensionierter k. u. k. Posthalter bediente. Land und Zeit waren dazu angetan, daß hier auch die Uhren langsamer zu gehen und leiser zu schlagen schienen.

In dieser weltabgewandten, herbschönen Landschaft stand das Haus, in dem mich meine Mutter als sechstes Kind gebar; nur eine einfache Wehmutter, Anna Romanko, leistete ihr Hilfe. Die Geburt ereignete sich in der Nacht vom 23. zum 24. Juni, in der Johannisnacht des Jahres 1907. Ist es eine besondere Nacht?

Zu dem charakterformenden Milieu des Individuums gehören auch lebendige Volkssagen, die seit Jahrhunderten wirksam von Generation zu Generation weitergetragen werden und die Lebensschicksale ihrer Bewohner mitbestimmen. Die Johannisnacht spielt im Volksglauben eine große Rolle. Ist sie unter anderem doch die Nacht des Wunders, des blühenden Farnkrautes. Jünglinge sollen in dieser Nacht tief im Waldesdickicht die Blüte des Farnkrauts aufspüren. An unzugänglichen Stellen, im Waldesdunkel leuchtet sie mit bläulich-weißem Licht dem kühnen Sucher entgegen, ihm ewiges Glück verheißend.

Wenn mir als Johanniskind dieses Glück auch nicht unmittelbar beschieden war, so hat mich doch der Zauber dieser schönen Volkssage durch alle Zeiten des Unbills und der Gefahren begleitet.

Mein irdisches Leben begann ich als Bürger der Österreichisch-Ungarischen Monarchie. Das war meine erste Staatsbürgerschaft!

Kindheitserinnerungen

Meine ersten Erinnerungen sind dunkel, liegen wie im Nebel: Wach in einem lichtlosen Zimmer liegen und nur undeutlich, in Umrissen Dinge wahrnehmen, mehr ein Tasten als ein Sehen und Erkennen. Auch Geräusche und Gerüche sind noch nicht zu bestimmen. Gefühle tauchen auf und verschwinden. Später lichtet sich der Nebel, und es stellen sich Bilder ein, erste visuelle Eindrücke, die aber Angst und unangenehme Gefühle hervorriefen. Sie fallen ins dritte oder vierte Lebensjahr. Ich war krank und wußte, daß ein Arzt kommen sollte. Ich liege allein im Bettchen, weit von der Tür entfernt. Da höre ich Schritte, blicke zur Tür, die sich leise und langsam öffnet, und ein fremdes Gesicht erscheint im Spalt. In panischem Schrecken schreie ich, so laut ich kann – als ginge es um mein Leben. Die Tür schloß sich wieder, ich hatte das fremde Gesicht vertrieben. Jede Einzelheit dieser Szene hat sich mir unauslöschlich eingeprägt.

Ein anderes Erlebnis läßt erkennen, wie hilflos und verlassen Kleinkinder sein können. Wieder war ich allein im Zimmer und suchte einen Topf. Auf lautes Rufen kam niemand. Da lief ich hinaus in den Garten vors Haus, nur im Hemdchen. Als ich durch den Zaun blickte, bemerkte ich viele Leute, die mich laut auslachten. Ich war entsetzt, begriff auch die Peinlichkeit meiner Situation und flüchtete zurück ins Zimmer. Keiner kam mir zu Hilfe. – An einem heißen Sommernachmittag wollte meine Tante mit mir und ihrem Sohn Witold, zwei Jahre jünger als ich, spazierengehen. Wir sind schon im Garten, und ich freue mich auf den seltenen Ausflug. Witold spielt mit einem Weinschlauch, schwingt ihn im Kreis und trifft mich dabei. Die Berührung empfinde ich als sehr unangenehm, ohne eigentlichen Schmerz. Es wird dunkel vor den Augen, und ich verliere die Besinnung. Dann spüre ich Arme, die mich hochheben, und höre deutlich Worte: «Was ist mit dir, Georg?» Bald habe ich mich erholt. –

Die Kontinuität der Erinnerungen an den Ort meiner Geburt unterbrachen mehrere Übersiedlungen. Die erste betraf den Umzug auf das Pachtgut meines Onkels Bisanz. Von diesem ungewöhnlichen Menschen, der eine größere Rolle in meinem Leben gespielt hat, wird später noch die Rede sein. Das Gut Brzeżinki lag etwa dreihundert Kilometer entfernt im westlichen Teil Galiziens, bei Tarnow. Unser Elternhaus auf dem Gemeinschaftsgut beider Großeltern und meiner Eltern wurde durch die wachsende Zahl der Familienmitglieder allmählich zu klein. Die fünf Wohnräume konnten die sechzehn Personen kaum noch fassen. Es lag deshalb für meinen Vater nahe, den Vorschlag von Onkel Bisanz zu akzeptieren und mit der ganzen Familie, einschließlich der Großeltern, auf sein Pachtgut umzuziehen. Äußerst vergnüglich fand ich die erste Bahnfahrt meines Lebens dorthin, nur der Qualm der Lokomotive störte etwas. Besonders schön war es, vom Fenster aus die vorbeifliegende Landschaft zu betrachten. «Sie fährt wie geschmiert», sagte ich voller Bewunderung zu meinem Vater.

Die Ankunft auf dem Pachtgut, das so völlig anders aussah als die vertraute Heimat, erschreckte mich anfangs. Wir waren jetzt nicht mehr von ruthenischer Bevölkerung umgeben, sondern von Polen. Mir fehlte die Geborgenheit, die ich zu Hause empfunden hatte. Ähnliche Gefühle weckten in mir der Ausflug nach Krakau (heute Kraków) und der Besuch bei Onkel Bisanz und dessen Familie.

Angenehmer ist die Erinnerung an unseren Hauslehrer Bruno Philipp. Er kam im gleichen Jahr wie wir auf unser Pachtgut. Hier muß ich erwähnen, daß es an unseren verschiedenen Wohnorten keine deutschen Schulen gab. Meinen Eltern war aber an einer deutschsprachigen Bildung sehr gelegen. Die älteste Schwester war bereits dreizehn, der ältere Bruder zwölf und Schwester Emma über acht Jahre alt. Hauslehrer Philipp übernahm die sicher nicht ganz einfache Aufgabe, drei verschiedenaltrige Kinder zu unterrichten; er tat es mit Geduld und Strenge. Ich war noch «frei», doch schon stummer und aufmerksamer Zuhörer. Mich fesselte die «Schule» so, daß ich mir nichts entgehen ließ. Allein durch das Zuhören lernte ich Lesen und Schreiben. Ja, ich fing an, mit viel Eifer die komplizierten Rechenaufgaben der großen Geschwister heimlich abzuschreiben, um sie dann als eigenes Produkt vorzulegen, was große Bewunderung auslöste. In dem Hausschuljahr 1913/14 habe ich auf diese spielerische Weise viel gelernt. Unvergeßlich waren die Abende, an denen uns der Lehrer vorlas und mit der deutschen Märchenliteratur vertraut machte. Wir hörten Grimmsche Märchen, Siegfrieds Heldensagen, Robinson Crusoe und Ganghofers Romane, die ich nicht immer verstand.

Nach den damals beliebten «Lebenden Bildern» führte er auch Märchenspiele mit uns auf, so zum Beispiel «Hänsel und Gretel». Meine erste Rolle war die des Hänsel, die anderen Rollen wurden unter die Geschwister verteilt. Wir ernteten viel Beifall. Ich war mit Begeisterung dabei, die sich bei meiner späteren «Bühnenlaufbahn» zu einer Leidenschaft entwickeln sollte. Es kamen die Sommerferien 1914, unser Lehrer verließ uns, sehr zu meinem Bedauern, aber zur größten Freude meines Bruders, der sich nun endlich frei von Zwang und Drill fühlte. Um seinen aufgespeicherten Ärger loszuwerden, zeichnete er das Konterfei von Herrn Philipp in den Sand, fertigte zwei kleine Dreschflegel an und forderte mich auf, gemeinsam mit ihm aus Leibeskräften auf den «Lehrer» einzuschlagen. Wir ahnten damals nicht, daß unser Lehrer aus dem Krieg nicht zurückkehren würde.

Die Ferien begannen, und da kam schon Onkel Bisanz mit seinen Kindern aus Krakau zu Besuch. Die Vettern und Cousinen, etwa gleichaltrig mit uns, verwöhnte Kinder unseres reichen Onkels, der mit großem rotem Auto vorfuhr. Wir wurden alle etwas von oben herab angesehen. Von oben herab kam auch der Urinstrahl, den mein Vetter beim Kirschenpflücken aus hohem Wipfel gezielt auf meinen Bruder Philipp ergoß.

Sogar eine französische Gouvernante war mitgekommen, eine «Murmusell», wie wir sie nannten. Die Bisanz-Kinder ignorierten sie, ich habe aber einige Brocken Französisch und schöne Kinderlieder gelernt, die ich heute noch singen kann. Alles das spielte sich bei lustigem Kindertoben im herrlichen Park des Pachtgutes ab. Das Auto mit Onkel und Kindern fuhr weg. Wir waren wieder allein.

Wie ein Blitz aus heiterem Himmel erreichte uns die Nachricht von der Ermordung des österreichisch-ungarischen Thronfolgers, Erzherzog Franz Ferdinands. Dieses welterschütternde Ereignis mußte böse Folgen haben. Alle sprachen mit Schrecken vom Krieg. Am 1. August 1914 brach er aus, der Erste Weltkrieg! Was ist Krieg? Noch hatte ich keine Vorstellung davon. Es war schönstes Sommerwetter, die Ernte in vollem Gange. Aber es hatte sich etwas verändert. Das vertraute, geruhsame Leben hörte auf. Eltern und Großeltern waren aufgeregt, besorgt. Der Vater mußte gleich in den Krieg, weit weg von uns, wohin? «Die Kaiser haben uns in den Krieg getrieben», schimpfte Opa, «und deinen Vater auch.»

Jetzt bekam ich Angst: Mir war, als ob etwas Dunkles, Drohendes auf uns zukam. Nicht lange dauerte es, als nach den verlorenen Schlachten bei Lemberg Ende August und Anfang September 1914 sich die Schreckensnachricht ausbreitete: «Die Russen kommen!» Es wurden Greuelmärchen erzählt. Tatsächlich rückte die russische Offensive überraschend schnell voran und drohte uns bald zu erreichen. Mutter entschied sich deshalb zur Flucht. Auf einem großen Leiterwagen nahm sie fünf Kinder mit. Nur der älteste und der jüngste Sohn blieben mit den Großeltern in Brzeżinki zurück. Die Mutter hatte bloß den einen Gedanken, sich mit uns nach Krakau durchzuschlagen. Dort wären wir bei Onkel Bisanz in Sicherheit. Zu unserem Unglück war die Festungsstadt Krakau für alle Flüchtlinge gesperrt. Wir fanden keine Aufnahme und mußten weiterziehen.

Wie durch ein Wunder begegneten wir auf dieser abenteuerlichen Fahrt unserem Vater, und zwar nachts in einer der kleinen Städte, die wir passieren mußten. Ich konnte in der Dunkelheit Vater gar nicht sehen, nur seine Stimme hören. Sie verfolgte mich später, verbunden mit dem Geruch von schwarzem Kaffee, den die Eltern gemeinsam aus Vaters Feldflasche tranken.

Schließlich mußten wir die Reise mit der Eisenbahn fortsetzen. Auf dem Bahnhof in Bielitz gerieten wir in ein unheimliches Gewühl heimatloser Flüchtlinge. Nach langem Warten fanden wir Platz in einem Viehwagen, der uns nach Mödring, einem Dorf in Niederösterreich, bringen sollte. Dort hatten schon einige Verwandte Unterkunft gefunden. Auch ein Onkel Schneikart, Uhrmacher und Juwelier aus Nisko, der im Tumult und in der Aufregung auf dem Bahnhof seinen Koffer verloren hatte. Sicher enthielt er Uhren, vielleicht auch viele kostbare Edelsteine. Jetzt war er so arm wie wir.

Noch saßen wir aber auf unseren Bündeln im stickigen, überfüllten Viehwagen. Aus einer Ecke des Wagens erklang der Gesang von jungen Frauenstimmen, halb deutsch, halb jiddisch. In Erinnerung blieb mir eine Liedstrophe: «Die Stadt plakatiert, man mobilisiert, die Augen von Tränen sind naß ...»

Nach langer Fahrt kamen wir endlich im Dorf Mödring

an. Die Erlebnisse dieser Zeit haben sich mir durch die Kriegsereignisse, die Sorgen meiner Mutter und durch die neue, fremde Umgebung besonders tief eingeprägt. Da wir als Protestanten nicht mit der katholischen Bevölkerung zur Kirche gingen, wurden wir als Juden angesehen. Ich kam zu einem bärtigen Schulmeister in die erste Klasse der Dorfschule. Ob ich viel gelernt habe? Jedenfalls die Hymne «Gott erhalte, Gott beschütze unseren Kaiser, unser Land ...», die wir jeden Morgen stehend singen mußten, die kann ich heute noch.

Wir waren bei einer sehr freundlichen Familie Lochner einquartiert und belegten mit sieben Personen einen niedrigen Raum mit vier Betten. Uns hatte sich noch eine fünfzehnjährige lungenkranke Verwandte angeschlossen, die Enkelin des Onkels aus Nisko, ein blasses, hübsches Mädchen, das uns Kinder immer leicht unanständige Histörchen erzählte, interessant, aber doch genant. Oft bekam sie nachts unter Husten Erstickungsanfälle. Mutter behandelte sie mit kalten Kompressen, die sie der Kranken auf die nackte Brust legte. Wie wir später erfuhren, hatte sie eine offene Lungentuberkulose, an der sie auch nach einigen Jahren starb. Wie durch ein Wunder hatte sich keines der Kinder angesteckt.

Frühling und Sommer 1915 zogen ins Land. Wir sangen mit unserem Lehrer «Der Mai ist gekommen», ein herrliches Lied, das mich als Kind entzückte und auch heute noch begeistert. Zu den Alltagsfreuden zählte in der Nähe des Dorfes ein schönes Schwimmbad mit kristallklarem Wasser. Es verlockte zum Baden. Als Bekleidung mußte eine blaue Arbeitsschürze herhalten, die ich mir um den Leib band, den Schürzenlappen zwischen den Beinen durchschlug und ihn mit Schürzenband am Rücken befestigte. Es entstand eine flotte Badehose, die sich aber beim Springen ins Wasser leicht löste. Schwimmen konnte ich noch nicht, und ich hielt mich deshalb nur im flachen Teil des Beckens auf. Eines Tages erschien eine Sommerfrischlerin aus Wien. Das junge Mädchen im engen Badetrikot sprang gleich an der tiefsten Stelle ins Wasser, schwamm und tauchte, daß es eine Freude war, ihr zuzusehn. Voller Bewunderung versuchte ich es ihr nachzumachen, was natürlich nicht gelang. Schwimmen lernte ich erst später, aber nicht in einem so herrlichen Schwimmbassin, sondern im moorigen Fischteich in meiner alten Heimat.

Des öfteren verlockte es mich, in die Kirche zu gehen und die Kirchgänger zu beobachten, die in ihrem Sonntagsstaat steif und vornehm eintraten. Die Männer holten ein Taschentüchlein aus ihrer Jacke, legten es vor sich hin und knieten darauf mit dem rechten Bein nieder. Alles geschah mit gezierter Eleganz, wie ein Ritual. Sehr beeindruckte mich die Fronleichnamsprozession durch die reifenden Roggen- und Weizenfelder unter wolkenfreiem Himmel. Ich lief nebenher und lauschte den sich wiederholenden Litaneigesängen. Das halbe Dorf wanderte hinter dem Pfarrer und den wehenden bunten Kirchenfahnen fromm mit. Über uns sangen die Lerchen.

Die Dorfjugend sorgte dafür, meine Ahnungslosigkeit in sexuellen Dingen zu beseitigen. Ja, ältere Jungen protzten mit ihren Erfahrungen und nahmen mich mit auf ihren abenteuerlichen Ausflügen durch Feld und Flur. Aber das liebevolle weibliche Wesen, das wir in Büschen und Hainen zu finden trachteten, existierte nur in der blühenden Phantasie der Halbwüchsigen. Auch auf dem Kuhberg, einem großen Hügel in Dorfnähe, blieb alles Suchen erfolglos.

In dieser Zeit wurde die russische Armee zurückgedrängt und das Pachtgut meines Onkels wieder frei von Besatzung. Wir konnten zurück. Das Schuljahr 1915/16 begann. Es stand die Frage: Wohin mit den Kindern? Immer noch Krieg, Vater nicht zu Hause, Mutter mußte selbst entscheiden und das Nötige veranlassen. Erneut half der Onkel aus Krakau. Er nahm meine Schwester und mich für ein Jahr in seine Familie auf. Platz genug bot ja die großartige, mehrzimmerige Wohnung, die für uns so faszinierende Einrichtungen aufwies wie elektrisches Licht und ein Spülklosett. Ich kam in die zweite Klasse, Emma in die dritte. Wir vertrugen uns gut mit den gleichaltrigen Bisanz-Kindern, wenn wir auch die bescheidenere Rolle spielten. Viel haben wir sicher nicht gelernt, aber allein die noble städtische Umgebung wirkte sich sicher positiv auf unser Benehmen aus. Das Getöse des Krieges drang nicht bis hierher, und wir blieben zunächst von Entbehrungen verschont.

Unser Onkel, ein sehr strenger und fordernder Familienvater, war mehr gefürchtet als geliebt, obwohl er es mit seiner Erziehung gut meinte und tüchtige Persönlichkeiten heranbilden wollte. Als ausdauernder Spaziergänger nahm er uns Kinder sonntags bei jedem Wetter zu weiten Wanderungen mit. Er schritt so schnell aus, daß wir ihm kaum folgen konnten und zu guter Letzt völlig erschöpft zu Hause ankamen. Er unterschied sich in seiner Unnachsichtigkeit ganz und gar von seiner Frau, der Schwester meines Vaters, die mild und nachgiebig war und uns alle sehr verwöhnte, besonders aber ihre Kinder. Wenn wir nur die gewichtigen Schritte des Onkels hörten, verloren wir unsere Unbefangenheit, das Lachen verstummte, und die Gespräche wurden leiser. Eines Tages war Onkels älterer Sohn Philipp, der in Wien zur Schule ging, in den Ferien nach Krakau gekommen. Damals war er vierzehn Jahre alt. Wir aßen zusammen zu Abend und nach der Weisung des Onkels nur Milchsuppe. Philipp hatte sich jedoch aus dem familieneigenen, einen Stock tiefer gelegenen Restaurant eine Blutwurst mit Kartoffeln und Kraut bestellt, da er als Ältester ein Recht darauf zu haben glaubte. Gerade als Philipp zulangen wollte, hörten wir im Nebenzimmer die bekannten Schritte. Gleich darauf öffnete sich die Tür, Philipp flüchtete mit dem Teller, berechnete aber nicht die scharfe Kurve. Die Wurst sauste vom Teller, direkt vor Onkels Füße. Es war so komisch, daß wir uns das Lachen verbeißen mußten. Die schallende Ohrfeige, die Philipp vom

Vater bekam, beförderte auch noch den Teller auf den Fußboden. Ein andermal machte ich selbst, wenngleich unschuldig, die Bekanntschaft mit Onkels kräftiger und fleißiger Hand. Es war Dienstag nach Ostern; wir saßen morgens vor der Schule beim Frühstück. Edek, mein Tischnachbar, zog blitzschnell ein Spielspritzzeug aus der Tasche und spritzte mir «Osterwasser» ins Gesicht, ein in Polen üblicher Brauch. Schützend hob ich den Arm und stieß dabei ungewollt meine Tasse um, was großes Gelärme und Gezeter beim Kindermädchen auslöste, schließlich auch den Onkel herbeilockte. Er kam herangeschossen, und da alle auf mich zeigten, verpaßte er mir ein paar tüchtige Hiebe auf das Hinterteil. Ich litt weniger unter dem Schmerz als unter der falschen Beschuldigung.

Die Zeit verging wie im Fluge, und wieder mußten wir auf das Pachtgut zurück. Ich war sehr traurig, daß wir nun ohne elektrisches Licht und sonstige Annehmlichkeiten der Stadt auskommen mußten.

Im Herbst zogen unentwegt österreichische Truppen durch unser Gebiet. Tag und Nacht hörten wir die Militärkolonnen gen Osten rollen. Wir hatten auch häufig Einquartierung von vielen Soldaten mit Pferden und Kanonen. Eines der Reitpferde kam plötzlich wie von Sinnen auf unser Haus zugerast mit völlig zerfetztem und blutendem Maul. Was geschehen war, weiß ich nicht, das Tier aber stürzte zu Boden. Ein Offizier erhob sich schweigend vom Tisch, zog die Pistole und erschoß die arme Kreatur. Es war für mich eines der grausigsten Erlebnisse.

Es war beschlossene Sache. Onkel Bisanz war gezwungen, sein Gut zu verkaufen. Wir mußten in unsere alte Heimat Kogutówka zurück. Nach wechselndem Verlauf der Front war Ostgalizien inzwischen wieder in den Besitz deutscher und österreichisch-ungarischer Truppen gelangt.

Den Winter 1916/17 verbrachten wir zunächst noch auf dem Pachtgut. Zumeist hockten wir bei den kriegsgefangenen Russen, zehn an der Zahl. Sie lebten in einem Gesindehaus und wurden von einem schnurrbärtigen älteren Landwehrmann bewacht. Zu arbeiten hatten sie in dieser Jahreszeit kaum. Die freundlichen Russen bastelten und schnitzten für uns schönste Spielsachen. Viele russische Lieder lernten wir von ihnen und konnten auch ihre Sprache gut verstehn. Sollte das alles aufhören?

Es wurde zur Reise gerüstet. Bruder Philipp und drei Russen waren mit dem Gespann bereits unterwegs und transportierten die wichtigste Familienhabe, Großmutter und fünf Kinder bildeten den zweiten Troß, wir sollten mit der Eisenbahn nachkommen. Mutter blieb noch mit Großvater und der ältesten Schwester zurück, um das Gut ordnungsgemäß zu übergeben.

In aller Frühe traten wir schwerbepackt die Fahrt an. Es dauerte Stunden, um die Entfernung von zweihundert Kilometern zu überwinden. Deprimierend die Ankunft in Mościska, das Stationsgebäude zeigte noch deutliche Spuren des Krieges. Es war ein kalter April, Schneematsch und Regen empfingen die Ankömmlinge. Niemand war zu sehen außer dem Stationsvorsteher. Und wir sollten doch abgeholt werden. Der Weg bis zu unserem Hof war ja so weit! Es schien eine Ewigkeit zu dauern, bis schließlich ein Kutscher mit dem langen Leiterwagen eintraf. Der Mann sprach ruthenisch. Wir konnten nichts verstehen, krochen aber alle fünf mit unserer Oma eilig auf den mit Stroh ausgelegten Wagen.

Oh, diese Wege! Wer kennt die Wege in Ostgalizien? Und wer kennt sie bei der Frühjahrsschmelze? Nur Schritt für Schritt kam man voran, die Pferde bis fast zum Baum im Morast, die Räder bis zu den Naben eingesunken. Abends langten wir endlich daheim an, die Pferde schweißbedeckt.

Wir wurden von fremden Menschen begrüßt. Ohne Freude, ohne Herzlichkeit. Sollten das unsere Verwandten sein? Großmutter, Großvater und Onkel mütterlicherseits? Und sie hatten uns doch fünf Jahre nicht gesehen. Der einzige Vertraute war Bruder Philipp, der die Lage schon erforscht hatte. Von ihm erfuhr ich das zusammenfassende Urteil aus der Sicht dieser Menschen: «Zu viele Fresser sind gekommen!»

Mit der gerade Kindern eigenen Rigorosität setzten wir uns über diese Vorbehalte hinweg und versuchten gleich an den nächsten Tagen, unsere neue Heimat zu erobern. Auch die momentanen Umstände erschienen uns abenteuerlich. Das Wohnhaus war nach den Kriegszerstörungen nur notdürftig eingerichtet, in einigen Räumen fehlten sogar Türen und Fußböden. Im Stall waren noch keine Kühe und keine Pferde. Wir Kinder lebten in den Tag hinein, machten uns keine Sorgen um Schule, Essen und Trinken. Den Winter durch tobten wir im Schnee, der im Überfluß vom Himmel fiel.

Nach Neujahr, also 1918, kam Vater wieder nach Hause, abgehärmt und ausgehungert mit rheumatischen Beschwerden. Lange war er bettlägerig. Aber trotz allem konnte es wieder aufwärtsgehen. Die Wirtschaft wurde langsam angekurbelt. Kühe und Pferde kamen in den Stall. Im Frühjahr konnte das Feld wieder bestellt und auf eine gute Ernte gehofft werden.

Was sollte aus uns Kindern werden? Das war ein großes Problem. Großvater Günther, unser Lieblingsopa, starb plötzlich in diesem Frühling. Wir trauerten ihm lange nach. Hatten wir doch mit ihm in kindlicher Vertrautheit auf dem Pachtgut gelebt. Oft brachte er uns in seinen weiten Rocktaschen Äpfel und Birnen mit, die immer nach seiner Pfeife rochen. Wir liefen beim Pilzesammeln neben ihm her und lernten sehr früh, die giftigen von den eßbaren zu unterscheiden. Jetzt war er nicht mehr da, die Großmutter blieb allein zurück. Ihr kam wohl zuerst der Gedanke, mit uns Kindern nach Lemberg (heute Lwow) zu ziehen und uns dort in die Schule zu schicken. Was waren die Beweggründe? Sie war ein ausgesprochener Stadtmensch und fühlte sich nicht besonders wohl in der familiären bäuerlichen Gemeinschaft. Als Stiefmutter meines Vaters wurde sie sicher auch des öfteren angefeindet.

Ich war elf Jahre alt geworden und hatte bislang nur zwei Jahre die Schule besucht. Ein im Sommer 1918 auf unserem Hof weilender Verwandter – er war Lehrer – bereitete mich für die Aufnahme ins Gymnasium vor. Großmutter hatte inzwischen mit Hilfe ihrer Lemberger Bekannten eine Wohnung in der Stadt beschafft. Ihr Eingriff in unser Schicksal führte die Entscheidung für unsere Zukunft herbei. Auf diese Weise umgingen meine jüngeren Geschwister die Dorfschule von Peter Schneider in Neu-Burczyce, einem benachbarten Kolonistendorf.

Genauso wie der Milchpächter Majorko, auf den ich noch zu sprechen komme, zählte dieser Mann zu den gewichtigen Persönlichkeiten in der heimatlichen Umgebung. Wunderlich verschlungen war seine Entwicklungsbahn. Der einstige k. u. k. Soldat und nachmalige Instrukteur an der Unteroffiziersschule in Stanislau hatte Gefallen an der Ausbildungstätigkeit gefunden, sich als Aushilfslehrer beworben und war über mehrere Stationen schließlich nach Neu-Burczyce gelangt, wo er fast vierzig Jahre lang als Schullehrer, Seelsorger und Prediger wirken sollte, denn Peter Schneider vereinigte in seinem Amt mehrere wichtige Funktionen: Direktor und einziger Lehrer der Einraumschule für alle Fächer – Lesen, Schreiben, Rechnen – sowie den Religions- und Konfirmandenunterricht (das Dorf war evangelisch). Auch Gottesdienste hielt er ab, taufte, verehelichte und erwies den Toten als Grabredner die letzte Ehre. Für die Lebenden stimmte der Kantor Peter Schneider die Kirchenlieder an. Dabei bediente er sich nicht eines Instrumentes, sondern der eigenen Stimme, indem er orgelgewaltig ein lautes, dröhnendes N-N-N erschallen ließ und zugleich über die Brillengläser hinweg die Andächtigen streng und scharf fixierte. Darauf fielen die hohen, kreischenden Frauenstimmen ein, begleitet von dem Brummen der anwesenden Männer.

Diese vielen Beschäftigungen sicherten dennoch nicht die Versorgung der Familie. Das geschah durch eine kleine Wirtschaft mit einer Kuh, zwei Schweinen und vielen Hühnern. Um die letzteren mußte sich die kränkliche Frau Schneider kümmern.

Im Laufe der Zeit wuchsen fünf Kinder heran. Die zwei Söhne gingen aus dem Haus, die Mädchen blieben, bis sich ein Freier gefunden hatte. Obgleich die Jungfern nicht durch Schönheit bezauberten, glänzten sie durch Fleiß und Sittsamkeit. Peter Schneider arbeitete hart, aber immer war er vergnügt. Um den Mühen einer teuren Garderobe zu entgehen, trug er sommers wie winters Schaftstiefel, an Werktagen die Hosen im Schaft, an Sonntagen – bei kirchlichen Amtshandlungen – über dem Schaft.

Der Erste Weltkrieg überflutete das Dorf, raubte den Bewohnern Vieh und Habe. Sie bauten ihre Wirtschaften wieder auf, jetzt im polnischen Staat. Erst der Zweite Weltkrieg beendete die Geschichte dieses Dorfes. Die Kolonisten wurden aufgerufen, ins «Großdeutsche Reich» zu trecken und ihre Heimat, die ihre Vorfahren vor hundertsechzig Jahren begründet hatten, zu verlassen. Peter Schneider ist längst tot, aber seine Nachkommen leben noch verstreut in der Welt. Die einzige noch lebende Tochter, von uns «Minchen» genannt, wohnt in unserer Republik.

Mein Elternhaus in Kogutówka

Unser Anwesen, der Meierhof Kogutówka, wurde in den ersten Jahren des neuen Jahrhunderts gebaut. Es bestand aus Wohnhaus und den Wirtschaftsgebäuden, nämlich zwei großen Ställen für Kühe und Pferde und einem Schweine- und Hühnerstall. Außerdem wurden noch zwei Scheunen und ein Getreidespeicher errichtet.

Der Bauernhof war nicht nur zweckmäßig, sondern auch

mit Sinn für Harmonie und Schönheit angelegt. Wir waren stolz auf Kogutówka, hatte doch unsere Familie nicht nur die Idee der Anlage entwickelt, sondern auch vom Grundstein bis zur letzten Inneneinrichtung aus eigenem, selbst erzeugtem Baumaterial Haus und Ställe aufgebaut. Die wohlgestalteten Obst-, Gemüse- und Blumengärten waren das fleißige Werk der Großeltern.

Das Haus besaß fünf Wohnräume, eine schmale Speisekammer und als Herzstück die Küche. Beheizt wurde die Wohnung mit Holz in ganz gewöhnlichen Lehmöfen, beleuchtet mit Petroleumlampen oder Kerzen. Die Zimmer boten nichts Interessantes. Dagegen war die Küche mit den zwei großen Herden und dem riesigen Backofen eine Sehenswürdigkeit. Hier spielte sich der eigentliche Betrieb eines großen Bauernhofes ab, hier erwachte das Leben schon frühmorgens um vier Uhr.

Mutter war als erste auf den Beinen, um die Mädchen zu wecken. Noch verschlafen und gähnend machten sie sich an die Arbeit. Das Frühstück wurde zubereitet, der große Herd angefacht. Bald kamen die Knechte und Mägde von ihrer ersten Arbeit, dem Melken, um sich zu stärken. Es gab Milch, gestampfte Kartoffeln und Schrotbrot mit Butter. Nach dem Frühstück erfolgte die weitere Arbeitseinteilung für Hof und Feld. Mittäglicher und abendlicher Treffpunkt war dann wieder die Küche, in der emsiges Treiben bis zur Nachtruhe herrschte. Samstags kam im großen Backofen das Brotbacken an die Reihe. Oft haben wir Kinder zugesehen. Erst wurde im Ofen das in meterlangen Scheiten vorgetrocknete Holz angezündet. Es loderte und prasselte lustig. Nach einer Stunde war es verglimmt, und die glühenden Holzkohlen wurden mit langen, in Wasser getauchten Strohbesen ausgefegt. Sie fanden später beim Bügeln Verwendung. Erst nachdem die Asche herausgenommen war, gelangten die schon vorbereiteten Brotlaibe auf langen Schiebern in den heißen Ofen. Auf den ersten Laib zeichnete Mutter mit ihrer von Wasser befeuchteten

Hand ein Kreuz. Nur unsere Mutter versah das Backgeschäft. Kein anderer hätte sich je an dieses Werk gewagt. Es dauerte nicht lange, und das ganze Haus roch nach frischem Roggenbrot. Gibt es einen schöneren Duft?

In damaliger Zeit war unser von jeglicher Zivilisation abgeschnittener Bauernhof ganz auf sich allein gestellt. Neben Ackerbau und Viehzucht zählten dazu vielfältige Verrichtungen: Butter, Quark und Käse wurden hergestellt und aus dem Geschlachteten Wurst und Räucherschinken bereitet. Die Frauen verarbeiteten Hanf und Flachs zu Lein und besorgten das Spinnen, Nähen und Stricken. Die Männer brannten Ziegel, fertigten in den langen Wintermonaten Bürsten, Besen und Körbe, tischlerten Bänke, Stühle und Bienenkästen – um nur einige Erzeugnisse zu nennen – und erledigten überhaupt alle anfallenden Reparaturen.

Ich werde nie den Anblick vergessen, wenn unsere Stallburschen in langen weißen, hochgekrempelten Hosen barfuß einen Riesenvorrat von Sauerkraut unter Beimengung von Salz, Kümmel, Dill und weiteren Zutaten in Fässer stampften. Frauen waren zu dieser heiligen Handlung nicht zugelassen. Ihre Aufgabe war es, die Berge von Kohlköpfen mit speziellen Krauthobeln fein zu schnipseln. Die herbstliche Luft war von Lachen und Kohlgeruch erfüllt. Kein Anfang und kein Ende der Arbeit! Von früh bis spät war für alle etwas zu tun. Auch wir Kinder mußten mithelfen. Oft wollte ich es den Männern gleichmachen, merkte aber bald, daß ich den schweren Landarbeiten nicht gewachsen war. Ich konnte aber dem Großvater im Sommer bei den Bienen zur Hand gehen. So hatte ich auf das Schwärmen zu achten und mußte beim Schleudern helfen. Nicht selten trug ich als Lohn einen Bienenstich davon.

In den ersten Jahren nach dem Krieg hatten wir es nicht leicht mit dem Einbringen der Ernte. Deshalb warb Vater aus den umliegenden Nachbardörfern die männliche und weibliche Jugend zur Erntehilfe. Dabei verfiel er auf den

Gedanken, einen Dorfgeiger mit seinem Tamburingehilfen zu holen, um während der Arbeitszeit lustig aufspielen zu lassen. Die jungen Helfer langten munter an, die Mädchen mit Sicheln, die Jungen mit Sensen. Die Musikanten spielten flotte Volksweisen, und die Arbeit ging zügig voran, in Vorfreude auf den vom Vater versprochenen Abendtanz unter freiem Himmel.

Das war wirklich eine wunderbare Idee, durch die sich nicht nur alle verbunden fühlten, sondern die auch echte Freude bei der Arbeit vermittelte. Die jungen Leute tanzten zu Paaren und im Kreis auf der Wiese. Der älteste der Burschen sang nach jeder Runde ein lustig-derbes Liedchen, meist, um die Mädchen zu necken. Bewundernswert, wieviel Kraft und Lust die ruthenische Jugend aufbrachte, um nach ihrer Tagesarbeit noch mit soviel Schwung zu tanzen und lustig zu sein. Das Fest endete erst, als der Sonnenball hinter dem fernen Fichtenwäldchen versank und auf den Wiesen Nebel schwebte.

Die Großeltern und Eltern waren einfache Menschen, richtige Bauern, auf dem Lande aufgewachsen. Sie hatten nur Volksschulen besucht, Lesen, Schreiben und Rechnen gelernt, das war ihre ganze Schulbildung. Die Land- und Hauswirtschaft kannten sie aus ihrer täglichen Arbeit, und darin waren sie vollkommen und vielseitig. Mutter liebevoll, aber streng, war uns Kindern immer wohlgesonnen; der Vater mild und weich, ließ sich von der Mutter lenken. Er war Landwirt mit Leib und Seele. Noch im hohen Alter vermochte er bei drohendem Gewitter die Pferde blitzartig einzuspannen und auf dem Leiterwagen stehend loszujagen, um die letzten Garben zu holen. Die Peitsche knallte, und im rasenden Galopp flog er über die Wege zum Feld. Noch bevor die ersten Regentropfen fielen, war er auf der schützenden Tenne.

Vater konnte wundervoll erzählen, besonders lagen ihm jüdische Witze. Als Kind hatte er aus persönlicher Freude an der Sprache perfekt Jiddisch gelernt. Die Pointen saßen meisterhaft, so daß er sich in einem Kabarett hätte zeigen können. Beim Militär wurde er für einen Juden gehalten, da er die katholischen Gottesdienste für die Mannschaft, gleich anderen jüdischen Mitsoldaten, nicht besuchte. Diese fragten ihn dann beiläufig, warum er nicht «davene», jüdisch bete.

Mit meinem Vater war ich als Kind wenig zusammen. Von 1914 bis 1918 war er im Krieg, danach kam ich für einen Zeitabschnitt von immerhin fünfzehn Jahren nach Lemberg, zuerst aufs Gymnasium, anschließend an die Universität; darauf folgten der Militärdienst und später die Facharztausbildung. Der Zweite Weltkrieg brachte erneute Trennung bis 1945. Vater wohnte nach dem Kriege in Westdeutschland bei meinen Geschwistern, ich blieb in der DDR. 1955 starb er achtundsiebzigjährig in Hamburg. Ich konnte ihn vor seinem Tode mehrmals besuchen. Zuletzt sah ich ihn im Sarg.

Die Mutter, ein Prachtweib – gesund, fröhlich, energisch und fleißig –, scheute keine Mühe, konnte Leid und Verlust gefaßt ertragen. Sie hatte ja neun Kindern das Leben geschenkt. Während der vierjährigen Kriegswirren mußte sie die Wirtschaft alleine führen, zuerst auf dem Pachtgut, dann auf eigenem Hof. Mutter oblagen die «Finanzen», sie rechnete mit Majorko, unserem Milchpächter, ab und auch mit dem Onkel, der anteilmäßig an den Einnahmen des Hofes beteiligt war. Nach dem Testament von Großvater Bollenbach, der 1924 starb, fiel ein Viertel an ihren Bruder.

Wir Kinder lebten inzwischen in der städtischen Wohnung in Lemberg, besuchten das Gymnasium und nahmen später das Studium auf. Aber Mutter machte sich immer um uns Sorgen. Beide, Vater und Mutter, waren rechtschaffene Menschen, reinen Herzens, geleitet von ehrlichen Bestrebungen, ihre Kinder in gleicher Richtung zu erziehen. Deswegen hörten wir auch immer ihre Ermahnungen: «Verhaltet euch so, daß euch alle Menschen liebhaben!» Dabei ließ Mutter leise ein Tabu durchblicken, was unser

Verhalten zum anderen Geschlecht anbelangte. Jedenfalls faßte ich das so auf und hielt mich lange von Unbedachtheiten zurück.

Ich hatte acht Geschwister. Zwei Schwestern starben früh. Elisabeth, die Drittgeborene, wurde nur zwei Jahre alt, und Therese, ein hübsches und sehr artiges Wesen, verloren wir im achten Lebensjahr an den Folgen einer Gehirnhautentzündung. Von nun an waren wir nur sieben Geschwister, drei älter, drei jünger als ich. Ich stehe also in der Mitte. Vor mir wurden Wilhelmine (1900), Philipp (1901) und Emma (1905), nach mir Emilie (1908), Rudolf (1911) und der Jüngste, Emil (1912), geboren.

Obgleich mich die Schule fesselte und mir der Unterricht gefiel, empfand ich den Aufenthalt in der Stadt als düsteren Zwang und das Verweilen auf dem Lande dagegen als paradiesische Freiheit. Ähnlich fühlten auch meine Geschwister. Wie sehnten wir die Ferien herbei! Endlich Freiheit, Weite, Luft, grüne Felder und Wälder! Nur der eine Gedanke beherrschte uns: Noch einen Monat, noch drei Wochen, drei Tage, einen Tag schließlich und eine Nacht. Wir sind nicht mehr zu halten! Zum Bahnhof mit der Straßenbahn Nr. 2, Fahrkarten 3. Klasse gelöst, in den Zug. Die Lokomotive pfeift, und die Fahrt geht los. Nach eineinhalb Stunden naht die letzte Kurve, und wir sehen schon das kleine Bahnhofsgebäude und unseren Wagen, die beiden Füchse und den Kutscher Nikolai auf dem Bock. Wir haben es geschafft. Nikolais Wolfszähne blitzen, er knallt mit der Peitsche.

Wenn wir Ende Juni zu Hause ankamen, oft zu meinem Geburtstag, begrüßten uns die hell-lila Blüten des voll entfalteten Gartenmohns, von den Wiesen strömte ein Hauch von Heuduft, und das Wohnhaus verschwand fast unter der Laubfülle der Nuß- und Lindenbäume. Zwei volle Monate herrlicher Ferien lagen vor uns!

Etwa zweihundert Meter von dem bebauten Hof entfernt floß durch die Wiesen in nord-südlicher Richtung ein

Bächlein, die Smolenka – in keinem Atlas verzeichnet. Über sie führte eine wichtige Brücke. Soll ich sie beschreiben?

Es war eine einfache Brücke aus Eichenbohlen, ohne Geländer, die auf kräftigen, ins Ufer eingerammten Pfählen lagen. Eine ganz einfache Brücke also und doch voller Erinnerungen. Zerzauste Bäume und staubige Holunderbüsche umschatteten Brücke und Bach. In der dunklen Tiefe rann träge ein Geriesel um schaukelnde Wasserpflanzen. Auch bei der größten Dürre floß das Bächlein, von fernen Quellen gespeist. Eine entsprang auf unserem Boden. Diese Quelle lockte uns im Sommer immer an. Wir umbauten sie mit einem Geländer und pflasterten den Boden mit Ziegelsteinen aus. Sie spendete erfrischendes Wasser zum Trinken und Waschen.

Entlang des Flußlaufes standen an den Ufern alte Weiden. Das Laub fiel ins grünliche Wasser, über dem Libellen schwebten. Unvorstellbar, daß dieses idyllische, beharrlich rieselnde Bächlein über Nebenflüsse in den Dnestr mündet und sich mit seinen Fluten ins Schwarze Meer ergießt, tausenddreihundert Kilometer von uns entfernt. Nach schweren Regengüssen schwoll das Bächlein an, trat aus den Ufern und überschwemmte die Wiesen. Das gab eine erquickende Badegelegenheit, allerdings nur für kurze Zeit. Wenn die Wasser fielen, hatten sie unter der Brücke Fische angetrieben, richtige silbrige Hechte von beachtlicher Größe. Es schien uns reine Zauberei. Sonst gab es im flachen Gewässer nur Schlammbeißer.

Diese Brücke spielt in unserem Kinderleben eine große Rolle. Laut erdröhnte sie unter Pferdehufen und Räderrollen, kündete das Nahen von Fremden an, denen wir immer aus dem Wege zu gehen suchten. Ein Blick aus dem Fenster überzeugte uns von der Gefahr. Gleich ob «Freund» oder «Feind» – wir flüchteten, geschützt durch die Bäume des Gartens, in den Wald, zum Kummer der Mutter. Wen sollte sie jetzt ihren Gästen zeigen? Als wir größer und toleranter wurden, mahnte die Brücke, zum Empfang der Gäste schickliche Garderobe anzulegen.

Aber noch etwas anderes machte die Brücke interessant, ja geradezu gespenstisch. Man erzählte, daß es in ihrem Dunkel unterhalb der schweren Eichenbohlen spuke. Namentlich an heißen Sommertagen, in größter Gluthitze, solle man das Plantschen der Nixen hören. Wie gern hätten wir eine gesehen, wenigstens aus der Ferne. Aber sie zeigten sich nie.

Zwischen meinem zehnten und vierzehnten Lebensjahr war ich der Anführer meiner drei jüngeren Geschwister. Großvater Bollenbach wollte uns immer wieder zu verschiedenen kleinen Arbeiten heranziehen. Das wurde mir und meinen «Trabanten» manchmal zu lästig. Durch rechtzeitige Flucht versuchten wir diesen Aufträgen zu entgehen. Sie erschienen uns völlig überflüssig, denn wir hatten den ganzen Tag unsere eigenen, viel wichtigeren Beschäftigungen.

Schwester Mila hatte seit früher Kindheit eine ungewöhnliche Begabung zum Fabulieren. Sie erzählte selbst erdachte Geschichten; ihre Phantasie war unerschöpflich. Als Akteure wirkten kleine Papierpüppchen, die Schwester Emma, unsere begabte Malerin, auf Zeichenpapier gemalt und ausgeschnitten hatte. Mit diesen Figurinen führte Mila die abenteuerlichsten Theaterstücke vor. Wir lauschten gespannt auf den Fortgang der Handlung. Die «Vorstellungen» spielten sich meist auf dem verwunschenen Scheunenhof ab oder gar im hexenhaft geheimnisvollen Göpelhaus (Antriebsmechanismus für Dreschmaschinen, von vier Pferden im Rundlauf betrieben), in dem zu dieser Zeit nur große Spinnennetze voller Staub hingen und Mäuse raschelten. Einmal sollte ich die Rolle des Erzählers übernehmen, was mich in furchtbare Aufregung versetzte. Es wollte und wollte mir nichts einfallen. Mila verfaßte auch kleine dramatische Dichtungen, die wir sogar mit großem Erfolg im mennonitischen Schülerheim aufführten.

Besonders anziehend war der Hühnerhof. Ein wunderbares Gefühl, wenn das Federvieh auf unser Rufen von weither zusammenlief oder -flog und die ausgestreuten Körner aufpickte. Für jedes der mehr als fünfzig Hühner hatte sich Mila einen treffenden Namen ausgedacht. Zu ihr waren sie besonders zutraulich. Wir hatten den deutlichen Eindruck, daß die Hühner auf ihre Namen hörten.

Und was für eine Freude war es, die neugeborenen Kälbchen das erstemal auf die Weide zu führen. Zu komisch, wenn sie sich, von Helligkeit und Sonne geblendet, sträubten, die ersten Schritte aus dem dunklen Stall ins Freie zu wagen. Sie stemmten ihre knotigen Beine mit aller Kraft gegen die Bewegung nach vorne. Wir zogen sie an Ohren und Schwänzchen, bis es endlich gelang, sie ans Licht zu zerren. Waren sie schließlich draußen, machten sie drollige Bocksprünge und jagten mit uns den Abhang zur Koppel hinunter, daß die Staubwolken nur so flogen. Nur anfangs leisteten sie Widerstand, später gingen sie zahm zur Koppel.

Die Kaninchen durften nicht fehlen. Es begann mit Philipps Spaß an der Kaninchenzucht. Da der sehr geräumige Kuhstall noch nicht voll belegt war, zäunte er sich eine Bucht ab, in die wahllos Kaninchen verschiedener Rassen gesetzt wurden. Sie kreuzten und vermehrten sich in rasantem Tempo. Als eines Tages der ganze Kuhstall benötigt wurde und auch das Interesse von Bruder Philipp nachgelassen hatte, setzte er die Tiere ganz einfach aus. Sie blieben sich selbst überlassen, fanden Zuflucht unter dem Getreidespeicher, der im Fundament zur Durchlüftung Öffnungen besaß, die gerade weit genug waren, um ein Kaninchen durchzulassen. Dort lebten sie unbehelligt und friedlich, solange wir Kinder in der Stadt den Schulpflichten nachgehen mußten. Aber während der Ferien war es mit ihrer Ruhe vorbei. Wir begannen ihnen mutwillig nachzustellen und hatten es vor allem auf das Leittier, einen recht imposanten gelben Rammler mit Hängeohren, abgesehen. Am schlimmsten mußte ich es wohl mit ihm getrieben haben, und das hatte er mir übelgenommen. Sobald er mich auf dem Hof sichtete, schoß er mir nach. Er verfolgte mich wie ein bissiger Hund, laut fauchend mit flatternden Ohren. Voller Angst brachte ich mich in Sicherheit. Doch einmal konnte ich ihm nicht mehr entkommen, er fiel mich an und biß sich in meiner nackten Wade fest. Vor seiner Wut rettete mich nur ein Sprung auf eine große Rolle Stacheldraht – barfuß. Dann erst gab das wütende Tier mein blutüberströmtes Bein frei. Heute noch ist die Narbe zu sehen.

Der Aufenthalt im sommerlichen Wald zur Erdbeer- oder Himbeerzeit machte uns überglücklich. Jetzt blühte auch an schattigen Stellen die wilde Orchidee und verbreitete ihren verwirrenden Duft. Wir wußten, wo die süßesten Beeren wuchsen, sammelten eifrig, um Mutter eine Freude am wachsenden Wintervorrat zu bereiten, oder labten uns gleich abends an den Früchten. Mit Milch und Zucker war das die schönste Leckerei.

Eine Sensation brachte das Jahr 1924. Wir installierten unser erstes Radio. Ein bekannter Bastler hatte es zusammengebaut, käuflich waren damals zumindest in unseren Breiten noch keine Geräte zu haben. Es bestand aus verschiedenen Kästchen, mit Trocken- und Feuchtbatterien gespeist, elektrischen Strom hatten wir auf dem Lande noch nicht. Empfang war nur mit Kopfhörern für vier Hörer möglich. Der Bau der Antenne war ein großes Unternehmen. Aus dem Wald mußte als Mast die höchste Lärche gefällt und mit Ochsengespann geholt werden. Dieser Mast kam auf die Ostseite des Hauses und wurde an einer Linde befestigt. Auf der Westseite ragte hoch in den Himmel unsere alte Esche. Jetzt war es nicht mehr schwer, quer über das Haus eine Drahtantenne zu ziehen, die an einigen Isolatoren befestigt war. Das Hochklettern besorgte ein kühner Junge aus dem Dorf, der sogenannte Nesterdieb. Diesen Namen verdankte er seiner Geschicklichkeit, fast jedes Vogelnest zu erreichen. Die erste Sendung, die wir hörten, kam aus Königs Wusterhausen, wir hatten natürlich keine Ahnung, wo das war. Es wurden «Die lustigen Weiber von Windsor» übertragen.

Welch großes Erlebnis für die ganze Familie! Der Onkel war völlig aus dem Häuschen, immer wieder ging er ins Freie, betrachtete die Antenne und schüttelte den Kopf. «Was es doch für Teufelszeug gibt.» Das Radio beeindruckte ihn sehr. Vielleicht, weil er mehr Zeit hatte als alle anderen erwachsenen Hausbewohner, denen die Arbeit selten aus den Händen fiel, und er sich deshalb ausgedehnteren Reflexionen hingeben konnte.

Den Bruder meiner Mutter, Onkel Philipp Bollenbach (1865–1942), hatte ich als zehnjähriger Junge bei der Rückkehr in die alte Heimat das erstemal bewußt gesehen. Sein pockennarbiges Gesicht, der schnauzige Schnurrbart und die angegraute Bürstenfrisur schüchterten mich zunächst ein. Bald stellte sich aber seine völlige Harmlosigkeit heraus. Wir Kinder wurden zutraulicher und nannten ihn Onkel «Wußa», nach dem ruthenischen Wußa-Schnurrbart. Er war früher Wachtmeister bei der k. u. k. Gendarmerie und quittierte seinen Dienst bereits im dreiundfünfzigsten Lebensjahr beim Zusammenbruch der Donau-Monarchie. Von diesem Zeitpunkt an bezog er eine kleine Rente, war ständiger Gast auf unserem Hof, besuchte aber regelmäßig seine Frau, die in einem kleinen Häuschen in Stryj mit ihrem Sohn Witold wohnte, wo der Junge zur Schule ging.

Onkel Wußa war passionierter Jäger und durchstreifte unser ausgedehntes Jagdgelände in Wald und Feld. Im Winter jagte er Füchse und Hasen, im Sommer waren Rehböcke seine Beute. An langen Winterabenden verlockte er uns Kinder zum Kartenspiel; dieser Zeitvertreib machte ihm viel Freude, und auch wir amüsierten uns bei Tarock, Sechsundsechzig und dem Hasardspiel «21».

Oft trieben wir mit dem Onkel lustigen Schabernack. Wir hatten bald gemerkt, daß er keine große Rolle in unserem Leben spielte und je spielen würde. Vielleicht ließen wir uns von den zuweilen abfälligen Äußerungen der Mutter beeinflussen. Da er kein richtiger Bauer war und nicht viel von der Landwirtschaft verstand, nahm sie ihren Bruder nicht für voll. Unsere Einstellung zum Onkel änderte sich, als er über Nacht plötzlich erkrankte. Den sonst rüstigen Mann warf eine akute Harnverhaltung buchstäblich um. Zum Glück waren Semesterferien und ich zu Hause. Kurz entschlossen nahm ich am Onkel meine erste Katheterisierung mit Erfolg vor. Gleich am nächsten Tage fuhr ich mit ihm zum Urologen nach Lemberg. Es war auch höchste Zeit. Eine sofortige Operation befreite ihn endgültig von seinem Leiden, das er schon seit Monaten aus Scham verschwiegen hatte. Auch Onkel mußte 1939 das Gut verlassen. Seine Frau war gestorben, sein Sohn im Krieg. Er schloß sich der Familie meiner Schwester Wilhelmine an, die im sogenannten Warthegau angesiedelt wurde. Während des Trecks zeigte sich seine Unzulänglichkeit, von der Mutter direkt betroffen wurde. Er kutschierte recht ungeschickt an das Ufer eines Flusses, die große Fuhre stürzte mit allem Hab und Gut ins Wasser, und Mutter fiel so unglücklich, daß sie sich beide Arme brach.

Über Onkels weiteres Schicksal berichteten mir später meine Nichten, die Töchter von Schwester Wilhelmine. Er spielte mit ihnen, jetzt mit der dritten Generation, Karten. Als er eines Abends seinen Trumpf ausspielen wollte, fiel ihm die Karte aus der Hand, ein Schlaganfall setzte seinem Leben ein Ende. Er wurde, wie die meisten unserer männlichen Familienmitglieder, achtundsiebzig Jahre alt.

Noch sind wir zu Hause, noch ist kein Krieg! Nur ein Kummer bedrückt uns. Wie herrlich war zur Ferienzeit die Ankunft auf dem geliebten Gut, wie traurig die Abfahrt. Am Tag vor der Reise war alles gepackt. Früh ging's los, im Sommer und Frühling mit Pferdewagen, im Winter mit dem Schlitten zur Bahnstation. Besonders schwer war der Abschied nach den Sommerferien, der Abschied von Wald und Flur. Die Störche waren schon fortgezogen, nur die

Schwalben schossen noch durch die späte Augustluft. Früh um vier Uhr mußten wir aus dem Bett, schlüpften in die Kleider, tranken mit fadem Geschmack im Mund einen Schluck Kaffee oder Milch. «Vergeßt die Großeltern nicht!» ruft die Mutter. Also, auch das noch! Beide liegen in den Betten, verschlafen, verschlafen auch die Luft im Zimmer, Abschied mit Kuß, leicht übler Geruch – aber es muß sein. Dafür begleitet uns ihr Segen! Während der Fahrt sprach keiner ein Wort. Allmählich wurde es heller. Die Bahnstation nur mit Funzel beleuchtet, eilig Karten gekauft und gut im Portemonnaie verwahrt, das in meine rechte äußere Jackentasche mit Knopfverschluß kam. Ich nämlich hatte die Verantwortung als Ältester unseres erst fünf-, später vierköpfigen Trupps; ich trug sie bis zum Abitur, vom elften bis zum neunzehnten Lebensjahr. Der Zug fuhr auf freiem Feld ein, der Qualm schlug uns ins Gesicht, beim Einsteigen beeilen, denn nur eine Minute Haltezeit. Alle da? – Ja; und wir hatten auch alle Platz, der Andrang kam erst zwei Stationen weiter in der Kreisstadt Rudki. Jetzt war man gefangen – es gab kein Zurück!

Als wir Kinder noch alle in Lemberg zur Schule gingen, waren wir nur Weihnachten, Ostern und in den großen Sommerferien daheim. In aufregender Erinnerung sind mir die Weihnachtsferien, meist bei winterlicher Kälte und viel Schnee. Heiligabend wurden wir von der ruthenischen bäuerlichen Jugend durch Krippenspiele überrascht. Diese kleinen Auftritte vollzogen sich in der großen Küche. Die alten Texte der Krippenspiele, in einem Kauderwelsch Ruthenisch-Deutsch-Jiddisch vorgetragen, gingen noch auf die Kaiserzeit zurück. Neben dem Sprecher erschienen in bunter Reihenfolge Kaiserulanen, Kaiserhusaren und Jäger, aber auch Hirten und als Hauptfigur der ewige, ungläubige Jude, der sich nicht von der Geburt Christi überzeugen ließ. Den Abschluß bildete eine Art Puppenspiel mit lustigen, etwas derben Dialogen.

Die Hauptattraktion des Heiligen Abends bildete das Essen für alle Hofinsassen. Die langen Tische waren mit weißen Tüchern gedeckt, unter denen eine Schicht duftendes Heu lag – Symbol des Geburtsstalles vom Jesuskind. Das wichtigste aber war die Zahl der Gerichte: es mußten zwölf sein, vielleicht nach der Zahl der zwölf Apostel. Jedenfalls spielte die Zwölf eine bedeutsame Rolle.

Mit der davonziehenden Zeit verließen uns hintereinander die Großeltern, wie es im Buche des Lebens steht. 1918 starb der Vater unseres Vaters im achtundsiebzigsten Lebensjahr, 1924 Mutters Vater im gleichen Alter. Wir wurden aus der Stadt zum Begräbnis von Großvater Bollenbach geholt. Die Leiche war schon im sogenannten großen Zimmer aufgebahrt. Mutter führte uns in die Todesstube und zeigte uns das Gesicht des friedlich Entschlummerten. Beim Entfernen des Todeslakens knisterte leise der immer noch stattliche Backenbart des Verstorbenen. Dieses merkwürdige, ungewöhnliche Geräusch ist mir tief in Erinnerung geblieben. Großmutter blieb ungebrochen zurück und erfreute sich noch lange guter Gesundheit. 1925 verließ Schwester Emma das Haus. Sie heiratete ihren Cousin, den Sohn von Onkel Bisanz. Sie war nun selten bei uns zu Gast. Die Jahre vergingen, wir besuchten noch immer die Schule in Lemberg. Es veränderte sich nicht viel. Auch unverändert blieb unser Milchpächter Majorko, den wir bei jedem Besuch zu Hause begrüßten. Ihm möchte ich, «in memoriam», einen kleinen Abschnitt widmen.

Majorko, der Milchpächter

Eigentlich hieß er Meier Schulz, wurde aber von aller Welt nur Majorko genannt. Er war Sohn eines Milchpächters und hätte sein «Fach» gern weitervererbt, wäre nicht 1939 der unselige Krieg ausgebrochen, der Krieg der Faschisten. Einer seiner Söhne wurde stolzer Soldat bei der polnischen Armee.

Soweit meine Erinnerung zurückreicht, gab es unseren Majorko. Er blieb derselbe – wie zur Kinderzeit. In einer Spanne von zwanzig Jahren hatte er sich nicht verändert. Den Kopf bedeckte ständig derselbe abgegriffene Velvethut, der ihm wohl schon vom Vater überkommen war, so mitgenommen und speckig sah das Hitel aus.

Auf dem mageren Leib trug er über einem verblichenen Anzug eine Art Joppe, länger als eine richtige Jacke, kürzer als ein Mantel. Dieses Kleidungsstück behielt er sommers und winters an. Die Füße steckten in ausgetretenen, grau gewordenen und an den Spitzen abgestoßenen Schaftstiefeln, die kaum mit Schuhwichse in Berührung gekommen waren. Überhaupt erschien die gesamte Kleidung wie mit Watte gefüttert, Majorko wie ausgestopft. Sein Gesicht verklärte immer ein freundliches, etwas verlegenes, ja entschuldigendes Lächeln, das selbst der stattliche Vollbart und die obligaten Schläfenlocken nicht verdecken konnten. Auffallend waren seine Augen, ungewöhnlich für einen Semiten strahlten sie im schönsten Himmelblau.

Was tut so ein Milchpächter? Er holt täglich jahraus, jahrein die Milch direkt vom Stall, unmittelbar nach dem Melken, verarbeitet sie zu Butter und verkauft diese in der Stadt, wo seine Kunden auf ihn warten. Das Städtchen hieß Sambor, drei Meilen von seinem Wohnort Nihowice entfernt. Dort verkauft er seine koschere Butter. Es ist Mittagszeit. Die Kühe sind im Stall. Die Mädchen melken und füllen die schäumende Milch in Majorkos Kannen, die bereitstehen. Schon hört man das leise Rattern seines Wagens, eine Art Panjewagen. Angespannt ist die alte Kaschtanka, eine hochbetagte, kleine, aber immer noch emsige Stute, die einst uns gehörte. Majorko steigt ab, schlingt die Leine um den Seitenholm und stapft in den Stall. Die alte Stute steht geduldig an der Deichsel, den Kopf gesenkt, schlummert ein. Sie weiß, anschließend geht Majorko noch zur «Prieze» (Herrin). Wenn er in die «große Stadt» fährt, kann er Verschiedenes besorgen, und die Prieze hat immer

Wünsche. Gleichzeitig freut er sich auf einen kleinen Plausch. Ein Milchpächter kommt ja viel herum und hat sonst auch viel zu erzählen. Neulich sah er auf seiner Fahrt etwas Merkwürdiges. Das wird die Prieze sicher interessieren.

Schon sitzt er in der Küche, den Hut auf dem Kopf – er nimmt ihn nie ab –, sagt «Guten Tag» und beginnt mit seinen Neuigkeiten. Immer ist er bemüht, Sachen zu erzählen, die seiner verehrten Prieze Freude bereiten.

«Nun, was gibt es Neues, Majorko?»

«Priezeleben, das Haus von der Frau in Czernetzke hot sich verdraiht!»

«Was ist geschehn?»

«Jo, ich hob gesehn, das Haus hot sich verdraiht. Es waren viele Menschen da mit langen Stangen das Haus zu stützen.» Majorko zeigte aufgeregt mit den Händen, was geschehen war. «Es muß sich verdraiht haben!»

Später stellte sich heraus, daß die Leute mit dem Bau einer Antenne beschäftigt waren, was Majorko aber nicht wußte. Er war jedoch schlau genug, zu wissen, wie man Eindruck machen kann. Die Frau in Czernetzke, unsere Nachbarin, besaß ein größeres Gut als wir und erweckte Mutters Konkurrenzneid; deshalb war der Bericht über ein kleines Unglück sicher nicht fehl am Platze. Die Prieze wird sich efscher freuen! Schließlich nahm Majorko die Bestellung entgegen und verabschiedete sich; rasch wollte er jetzt weiter.

Was bestellt war, besorgte er auch pünktlich. So brachte er, was man im Haushalt immer brauchte, nämlich Salz, Petroleum, Streichhölzer und oft auch einen «Sudekel». Sudekel ist die hintere Kalbskeule, die gläubige Juden nicht essen. Als Jakob mit dem Engel rang, hatte er sich die Hüfte verrenkt, deshalb wohl! Ein Wunder, daß Majorko sich durch den wiederholten Transport von Sudekeln nicht verunreinigte. Aber sicher hatte er sich im Laufe der Jahre damit abgefunden.

Eine lustige, kleine Geschichte mit Majorko erlebte Vater. Es ist Anfang August, fast tropische Hitze, Mittagszeit. Vater geht über die Felder, nach dem Weizen zu sehen und kommt zu unserem Froschteich. Wen erblickt er da? – Majorko, nur in Unterwäsche, sonst weit und breit keinen Menschen.

Majorko liegt am Ufer und besprengt sich vorsichtig mit Wasser.

«Majorko!» ruft Vater. «Steig doch rein!»

«Aber, Purez [Herr], man kenn bekimmen den Kortsch [Krampf]!»

Das Wasser hatte eine Temperatur von mindestens fünfundzwanzig Grad, war der Teich doch nur einen halben Meter tief. Aber so war Majorko.

Frühmorgens hörten wir Kinder in der Küche schon seine kehlige Stimme. Wir lagen noch wohlig in den Betten. Zuerst konnte man nichts verstehen, aber Mutters lautes und fröhliches Lachen verriet, daß Majorko wieder beim Erzählen war. Wir schliefen bald wieder ein. Ein anderes Mal erlauschten wir ein Gespräch zwischen Vater und Majorko. Vater holte sich Auskunft über die Straßenverhältnisse im späten Herbst, da er eine wichtige Fahrt vorhatte. Es war auch schon reichlich Schnee gefallen.

«Majorko, soll ich mit Wagen oder Schlitten fahren?»

«Purez, nehmen Sie den Wuggen, immer besser! Denn ein Wuggen ist ein Saiger, und ein Schlitten ist ein Pajger!» (Herr, nehmen Sie den Wagen, immer besser! Denn ein Wagen läuft so gut wie eine Uhr, aber ein Schlitten taugt nichts, ist ein Dreck.)

Und wenn Majorko nur neun Pfennige für einen Liter Vollmilch zahlte, war es Mutter dennoch möglich, bei sparsamster Wirtschaft, alle Ausgaben zu bestreiten und sogar drei Jungen «studieren zu lassen».

Majorko war die gute Seele unserer Familie. Als Kinder machten wir uns oft lustig über ihn und ahnten nicht, daß wir ihm so eng am Herzen lagen wie seine eigenen.

Im September 1939 kam das große Unglück. Die Familie mußte den Meierhof Kogutówka für immer verlassen. Es hieß, «Heim ins Reich»! Majorko blieb zurück. Er war noch nicht sechzig Jahre alt.

Später wurde mir berichtet: Majorko ging noch ein letztes Mal abends auf unseren Hof. Er kam in den leeren Stall, in die leere Küche, legte sich auf den Fußboden und starb. Leute fanden ihn am nächsten Tag tot auf dem Platz, auf dem er immer bei seiner Prieze gesessen hatte.

Das war die Geschichte vom Milchpächter Majorko. Er hatte kein leichtes Leben, aber es hatte nun, da all seine Freunde fort waren, für ihn den Sinn verloren. Er sah keinen Ausweg. Ein frühes Opfer des Nazikrieges.

Auf dem Gymnasium

Die Aufnahmeprüfung am deutsch-evangelischen Gymnasium legte ich mit Erfolg ab und bekam die damals vorgeschriebene Uniform mit Kadettenmütze und einem Balken (1. Klasse) am Kragen. Wie stolz und gehoben fühlte ich mich! Die jüngeren Geschwister wurden entsprechend ihrem Alter in die deutsch-evangelische Volksschule eingeschult, die sich in demselben Gebäude befand.

Jetzt begann ein neuer Lebensabschnitt für uns, vor allem für mich. Allein Großmutter verdankten wir die Möglichkeit einer derartigen Schulbildung. Die Eltern hätten sicherlich nie die Initiative ergriffen, ihre Kinder einer akademischen Zukunft wegen in die Fremde zu schicken.

Die Lemberger Wohnung, die für lange Zeit eine große Rolle in unserem Leben spielen sollte, lag in einem grauen Mietshaus der Altstadt, eingerahmt von Häusern gleicher Art, die dicht an dicht eine schmale Gasse mit Kopfsteinpflaster säumten. Hier hausten wir von 1918 bis 1926 – fünf Kinder und die zuckerkranke Oma – in zwei erschreckend hohen Räumen der zweiten Etage, der eine zur Straße gelegen, mit zwei ungewöhnlich hohen Fenstern, die sich nach außen öffnen ließen. Beim Öffnen derselben bestand Gefahr, daß die Rahmen oder wir selbst zehn Meter tief hinabstürzen könnten. Die Brüstung war nämlich sehr niedrig, die Angeln rostig. Schon diese Fenster gaben Anlaß zu gespenstischen Träumen, die mich noch heute nach über sechzig Jahren verfolgen, genauso wie die Erinnerung an die abenteuerlichen Expeditionen zu den Aborten, treppab, treppauf in einem dunklen Hinterhof. Das große Zimmer mit den eben beschriebenen Fenstern war gleichzeitig unser Schlaf-, Wohn-, Musik- und Empfangszimmer. Ja, wir besaßen tatsächlich ein Klavier! Oma hatte es sich in den Kopf gesetzt, uns Klavierstunden geben zu lassen. Dazu bewog sie nicht nur der Drang, die Enkel in jeder Richtung zu bilden, sondern es war ihr unbedingter Wunsch, daß wir in diesem Punkte wenigstens den Krakauer Bisanz-Kindern voraus wären. Onkel Bisanz und dessen Familie waren Omas geheime Feinde. Warum, konnte ich nie so richtig ergründen. Vermutlich hatte sie früher mal als Köchin in einem seiner Lokale gearbeitet.

Unser Tagesablauf war ziemlich gleichförmig. Der Unterricht begann Punkt acht Uhr, danach richtete sich der Tagesrhythmus. Um sieben Uhr gab es Frühstück, gleich danach machten wir uns auf den weiten Weg zur Schule, die in einem anderen Stadtteil lag. Um vierzehn Uhr waren wir wieder zu Hause.

Der ganze Nachmittag verging mit Klavierüben und Schularbeiten. Letztere machten wir am Eßtisch im zweiten Raum – eine Art Berliner Zimmer – beim trüben Schein einer Petroleumlampe. Da der Platz nicht für alle reichte, mußte einer im halbstündlichen Wechsel ans Klavier. Das war schon eine energische Aufforderung zur Konzentration. Weder das eintönige Tonleiterklimpern noch die Geräusche des Nebenmannes durften vom Lernen abhalten. Einzige Zerstreuung waren die Bücher, die wir nach dem Abendessen geradezu verschlangen. Sie führten in die phantastische Welt von Jules Verne, Karl May, Daniel Defoe oder Friedrich Gerstäcker. Zu den raren Abwechslungen zählte manchmal ein Kino-, seltener schon ein Theaterbesuch. Zum Kirchgang aber zwang uns Oma jeden Sonntag. Winters mußten wir um den Hals als Schutz vor Erkältung borstige Hundefellkragen legen, die scheußlich kratzten. Die Atmosphäre in der Kirche empfanden wir jedoch als angenehm, man hatte während der Predigt wunderbar Muße zum Träumen.

Zu den Hausbewohnern hatten wir kaum Kontakt. Da wohnten auf der gleichen Etage zwei Marktfrauen. Die eine, Frau Kuchar, war immer freundlich, vor der zweiten flüchteten wir, sobald wir sie erblickten. Nur ein einziges Mal sah ich durch die offene Tür in die Stube eines gegenüber hausenden Juden, ein armseliges Quartier mit einem gardinenlosen Fenster zum dunklen Hof hinaus. Wohlhabender ging es da schon bei dem Tapezierer unter uns zu, einem feisten Mann, der Kinder nicht leiden mochte. In der dritten Etage lebten ältere Rentner. An eine verängstigte Witwe kann ich mich erinnern. Großmutter hatte sie einmal zu einem Teller Suppe eingeladen. Es war unheimlich. Sie sprach nicht, rührte mit ihrem Löffel in der Suppe herum, ohne zu essen.

Freude herrschte immer, wenn Bruder Philipp uns besuchte, mit dem wir dann ins Kino gingen. Oder Majorko kam, der Lebensmittel von zu Hause brachte und Geld von Mutter.

Einmal im Monat wurden wir von einem Onkel Konrad Schneikart eingeladen. Er war Uhrmacher wie sein bereits erwähnter Namensvetter aus Nisko. Wir bekamen jedesmal frisch gebrühten Tee und Kekse angeboten. Onkel Konrad hatte eine Polin zur Frau und einen Schwiegersohn Moczulski, von dem noch die Rede sein wird. Unaufgefordert schickte uns Oma aber häufig zu Onkel Konrad in dessen Laden mit dem Auftrag, eine Uhr reparieren zu lassen, des öfteren auch, um ihn anzupumpen.

Als wir im September 1918 in Lemberg anlangten, war die Stadt noch k.u.k. Metropole von Galizien und Lodomerien. Kurz darauf, nach dem Zusammenbruch der österreichisch-ungarischen Monarchie, befanden wir uns – historisch betrachtet – in einem herrenlosen Zustand, ohne Obrigkeit. Vorläufig lief alles weiter, wohl durch die verknöcherte Bürokratie der k. u. k. Beamtenschaft gehalten. Wir merkten zumindest keine Veränderung, waren auch als Kinder wenig daran interessiert. Was uns aber eines Tages auffiel, war die blau-gelbe ukrainische Fahne, die auf dem Rathaus wehte. Der Turm des Rathauses war aus unserem Fenster genau zu sehen. Lemberg war in ukrainischer Hand, nationalistische Gruppierungen hatten hier am 1. November 1918 eine westukrainische Republik ausgerufen.

In der Nacht vom 21. zum 22. November 1918 wachten wir plötzlich durch Schüsse auf. Durch das Fenster sahen wir die Feuerspuren von Karabinergeschossen. Am nächsten Tag blickten wir zum Rathausturm. Die gelb-blaue Fahne war verschwunden, an ihrer Stelle wehte die polnische weiß-rote Flagge. So schnell hatte sich der Umsturz vollzogen; wir waren Zeugen eines historischen Ereignisses.

Trotz der unsicheren Lage trieb es uns auf die Straße. Wir hörten Soldatengesang und sahen bald marschierende Kolonnen, die berühmten polnischen Legionen. Die Männer waren mit weiß-roten Fähnchen geschmückt und wurden von vielen Passanten jubelnd begrüßt. Disziplin und Ordnung brachen dennoch für kurze Zeit zusammen. Es gab Plünderungen, vor allem der Laden des reichen Juweliers Zipper am Ringplatz war betroffen. Im armen Judenviertel, ganz in unserer Nähe am Ausgang der Skarbkowagasse, befand sich ein großer Platz. Dorthin eilten wir, denn da brannte es! Die Flammen schlugen durch die Dachluken der Steinhäuser, und dunkler Qualm stieg zum Himmel. Keiner löschte das Feuer. Mir wurde ganz übel und schwach in den Beinen. Das Unbehagen steigerte sich noch, als wir an einem offenen Laden vorbeikamen. Auf dem Fußboden, den Kopf auf der Schwelle, die Füße im Raum, lag blutüberströmt ein toter Jude mit rotem Vollbart. Er lag auf dem Rücken. Die Menschen schlichen vorbei, ohne daß jemand eine Hand rührte. Es war für mich unfaßbar, daß Menschen sich solches Leid zufügen können. Verzweifelt flüchtete ich zu meinen schönen Büchern, unternahm mit Friedrich Gerstäcker «Streif- und Jagdzüge durch die Vereinigten Staaten von Nordamerika».

In dieser unruhigen Zeit erkrankte Bruder Emil. Babcia, so nannten wir Oma, holte den Kinderarzt Dr. Quest, der nicht weit von uns am Ringplatz wohnte. Er untersuchte Emil sehr genau und stellte dann die Diagnose Scharlach. Danach verlangte er warmes Wasser zum Händewaschen. Ich beobachtete alles genau, vor allem, wie er sich die Hände immer wieder seifte und reinigte. Ich wunderte mich über die Länge dieser Prozedur. Eine derartige Gründlichkeit beim Händewaschen hatte ich noch nie erlebt. Dr. Quest ordnete für die vier gesunden Geschwister eine sechswöchige Quarantäne an. Wir durften nicht zur Schule – das bedeutete Ferien zu Hause. Trotz der Wirren war es möglich, die Eltern zu verständigen. Vater kam. Glücklicherweise war die Eisenbahnlinie Lemberg–Krakau in polnischer Hand, während das umliegende Territorium noch von der ukrainischen Armee besetzt gehalten wurde. Einen Teil der Strecke konnten wir fahren, den Rest mußten wir zu Fuß bewältigen und dabei eine Frontlinie überqueren. Vater trug noch seine alte Uniformjacke, und das war wohl auch der Grund, daß nach barschem Anruf gleich ein Schuß fiel. Als jedoch vier Kinder hinter ihm auftauchten, ließ der Posten uns schließlich passieren. Da der kurze Wintertag zur Neige ging, nächtigten wir bei einem bekannten Juden. Rührend, wie freundlich die armen Leute uns aufnahmen. Todmüde fielen wir in tiefen Schlaf.

Daheim, in Kogutówka, hatte sich inzwischen ein Militärposten einquartiert. Es hieß, er solle das Gut bewachen. In einigen Monaten der Kriegswirren wurden sämtliche

Kühe und viel Getreide weggeholt. Die Eltern mußten von vorne anfangen.

Mit der Schule hatte ich Pech. Kaum mit ihr angefreundet, mußte ich sie und meine neuen Kameraden verlassen. Wer hätte gedacht, daß aus sechs Wochen Quarantäne ein ganzes Jahr Schulversäumnis würde? So lange dauerten die Kämpfe an. Wir waren von der Welt wie abgeschnitten. Endlich konnte ich zum Schuljahr 1919/1920 ins Gymnasium zurückkehren und die 1. Klasse absolvieren.

Nun trat aber der schon erwähnte Onkel Moczulski in Aktion. Er war mit meiner Einschulung in ein deutsches Gymnasium nicht einverstanden. Während der Ferien kam er extra nach Kogutówka und erläuterte den Eltern, daß nach seiner Meinung Absolventen deutschsprachiger privater Schulen wohl kaum die Chance hätten, an einer polnischen Universität aufgenommen zu werden. Onkel Moczulski war Mitarbeiter der Kriminalpolizei und kannte sich deshalb in der politischen Lage gut aus. Als Bürger des nach Jahrhunderten nationaler Unterdrückung wiedererstandenen polnischen Staates müßten wir dessen Streben – wollten wir uns nicht außerhalb der Gesellschaft stellen – verstehen, die wichtigsten Bildungsinstitutionen des Landes auch als nationale Einrichtungen zu gestalten.

Onkel Moczulskis Beredsamkeit beeindruckte so, daß die Eltern schließlich nachgaben. Wichtig war es jetzt für mich, erst einmal richtig Polnisch zu lernen. Von dem Onkel erhielt ich den «Pan Tadeusz» von Adam Mickiewicz – aber nur geborgt – mit den Worten: «Dieses Buch mußt du laut durchlesen, dann kannst du Polnisch!» – So machte ich es auch. Anfangs konnte ich nur buchstabieren, dann ging es aber immer schneller und besser. Bald konnte ich viele Stellen aus diesem Werk auswendig, das mir später als Pflichtliteratur noch einmal begegnete. Aus der genauen Lektüre dieser wunderbaren, als Nationalepos empfundenen Dichtung erschlossen sich mir in farbigen poetischen Bildern die tiefe Heimatliebe und der Freiheitssinn polnischer

Menschen. Aber dadurch allein erlernte ich die polnische Sprache noch nicht.

Nach den Ferien 1920/1921 kam ich also in die 2. Gymnasialklasse des X. Polnischen Staatlichen Henryk-Sienkiewicz-Gymnasiums in Lemberg. Ähnlich wie im österreichischen Schulwesen gab es im polnischen Gymnasium acht Klassen, die sich an die 4. Volksschulklasse anschlossen, so daß der Unterricht insgesamt zwölf Jahre, vom sechsten bis zum achtzehnten Lebensjahr, dauerte.

Die ersten Schritte in der fremden Umgebung kosteten mich große Überwindung und auch viele Tränen. Ich konnte mich zwar mit den Kameraden verständigen, mir fehlten aber sämtliche Fachausdrücke und schulische Termini. Die Deutschstunde wurde jedoch meine Rettung. Lehrer und Schüler horchten auf, als ich mühelos eine für sie fremde Sprache sprechen konnte und alles Gelesene sofort verstand. Plötzlich hatte ich eine Sonderstellung in der Klasse erobert. In den Pausen, besonders vor der Deutschstunde, wurde ich von allen Schülern umringt und um Hilfe gebeten. Manchen Klassenkameraden schrieb ich die Hausaufgaben direkt ins Heft. Trotzdem blieb es nicht aus, daß mich einige Schüler «Schwabe» schimpften, zumal ich nicht Katholik war wie alle anderen. Von der Religionsstunde, die ein katholischer Katechet abhielt, wurde ich ausgeschlossen. So genoß ich mit den jüdischen Schülern willkommene Freistunden.

Mit Freundschaften hielt ich mich sehr zurück; daran waren meine Schüchternheit, aber auch unsere traurige Wohnung schuld, in die ich keinen einzuladen wagte. Ich blieb daher lange ein Einzelgänger, nur auf die Gesellschaft der Geschwister angewiesen. In der 4. Klasse (1922/1923) kam Wit Rzepecki zu uns, der sich gleich durch sein lustiges Wesen und ungezwungenes Verhalten die Herzen der Mitschüler eroberte. Besonders entzückt waren alle über Wits Karikaturen unserer Professoren – so nannte man die Lehrer am polnischen Gymnasium. In der Pause vor der entsprechenden Stunde zeichnete er mit wenigen Strichen ein treffsicheres Konterfei des Lehrers an die Tafel. Voller Spannung und spitzbübischer Freude warteten wir auf die Reaktion des Betroffenen. Wir waren überrascht, vielleicht sogar ein wenig enttäuscht, daß meistens jeder Tadel ausblieb und Wit Lob und Bewunderung erntete. Überhaupt hatten wir Lehrer von hoher äußerer und innerer Kultur. Sie erkannten das Talent und dachten nicht daran, sich persönlich beleidigt zu fühlen. Der Zeichenlehrer versuchte sogar, Wit für die Malkunst zu werben.

Wits überragende Intelligenz machte ihn bald zum Anführer einer Gruppe gesellschaftlich und finanziell höher stehender Kameraden, obwohl er selbst ein armer Schlukker war und sich seinen Unterhalt durch Nachhilfestunden verdiente. Mit dieser Gruppe stellte er allerlei Schabernack in und außerhalb der Schule an. Ich gehörte nicht dazu. Doch mir hatte er sein besonderes Interesse zugewandt, ohne daß ich zunächst etwas davon ahnte. Schon damals widmete er mir ein selbstentworfenes Exlibris, das er mir aber erst viel später überreichte. Eine feste Freundschaft entwickelte sich zwischen uns nach dem Abitur, während des gemeinsamen Medizinstudiums, eine Freundschaft, die räumliche Trennung, Krieg und alle Wirren der Geschichte überdauerte und bis zum heutigen Tage, über sechzig Jahre hinweg, erhalten geblieben ist.

In seiner Autobiographie «Skalpel ma dwa ostrza» (Ein Skalpell hat zwei Schneiden), erschienen in vierter Auflage im Verlag Ossolineum, schildert Wit ungewöhnlich lebendig die Schulzeit. Dem Klassenlehrer Tadeusz Dobrowolski, der uns für die Schönheit der polnischen Dichtkunst die Herzen öffnete und begeisterte, widmet er liebevolle Worte. Auch ich habe gerade diesen Lehrer in dankbarer Erinnerung; hat er mich doch mit Verständnis und Sympathie gefördert. Um so schmerzlicher mußte mich ein Erlebnis aus jener Zeit bewegen. Heute noch fühle ich mich beklommen, sobald ich an diese Stunde zurückdenke.

Tadeusz Dobrowolski hatte mich aufgerufen, mir eine Frage gestellt, die ich außerstande war zu beantworten, weil ich eine bestimmte Erzählung einfach nicht gelesen hatte. Mir wurde übel vor Verlegenheit. Mit freundlichem Blick versuchte der Professor mir Mut zu machen, aber ich stotterte nur Unsinn. Ich hatte meinen Lehrer enttäuscht, er mich jedoch nicht gerügt.

Mir kommt dabei das Gedicht eines fast in Vergessenheit geratenen polnischen Dichters in den Sinn, das in meiner Nachdichtung folgendermaßen lautet:

Euch, meinen Lehrern, muß ich nachsinnen,
Aber aus dem Sinnen kann nur Trauer rinnen;
Ich sehe Kreuze in irgendeiner Ferne stehn.
Eure Gräber einsam, dem Boden gleichgemacht,
Winde über wuchernde Kräuter, über welke Gräser
wehn.
Und alles in tiefes Schweigen gehüllt – in Nacht.

Um die Schmach des Versagens auszulöschen, meldete ich mich in der Abiturklasse freiwillig zur Interpretation des Gedichts «Farys» von Mickiewicz. Es beschreibt einen Araber, der auf seinem durch die Wüste stürmenden Rappen alle Gefahren überwindet und schließlich aus diesen als Held hervorgeht. Ob meine Deutung richtig war? Mir ging es um die damaligen Auseinandersetzungen zwischen Klassik und Romantik.

Ich lebte mich in die polnische Umgebung ein und vertiefte mich in die Seele der für mich neuen Sprache. Dabei beeinflußten mich verschiedene, nie gekannte Eindrücke, die mit dem Wesen und den Bräuchen der polnischen Bevölkerung zusammenhingen, so die Allerheiligenfeier auf den Friedhöfen. An eine kann ich mich gut erinnern, es mag im Jahre 1923 gewesen sein. Ende Oktober zogen über die Stadt schwere graue Wolken. Es setzte Regen ein mit großen Tropfen, die allmählich zu feuchten klebrigen

Schneeflocken wurden. Es schneite den ganzen Tag und die Nacht. Am Morgen des 1. November, wer hätte es geglaubt, war die Stadt weiß eingehüllt. Die Luft war trocken und frostig, der Winter hatte begonnen.

Allerheiligen – der Tag für die Toten!

Uns Kinder zog es zum großen Friedhof, um die Feier einmal mitzuerleben. Vor den Friedhofstoren und entlang der Mauer hatten sich unzählige Bettler angesammelt, Blinde mit leeren Augenhöhlen, Gestalten ohne Beine und Arme, ältere und jüngere Krüppel, ein Elendshaufen. Sie alle warteten auf Almosen mildtätiger Menschen. Dieser Anblick erschreckte uns nicht, da wir öfter in den Straßen der Stadt Bettler gesehen hatten, nur nicht in so großer Zahl. Ab und zu fiel eine Münze in die ausgestreckten Hände. Inzwischen war es dunkel geworden, aber der Friedhof war, soweit man blicken konnte, durch Tausende brennende Kerzen erhellt. Ihr flackernder Schein beleuchtete Gräber, Kreuze und Sträucher, die sich vom schwarzen Himmel deutlich abzeichneten.

Neugierig betraten wir die breiten, schneebedeckten Pfade mit unzähligen anderen Friedhofsbesuchern. Plötzlich erklang in unserer Nähe ein vielstimmiger Männerchor, zum stillen Zuhören mahnend. Der ernste, fromme Cantus berührte uns tief. Kaum war er verklungen, ertönte aus der Tiefe des ausgedehnten Friedhofs ein zweiter Männerchor. Die Stimmen stiegen als sichtbarer Hauch in die frostige Nacht. Die brennenden Kerzen verbreiteten einen feierlichen Duft. Lange noch lauschten wir andächtig den Gesängen, in den Anblick dieses ungewöhnlichen Bildes versunken, bis uns schließlich die zunehmende Kälte nach Hause trieb. Die Toten lebten in der Erinnerung der Menschen auf.

Im traurigen Monat November, den die Kinder gar nicht mögen, gab es außer der Feier zum Allerheiligentag noch zwei weitere für Polen wichtige Gedenktage: Das waren am 11. November der Gründungstag oder die Wiederauferstehung des polnischen Staates im Jahre 1918 nach Beendigung des Ersten Weltkrieges und der 29. November, die Erinnerung an den Novemberaufstand 1830 in Warschau gegen die Unterdrückung der Polen durch den Zarismus.

Die unmittelbare Ursache für den Ausbruch des Aufstandes war die vom Zaren angeordnete Mobilmachung des russischen und des polnischen Heeres, denn in Polen gärte es schon seit langem, seit den Tagen des im Dezember 1825 mißlungenen Aufstandes russischer Revolutionäre (Dekabristen) gegen die Zarendespotie. Es folgte 1828 in der Warschauer Fähnrichschule eine von dem Leutnant Piotr Wysocki geleitete Verschwörung. Auch sie scheiterte. Als dann aber im Juli 1830 die Nachricht von der Revolution in Frankreich und in Belgien eintraf, flammten die Sympathien hell auf, und die polnische Unabhängigkeitsbewegung erstarkte zusehends. Das von dem Zaren zusammengetrommelte Aufgebot sollte nun diesen Unruheherd im Westen des Landes ersticken. Doch die Aufständischen schlugen zu und erstürmten am 29. November den Palast des russischen Statthalters und Großfürsten Konstantin. Warschau war befreit. Aber mangelnde Einigkeit unter den Revolutionären und vor allem die konservative Haltung polnischer Aristokraten machten den Erfolg zunichte, und so mußte auch dieser Aufstand zusammenbrechen.

Es ist bezeichnend für die Mentalität der Polen, daß Feiern von Gedenktagen tragischen Inhalts viel lieber und inniger begangen werden als Feiern aus freudigem Anlaß.

Die Feier der «Novembernacht» im Freien mit Chören, Gedenkreden und gelegentlich mit Aufführungen bei Fakkelschein machte auf mich einen tiefen Eindruck und weckte in mir eine Art heroisches Gefühl des Mitkämpfenwollens für die Gerechtigkeit. Gleichzeitig erkannte ich die Zwiespältigkeit meiner Gefühle. Ich gehörte ja nicht dazu! Ich war doch Deutscher und hatte nichts damit zu tun. Ähnlich ging es mir beim Lesen von Heldengeschichten polnischer Dichtungen. Sie berührten mich so tief, daß in mir das Gefühl mitzuschwingen begann, selbst Pole zu sein.

Von diesem Zwiespalt wird noch weiter die Rede sein, als der Krieg ausbrach, ich als polnischer Offizier gegen Deutschland kämpfte und dann im widerrechtlich gebildeten Generalgouvernement als sogenannter Volksdeutscher erleben mußte, wie meine polnischen Freunde ärgsten Drangsalierungen durch die deutschen «Reichsgermanen» ausgesetzt waren.

Sprechen wir aber wieder von der Schulzeit. Einfacher hatten es hier meine Kameraden, die Polen. Sie kannten nicht diese Konflikte in ihrem Handeln und in ihren Gefühlen. Auffallend war aber, daß sie solche Feiern nicht so tief wie ich empfanden, jedenfalls nicht alle.

Zwischen meinem siebzehnten und zwanzigsten Lebensjahr begann ich allmählich die Stadt zu erobern. Mich interessierten ihre Geschichte, die Denkmale und zahlreichen Kirchen, die herrliche und malerische Umgebung sowie das ungewöhnliche Panorama-Gemälde von der Schlacht bei Racławice, da polnische Freiheitskämpfer unter ihrem Nationalhelden Tadeusz Kościuszko einen Sieg über die Invasoren errangen. Beim Schlendern durch die Straßen fiel mir auf, daß unter den Hausnummern die Zahl «13» fehlte. Statt dessen las man die Zahl «11 A». Sollte das etwas mit dem Aberglauben der Bürger aus älterer Zeit zu tun haben?

Die ehemalige Metropole von Galizien – übrigens das größte, aber auch ärmste Kronland der k. u. k. Monarchie – zählte zu meiner Zeit dreihunderttausend Einwohner und war die drittgrößte Stadt Polens. Seit ihrer Gründung im Jahre 1250 hat die Stadt ein wechselhaftes Schicksal durchlebt. Die ursprünglich ruthenische Bevölkerung wurde durch den Zuzug von Polen, Deutschen, Juden, Armeniern, Tataren, Griechen, Italienern, Tschechen, Ungarn, Bulgaren, ja sogar Schotten zu einem ungewöhnlichen Völkergemisch. Im Laufe der Jahrhunderte haben zahlreiche Kriege die Stadt verwüstet, Tataren, Türken und Kosaken plünderten und zerstörten sie mehrfach. Viel Blut ist in dieser Landschaft geflossen.

Bis zum Ende des 18. Jahrhunderts waren die Fremden so weit assimiliert, daß in der Hauptsache die polnische und ukrainische Nationalität überwogen. Von 1772 bis 1918 hat Lemberg dann als Metropole von Galizien während der hundertfünfzigjährigen österreichischen Oberhoheit weitgehend das Gepräge einer österreichischen Stadt angenommen. Die Stadt besaß in der Tat eine glanzvolle Vergangenheit und eine beschauliche Gegenwart. Dem jahrhundertelangen Zusammenleben verschiedener Völker verdankte sie ihre einmalige Eigenart, so, wie ich sie erlebte. Sie unterschied sich deshalb von den anderen polnischen Städten jener Tage, die ich auch kennenlernte, wie Warschau, Posen oder Krakau.

Durch das Zusammenwirken verschiedener Zungen hatte sich eine besondere Volkssprache entwickelt, die «gwara lwowska», ein Gemisch von Polnisch, Ukrainisch, Deutsch und Jiddisch, die sich durch einen eigenartig singenden Ton auszeichnete. Die Hauptvertreter dieser «gwara lwowska» waren die «Batiaren», aus dem ungarischen «betyar» – Landstreicher. Damit bezeichnete man Straßen- und Bänkelsänger, die ihre Lieder ungezwungen und humorvoll, wenngleich nicht sehr geistreich vortrugen, aber immer zu aktuellen Tagesfragen Stellung nahmen. Im Laufe der Zeit wurde die Bezeichnung «Batiar» auf Straßenjunge übertragen. Batiaren waren es auch, die mir in der ersten Zeit, als ich noch die österreichische Kadettenmütze trug, den «baniak» um die Ohren schlugen. Den «baniak» wurde ich mit Zusammenbruch der Monarchie sofort los. Es ist verständlich, daß dieses Überbleibsel aus der österreichischen Zeit die Batiaren ärgerte. Sonst waren sie recht harmlose Gesellen und machten mehr Schabernack als Untaten. Lemberg besaß eine altehrwürdige, 1661 durch den polnischen König Jan Kazimierz gegründete Universität. Während der österreichischen Herrschaft zeitweise geschlossen, gewann sie im 19. Jahrhundert wieder an Bedeutung, insbesondere seit der 1862 erkämpften Einführung der polnischen Unterrichtssprache.

Die Lemberger Universität erfreute sich zu meiner Zeit regen Zuspruchs; aus allen Teilen Polens strömten Studenten herbei. Weitere Hochschulen, wie die Technische Hochschule, die Exportakademie, die Tierärztliche Hochschule, die Kunstakademie und das Konservatorium, zeugten von der hohen wissenschaftlichen Entwicklung der Stadt. Theater, Museen und Bibliotheken ergänzten das kulturelle Stadtbild, ebenso zählten Kliniken und Spitäler dazu. Zahlreiche Kinos und Sportplätze standen für Vergnügen und sportliche Betätigung offen. Ausgedehnte Parkanlagen mit gepflegtem Blumenflor boten Möglichkeiten zur Erholung, so vor allem der Kiliński-Park. Die steilen Hügel der Pohulanka ermöglichten im Winter richtiges Skilaufen. Im Sommer konnte man in einigen wenn auch primitiven Schwimmbecken baden. In einem errang ich als Schüler der 6. Klasse den ersten Preis im Wettschwimmen des Gymnasiums.

Das Zentrum der Stadt war großzügig angelegt. Eine besonders repräsentative Straße war die ul. Akademicka. Hier fand zu bestimmten Stunden der sogenannte Korso statt. Breite Fußsteige und luxuriöse Läden machten das Flanieren angenehm. Man sah die Hautevolee von Lemberg, die schicke Damenwelt, die flotten Offiziere und Studenten in Couleur. Hier lagen auch die eleganten Cafés, ganz nach Wiener Art, die Roma und die Szkocka. Bei Kaffee und Zeitungen diskutierten Literaten, Künstler und Gelehrte. Viele Kirchen schmückten das Stadtzentrum, Kirchen, über die wir oft Aufsätze schreiben mußten, um die Stilarten zu erläutern. Das Gas- und Elektrowerk versorgte aber nur die modernen Wohnviertel im südöstlichen Teil der Stadt. Unsere Gegend, die sich an das arme, nördlich gelegene Judenviertel anschloß, besaß nicht diesen Luxus, nach dem wir uns sehnten. Er schien uns unerreichbar.

Da geschah etwas Unerwartetes, das unsere Lage völlig änderte. Im Sommer 1926 erkrankte Großmutter schwer, während wir unbekümmert die Ferien zu Hause verbrachten. Die vernachlässigte Zuckerkrankheit hatte sich verschlimmert, die Sehschärfe ließ nach. Babcia mußte dringend ärztlich behandelt und von einer herbeigerufenen Nichte gepflegt werden. Nach den Ferien konnten wir nicht mehr in ihre Obhut zurückkehren, sondern wurden im mennonitischen Schülerheim untergebracht. Für uns Schulkinder begann ein neues Leben, während das der Großmutter vielleicht zu Ende ging. Wir kamen in das modern eingerichtete Schülerheim, im neuzeitlichen Stadtteil gelegen, und glaubten, vor der Erfüllung all unserer Wünsche zu stehn.

Die Ormiańska 15 suchten wir nur noch einmal auf, das allerletztemal, zum Begräbnis unserer Babcia. Sie hatte sich nicht mehr erholt und war plötzlich gestorben. Als wir die vertraute Wohnung betraten, war der Sarg schon verschlossen und die Zimmer von Großmutters Bruder fast leer geräumt. Ein unheimlicher Anblick. Wir waren traurig und bedrückt. Vater, der auch zum Begräbnis gekommen war, wollte zur Erinnerung die Wanduhr, das Erbstück seiner Eltern, an sich nehmen. Doch Omas raffgieriger Bruder fuhr dazwischen, ergriff das Küchenbeil und ging auf Vater los. Vor dieser unerwarteten rabiaten Gewalttätigkeit zurückgeschreckt, verzichtete Vater auf sein Eigentum. Die Totengräber trugen den Sarg die dunkle, nie beleuchtete Treppe hinunter. Wir folgten schweigend. Plötzlich ließ mich ein unerklärliches plätscherndes Geräusch erschauern. Aus dem schräg getragenen Sarg ergoß sich ein Schwall Flüssigkeit über die untersten Träger und klatschte auf die Treppe. Wir versuchten im Dunklen den Pfützen auszuweichen. An die Versenkung des Sarges ins Grab kann ich mich nicht erinnern.

Die Ormiańska 15 entschwand für immer aus unserem Gesichtskreis. Dieser Lebensabschnitt ging mit dem Tode der Großmutter zu Ende. Keiner trauerte ihr nach, sie war nur eine Stiefmutter. Und doch hatte sie für uns Kinder mehr getan als manche Mutter.

Bei noch sommerlichem Wetter kamen wir am 1. September 1926 mit armseligem Gepäck im mennonitischen Schülerheim an. Von Spaziergängen kannten wir schon das gepflegte, in einem kleinen, schmalen Vorgarten gelegene Gebäude, hatten neiderfüllt hinübergeblickt. Jetzt sollte es uns als Zöglinge aufnehmen. Mutig schritten wir durch die schmiedeeiserne Pforte und gelangten über einen Treppenaufgang ins Innere des Hauses.

Freundlich begrüßt von «Tante Schröder», der Heimleiterin, umringt uns sogleich eine lustige Kinderschar. Schwester Mila kommt sofort in die Obhut der im Erdgeschoß gelegenen Mädchenabteilung, wir Jungen wandern zwei Treppen hoch in die «Männerabteilung». Auf der ersten Etage fällt unser Blick auf eine verschlossene, geheimnisvolle Tür, eine Tür von besonderem Gepräge, wie der Eingang zu einem «Sanktuarium». Der Junge, der uns nach oben bringt, erklärt wie selbstverständlich, ohne besondere Betonung, daß sich dahinter der Betsaal befindet. Eine Treppe höher gelangen wir in den Schlafraum der Jungens: ein Bett am anderen, an der Stirnseite des Saales ein erhöhtes Podium. Hier stehen unsere Pritschen. Rudolf, Emil und ich sind also auf einer Bühne untergebracht. Mir fällt «Faust» ein, und ich flüsterte Rudolf zu: «Die Pfosten sind, die Bretter aufgeschlagen» ... «Welches Spiel wird von uns erwartet?»

Das Heim zählte etwa dreißig Insassen, Bursaki genannt. Wir wurden eine große Familie. Der Zufall hatte uns in eine völlig neue Gesellschaft eingeführt, nämlich in den Kreis der Mennoniten. Menschen wie wir und doch ganz anders.

Die Mennoniten sind eine christliche Religionssekte, die «Taufgesinnten», genannt nach ihrem Gründer, dem friesischen Priester Menno Simons (1492–1559). Während der Entstehungszeit waren die Anhänger dieser reformierten Bewegung oft zur Auswanderung gezwungen. Unsere deutschen Mennoniten waren gemäßigte Christen. Was sie aber besonders auszeichnete, war ein ungewöhnliches Zusammengehörigkeitsgefühl. Wir als religiöse Außenseiter wurden jedoch in diese familiäre Gemeinschaft sofort einbezogen. Im Heim wechselten frohe Feste, großartige Bälle und Theateraufführungen einander ab. Zu solchen Veranstaltungen wurde das ganze Schülerheim auf den Kopf gestellt. Sämtliche Betten aus der Männerabteilung kamen in den Betsaal, dort schliefen dann die Kleinen, während die Großen sich vergnügten; er war also kein absolutes «Tabu». Das ganze Umräumen ging ungewöhnlich schnell vonstatten, denn es diente einem frohen Zweck, und alle halfen mit. Das Podium der drei Günthers verwandelte sich in eine Theaterbühne mit Kulissen und Vorhang. Als Bühnenmaler stellte sich der mennonitische Prediger Herr Gesell zur Verfügung. Er konnte großartig mit Pinsel und Farben umgehen. Wir mußten ihn einfach bewundern. Als Schauspieler agierten ausschließlich Bursaki. Die Regie übernahm ich. Unvergeßliches Vergnügen bereiteten wir den zuschauenden Eltern, der ganzen mennonitischen Gemeinde. Oft ernteten wir auf offener Szene Applaus. Nach der Aufführung begann der Ball mit Jazz-Kapelle, Büfett und diversen Überraschungen. Alles amüsierte sich köstlich.

Im Heim verlebten wir angenehme Jahre, reich an gegenseitigem Verständnis, aber auch voll von jugendlichem Übermut und aufschäumender Lebenslust. Es war wie in der «Ode an die Jugend», dem bekannten Gedicht von Mickiewicz, das wir in der Schule auswendig lernten. Die von den Mennoniten gepflegte fröhliche Geselligkeit, das ungezwungene natürliche Miteinander von männlicher und weiblicher Jugend, all das hatte auf uns Jungens einen äußerst positiven Einfluß.

Schon als Gymnasiast erfreute mich der Anblick artiger,

gepflegter junger Mädchen mit adretten Frisuren, in Sommerkleidchen, die nur einen winzigen weißen Spitzensaum sehen ließen. Wie sie behende und paarweise gingen, miteinander tuschelten und lachten, die Schulmappen graziös in behandschuhten Händen trugen. Unsere Herzen flogen ihnen nach. Wir folgten ihnen schweigend, manchmal überholten wir sie, wagten aber fast nie, uns umzublicken. Wenn das mal geschah und wir einen koketten Blick auffingen, waren wir glücklich. Es waren «Ursulinerinnen», manchmal auch polnische Schülerinnen aus der «Sacre Cœur».

Gibt es das heute noch – die Fähigkeit der Männer, sich Achtung und Verehrung gegenüber der Frau zeitlebens zu bewahren? Was fesselte mich so an Frauen? In erster Linie war es die reizvolle Neugier, das andere, fremde Wesen zu ergründen. War es wirklich ein fremdes Wesen? Ich hatte doch zwei fast gleichaltrige Schwestern. Das zweite Geschlecht war mir nicht unbekannt. Und dennoch, die Schwestern zählten nicht, sie waren Teil meiner selbst, meiner Familie.

Die neue Umgebung gab mir endlich Gelegenheit, meinen innersten Wünschen nachzugehn und mich den gleichaltrigen Mädchen zu nähern, eine Gelegenheit, die uns das Jungengymnasium nicht bot. Wir legten die rauhen Umgangsformen in Gesellschaft der wohlerzogenen jungen Damen ab. Es entwickelten sich sympathisierende Beziehungen, kleine Liebeleien, aber auch solide Freundschaften. Trotz allem blieben die Mädchen für mich besondere Wesen, von Geheimnis umhüllt.

In diesem freudvollen Kreis konnte ich Abitur feiern, hier verlebte ich mein erstes Studienjahr. Heute sind unsere Bursaki in alle Winde zerstreut. Viele gingen nach Kanada, wohl weil dort größere mennonitische Glaubensgemeinschaften existierten.

Zu den prägenden Eindrücken meiner Jugend zählte die Teilnahme an einer Jugendwoche in der Siedlerkolonie

Dornfeld. Obwohl es sich dabei um eine kirchliche Veranstaltung handelte, war sie doch bedeutungsvoll. Sie gab nämlich den jungen Deutschen in Galizien Gelegenheit, sich mit Altersgefährten aus ganz Polen zu treffen.

Die deutsche Bevölkerung in Ostgalizien stützte sich in erster Linie auf die deutsch-evangelische Kirche. In diesem Zusammenhang muß noch einmal auf einen Mann verwiesen werden, mit dem mein Großvater Bollenbach auf seiner Erkundungsfahrt nach einem neuen Familienwohnsitz aneinandergeraten war, und das nicht gerade friedlich. Der übrigens aus Greifswald stammende Missionspfarrer Theodor Zöckler sah seine Tätigkeit nicht nur auf den kirchlichen Bereich eingeschränkt, er wollte auch gesellschaftlich wirksam werden und gründete zusammen mit einigen Amtsbrüdern, um den Zusammenhalt zu stärken, den Bund der christlichen Deutschen. Die Ausgestaltung der Jugendwochen in Dornfeld gehörte auch zu den Aufgaben dieses Vereins. Mögen bei den Gründungsvätern noch volkstümelnde Absichten Pate gestanden haben, so lernte ich diese Jugendwoche als eine nützliche Bildungseinrichtung kennen, die keineswegs die Konfrontation mit den uns umgebenden Nationalitäten suchte. Im Mittelpunkt stand der fruchtbare Gedankenaustausch.

So trafen sich alljährlich siebzehn- bis fünfundzwanzigjährige Deutsche aus ganz Polen. Die Schulungsthemen umfaßten ein vielfältiges Programm; neben religiösen wurden sozialpolitische, literarische, naturwissenschaftliche und sexuelle Probleme behandelt. In den Pausen begeisterten wir uns an Sport und Spiel. Die Vorträge hielten hervorragende, speziell ausgewählte Redner. Besonders beeindruckend waren die Ausführungen von Lic. Pfarrer Weidauer aus Kolomyja, der durch seine modernen Anschauungen und das hohe geistige Niveau seiner Vorträge begeisterte.

Frühmorgens wurde geweckt, verschlafen krochen wir Jungens aus dem Heu der Scheunen, traten in Turnhosen zur Morgengymnastik an und mußten uns kalt unter der Hofpumpe waschen. Nach dem Frühstück begannen die Vorträge, die nach dem gemeinsamen Mittagessen mit Diskussionen fortgesetzt wurden. Die Abende gehörten bei Gesang und Tanz der munteren Geselligkeit.

Die einzige Jugendwoche, die ich im Jahre 1926 vor dem Abitur mit meinem Bruder Philipp mitmachen durfte, war für mich ein großes Erlebnis, auch durch das Kennenlernen neuer, junger deutscher Menschen. Ich war verblüfft über die Sprache, sie war wohl deutsch, aber so anders geartet als unsere ostgalizische. Diese Jugendlichen waren aus Oberschlesien, Posen, Bromberg und Danzig. Auffallend war, daß wir Galiziendeutsche in unserer Einfachheit deutlich von den anderen abstachen, sowohl, was Sprache als auch, was gesellschaftliche Gewandtheit und Garderobe anbelangte. Aber wir waren weniger verwöhnt, weniger zimperlich und ertrugen das harte Leben besser.

Ein wichtiges, wahrscheinlich gar nicht beabsichtigtes «Nebenprodukt» dieser Treffen waren spätere Ehebündnisse, obgleich die Jugendwochen nie zu einem Heiratsmarkt ausarteten. Bruder Philipp, der damals fünfundzwanzig Jahre zählte, fand dort seine spätere Ehefrau, ich hatte mich mit einem Fräulein Irmgard Radler aus Bromberg angefreundet. Noch einige Jahre schrieben wir uns schöne Briefe. Als Neunzehnjähriger dachte ich aber noch nicht an eine eheliche Bindung.

Im Mai 1927 feierten wir, meine polnischen Kameraden und ich, jung und unbekümmert und noch in friedlichen Zeiten, das Abitur. Unmittelbar vor den Examen fuhren wir mit Taxen zum Mickiewicz-Denkmal, um den großen Dichter zu huldigen und von ihm Inspiration zu erflehen. Es half; ich brauchte nur in einem Fach die Prüfung abzulegen.

Frau Schröder, die Leiterin des mennonitischen Schülerheims, bereitete mir einen überraschend schönen Empfang. Als Geschenk erhielt ich einen Spazierstock und einen

Hut, beides Requisiten, die ein Gymnasiast damals noch nicht tragen durfte, sich danach aber um so mehr sehnte, weil es die große Mode war. Plötzlich war man ein ganzer Mann mit hoffnungsvollen Aussichten. Mir gehört die Welt, dachte ich.

Stolz fuhr ich zu den Eltern, anschließend nach Stryj zu Cousin Witold, um ihm meinerseits zu seiner bestandenen Matura zu gratulieren.

Der Sommer lag vor mir, lange Zeit zum Überlegen. Was soll aus mir werden? Verwandte aus kirchlichen Kreisen rieten zur Theologie oder zumindest Philosophie. Ich wollte aber erst ausruhen, an nichts denken. Wie schön ist das Nichtstun nach Jahren anstrengender Arbeit.

In dieser Weltabgeschiedenheit erreichte mich eine gewöhnliche Postkarte. Absender war Wit Rzepecki. «Lieber Georg, ich und einige meiner Freunde haben uns entschlossen, Medizin zu studieren. Mach es wie wir. Du wirst bestimmt ein guter Arzt.»

Dieser Aufruf brachte mir plötzlich die Erleuchtung. Ja, das war es doch, was ich eigentlich schon immer wollte. Ich hatte noch viel Zeit, meinen Antrag einzureichen, denn damals gab es nicht das heute übliche Zulassungsverfahren. Wer ein gutes Zeugnis hatte, konnte sofort inskribiert werden. Also, auf zur Medizin! Wits Postkarte gab den entscheidenden Anstoß bei meiner Berufswahl. Auch Wit hat in seiner Autobiographie dieses für mich wichtige Ereignis erwähnt.

Zweites Kapitel

Ohne Streben kein Erfolg,
ohne Feuer kein Brand.
Christian Morgenstern

Student der Medizin in Lemberg

Das Studium begann im Oktober. Schon vor diesem Termin fuhr ich nach Lemberg. Mich drängte diesmal lebhafte Neugier, denn die Universität war sicher etwas ganz anderes, Großes und Erhabenes, als das sattsam bekannte Gymnasium. Über das Quartier brauchte ich mir keine Sorgen zu machen, das mennonitische Schülerheim hatte mir weiterhin angenehmen Aufenthalt versprochen.

Die Formalitäten der Inskription und Immatrikulation an der Medizinischen Fakultät verliefen ohne Komplikationen. Jetzt konnte das Studium anlaufen, ich Mitglied des Vereins Deutscher Hochschüler werden und schließlich das «geheimnisvolle» Leben eines richtigen Studiosus führen. Alles das mußte sich aber erst vor mir auftun, denn von keinem dieser Vorgänge hatte ich einen präzisen Begriff. Alles noch offene Fragen.

Unser Studienjahr hatte eine Trimestereinteilung, die sich nach den damals gültigen Feiertagen und den großen Ferien richtete. Wie heute noch üblich, waren die ersten zwei Studienjahre dem theoretischen Teil der Medizin gewidmet, und im dritten schloß sich die klinische Ausbildung an. Neben Physik und Chemie gehörten vor allem Anatomie und der Präparierkurs zu den Hauptfächern des ersten Studienjahres.

Die Vorlesungen der Anatomie begannen in den frühen Morgenstunden. Nie werde ich vergessen, mit welcher Ergriffenheit ich den Hörsaal, der im Halbdunkel vor mir lag, das erste Mal betrat. Die amphitheatralisch aufgebauten Bankreihen waren noch fast leer, nur unten am Katheder brannte Licht. Allmählich füllten sich die Plätze, und die Vorlesung fing an.

Professor Markowski, ein grauhaariger respektgebietender Herr, den wir später oft im gepflegten Institutspark mit seinem Schäferhund lustwandeln sahen, las Anatomie. Die Kollegs begann er meist monoton, wie gelangweilt, steigerte sich aber bald in einen ungewöhnlichen Eifer, so daß er uns alle mitriß. Das Präparieren machte mir nach Überwindung der ersten Übelkeit große Freude. Ich begann wie die anderen mit der oberen Extremität. Eines Tages war mein fast fertiges Präparat, für das ich so viel Zeit und intensive Arbeit aufgewandt hatte, verschwunden. Mein kostbares, unwiederbringliches Präparat. Nach tagelangem verzweifeltem Suchen fand ich es schließlich auf dem Tisch zweier Kolleginnen. An einem kleinen Defekt hatte ich das Diebesgut wiedererkannt und bekam es zurück. Als nächstes präparierten wir die unteren Gliedmaßen. Ich arbeitete an einer jungen blonden weiblichen Leiche. Auf den Zehennägeln sah ich noch Spuren von rötlichem Lack, was mich sehr berührte. Wer mag das gewesen sein? Hat jemand um dieses Lebewesen getrauert?

Im zweiten Studienjahr absolvierten wir neben anderen Fächern die Physiologische Chemie bei Professor Parnas. Dieser weltbekannte Wissenschaftler, riesig von Gestalt und stark beleibt, erregte unsere besondere Aufmerksamkeit. Während des Kollegs trocknete er ständig sein schwitzendes Gesicht mit einem großen bunten Taschentuch. Die unendlichen Formeln, die seine andere, noch freie Hand auf die breite Tafel schrieb, entzogen sich aber bald unserer Aufnahmefähigkeit. Doch welch ein Wunder, ich bestand das Examen! Professor Parnas war sehr nachsichtig; er wußte, wie gewaltig der Stoff und wie gering die Kenntnisse seiner Studenten waren. Die Parnas-Reaktion steht heute noch in den Lehrbüchern der Biochemie.

Im dritten Jahr erwartete uns bei Professor Koskowski die Pharmakologieprüfung. Es war ein herrlicher Frühlingstag, das schöne Wetter verlockte, weitere Vorlesungen zu schwänzen. Ich trat auf den sonnigen, gartenartigen Universitätshof, die Mappe unterm Arm, auf der Suche nach einem ruhigen Platz. Allein oder in Gruppen saßen dort bereits viele Studenten. Einer trat zu mir. «Möchtest du nicht mit Janka Pharmakologie pauken?» Janka M. – ich war erstaunt, denn sie war ein Studienjahr älter als ich und sollte die Prüfung noch nicht geschafft haben? Auf mein verwundertes Gesicht hin sagte er nur kurz: «Sie wird dir das selbst erklären!»

Ich begrüßte Janka. Wie alle älteren Studenten aus höheren Semestern flößte auch sie uns jüngeren Respekt ein, schon wegen der bestandenen Examina, so daß auch wir uns bislang nur aus der Entfernung her kannten. Sie ist ein ganz hübsches Mädchen – dachte ich, Figur, Größe, Augen und die beim Sprechen leicht bebenden Nasenflügel beeindruckten mich. Sie blickte ernst und schelmisch zugleich. Janka hatte, wie ich erfuhr, den vorhergehenden Prüfungstermin versäumt. Sie lud mich zu sich ein, in ein Vorstadthäuschen mit Garten und schattigen Bänken.

Und los ging es mit der Arbeit! Pharmakologie, für Professor Koskowski, ein noch jüngerer, uns sehr angenehmer Herr.

Ich lese, sie liest, abwechselnd, dann wiederholen: Kardiaka, Stomachika, Anästhetika, Laxantia, Abortiva und so weiter. Wir kamen zu Rosmarin. Da fiel mir plötzlich das polnische Soldatenliedchen ein. «Oh, mein Rosmarin!» und Rosmarin, das leichte Abortivum – vielleicht besteht ein

Zusammenhang zwischen Soldaten und Abortivum? Ich sagte es meiner schönen Kommilitonin. Sie lachte, sah mich an, und wie immer bebten ihre Nasenflügel.

Janka bereitete schon den zweiten Kaffee, heiß und pechschwarz. Und dann ging es weiter: Adstringentia, Narkotika, Diuretika und so weiter.

Der Kaffee wirkte in doppelter Richtung. Wohin? Sie zeigte mir den Weg.

«Morgen sehen wir uns die Rennfahrer an!» Sie war einverstanden. Jeden Morgen ab vier Uhr zogen sie ihre Trainingsrunden auf den kurvenreichen Straßen Lembergs: Hans Stuck, Caracciola, von Brauchitsch und andere – eine ganz große Show für Lemberg, die ganze Jugend war auf den Beinen.

Anschließend wieder pauken, Kaffee und kleine Ausflüge in den malerischen Vororten von Lemberg. Oft verliefen wir uns, schlugen uns durch dichte Büsche und landeten überraschend auf einem Pferderennplatz, beim Steeplechase, als Zuschauer von der grünen Tribüne. Es war Frühling, auch in uns.

Und schließlich kam das eigentliche Autorennen mit Hans Stucks Sieg. Wir standen unter Tausenden Schaulustigen dicht nebeneinander, Janka und ich. Und von dem einen Punkt konnten wir sehen, wie Stuck in einer gefahrvollen Kurve den Gang wechselte, immer mit der einen, besonderen Armbewegung, die uns beide gleichermaßen fesselte. Diese kleine, gemeinsame Beobachtung ist uns bis heute zu einer unvergeßlichen Verbindung geworden.

Das Examen bestanden wir mit guten Noten. Kräftig war der Händedruck von Professor Koskowski. Zu Beginn der faschistischen Okkupation vermochte er noch nach England zu emigrieren, war dort erst Professor in Edinburgh, später dann Direktor des Pharmakologischen Instituts von Alexandrien in Ägypten. Er starb 1965 in England.

Und Janka? Während des Studiums trafen wir uns gelegentlich bei praktischen Einsätzen in verschiedenen Fachkliniken, bis sich schließlich unsere Wege trennten. – Janka wurde Hals-Nasen-Ohren-Ärztin und heiratete 1938 einen Fachkollegen. Den Hitlerkrieg hat sie mit Familie gut überstanden, ist heute Rentnerin und Großmutter, lebt in Katowice und hat sehr begabte Kinder, einen Sohn, Doktor der Biochemie, und zwei Töchter, Medizinerinnen.

Ja, wir schreiben uns. Schön ist das Heute, aber schön auch die Erinnerung an eine unbeschwerte Jugend und Freundschaft.

Nun begann für mich die klinische Ausbildung. Aus einem bestimmten Grund möchte ich auch hier die Namen meiner polnischen Professoren nennen und ihrer ehrend gedenken: Innere Medizin bei Professor Rencki, Chirurgie bei Schramm und Ostrowski, Gynäkologie und Geburtshilfe bei Bocheński, Ophthalmologie bei Bednarski, Pädiatrie bei Groer, HNO bei Zalewski, Dermatologie bei Lenartowicz, Stomatologie bei Cieszyński, Gerichtsmedizin und medizinische Propädeutik bei Sieradzki.

Gerade diese vorbereitende Einführung war für uns angehende Mediziner ein besonderer Genuß. Sieradzki schlug uns alle in Bann, nicht allein durch den Inhalt seiner Darlegungen, sondern vor allem durch seine wunderbare Sprachkultur. Er führte uns in eine andere Welt, in die Welt der ärztlichen Kunst und Ethik. Die Freude und Begeisterung am Arzttum habe ich ihm mit zu danken. Jedem heutigen Studenten wünsche ich wenigstens einen solchen Dozenten. Die Vorträge des Kinderarztes Professor Groer hatten besonders hohes Niveau, war er doch international ein geschätzter Fachmann. Er hatte eine Engländerin zur Frau, und nur dieser Umstand rettete ihn 1941 vor dem Blutbad der Nazis.

Mit großem Interesse verfolgte ich die Staroperationen, die uns der Ophthalmologe vorführte. Er hatte alle interessierten Studenten dazu eingeladen. Natürlich befand ich mich in der kleinen Gruppe der Neugierigen. Bis heute ist mir jede Einzelheit des Eingriffs im Gedächtnis geblieben, so, wie er vor rund fünfzig Jahren praktiziert wurde. Beim Examen, das im Hörsaal unter dem Bildnis Albrecht von Graefes, des Begründers der modernen Augenheilkunde, stattfand, konnte ich viel über dieses Thema berichten und dadurch sehr gut abschließen. Der Gedanke, einmal selbst Stare zu operieren, kam mir damals noch nicht in den Sinn.

Das größte Erlebnis für uns junge Mediziner war allerdings das Assistieren bei Geburten. Wir waren in Gruppen zu je sechs eingeteilt. Internatsmäßig direkt auf der geburtshilflichen Station untergebracht, waren wir sofort zur Stelle, wenn eine Niederkunft erwartet wurde. Bevor es zur eigentlichen Entbindung kam, mußten wir nach genauer Untersuchung der Schwangeren die Diagnose und Prognose stellen und das Fortschreiten der Geburt verfolgen, unbeschreiblich schön dann der eigentliche Vorgang vom Einsetzen der Wehen bis zur endgültigen Austreibung des Kindes. Alle anderen Emotionen verblassen angesichts dieses elementaren Geschehens.

Leider wurde uns auch die Machtlosigkeit ärztlicher Hilfe bewußt bei den damals nicht ganz seltenen Fällen von Puerperalfieber. Prontosil war eines der ersten chemotherapeutischen Mittel. Es blieb aber in unseren Fällen ohne Wirkung. Viele junge Mütter mußten sterben.

Das bevorstehende Staatsexamen forderte meine ganze Person. Persönliche Neigungen wie Theaterspielen, das Wirken im Verein Deutscher Hochschüler und andere Geselligkeiten mußten zurücktreten.

Meine Brüder Rudolf und Emil, die drei Jahre nach mir ihr Abitur ablegten, studierten ebenfalls in Lemberg. Rudolf wählte die Exportakademie, Emil dagegen Landwirtschaft. Doch nur bis zum Ausbruch des Krieges konnten sie ihre Berufe ausüben, danach warf sie das Schicksal in völlig andere berufliche Bahnen. Emil wurde Kaufmann und Rudolf, der nach Kanada emigrierte, ging als Zeichner zum Bergbau.

Während des Studiums verbrachte ich viele Stunden mit

meinem Freund Wit Rzepecki. Nach dem Staatsexamen mußten wir beide zu den Soldaten, und zwar nach Warschau zum Sanitätsdienst. Wir wurden als Leutnants der Reserve entlassen. Ich zog am 1. September 1939 in den Krieg gegen die Deutschen, er flüchtete mit einem Teil der polnischen Armee über Ungarn und Frankreich nach England. Aber noch war es nicht soweit.

Zusammenleben der Studenten

Unter den Kommilitonen meines Studienjahres befanden sich hauptsächlich Polen und Ukrainer. Sie stellten die Mehrheit dar, dazu kam eine kleine Gruppe Juden. Ich war der einzige Deutsche.

Obgleich sich die einzelnen Volksgruppen voneinander absonderten, verlief das Zusammenleben recht friedlich, vor allem in meinen ersten Studienjahren. Ich hatte keinerlei persönliche Bindung zu einer bestimmten Volksgruppe und verkehrte mit allen gleich kameradschaftlich. Nur zwischen den Polen und den Ukrainern bestanden leichte Spannungen. Die Juden nahmen eine Sonderstellung ein – schon allein dadurch, daß sie sich aus religiösen Gründen die Leichen zum Präparieren selbst beschaffen mußten. Dieses Mysterium war gewiß ein kleiner Anstoß zu Disharmonien.

Zu Beginn der dreißiger Jahre traten aber plötzlich die ersten Krawalle auf. Eines Tages erschienen im Kolleg polnische Studenten mit Spazierstöcken. Das war etwas Außergewöhnliches. Spazierstöcke waren damals zwar sehr modern – jeder feinere Herr trug einen solchen, niemals aber ein Student zur Vorlesung. Was hatte das zu bedeuten?

Bald sollte ich es erfahren. Es geschah das Unfaßbare: Die Polen benutzten die Stöcke, um die jüdischen Kommilitonen zu verprügeln, anfangs die der anderen, später auch der eigenen Semester. Die Mißhandlungen nahmen ein solches Ausmaß an, daß schließlich die Polizei einschreiten mußte. Es kam zu richtigen Straßenschlachten, jetzt zwischen Polizei und Studenten. Nach einer gewissen Zeit flauten die Unruhen ab, um sich jedoch noch mehrere Male zu wiederholen. Spätere Angriffe richteten sich auch gegen jüdische Professoren. Die Radaubrüder drangen ins Institut von Parnas ein. Der geistesgegenwärtige Professor wies seinen Laborgehilfen an, sofort die Chlorgasflasche zu bringen. Die Angreifer verzogen sich fluchtartig.

Diese Radikalisierung nationalistischer und chauvinistischer Gefühle vollzog sich vor dem Hintergrund heftiger gesellschaftlicher Auseinandersetzungen sowohl in Polen als auch im benachbarten Deutschland. Die internationale Weltwirtschaftskrise hatte die Masse der Bevölkerung in unvorstellbares Elend gestürzt. Arbeitslosigkeit und Hunger herrschten. Besonders schlimm war Polen betroffen. Zahlreiche große Fabriken und Bergwerke waren geschlossen worden. Das von Marschall Piłsudski nach seinem Staatsstreich im Jahre 1926 verkündete Programm der Sanierung richtete sich nun voll gegen die sozial Schwachen, gegen Arbeiter, Bauern und kleine Kaufleute und auch gegen die nationalen Minderheiten. In Krakau, meiner späteren ersten Wirkungsstätte als Arzt, hatten sich 1930 oppositionelle Kräfte zu einem «Kongreß zur Verteidigung der Rechte und Freiheiten des Volkes» zusammengefunden. Grausam und hart die Reaktion des Sanacja-Regimes. Es gab viele Verhaftungen und Repressalien.

Ein hervorstechender Zug von Piłsudskis Herrschaft war ihre Gegnerschaft zum Kommunismus. Während der Interventionskriege annektierte Polen westliche Teile Belorußlands und der Ukraine. Die sehr rührige Propaganda gegen den Bolschewismus wurde vor allem durch die zahlreichen nach Polen geflüchteten Konterrevolutionäre gefördert. Jeder Kontakt zur Sowjetunion war streng verboten.

Als Beispiel für dieses Tabu ein zufälliges Erlebnis: Als

ich einmal während meiner Militärzeit vor den Regimentsarzt zitiert wurde, sah ich auf seinem Schreibtisch ein Rezept in kyrillischer Schrift. Er bemerkte meinen Blick, wurde unsicher und versuchte es unauffällig zu verdecken. Sicher war es nur ein harmloses Brillenrezept. Der antikommunistische Regierungsterror ging so weit, daß sogar ein Arzt davor zittern mußte.

Nur vom Hörensagen wußten wir, wo in Lemberg das sowjetische Konsulat lag, eine von mächtigen Bäumen umstandene Villa, ständig von Polizei bewacht. Nie sahen wir Menschen ein- oder ausgehen, nie brannte Licht im Haus. Über allem schwebte ein tiefes Geheimnis. Wir wurden in Unwissenheit gehalten, in Furcht und Haß gegen Sowjetrußland erzogen.

Im Verein Deutscher Hochschüler

Der im Jahre 1922 gegründete Verein gehörte dem Verband Deutscher Hochschüler in Polen an, dem außer Lemberg noch die Vereine Krakau, Warschau und Posen angeschlossen waren. Die Mitglieder mußten arischer Abstammung sein. Diese gestrenge Weisung entsprach den Satzungen unserer Patenschaftsorganisation in Deutschland, dem Verein Deutscher Studenten (VDSt). Von diesem erhielten wir auch Kommersbücher – die sogenannten Bibeln –, Schläger, Couleurbänder und Studentenmützen. Der ebenfalls übernommene Wahlspruch lautete nach dem verlorenen Krieg: «Treu dem Volke, treu der Heimat!»

Schon zu Beginn des Studienjahres 1927 wurden mein Cousin Witold und ich als Mitglieder in den Verein aufgenommen. Er war nach Art «vaterländischer» deutscher Studentenbünde aufgezogen, teilte die Mitglieder in Burschen und Füchse (die Neuaufnahmen), hatte einen ersten und zweiten Vorsitzenden, einen Kassen- und Schriftwart und zwei Fuchsmajore. Das erklärte Vereinsziel war gewiß, einen Beitrag zur Behauptung des Deutschtums zu leisten. Bei uns vollzog sich das aber noch – zumindest empfanden wir es so – ohne alles nationalistische Gehabe. Gegenseitige Förderung und Erziehung sowie gesellige Betätigung in der Stadt und in den deutschen Kolonistendörfern waren wichtige Programmpunkte. Unser jährliches Stiftungsfest fiel immer in die Faschingszeit und bot willkommene Möglichkeit zu Kontakten mit der deutschen Bevölkerung. Dazu nutzten wir vor allem die Auftritte unserer Theater- und Volksliedergruppe.

Trotz der nach außen hin zur Schau gestellten Einheit bildeten sich im Vereinsleben zwei Gruppen aus: die der galizischen Bauernsöhne mit nur bescheidenen Geldmitteln und jene der ehemaligen Reichsangehörigen, die Posener, Bromberger und Oberschlesier mit höheren Monatswechseln. Der zweiten Gruppe schlossen sich auch Söhne wohlsituierter städtischer Bürger an. Standesdünkel schuf also soziale Barrieren zwischen vermögenden Bürgersöhnen auf der einen und Bauernsöhnen auf der anderen Seite.

Nach meinem Fuchsjahr wurde ich zum Fuchsmajor ernannt, bald darauf wählte man mich zum ersten Vorsitzenden. Dieses Amt war mir mehr Last als Ehre.

Mit den polnischen Korporationen vertrugen wir uns gut. Wir hatten auch einen sehr umsichtigen Kurator, den polnischen Universitätsprofessor für Anthropologie, Czekanowski. Zu größeren Veranstaltungen, wie zum Beispiel zum Festkommers, wurde der Kurator mit großem Pomp eingeladen, desgleichen zum Festball, den er mit einer Polonaise eröffnete. Unsere gewöhnlichen Kommerse nahmen wie üblich einen feucht-fröhlichen Verlauf, ohne daß es jedoch zu zügellosem Alkoholmißbrauch gekommen wäre.

Das Vereinsleben füllte mich nicht ganz aus, befriedigte nicht voll; denn oft fühlte ich, daß man mehr nach Form als nach Inhalt strebte. Gab es überhaupt einen Inhalt? War es nicht nur eine Schwärmerei für ein romantisches, sorgenfreies und angenehmes Studentendasein, das wir nur von Studentenliedern kannten, ein Leben, das nunmehr – falls es überhaupt existiert hatte – der Vergangenheit angehörte?

Unsere Wirklichkeit sah zumindest ganz anders aus. Studieren, arbeiten, oft auch darben und im Winter frieren, um jeden Preis aber das Studium beenden. Natürlich liefen auch noch einige «ewige Studenten» herum, die auf Kosten ihrer Eltern oder reicher Verwandten lebten, es wurden aber immer weniger.

Trotzdem fehlte es nicht an Begeisterung bei Kommersen und lustigen Ausflügen. Uns beschwerten noch keine politischen Auseinandersetzungen mit Behörden oder polnischen studentischen Korporationen. Solange ich aktives Mitglied des Vereins war, nämlich bis Sommer 1933, machte sich keine nazistische Propaganda im VDH breit.

Die Liebhaberbühne «Frohsinn»

Fünf Jahre lang war ich Mitglied der Liebhaberbühne «Frohsinn». Man hatte mich schon einmal als Kind auf die gleiche Bühne geholt, damals stand ich hier als kleiner Schornsteinfeger; wenn ich auch kein Wort zu sprechen hatte, empfand ich doch deutlich Spaß, mich durch unvorhergesehene Gesten und komische Mimik zu produzieren und dadurch zum Publikum Kontakt aufzunehmen. Mir schlug Begeisterung entgegen – ich begriff, wie man die Zuschauer fesseln kann. Inzwischen waren zehn Jahre vergangen, ich war erwachsen und Student der Medizin.

In dieser Zeit hatte ich mich mit Willy Huber, einem Lehrer der evangelischen Volksschule in Lemberg, angefreundet. Schon vor mir hatte er den Weg zur Liebhaberbühne gefunden, und er war es auch, der mich dahin zog. Er gehörte zur mennonitischen Gemeinde, hielt sich aber vom religiösen Treiben seiner Glaubensgefährten ziemlich abseits. Sohn eines Gastwirts und selbstverdienend, war er unabhängig und konnte sich ganz seinem Hobby, dem Theater, widmen. Mehr als seinen Beruf erfüllte ihn diese Liebhaberei, der er sich mit überschäumender Leidenschaft hingab. Wenn ihn eine Idee ergriff, leuchteten seine Augen hinter den blanken, goldgefaßten Brillengläsern auf und sein glattes, pausbäckiges Gesicht verfärbte sich rosig. Willy war eine Naturbegabung, jedoch nicht nur als Schauspieler, Regisseur oder Ballettmeister. Er vermochte hinter die Kulissen der Gesellschaft zu schauen. Selbstgefälliges bürgerliches Spießertum erregte seinen kritischen Verstand. Mit einem Wort: Er war ein Avantgardist.

Zu meinen Brüdern und mir fühlte er sich stark hingezogen und bot uns seine aufrichtige und selbstlose Freundschaft an. Mehrmals besuchte er uns zu Hause, und wir verlebten mit ihm frohe und anregende Stunden. Sein freundliches Wesen brachte ihm bei Frauen den Spitznamen «Süßer» ein, als Schauspieler nannte er sich «Willy Opern». Oft standen wir als Partner auf der Bühne.

Es ist schwer zu sagen, was mich zur Schauspielerei hinzog. Vielleicht war es das Bedürfnis, meine inneren Gefühle zu offenbaren, mich zu befreien. Da ich diese weder literarisch auszudrücken noch musikalisch zu bekunden vermochte, suchte ich Lebenshilfe im Reich der Kunst und Literatur. Es waren insbesondere Dramen, aus denen leidenschaftliche Erschütterungen, Angst, Verzweiflung, Liebesenttäuschungen, Wahnvorstellungen, schwere seelische Konflikte zu mir sprachen. Alles das wollte ich mir aneignen und gestalten, ohne dabei an Erfolg und Applaus zu denken. Aus diesem Bedürfnis heraus gab ich mich ganz dem Theaterspielen hin, verschrieb ich meine jugendliche Kraft der Passion eines Schauspielers. Mit allen Fasern durchlebte ich jede einzelne Rolle, die erdichteten Geschöpfe wurden in mir wach und lebendig. Woran es meinem Spiel aber mangelte, war die Kraft, die Routine, das Erlebnis jedesmal gleich stark zu reproduzieren. Wenn ich mich bei einer Probe völlig verausgabt hatte, war eine Wiederholung mit der gleichen Intensität am selben Tage nicht möglich. Ich agierte auf der Bühne wie im Traum und spielte meine Rollen wie im Fieber. Alles um mich herum vergaß ich, war nur der «Held», den ich darzustellen hatte. Dieser Trancezustand hielt an, solange ich auf der Bühne war.

Denke ich an diese Zeit zurück, läuft mir heute noch eine Gänsehaut über den Rücken. Leidenschaftlich durchkostete ich damals die «edlen» Gefühle des Erbprinzen Karl-Heinrich in «Alt-Heidelberg» von Meyer-Forster, setzte mich den Bedrängnissen des Johannes Vockerath in Gerhart Hauptmanns «Einsamen Menschen» aus oder spielte den Oswald in Ibsens «Gespenstern». Diese Rolle lag mir besonders; es reizte mich, die zunehmende geistige Umnachtung Gestalt werden zu lassen. Auch an die schwierige Rolle des Claudio in «Der Tor und der Tod» von Hugo von Hofmannsthal wagte ich mich heran. Im Drama «Glaube und Heimat» von Karl Schönherr wird der ungeheuerliche Zwang der Fürsten zum radikalen Religionswechsel ihrer Untertanen geschildert. Ich war der Sandperger, ein armer Schlucker, der sich nicht beugen läßt und nicht abschwört. Not, Verzweiflung und Todesangst treiben den gehetzten Helden, die Schergen der Pfaffen, die schwerbewaffneten Ritter-Reiter im Rücken, zum Wahnsinn. Nicht ganz so aufregend war die Rolle der Titelfigur in «Fritzchen» von Sudermann.

In dem heiteren Bühnenstück, dem «Raub der Sabinerinnen» von den Brüdern Schönthan, das auch heute noch im Fernsehen gezeigt wird, spielte ich den Gymnasialprofessor Gollwitz und Willy den Theaterdirektor Striese. Diese Rolle war ihm auf den Leib geschrieben. Unvergeßlich bleibt mir eine Szene. Striese soll in seiner pathetisch-überschwenglichen Art verkünden: «Jeder Römer hält eine Sabinerin in seinen Armen», aber statt «Sabinerin» ruft Willy laut: «... eine Rabbinerin in den Armen.» Lachsalven aus dem Zuschauerraum waren die Folge. Sie belebten die ohnehin schon hochgeheizte Komik des Schwanks. Die Eingeweihten brachten diese Sprechentgleisung mit Willys damaliger Liaison mit einer jüdischen Schönheit in Verbindung. Das war ihrer Meinung nach die «Rabbinerin», die unseren Star bestrickt hatte.

Willy, immer voller Ideen, überredete mich zu pantomimischen Darbietungen. Sie wurden häufig in den Spielplan aufgenommen. Das minutiöse Einstudieren der Pas besorgte er mit Engelsgeduld, er fand in mir ein williges und nicht unbegabtes Objekt. Ich glaube, unsere Mühe hat sich gelohnt. Wir ernteten Beifall.

Das Theaterspielen bereicherte in vielerlei Hinsicht. Ich übte die Diktion und lernte die deutsche Bühnensprache, Fähigkeiten, die mir später im Leben zugute kamen. Das Vorbereiten der Requisiten für die einzelnen Auftritte schulte den Ordnungssinn. Das Rollenlernen schärfte das Gedächtnis, und bald erlangte man die Fertigkeit, in ungewöhnlich kurzer Zeit nicht nur die eigene, sondern auch die Rolle des jeweiligen Partners zu beherrschen. Überhaupt, Teil sein eines Ensembles, sich freiwillig ein- und unterzuordnen, hielt zur Disziplin an.

Beim Schreiben dieser Zeilen lebt alles wieder auf: das Herzklopfen vor dem Auftritt, der Geruch von Kulissen und Schminke, der dunkle Saal, das Rauschen des Vorhangs und schließlich der Applaus. Und hinterher die bange Frage zur Partnerin oder zum Partner – wie war's?

Da ich viele Rollen spielte und oft Wiederholungen auf dem Spielplan standen, lebte ich neben meinem wirklichen Leben auch das meines Helden, den ich gerade verkörperte, und glitt dabei unmerklich in eine Art «Bühnenleben». Im täglichen Umgang, besonders in Situationen, die zweideutig und schwierig zu werden schienen, flüchtete ich mich in eine Art Schauspielerei. Das brachte zuweilen Vorteile, war aber auch eine Unart.

Und Willy, was ist aus ihm geworden? Meine weitere medizinische Laufbahn, der Krieg und die Nachkriegszeit trieben uns auseinander. Noch einmal hatte ich Gelegenheit, ihn in der Bundesrepublik zu besuchen. Er hatte geheiratet, war Vater mehrerer Kinder. Einige Jahre später erhielt ich von seiner ältesten Tochter die Nachricht von seinem Tode. Er war kaum über sechzig Jahre alt geworden.

Das Theaterspielen und das Wirken im Verein Deutscher Hochschüler förderten den Kontakt zur deutschen Gemeinde, die etwa fünftausend Seelen zählte. Man rückte ins Licht der Öffentlichkeit, schloß Bekanntschaften und Freundschaften, die von längerer Dauer waren. Herma, das Käthchen in «Alt-Heidelberg», meine Partnerin also, war gleichaltrig mit mir. Sie hatte das evangelische Privatgymnasium besucht, und irgendwann waren wir schon einander begegnet, hatte mich ihr flinker, feuriger Blick getroffen. Sie sagte sogar etwas Aufregendes zu mir. Ihr elastischer, flotter Gang – sie soll eine gute Turnerin gewesen sein – und der kecke Blick blieben nicht ohne Eindruck auf mich. Und nun agierten wir zusammen auf der Bühne.

Die Aufführung war erfolgreich und mußte mehrmals wiederholt werden. Durch die vielen Proben und das erhitzende Spiel kamen wir uns näher. Es konnte nicht ausbleiben, daß wir uns ineinander verliebten. Herma war ein echtes Lemberger Kind, immer zu Schelmereien aller Art aufgelegt. Sie lud mich zu sich nach Hause ein, wo sie mit ihrer Mutter allein wohnte. Es waren gemütliche Stunden, von denen ein «fahrender Schüler» an kalten Winterabenden nur träumen kann. Wie heißt es doch in dem bekannten Studentenlied? «... und sie küßt mich und drückt mich und lacht so hell ...»

Schön waren auch die Ausflüge in die herrliche Lemberger Umgebung. In einer pfälzischen Kolonie inszenierten wir eine «Sonnwendfeier». Herma war als erste am Ort angekommen und lief mir mit ausgebreiteten Armen entgegen. Gemeinsam sprangen wir durchs Feuer. Unsere Beziehungen blieben jedoch unverpflichtend und lockerten sich später. Herma heiratete 1930 einen Berliner und zog fort. Kurz darauf sah ich sie mit ihrem ein Jahr alten Töchterchen. Nach dem Krieg trafen wir einander 1947 in Berlin. Es war ein kurzes, aber sehr freudiges Wiedersehen. Tochter Christiane hatte etwa das Alter vom «Heidelberger Käthchen» erreicht. Weihnachten 1985 rief mich Herma aus Berlin an. Sie erinnerte sich noch gut an unser «Alt-Heidelberg» und hat eine Kritik der Aufführung in Verwahrung – siebenundfünfzig Jahre nach unserem großen Erlebnis.

1931 – noch war ich Student der Medizin – tauchte in unserer Gesellschaft eine Pianistin aus Deutschland auf. Edith kam aus Leipzig, war Meisterschülerin und Assistentin von Professor Pozniak, dem Leiter des damals bekannten Pozniak-Trios. Bronislaw von Pozniak selbst war Pole, naturalisierter deutscher Staatsbürger. Die Dame erregte großes Aufsehen, alle jungen und älteren Männer umschwärmten sie, mit mir aber schloß sie Freundschaft. Es war die erste Reichsdeutsche, die ich näher kennenlernte. Wir waren viel zusammen. Oft spielte sie mir vor, besonders die für ihre Konzerte einstudierten Stücke, und verlangte mein Urteil. Es gelang mir, sie auch für unsere Bühne zu gewinnen, wo sie abendfüllende Konzerte gab.

Edith war ganz in unser Lemberg verliebt. Die hügelreiche Landschaft lud zu herrlichen Skiausflügen ein. Sie hatte noch nie auf Skiern gestanden, und es machte mir großen Spaß, ihr die Anfangsgründe beizubringen. In ihrer Gesellschaft fühlte ich mich wohl und war auch stolz auf ihre Zuneigung. Gemeinsam besuchten wir oft Konzerte, nicht nur die des Pozniak-Trios. Damals schon hörten wir den Pianisten Claudio Arrau und den berühmten Geigenvirtuosen Váša Přihoda.

Während des Krieges trafen wir uns in dem von den Nazis besetzten Krakau. In dieser Zeit heiratete sie – übrigens einen Bruder von meinem Freund Willy. Einmal noch sah ich sie nach dem Kriege. Ihr Mann hatte sie verlassen, sie war am Hallenser Konservatorium tätig.

In Kogutówka hatte sich inzwischen vieles verändert. Die älteste Schwester Minna blieb mit ihrem Mann Philipp Schneikart im Hause, Mila und Bruder Philipp waren hingegen fortgezogen, hatten einen eigenen Hausstand gegründet. In unserem bisher so überfüllten Haus war es stiller geworden. Ein Jahr darauf, 1930, starb Großmutter Bollenbach. Ich war gerade zu Hause. Ihr Puls ging schnell und ihr Atem schwer, ihr abgearbeiteter, sehniger Unterarm fühlte sich heiß an, heiß und trocken.

Noch heute sehe ich vor mir eine große und stattliche, energische, ungebrochene, nur im Rücken etwas gebeugte Bauersfrau. Zäh, gesund, vital, schlicht und doch machtvoll, immer tätig, die Enkel stets ermahnend und zur Arbeit anhaltend. «Wer soll Meister werden? – der was ersann; wer soll Geselle werden? – der etwas kann; wer soll Lehrling werden? – jedermann!» Wie oft haben wir diese Worte aus ihrem Munde gehört. Jetzt rang sie mit dem Tode. Es war ein zäher Kampf, noch immer wollte sie sich nicht ergeben; schon lange bewußtlos, stellte sie ihre ungebrochene Lebenskraft dem Tod entgegen. Eine akute Lungenentzündung führte schließlich das Ende herbei.

Für mich begannen jetzt die klinischen Semester. Daheim sprach es sich schnell herum, daß ich Mediziner, eben ein Doktor war. In den Ferien erschienen die ersten Patienten. Noch fühlte ich mich sehr unsicher, und doch begegnete man mir mit großem Respekt. Diese Verantwortung spornte an, mir bewußt solide Erfahrungen in Diagnostik und Therapie anzueignen. Für die Praxis auf dem Lande stellte ich mir eine kleine Apotheke mit entsprechendem Instrumentarium zusammen. Sie sollte sich bald als außerordentlich nützlich erweisen.

Wieder kam die Weihnachtszeit mit grimmiger Kälte, Schnee und Eis. Wir waren alle im Haus vereint, das Fest gemeinsam zu feiern. Es dunkelte bereits, da stand plötzlich ein Mann mit vereistem Schnurrbart in der Küche, eingehüllt in einen dicken Schafpelz und die Fellmütze in der Hand. Er müsse unbedingt den «Doktor» sprechen, sagte er zu Mutter. Es war ein Bauer aus dem Nachbardorf Kropielniki. Wir erfuhren, der dortige Pfarrer sei schwer erkrankt, liege im Sterben, und ich möchte sofort kommen.

Ich überlegte nicht lange, der Schlitten wurde angespannt, und los ging es mit Nikolai hinaus in den frostigen Winterabend. Tiefer Schnee und Verwehungen machten den Weg fast unkennbar, aber schon nach einer halben Stunde war ich in der Stube des Schwerkranken: niedriges, enges Zimmer, geschlossene Fenster, viele Menschen und kaum Luft zum Atmen. Eine aufgeregte, städtisch gekleidete Frau, ganz in Schwarz – Ehefrau oder Nachbarin?

«Alle Leute raus aus dem Zimmer!» Erst jetzt kam ich zum Bett des Kranken.

Vor mir liegt ein junger Mann von etwa dreißig Jahren, abgemagert, geschlossene, eingefallene Lider, dunkle Bartstoppeln auf den fahlen Wangen.

«Fenster auf! Keine Angst vor Erkältung, Luft muß herein!»

Die schwarze Unbekannte führt alles mechanisch durch.

«Fieber?» – Ja, sie hatte wiederholt gemessen, 39 bis 40 °C, schon seit einigen Tagen. Schwere Atemnot!

Kurze Inspektion und Auskultation. Über der linken Brusthälfte ein großer Pneumonieherd. Nach der Untersuchung Kampferinjektion (ich hatte Kampferampullen, damals ein wichtiges Medikament, mit), Wadenwickel, Luminal und als Getränk nur starken schwarzen Kaffee!

Ich blieb etwa eine Stunde. Der Patient erholte sich, wahrscheinlich durch die frische Luft. «So, jetzt kann ich gehen», sagte ich zur Frau, «morgen komme ich wieder.»

Ich packte meine Sachen, verabschiedete mich, und wir fuhren ab. Wie wird es werden? dachte ich und blickte zum Sternenhimmel. Nikolai fuhr flott los, kam in eine ausgefahrene Kurve, und schon lagen wir mit dem umgekippten

Schlitten im Schnee. Während wir uns noch hochrappelten, kam ein Junge angelaufen und stieß atemlos hervor: «Pane Doktor, der Pfarrer ist gestorben!»

«Wie, was?» – Mich durchzuckte ein tödlicher Schreck. Zurück zum Pfarrhaus. Wie wir das so schnell geschafft haben, wußten hinterher weder Nikolai noch ich.

Die Stube ist erneut voller Menschen, die knien und beten. Nur mit Mühe dringe ich bis zum Bett vor. Jetzt muß rasch gehandelt werden. Knappe Weisung an die Schwarzgekleidete: «Bitte Handtuch, stauen Sie den Oberarm!»

Injektion in die Vene. Langsam fließt das Strophanthin in den Kreislauf des schon totgeglaubten, nicht mehr atmenden Kranken. Die Injektion wirkt wie ein Peitschenschlag. Der Patient bäumt sich auf, die Atmung kommt ungestüm in Gang, die geschlossenen Lider zucken eine Weile, dann werden die Augen geöffnet. Der Pfarrer sieht sich in der Stube um, wie einer, der aus tiefem Schlaf erwacht. Er spricht uns an. Bald fällt auch das Fieber. Der Puls geht ruhig. Die akute Krise ist überstanden.

Nach einigen Stunden kann ich, diesmal beruhigt, aufbrechen. Die im Flur knienden Dorfbewohner hatten sich zu mir gewandt. Sie bekreuzigten sich. Rasch verließ ich das Haus. – Der Pfarrer wurde gesund. Das tief ergreifende Erlebnis konnte ich nie vergessen. Es begleitete mich zeitlebens im Beruf.

1933 beendete ich das Medizinstudium. Anschließend mußte ich gleich zum Militärdienst zur Sanitätsabteilung nach Warschau. Mein Leben fing an, in anderen Bahnen zu laufen. Nur noch selten war ich im Elternhaus. Im Sommer 1934 begannen die Manöver. Ich hatte davor nur einen einzigen Tag Urlaub; es zog mich heim. Um Zeit zu gewinnen, benutzte ich den Nachtzug, legte den Weg von der Bahnstation bei völliger Dunkelheit zu Fuß zurück und kam im Morgengrauen an. Es versprach ein schöner Tag zu werden.

Über dem Hof lag noch tiefe Stille. Alle schliefen, nur

Vater war schon auf. Ich bemerkte ihn unter den Eschen. Mich überkam plötzlich ein nie gekanntes Gefühl der Rührung. Ich verharrte lange im Versteck, mußte mich fassen. Mein Hals war wie zugeschnürt.

Vater hielt Ausschau nach dem Wetter und ging langsam zum Kuhstall. Wahrscheinlich sollte bald gemolken werden, aber die Mädchen zum Melken waren noch nicht da. Zwei Katzen schlichen hinter ihm her, die Aussicht auf frische Milch lockte.

Inzwischen hatte ich mich beruhigt und konnte Vater, der freudig verwundert war, begrüßen. – Ja, sein Sohn in polnischer Uniform!

Es gab ein fröhliches Frühstück mit der ganzen Familie, und welch eine Überraschung, Freund Willy war gerade zu Besuch bei uns. Schon nach wenigen Stunden fuhr mich Nikolai wieder zur Bahn. Ich mußte zur Truppe zurück.

Ärztliche Lehrjahre

Nach den Manövern im Sommer 1934 begann im Herbst meine Pflichtassistentenzeit. Da ich völlig mittellos war und kaum mit einem Verdienst in einem Krankenhaus rechnen konnte, schlugen mir Schwester Emma und ihr Mann Johann ein kostenloses Logis bei sich in Krakau vor. Es bestand durchaus die Möglichkeit, die Ausbildung auch an einem anderen Ort als Lemberg fortzusetzen. Jetzt hieß es, sich beim Direktor des Krakauer Krankenhauses, Herrn Topolnicki, vorzustellen und einen guten Eindruck zu machen. Davon hing mein weiteres Schicksal ab.

Johann schenkte mir dazu einen seiner Anzüge, der paßte, und ein Paar Schuhe, die eine halbe Nummer zu klein waren. Es gibt nichts Gräßlicheres als drückende Schuhe. Die ganze Persönlichkeit wird eingeengt. Eine besondere Kunst, in diesen Schuhen die Hacken zusammenzuschlagen, wie ich es bei den Soldaten gelernt hatte, und, wie ich glaubte, es auch hier machen zu müssen. Es gelang nur leidlich. Der Direktor, selbst ein ehemaliger Soldat, quittierte mein militärisches Auftreten mit einem schwachen Lächeln.

Ich wurde eingestellt, freilich ohne Gehalt. Die von Professor Oszacki geleitete innere Frauenabteilung wurde mein erster Arbeitsbereich. Hauptsächlich lagen auf dieser Station nierenkranke Patientinnen. Eine gelblich-blasse, ausgemergelte, noch nicht sehr alte Frau lag geduldig, ohne zu klagen, in ihrem Bett. Oft mußte ich ihren sehr hohen Blutdruck messen und den Urin untersuchen. Als ich fast ein Jahr später, schon als beginnender Ophthalmologe, zum Augenspiegeln gerufen wurde, lebte sie noch. Der Augenhintergrund wies auf ein Nierenleiden mit weit fortgeschrittener Schrumpfniere hin. Nach kurzer Zeit starb die Kranke. Bei der Obduktion, die ich miterlebte, fand man Nieren von kaum Walnußgröße. Dieser Befund beeindruckte mich sehr, hatte ich doch die Patientin als «Internist», als «Ophthalmologe» und schließlich als «Pathologe» gesehen. Ein Arzt, der diese Befundkette an einem Patienten verfolgen kann, wird in ähnlichen Fällen kaum eine falsche Diagnose stellen.

In der chirurgischen Abteilung dann unter Professor Glatzel fühlte ich mich in meinem Element, glaubte, hier mein zukünftiges Betätigungsfeld gefunden zu haben. Besonders faszinierte mich die meisterhafte Fertigkeit des Professors bei seinen Eingeweide-Eingriffen. Ein Beispiel dafür. Drei Polizisten waren von einem flüchtigen Verbrecher und dessen Helfershelfer durch mehrere Revolverschüsse getroffen worden. Die Schwerverletzten – noch in ihren blauen Uniformen – kamen aus den Krankenwagen direkt auf die Operationstische. Ich verfolgte die geübten, schnellen und routinierten Handgriffe unseres Chefs, dem es gelang, selbst eine durchlöcherte Bauchaorta zu verschließen und den Patienten zu retten. Eine ungewöhnliche Meisterschaft in der damaligen Chirurgenära. Lange noch blieb dieser Vorfall Gesprächsstoff im sonst so friedlichen Krakau.

Gegen Ende der Chirurgiezeit hatte ich meine erste große Bewährungsprobe. In der Nacht wurde ein blutüberströmter Mann eingeliefert. Bei der Untersuchung erkannte ich die Ursache der Blutung. Der Verletzte atmete durch eine klaffende Halswunde, durch die er mit Blutblasen untermischte Luft sprudelnd einsog. Sprechen konnte er nicht. Was tun? Ich war allein. Es gelang mir, die freien Enden der durchtrennten Luftröhre aneinanderzunähen und danach sämtliche Schichten zu schließen. Die Halsschlagadern waren zum Glück nicht verletzt.

Der Patient erholte sich überraschend schnell und konnte bald entlassen werden. Zuvor vertraute er mir seine Geschichte an. Er hatte Wechsel gefälscht und fürchtete die Polizei. Eines Nachmittags, als sich der Gauner nach dem Mittagsschläfchen gerade rasierte und zufällig aus dem Fenster des Badezimmers blickte, sah er einen Gendarmen auf sein Haus zueilen. Von blinder Verzweiflung gepackt, zog er in panischer Angst das Messer quer durch den Hals, von einem Ohr zum anderen. Das schlechte Gewissen hatte ihn voreilig über sich selbst richten lassen. Mein Patient war einem fatalen Irrtum zum Opfer gefallen, der Polizist verfolgte ein völlig anderes Ziel. Da die Angehörigen den Verletzten spät fanden, konnte er erst in der Nacht zu uns gebracht werden.

Die Ausbildung in der geburtshilflich-gynäkologischen Station schloß mein Pflichtassistentenjahr ab. Durch besondere Umstände wurde ich aber Augenarzt.

Wie kam es zu dieser überraschenden Wende vom Chirurgen zum Ophthalmologen? Das ergab sich einfach aus meiner damaligen persönlichen und wirtschaftlichen Lage. Ich war inzwischen achtundzwanzig Jahre alt und hatte immer noch kein Geld, um mich selbständig durchs Leben zu schlagen. Die einzige Stütze waren und blieben die Eltern. Wie bereits berichtet, wohnte ich bei der Schwester. Im

Hause waren zwei kleine Kinder und Emma eine ängstlich besorgte Mutter. Meine nächste Station sollte die Infektionsabteilung sein, Voraussetzung zur Erlangung der Approbation. Doch hier legte Emma wegen Gefährdung der Kinder ihr Veto ein, wofür ich volles Verständnis hatte. Ein Ausweg blieb, nämlich die Entscheidung zur Facharztausbildung Ophthalmologie. Hier wurde nämlich in unserem Krankenhaus dringend ein Assistent gesucht und auf die Ausbildung im Fach Infektionskrankheiten verzichtet. Schweren Herzens entschloß ich mich dazu, aber in der Hoffnung, später vielleicht doch noch zu meinem Sehnsuchtsfach Chirurgie zurückkehren zu können.

Die Ophthalmologie wurde nach dem Tode des Chefarztes Dr. Brudzewski kommissarisch von einer Ärztin geleitet. Ein älterer Assistent, Dr. Michael Schell, nahm sich meiner besonders an. Dieser sehr begabte und fleißige Augenarzt wurde 1939 auch ein Opfer der Faschisten.

Im Oktober 1935 begann meine ophthalmologische Ausbildung. Der neue Primarius, so hießen die Chefärzte bei uns, Dr. K. Karelus, war neunundvierzig Jahre alt, hatte eine Bombenpraxis in einer der vornehmsten Straßen Krakaus und eine Privatabteilung in einem Konfessionskrankenhaus der Bonifratres; hier operierte er nur Starpatienten.

Karelus war eine besonders originelle Erscheinung und erinnerte mich an ein flinkes Insekt von ungewöhnlicher Geschäftigkeit. Diesen Eindruck vermittelte vor allem sein Aussehen: der kleine Kopf, das rötliche Gesicht, die blitzenden dunklen Augen, die vorspringenden buschigen Augenbrauen und der stachlige Schnurrbart. Alles an ihm war Bewegung, Unruhe, gespannte Aufmerksamkeit. Auch seine manuellen Verrichtungen waren außerordentlich behende. Die Untersuchung eines Patienten dauerte nur Sekunden, besonders das Spiegeln des Augenhintergrundes. Blitzartig geschah es. Wir fragten uns immer: Hat er überhaupt etwas gesehen? Ja, er hatte!

Das heimatliche Bauernhaus in Kogutówka

Die Familie Günther (1910), der Autor 3. von rechts

Die Großeltern Günther

Die Großeltern Bollenbach

Galizische Juden im Disput

Der Milchpächter Majorko

Der Autor mit Schwester Emma
in Krakauer Nationaltracht

Georg Günther als polnischer Sanitätsleutnant vor dem Wawel in Krakau

Professor Dr. Hans Lauber
an der Krakauer
Universitäts-Augenklinik

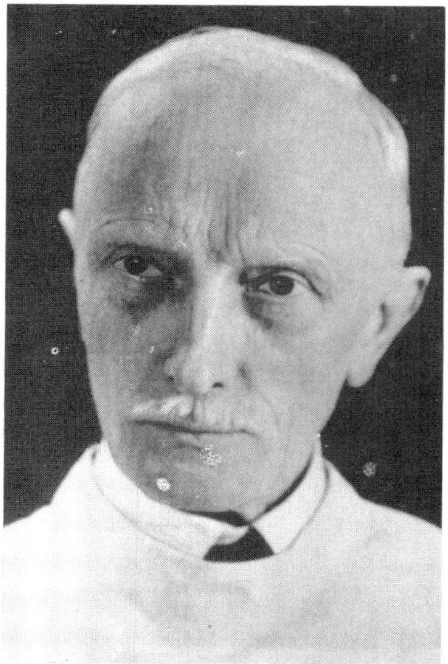

Professor Dr. Walther Löhlein
an der Berliner Charité –
die Lehrer des Autors

Professor Dr. Aladar Kettesy aus Debrecen –
Freund und Vorbild des Autors

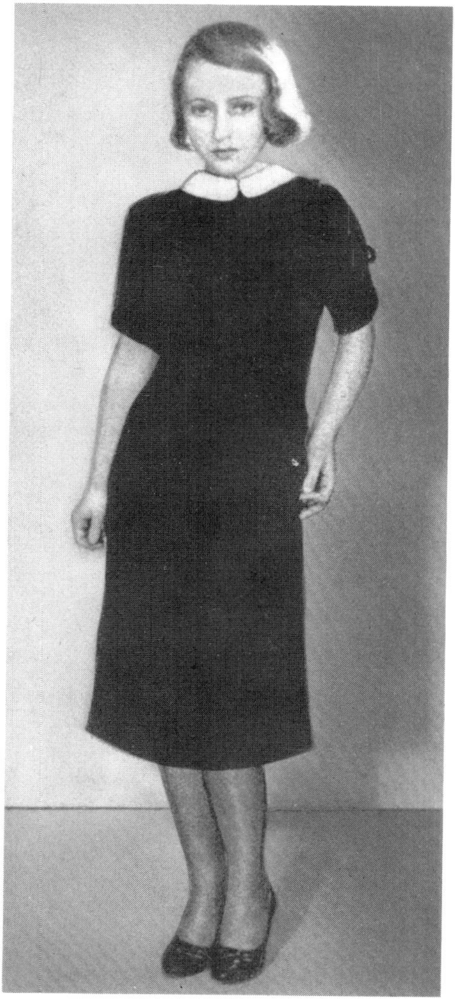

Die Chansonsängerin Inge Bartsch
im Berliner Kabarett
«Die Katakombe» (1929–1935)

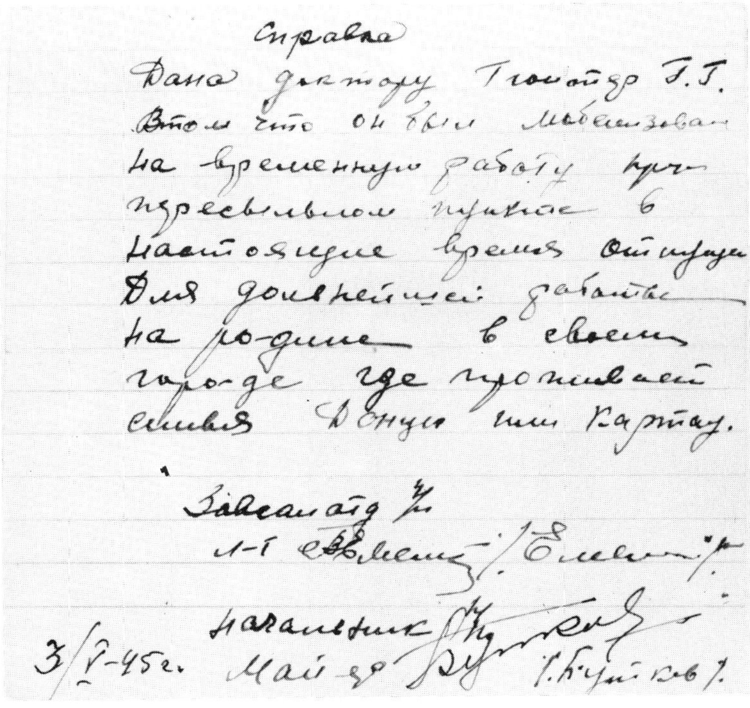
Справка

Дана доктору [illegible] Г.Г. в том что он был мобилизован на временную работу при пересыльном пункте в настоящие время отпущен для дальнейшей работы на родине в своем городе где проживает семья Донцы или Картау.

Завсанотд п/п
л-т Емелин /Емелин/

Начальник
3/V-45г. Майор Бутков /Г. Бутков/

Entlassungsschein des Autors aus einem sowjetischen Zivilgefangenenlager vom 3. Mai 1945 – die sogenannte Sprawka –, unterschrieben von Major Butkow und Leutnant Jemelien

Erste wissenschaftliche Tagung der Augenärzte 1947
in der Augenklinik der Charité (Ziegelstraße) – Frühstückspause

Augenklinik der Berliner Charité (Ziegelstraße)
nach dem Wiederaufbau (1956)

Bei der Arbeit.
Von rechts nach links die Schwestern Gertrud (Trudchen) und Ursula

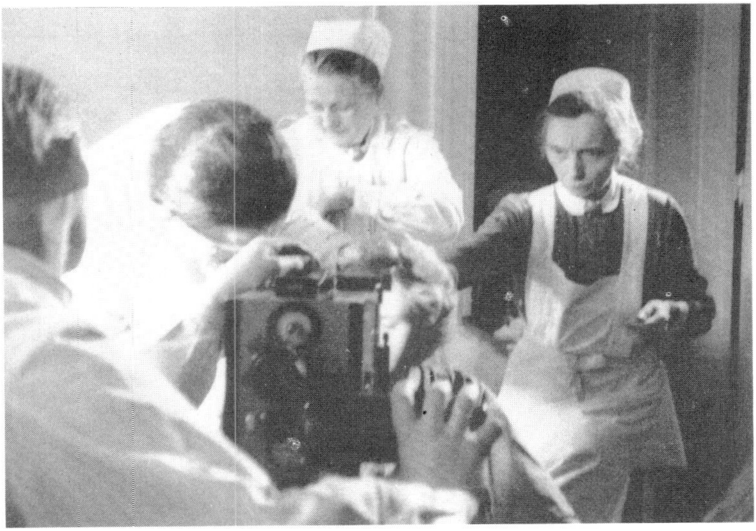

Die Universitäts-Augenklinik Greifswald

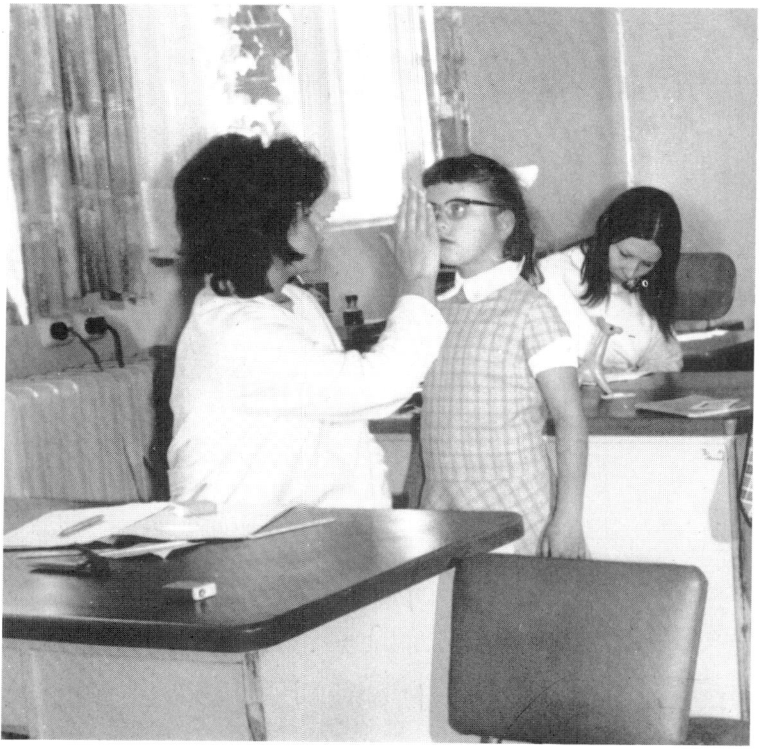

Die Schielsprechstunde

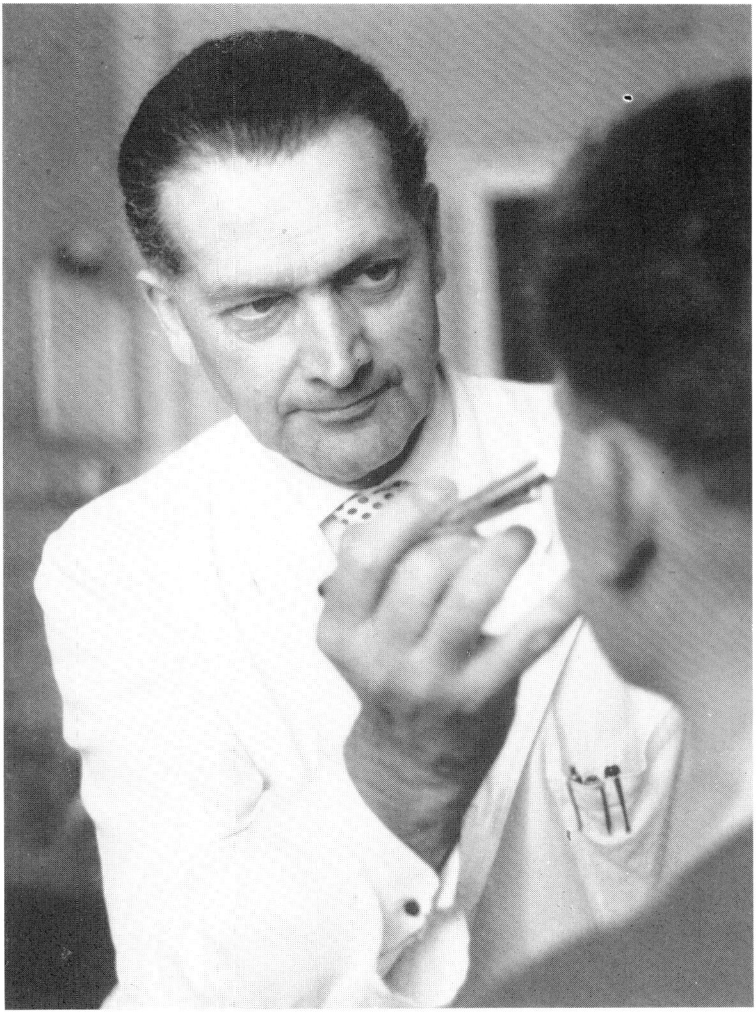

Professor Dr. Günther untersucht einen Patienten

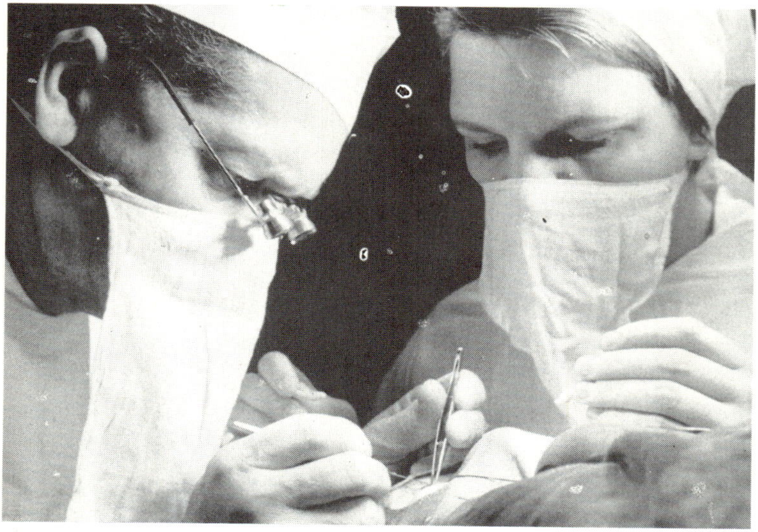

Der Autor und seine Frau Jutta bei einer Operation

Auch die Unterhaltung mit Kranken ging im Eiltempo vor sich. Er verstand es meisterhaft, sich im Gespräch mit ihnen auf nichts festzulegen, besonders was Diagnose oder Therapie betraf. So konnte es vorkommen, daß im Laufe einer temperamentvollen Unterhaltung aus «schwarz» plötzlich «weiß» wurde. Aber Karelus operierte mit einer mühelosen Sicherheit, alles gelang ihm. Beim Verbandwechsel leuchteten uns die operierten Augen entgegen. Fast zwei Jahre arbeitete ich unter seiner Leitung, die großherzig und frei von jedem Mißtrauen war. Immer wurde ich gelobt und durfte bereits nach einem halben Jahr erste Staroperationen ausführen.

Wir Assistenten waren «Mädchen für alles»: «Aufnahmedamen», Schreibkräfte für Befunde und Krankenblätter; wir führten dicke Bücher und die Indices mit den alphabetischen Namenverzeichnissen und waren geschult in sämtlichen Laboruntersuchungen (Blut, Urin, bakteriologischen Abstrichen und Färbungen). Medizinisch-technische Assistentinnen gab es auf keiner Abteilung, alle diese Arbeiten verrichteten die Ärzte. Das war von unschätzbarem Wert, man konnte völlig selbständig diagnostisch tätig sein, vor allem die enge Beziehung von klinischem Bild und eigenem Laborbefund hielt das persönliche Interesse des Arztes wach und bereicherte seinen Erfahrungsschatz. Das enorme, durch das Studium erworbene theoretische Wissen bei dem jungen medizinischen Nachwuchs verdrängt zuweilen jene praktischen Fertigkeiten, die das Gefühl des Arztes für den Kranken beleben und schulen. Die Verbindung zwischen Krankenbett und Labor, zwischen klinischem Bild und mikroskopischer Untersuchung ist für Arzt und Patient von unschätzbarem Wert. Das sollte man nie vergessen.

Die augenärztlichen Verrichtungen, Untersuchungen und die Behandlung hatten sich damals noch nicht weit entfernt von den «Reformatoren» der Augenheilkunde. Den vorderen Augenabschnitt untersuchten wir mit der

Hartnacklupe bei seitlicher Beleuchtung, spiegelten fast nur im umgekehrten Bild, tonometrierten selten, entwickelten aber ein besonderes Tastgefühl bei der Palpation und lernten vorzüglich operieren: Cataracte, Glaukome, Schielpatienten, Enukleationen. Leider vermochten wir Tränensackeiterungen nur durch Exstirpation, die Beseitigung des Tränensackes, zu behandeln. Aus eigenem Antrieb erlernte ich einige Jahre später autodidaktisch die sogenannte Totische Operation, die noch heute der beste Eingriff zur Wiederherstellung des Tränenabflusses ist.

Besondere Sorgen bereiteten uns die heute nur noch selten vorkommenden Trachomerkrankungen. Oft waren junge kräftige Männer davon betroffen, die mit einem sogenannten Pannus crassus, einer Gefäßüberwucherung der ganzen Hornhaut, zu uns kamen und kaum Finger vor den Augen zählen konnten. Die Behandlung solcher Patienten dauerte Monate; viele von ihnen erblindeten an den Spätfolgen, einer totalen Austrocknung der Binde- und Hornhaut. Um die hartnäckigen Hornhauttrübungen aufzuhellen, vor allem der Gefäßwucherung Herr zu werden, verfiel ich auf eine etwas abwegige, aber doch gute Idee. Ich hatte zu Hause oft beobachtet, daß Vater bei frischen Hornhauttrübungen nach Augenverletzungen unserer Pferde mit einem feinen Röhrchen Puderzucker ins Auge blies und daß sich die Trübung danach sehr rasch aufhellte. Ich machte es ihm nach. Aus dem Puderzucker entwickelten wir die vielfach angewandte Zuckersalbe, bevor diese offiziell in die Augentherapie eingeführt wurde. Alle Patienten mit Pannus crassus, aber auch mit anderen Schwellungstrübungen der Hornhaut, wurden neben einer speziellen Therapie zusätzlich mit Zuckersalbe behandelt – und zwar mit sehr gutem Erfolg. Im Laufe der Zeit bemühte sich unser Chef auch um neuere Geräte aus dem Ausland. So erhielten wir eines Tages die Spaltlampe nach Comberg. Mit diesem Namen verband ich damals noch nichts. Erst zehn Jahre später traf ich Professor Comberg, Ordinarius der

Universitäts-Augenklinik Rostock. Wir schlossen Freundschaft, die erst mit seinem Tode endete.

Doch die neue Spaltlampe stand lange Zeit unberührt im Salon des Chefs. Man glaubte zunächst, mit den herkömmlichen Untersuchungsmethoden auszukommen, später allerdings war sie aus der Praxis nicht mehr wegzudenken.

Unsere Patienten kamen aus den ärmsten Volksschichten, denn die Behandlung im St.-Lazarus-Krankenhaus war kostenlos. Wir sahen deshalb auch die traurigsten und vernachlässigtsten Krankheitsfälle: schwere Augeneiterungen, verschleppte Skrofulose, fortgeschrittene Trachome, Hornhautgeschwüre und Krebsgeschwülste an den Lidern. Vielen Kranken konnte nicht mehr geholfen werden. Ein Fall aus dieser Zeit ist mir unvergeßlich; er bewegte mich tief. Ein Bauernmädchen mit zentralen Pockennarben der Hornhaut, also mit weißen Flecken vor der Pupille, suchte uns auf. Die Patientin war fast blind. Wir konnten ihr nicht helfen. Mir wurde aufgetragen, die junge Frau abzuweisen, also zu verstoßen. Hoffnungslos und verzweifelt trat sie die weite Heimreise an. Alles vergebens!

Damals war ich machtlos und traurig. Das ließ mir aber keine Ruhe. Aus Büchern war mir die Keratoplastik bereits bekannt; niemand beherrschte in Polen zu diesem Zeitpunkt jedoch die Technik der Operation. Ich mußte sie erlernen, nichts sollte mich davon abhalten! Meinem Vorsatz blieb ich treu. Fünfzehn Jahre später hatte ich es geschafft: ich übertrug klare Leichenhornhautscheiben in eingetrübte Patientenaugen. Anfangs erschien es Arzt und Patient wie ein Wunder, Blinde wurden sehend.

Nach einem Jahr als Volontär erhielt ich die erste bezahlte Assistentenstelle, sie brachte 190 Złoty monatlich. Ein kleines Gehalt, doch es gab mir Auftrieb. Um Schwester Emma zu entlasten, mietete ich eine Dreizimmerwohnung in der Sławkowska 23, im ersten Stock und richtete mutig auf Kredit eine ärztliche Allgemeinpraxis ein, die ich nebenbei betrieb. Primitive Wartezimmereinrichtung aus geborgten Möbeln und großes Emailleschild am Haustor: «Arzt G. Günther» empfängt ...

Wie sah nun meine «Kundschaft» aus? Versicherungsagenten, die mir Geld abnehmen wollten; Narkomanen, die auf Morphin aus waren; ambulante Händler, die ihre Waren loswerden wollten; Simulanten, die Atteste für ihre Dienststellen benötigten – aber keine Patienten! Da konnte ich lange warten, sie kamen nicht!

Zu allem Unglück hatte ich Schulden gemacht und Wechsel unterschrieben. Die Miete wurde fällig und immer noch kein Geld! Aber die Arbeit im Krankenhaus hielt mich aufrecht. An Vergnügungen war nicht zu denken. Damenbekanntschaften kamen nicht in Frage. Ich besaß nichts als Charme und Freundlichkeit. Auch meine Doktorarbeit stand noch aus. Durch den Umzug nach Krakau hatte ich alle günstigen Universitätsverbindungen eingebüßt. Mein jetziger Chef war nicht Universitätsprofessor und deshalb nicht kompetent, eine Doktorarbeit zu vergeben. Deshalb wandte ich mich an den damaligen Ordinarius, Professor K. Majewski, den Direktor der Universitäts-Augenklinik in Krakau. Doch ich war ja nur ein «armer Lazarus» – im doppelten Sinne. Nebenbei bemerkt, wir Ärzte im St.-Lazarus-Krankenhaus wurden von den professionalen Klinikern immer etwas von oben herab angesehen.

Von Professor Majewski erhielt ich 1936 das Thema meiner Doktorarbeit «Über Gefäßkrämpfe am Auge», das aber jahrelange Vorarbeiten verlangte. Mit Eifer begann ich das Literaturstudium in der Bibliothek der Nervenklinik, um in den Zentralblättern für Neurologie und Psychiatrie nachzuschlagen. Zum Komplex der Gefäßkrämpfe am Auge gehören ja in erster Linie die Angiospasmen des Gehirngefäßsystems.

Im Lesezimmer der kleinen Bibliothek begegnete ich einer Assistentin der Neurologischen Abteilung, Irka C., die gleich mir Literaturstudien betrieb. Wir wurden gute Freunde, da wir uns fast täglich zur gleichen Zeit trafen oder es schließlich so einrichteten. Sie arbeitete auf einem ähnlichen Gebiet, gab mir viele nützliche Literaturhinweise und suchte sogar die entsprechenden Bände heraus, ich hingegen half ihr bei der Durchsicht deutscher Fachliteratur, übersetzte ihr schwierige Passagen ins Polnische. Irka übernahm in «ihrer» Bibliothek die Hausfrauenrolle, bereitete Tee vor und bewirtete mich mit Apfelsinen. Meine Übersiedlung nach Poznan beendete diese angenehme Lese- und Arbeitsgemeinschaft. Unter ganz anderen Umständen sollte ich Irka später noch einmal begegnen.

Immer noch mittellos, fand ich nach wie vor große Unterstützung bei Schwager und Schwester und auch bei Onkel Bisanz, mit dem ich jetzt als Erwachsener zusammenkam. Wichtig der moralische Rückhalt, den er mir gab, doch des öfteren half einfach ein gutes kostenloses Mittagessen in einer seiner Gaststätten. Regelmäßig war ich einziger Gast bei seinem ausgedehnten Osterfrühstück, das er in seinem Lokal, dem Grand-Hotel, einnahm. Das war eine besondere Auszeichnung.

Ostern, das größte christliche Fest in Polen, beging man mit tiefer Hingabe, aber auch mit ausgelassener Freude. Der sehnsüchtig erwartete traditionelle Osterschmaus am Ostersonntag beendete die lange Fastenzeit. An diesem Tage war die Stadt vormittags wie ausgestorben, alle feierten daheim. Die Lokale blieben geschlossen, auch das Grand-Hotel. Das sonst so frequentierte Café war still und leer. Mir wurde wie durch unsichtbare Hand geöffnet. Ich betrat den fast noch dunklen Saal. Nur ein einziger Tisch in einer geräumigen Fensternische war festlich gedeckt und matt beleuchtet. Ein vielversprechendes Bild vornehmer Gastlichkeit. Um einen Osterglockenstrauß funkelten Gläser, blitzte das Silberbesteck und leuchteten blütenweiße Servietten. Allein dieser Anblick versetzte mich in eine gehobene Stimmung.

Onkel war schon da und kam mir gelassen und heiter entgegen. Sein glattrasiertes, rosiges, volles Gesicht leuchtete unter der graumelierten, tadellos gehaltenen Frisur. Er lud mich zum Sitzen ein, nahm selbst auch bequem Platz und entfaltete seine Serviette. Aus dem Dunkel löste sich jetzt der Schatten eines befrackten Obers, der leise an den Tisch herantrat. Mit einem Gläschen Hennessy zum traditionellen Eiersalat eröffnete Onkel den Osterschmaus. Es folgten diverse Schinken, allerlei Wurstsorten, Fisch in Gelee, verschiedenes Ostergebäck in Form von Mandelkuchen, dem polnischen «Mazurka», Torten und zum Abschluß der berühmte Napfkuchen, die «Baba». Wir tranken deutschen Wein und französischen Sekt und Onkels berühmten Mokka. Der Osterschmaus dehnte sich über mehrere Stunden aus. Onkel erzählte viel aus seinem arbeitsreichen Leben, wie er als armer Pikkolo anfing, von Stufe zu Stufe langsam emporstieg und schließlich der renommierteste Gastwirt Krakaus, ja ganz Polens wurde. Über ihn schrieb einmal eine Krakauer Zeitung:

Er stand auf seines Daches Zinnen
und schaute mit vergnügten Sinnen
auf das beherrschte Krakau hin …

Als ich einmal mit ihm über meinen verzweifelten Versuch sprach, mich in der Krakauer Vorstadt als praktischer Arzt niederzulassen, um endlich auf einen grünen Zweig zu kommen, riet Onkel Bisanz dringend ab. Sein Lebensprinzip war, stets nach Höherem zu streben, und er erwartete von mir, daß ich meine vielversprechende Karriere nicht aufgab.

Der Sommer 1937 brach an. Meine finanzielle Lage hatte sich immer noch nicht gebessert. Da machte mir mein Chef eines Tages ein sonderbares Angebot. Eine Poznańer Privataugenklinik, geleitet von Professor Stasiński, suchte dringend einen Augenarzt. Karelus empfahl, mich unbedingt um diese Stelle zu bewerben. Er selbst habe vor zehn Jahren bei Stasiński gearbeitet. Dort könne ich viel lernen.

Wie sollte ich mich entscheiden? Hier ein Ende, dort ein aussichtsreicher Anfang? Kurz entschlossen gab ich in Krakau alles auf und ging nach Poznań (Posen).

Die Stadt kannte ich bislang nur flüchtig, gar nicht die zukünftige Arbeitsstelle oder den neuen Chef. Trotzdem war ich wie immer optimistisch und nahm mir vor, in Poznań ein neues Leben zu beginnen.

Und wieder war es ein Oktobertag, an dem ich meinen Dienst antreten sollte. Die Praxis von Professor Stasiński war in einem großen Mietshaus in einer repräsentativen Straße untergebracht. In der unteren Etage befanden sich die Praxisräume und die Wohnung, in der oberen die Krankenzimmer und der Operationsraum. Ich machte meinen ersten Besuch. Im sogenannten Roten Salon harrte ich der Dinge. Mich empfing aber nicht der Professor, nein, eine junge blonde Dame, Frau Dr. Janina Stasińska, die Tochter des Chefs; Professor Stasiński verbrachte zur Zeit seinen Urlaub in der Schweiz.

Ich begann gleich mit der Arbeit. Sie beschränkte sich hauptsächlich auf ambulante Patienten. Die Station und die Operationen besorgte Frau Doktor. Professor Stasiński hatte einen sehr guten Ruf, die Wartezimmer waren immer voll und die Tätigkeit nicht leicht, vor- und nachmittags wurde intensiv gearbeitet. Unsere Ordinationszimmer lagen nebeneinander, so daß ich bei besonderen Fällen Frau Dr. Janina konsultieren konnte. Sie war eine tüchtige Ophthalmologin, vor allem gut geschult in der Behandlung von Netzhautablösungen. War sie doch eine der ersten Netzhautchirurgen Polens, dank ihrer Ausbildung bei den damals führenden Fachleuten, Professor Weve, Utrecht, und Professor Amsler, Lausanne.

Noch vor Weihnachten kehrte Professor Stasiński zurück. Mit ungewöhnlicher Energie begann er gleich seine Praxis. Obwohl nicht mehr gesund, widmete er den Vormittag ganz seinen Patienten. Nach der Praxis beschäftigte er sich mit mir, um die gesamte damalige Theorie der

Augenheilkunde durchzusprechen. Dankbar begrüßte ich diese fruchtbringende Weiterbildung, war sie doch in meiner bisherigen Ausbildung viel zu kurz gekommen. Stasiński war bestrebt, sein umfassendes fachliches Wissen und seine große Erfahrung an mich weiterzugeben. Ich habe viel von ihm gelernt, dem ehemaligen Schüler der berühmten Pariser Ophthalmologen de Wecker, Javal, Parinaud, Landolt und anderer, die in der zweiten Hälfte des vergangenen Jahrhunderts tätig waren und die Ophthalmologie mit neuen Erkenntnissen bereicherten.

Ich erklomm also eine höhere Stufe der Augenheilkunde, bekam einen weiten Überblick und sah das Ziel, dem man entgegenstreben sollte.

In dieser Zeit hatte ich Irena, die jüngste Tochter meines Chefs, kennengelernt. Wir begegneten uns gleich mit großer Sympathie. Sie war die verwöhnte Tochter eines berühmten Mannes, aber unglücklich verheiratet. Sowohl dem strengen Vater als auch dem apodiktischen Ehemann konnte sie sich nicht unterordnen. Sie suchte einen Ausweg und glaubte, in mir den Menschen und Mann ihres Lebens gefunden zu haben.

Unser nicht ganz glückliches Verhältnis zog sich in die Länge; wir konnten keine Entscheidung finden. Die Lage wurde durch die Erkrankung des Vaters und schließlich dessen Tod im Frühjahr 1939 noch verwickelter.

Da brach der Krieg aus und machte allen unseren Konflikten ein jähes Ende. Vorläufig? – Wir konnten es nicht wissen. Im September 1939 ging ich als polnischer Offizier an die Front, und die alte Welt stürzte ein.

Drittes Kapitel

Über alles können wir alle sprechen.
Du aber sprich von Dir.
Dagestanisches Sprichwort

Der Überfall

«Herr Doktor, ein Anruf für Sie!»

Józia kam schlaksig wie immer ins Sprechzimmer und wiederholte: «Kommen Sie bitte, ein dringender Anruf für Sie aus Zoppot.» Ich unterbrach die Behandlung eines Patienten und eilte zum Telefon. Wer mochte das wohl sein?

Die Stimme meiner Schwester Emma klang sichtlich erregt. «Wundere dich nicht, wir sind hier an der Ostsee und müssen den Urlaub abbrechen. Wir kommen mit dem Auto über Posen, Johann will dich gleich mitnehmen. Noch heute, nein morgen, sind wir da, ganz in der Früh.»

Ich wußte nichts vom Urlaub der Schwester, begriff aber sofort, worum es ging, denn ich hatte ja gerade tags zuvor den Stellungsbefehl erhalten, der mich für Anfang September nach Krakau zum Wehrkommando beorderte. Mit Emmas Vorschlag war ich gleich einverstanden, wir verabredeten einen genauen Treffpunkt.

Die zweite Augusthälfte war angebrochen, Hochsommer und in der Praxis nicht viel zu tun. Die politische Lage erschien sehr undurchsichtig, vor allem für mich, da ich nur auf allgemeine Informationen angewiesen war, lebte ich doch erst seit kurzem in Posen. Meine ganze Zeit widmete ich der Arbeit. Auch war da die Dissertation, die ich immer noch mit mir herumtrug. In der gut ausgestatteten Bibliothek von Professor Stasiński fand ich reichhaltiges wissenschaftliches Quellenmaterial. Die wenigen freien Stunden verbrachte ich mit Irena und deren Freundin Zosia. Wir trafen uns gewöhnlich in der kleinen Konditorei Fangrad, wo es guten Kuchen gab, oder wir besuchten Kinos, Theater und machten gemeinsame Ausflüge in die malerische Umgebung Posens. Ansonsten pflegte ich weder Geselligkeiten, noch hatte ich Bekannte, die sich mit Politik befaßten oder sich dafür interessierten.

Während meiner Soldatenzeit, im Frühjahr 1934, wurde zwischen Deutschland und Polen ein Nichtangriffspakt geschlossen. Darüber war ich damals froh und als Deutscher beruhigt, schien mir dieser Vertrag doch die Gewähr dafür zu bieten, daß beide Völker, denen ich mich sehr verbunden fühlte, in Frieden miteinander leben würden. Aber im Januar 1939 war Rede und Streit um einen sogenannten Danziger Korridor entbrannt, über den sich die Politiker nicht einigen konnten. Als direkte Bedrohung war die Aufkündigung des Nichtangriffspaktes Ende April 1939 durch Hitler zu verstehen. Deshalb suchte Polen noch unmittelbar vor Kriegsausbruch im britisch-französischen Versprechen Zuflucht, dem Land im Falle eines deutschen Angriffs beizustehen. Aber davon erfuhr ich erst später. Die Lage hatte sich inzwischen wohl noch mehr zugespitzt. Also Krieg mit Hitlerdeutschland?

Wie hatte sich die Atmosphäre in der Stadt verändert! Die Menschen auf der Straße waren erregt, drängten sich vor den Zeitungsständen und tauschten scheue Blicke.

Gleich nach Emmas Anruf verabredete ich mich mit Irena. Wir trafen uns in ihrer Wohnung. Sie war völlig verstört. «Mußt du wirklich in den Krieg?» Sie umarmte mich. «Wann sehen wir uns wieder?» – Ich konnte ihr keine Antwort geben. «Morgen früh werde ich mit dem Auto abgeholt und lasse alles hier zurück. Möchtest du meinen Wohnungsschlüssel?» Sie schwieg, war zu keiner Antwort fähig, wandte sich ab und weinte.

Am nächsten Morgen machte ich mich zu Fuß auf den Weg. Sobald man Uniform angelegt hat – ich hatte meine eigene Leutnantsuniform –, tritt man aus der Anonymität heraus. Obwohl es noch früh am Morgen war, traf ich schon Soldaten, die stramm salutierten. Aber auch ich mußte aufpassen, durfte keinen ranghöheren Offizier übersehen. Vor dem Hotel hielt schon der Opel des Schwagers. Beide, Emma und Johann, hatten bereits die erste Sonnenbräune, die jedoch Zeichen von Kümmernis und sorgenvoller Nacht nicht verdecken konnte. Sie begrüßten mich mit gedämpfter Freude.

«Wir trinken nur einen Kaffee, dann geht's weiter», sagte Johann. Es drängte sie nach Hause zu den Kindern. Die Bedienung im Frühstückszimmer des Hotels ging voller Hast vor sich. Auch in die Routine der Ober hatte sich die unsichere Zeit bereits eingeschlichen.

Von Posen bis Krakau mußten wir noch fast vierhundert Kilometer zurücklegen. Die Fahrt verlief ohne Zwischenfälle. Johann und Emma empfanden es als angenehm, durch die Anwesenheit eines polnischen Offiziers im Wagen beim raschen Passieren gelegentlicher Kontrollstellen begünstigt zu werden. Ich kam erst einmal in der Villa meiner Angehörigen unter; sie lag in unmittelbarer Nähe des Flughafens.

Am 30. und 31. August 1939 suchte ich lange vergeblich meine Einheit. Es herrschte ein völliges Durcheinander. Nirgends war eine genaue Auskunft zu erhalten. Ich irrte in den Vororten Krakaus herum und fand schließlich im Fort III, im Nordosten der Stadt gelegen, erste Anhaltspunkte. Noch blieb ich zur Nacht zu Hause.

Am 1. September, Punkt vier Uhr morgens, rissen uns harte Bombenexplosionen aus dem Schlaf. Es war der erste

Luftangriff auf den Flugplatz. Durch das Fenster im oberen Stockwerk konnten wir die Explosionen erkennen, Menschen flüchteten über die Felder, auch zwei Vinzentinerinnen-Nonnen, ihre weiten Gewänder gerafft, die Hauben flogen. Dieses Bild werde ich nie vergessen. Hitlerdeutschland hatte uns ohne Kriegserklärung heimtückisch überfallen. Eilig würgte ich einige Bissen herunter, an ein gemeinsames Frühstück war nicht mehr zu denken. Mechanisch verabschiedete ich mich von meinen Lieben, auch von den beiden Jungen, Adam und Rudi.

Ich wußte: Jetzt geht es los! –

In meiner Ausgehuniform mit weiter Offizierspelerine zog ich in den Krieg. Rasier-, Zahnputzzeug, Papiere und etwas Geld waren das einzige Marschgepäck und dazu am linken Handgelenk eine tags zuvor bei Cyrankiewicz für fünfundneunzig Złoty erstandene «Tissot» mit schwarzem Zifferblatt. Auf einen Krieg waren wir, war Polen wirklich nicht vorbereitet. Die erst am 31. August 1939 richtig anlaufende Mobilmachung fiel in den Überfall der Naziwehrmacht, wurde durch die Operationen des hochgerüsteten Gegners empfindlich gestört. Deshalb das allgemein herrschende Durcheinander und Chaos.

Ich sollte eine sogenannte Desinfektionsabteilung mit Männern und Geräten aufstellen, erhielt aber nirgends einen Hinweis. Unterdessen wurde unser Fort andauernd von Tieffliegern beschossen und mit Bomben belegt.

Erst in einer Feuerpause machte ich mich auf die Suche nach meiner Mannschaft; es hieß, sie befände sich in einem nördlichen Vorort von Krakau. Weit der Marsch dorthin in glühender Sommerhitze: Immer wieder muß ich mich in den Straßengraben unter dichte Laubbäume werfen, um vor den Geschossen der Tiefflieger Schutz zu suchen. Die Maschinengewehrsalven schlagen wie unzählige Peitschen in die Blätter. Nur ein kurzer Spuk! Ich laufe weiter. Am Wegrand mitten im Gras – wie in einem surrealistischen Film – steht ein verlassener Telefonapparat mit Kabel. Ich hebe den Hörer auf, ja, Ton! Schnell wähle ich die Rufnummer meiner Schwester. Nicht zu fassen, es funktioniert. Ich rufe ihr nur einen Gruß zu, einen Gruß von unterwegs. Endlich bin ich in Bronowice, stoße auf etwa ein Dutzend ältere Reservisten, freundliche Männer, darunter auch einen Juden, Botwinnik, der gleich mein Adjutant wird. Er ist sehr findig. Wir müssen Panjewagen requirieren; vielleicht werden vier ausreichen, um unsere Mannschaft zu befördern. Und jetzt zum Fort, zur Gruppe des Majors, dem ich unterstellt bin. Alles dauert eine Weile, so daß wir erst gegen Abend ankommen. Ich melde mich beim Major. Der macht mich natürlich zur «Sau», da wir keine medizinischen Geräte, keine Waffen, keinen Sold für die Mannschaft mitgebracht haben, eben gar nichts, was für einen Kriegseinsatz vonnöten ist.

Die Nachrichten über das stürmische Vorrücken des Feindes verbreiteten sich in Windeseile und lösten Panik aus. Die Luftangriffe auf das Fort dauerten an. Als ich wieder einmal unterwegs war, detonierte ganz in meiner Nähe eine Bombe mittleren Kalibers. Ich blieb heil, hatte aber das Gefühl der ersten Kriegstaufe. Der Major befahl den Rückzug. Wir überquerten die Weichsel im Süden der Stadt, zogen erst nach Osten, bald aber in nordöstlicher Richtung, denn die Panzer der Nazis versuchten uns in die Zange zu nehmen. Wir handelten nach dem physikalischen Gesetz des Kräftevektors; der Feind schob uns eben in diese Richtung. Meine Sanitätsabteilung hatte die Aufgabe, Verwundete zu sammeln und in Lazarette zu bringen. Noch gab es keine Verwundeten.

Unsere Panjewagenkolonne zog die Landstraßen entlang, immer auf der Suche nach Wald, nach Unterschlupf vor den ständig drohenden Luftangriffen. Ein Glück die Wegstrecke durch die Puszcza Niepołomicka, eine Art Urwald. Wir waren Teil eines Flüchtlingsstroms, der lawinenartig anschwoll: Frauen mit Kindern auf dem Arm oder im Handwagen, ältere Männer mit Bündeln und Taschen.

Schweigend wanderten die Menschen, eingestaubt, hungrig, wie Schemen. Ein ununterbrochener Zug, der sich mehr neben als auf der Straße bewegte, die fürs Militär vorgesehen war. Das welke Gras lag festgetreten in Richtung Flucht. Unterwegs mußten wir immer wieder neue Gespanne auftreiben, denn die Bauern weigerten sich, zu weit von ihrem Dorf wegzufahren. Am nächsten Halteplatz trafen wir im Wald auf eine Gruppe Menschen, die zwei deutsche abgeschossene Flieger umlagerte. Es waren junge blonde Burschen, in Fliegeruniformen, die wir zum erstenmal sehen. Sie wurden von einem Posten bewacht. «Schießt sie tot!» hörte man eine Stimme. Der Posten vertrieb die Zuschauer.

Der Fluchtweg führte uns durch Dörfer und kleine Städte, wie Radomyśl, Kolbuszowa und Nisko. Als wir diese schon halbverlassene kleine Stadt passierten, mußte ich an den hier einst wohnhaften und nun wohl längst verstorbenen Onkel Schneikart denken, der im Ersten Weltkrieg auf der Flucht nach Wien sein ganzes Hab und Gut in Form von Schmuck und Gold verlor.

Inzwischen betreuten wir etwa zwanzig transportfähige Leichtverwundete. Ich erhielt Befehl, sie in Krankenhäusern im Hinterland unterzubringen. Endlich hatte ich eine praktische Aufgabe, die eigenverantwortliches und selbständiges Handeln verlangte. Da unser Troß sich ziemlich in die Länge zog, konnten wir uns von der rasch sich absetzenden Truppe des Majors lösen. Das war mir nur angenehm. Alle Verwundeten wurden mit frischen Verbänden versorgt. Es handelte sich meist um Granatsplitterverletzungen an Armen, Beinen und am Körper.

Bei dieser Arbeit, die sich wie alle anderen Tätigkeiten auch unter freiem Himmel abspielte, tauchte plötzlich eine junge Frau mit Rotkreuzarmbinde auf. Ohne lange Rede ging sie ans Werk und legte mit geübter Hand Verbände an. Ich erfuhr, daß sie auch auf der Flucht war, aus Zakopane kam und fast vierhundert Kilometer zu Fuß zurückgelegt hatte. Auf ihre Frage, ob sie sich uns anschließen dürfe, erhielt sie meine Zustimmung. Nach weiterem Was und Wie wurde in dieser Zeit nicht gefragt. Es ging um die nackte Existenz, jeder war auf jeden angewiesen. Also gehörte sie nun zu meiner Truppe, Krystyna, die Krankenschwester aus Zakopane, eine kräftige Goralentochter mit frischem Gesicht, ruhigen Bewegungen und bescheidenem Auftreten.

Die Verbandstoffe gingen zur Neige. Was tun? Wir brauchten dringend Nachschub. In der nächsten Stadt, wohl in Janów Lubelski, fanden wir eine Drogerie, deren Eigentümer geflüchtet war. Eine zuständige Behörde gab es nicht. Kurz entschlossen brachen wir ein und holten das Notwendige. Es machte auch immer größere Mühe, die Verwundeten stationär unterzubringen. Kaum waren wir nach langem Suchen an einem Krankenhaus angelangt, wies man uns ab. Wir fuhren also weiter, kamen so durch Szczebrzeszyn, Zamość, Krasnystaw, Chełm und Luboml. Überall dasselbe: die Krankenhäuser geräumt, kein medizinisches Personal, bis auf einige Schwestern bei transportunfähigen Patienten. Wir mußten uns selbst helfen, Krystyna und ich versorgten die Patienten, die Mannschaft «organisierte» die Verpflegung.

Ich war froh, daß mir diese leichtverwundeten Soldaten anvertraut waren. So blieb ich verschont vom Anblick zerfetzter Leiber junger Männer, die qualvoll starben. Nur an einen Soldaten kann ich mich erinnern, der unter meinen Händen verschied. Es war in einem der letzten Spitäler, der dort arbeitende Chirurg mußte eine dringende Beinamputation wegen Gasbrand durchführen und bat mich zur Assistenz. Der Verwundete war bewußtlos, so daß eine Narkose wegfiel. Anfangs gelang es mir nur schwer, das kräftig pulsierende Blut zu stillen. Plötzlich kam kein Tropfen mehr – der Verwundete war tot.

Während der ganzen Zeit war schönes Wetter, tags brannte die Sonne, und nachts leuchteten die Sterne. Wir übernachteten im Freien, meist in unseren Pferdewagen auf Strohlagern. Der Aufenthalt in der frischen Luft bekam allen gut, so daß auch viele der Verwundeten bald gesund wurden und aktiv mithelfen konnten. Je länger die Flucht dauerte, umsomehr spürte man die allmähliche Auflösung jeglicher bürgerlicher Ordnung. Keine Polizei, keine Soldaten und keine Behörde weit und breit.

Am 17. September langten wir in Kowel an. Es war Abend und etwas kühlere Witterung. Wir suchten ein Dach über dem Kopf und fanden bei einem Juden einen freien Schober. Wir waren zu dritt, Krystyna, der Sanitäter, der uns das Quartier besorgt hatte, und ich. Wir schliefen im Heu. Siebzehn Tage seit Beginn des faschistischen Überfalls hatte ich keinmal die Uniform abgelegt, ähnlich ging es meinen Gefährten.

Am nächsten Morgen, einem Sonntag, dem 18. September, meldete ich mich ordnungsgemäß im Krankenhaus, das aber auch schon evakuiert war. Nur einige Transportunfähige blieben zurück und die tapferen Krankenschwestern, über die man noch nachträglich ein Loblied singen müßte. Während des ganzen achtzehn Tage dauernden Feldzuges habe ich nur tapfere Frauen getroffen, was man von der männlichen Bevölkerung nicht immer sagen konnte.

Im Krankenhaus stießen wir auf einen Radioapparat. Endlich eine Möglichkeit, sich über die politische und militärische Lage zu orientieren. Ein englischer Sender meldete: Hitler hat mit Stalin eine Abmachung getroffen. Ostpolen wird an die Sowjetunion abgetreten, der Krieg ist zu Ende. Ich war fassungslos. Was hatte das zu bedeuten? Ich suchte sofort meine Leute auf. Gleich kam auch die Bestätigung: «Russische Panzer sind im Osten der Stadt Kowel eingerückt!» Diese Nachricht verbreitete sich wie ein Lauffeuer im Krankenhaus und versetzte uns alle in Aufregung. Wir waren fremd hier, hatten keinerlei Kontakt zur Bevölkerung. Deshalb wollte jeder, ohne zu zögern, in seine Heimat zurück. Sowjetpanzer bedeuteten für den polnischen

Soldaten – Feinde. Auch ich wollte als polnischer Offizier nicht in sowjetische Kriegsgefangenschaft.

Was wußten wir von dem vergeblichen Bemühen der Sowjetunion, noch Anfang August Frankreich und Großbritannien zu einem gemeinsamen Vorgehen im Falle einer faschistischen Aggression zu bewegen? Statt dessen bestärkten ebendiese Mächte Polen in seiner antisowjetischen Haltung. Der Abschluß eines Nichtangriffspaktes mit Deutschland und dann nach dem faschistischen Überfall das Vorrücken russischer Truppen bis zu der 1919 einst international festgelegten Grenzmarkierung, das waren Maßnahmen der Sowjetunion zur Sicherung des eigenen Landes und zum Schutz der weißrussischen ukrainischen Bevölkerung.

Nein, von all dem konnten oder wollten wir nichts wissen. Zu tief eingehämmert waren über all die Jahre hinweg in uns Furcht und Angst vor den Kommunisten. Übrigens in der Nacht vom 17. zum 18. September 1939 hatten auch die polnische Regierung und die Oberste Heeresleitung das Land verlassen und sich nach Rumänien begeben. Nach kurzer Überlegung sagte ich zur Mannschaft: «Der Krieg ist zu Ende, ich entbinde euch von eurer Pflicht, macht, was ihr wollt, geht nach Hause.» Und an die Leichtverwundeten gewandt: «Ihr seid inzwischen kräftig genug und könnt euch selbst durchschlagen. Wir wünschen euch alles Gute.» Krystyna sah mich erschrocken an: «Was soll ich tun?» – «Kommen Sie mit mir, ich möchte nicht hier bleiben, aber kommen Sie sofort!»

Augenblicklich – ohne jede Vorbereitung – verließen wir die Stadt in westlicher Richtung. Es war höchste Zeit. Die Straße führte nach Luboml, woher wir vor kurzem gekommen waren. Die Stadt lag etwa vierzig Kilometer von Kowel entfernt. Nach ungefähr einer Stunde ermüdenden Marsches holte uns ein Auto ein, voll besetzt mit polnischen Offizieren. Beim Anblick eines Sanitätsleutnants in Begleitung einer Frau hielten sie an und luden uns zur

Weiterfahrt ein. Alle rückten noch enger zusammen. Geredet wurde nicht viel, die Offiziere waren recht freundlich und benahmen sich Krystyna gegenüber wie Kavaliere. Nicht in Luboml, sondern erst in Chełm wurde Rast gemacht; jeder versuchte, irgendwas an Lebensmitteln zu ergattern. Ich eroberte eine Tüte Pflaumen. Diese Pflaumentüte sollte Krystynas und mein Schicksal bestimmen. Wir versammelten uns zu einer Lagebesprechung. Die Offiziere wollten sich nach Warschau durchschlagen; es hieß nämlich, dort würde sich eine Widerstandseinheit formieren – ein aus meiner Sicht völlig sinnloses Unterfangen in Anbetracht der Radiomeldung. Wesentlich später erfuhr ich, daß die polnische Hauptstadt schon seit dem 15. September von den faschistischen Truppen eingekesselt war, aber die Bevölkerung noch bis zum Monatsende tapfer Gegenwehr leistete. Ich beteiligte mich kaum an der Diskussion. Für mich stand es fest, sobald als möglich nach Hause zu gelangen. Aber wann und wie sollten wir uns von der Gruppe absetzen? Den Ausschlag gab dann die Tüte Pflaumen.

Ich stand abseits mit Krystyna und war gerade dabei, die Tüte zu öffnen, da trat plötzlich einer der Offiziere heran, griff unaufgefordert in die Tüte und ließ dabei, gemünzt auf Krystyna, einige anzügliche Bemerkungen fallen. Wir machten gute Miene zum bösen Spiel, waren aber nun fest entschlossen, uns von dieser Gruppe zu lösen. Unter dem Vorwand, noch etwas in der Stadt erledigen zu müssen, verließen wir die Offiziere.

Und wieder waren wir allein. Wir mieden die Hauptverkehrsstraße und wählten zumeist einsame Waldschneisen und Feldwege. Die Gegend war spärlich besiedelt. Wir trafen keinen Menschen, den wir um Auskunft hätten bitten können. Ohne Karte, ohne Kompaß waren Sonnenstand und ungefähre Himmelsrichtung einzige Orientierung.

Ein warmer, sonniger Tag verging. Allmählich wurde es dunkler und kühler. Die Nacht überraschte uns im Wald. Tiefe Stille. Nur das Rascheln der eigenen Füße im dürren

Laub war zu hören. Es war zu finster, um weiterzugehen. Ich sagte zu Krystyna: «Wir müssen hier übernachten, Krystyna!» – «Ja», sagte sie, «wenn Sie meinen!»

Immer war sie mit allem einverstanden, sie fügte sich so leicht – ein schwereloses Wesen trotz ihrer kräftigen Figur.

Wir legten uns ins Moos. Durch das dichte Blätterdach schimmerten die ersten Sterne. Meine Gedanken waren jedoch nur auf das eine Ziel gerichtet, uns mit heiler Haut durchzubringen. Ob Krystyna das gleiche dachte? Ihre gleichmäßigen Atemzüge verrieten, daß sie an gar nichts mehr dachte. Auch ich schlief vor Ermüdung bald ein.

Der Morgen graute, leichter Nebel schwebte über einer nahen Waldwiese. Wir erhoben uns fast gleichzeitig. Nach längerem Marsch begann sich der Wald zu lichten, wir waren an eine Kreuzung gelangt. Ich erblickte sie zuerst: frische Spuren von Panzerketten im feuchten Erdboden. Und dann auf einer Lichtung niedergetretenes Gras und eine Zigarettenschachtel mit deutscher Aufschrift. Mich bewegten merkwürdige Gefühle. War es freudiges Erschrecken oder ängstliches Verharren? Wie hypnotisiert starrte ich auf diese Zigarettenschachtel. Hier hatten also deutsche Soldaten geraucht, und die Spuren stammten von deutschen Panzern. Freunde oder Feinde?

Krystyna war völlig arglos. Sie hatte diese Schachtel noch nicht bemerkt und auch meine Aufregung anscheinend nicht wahrgenommen. Sollte ich ihr etwas verraten? Als ich noch überlegte, hörten wir plötzlich Schritte. Vor Schreck hielten wir den Atem an und lauschten. Ein schlichter, älterer Mann kam auf uns zu. Das Herzklopfen verging, aber noch war ich sehr aufgeregt, denn viele Fragen drängten sich mir auf.

«Wo sind die Deutschen, was für Leute sind das, die deutschen Soldaten, haben Sie sie schon gesehen?»

Der Mann blieb ganz ruhig: «Ach, sie tun uns nichts; wenn irgendwas zu machen ist, rufen sie uns. Nach der Arbeit sagen sie dann meist: ‹los›.»

«Wo befinden sie sich jetzt?»

«Ach, hinter dem Fluß», er meinte den Fluß Wieprz, «nur ab und zu kommen sie mit den Panzern heraus, um die Gegend anzusehen.»

«Wie gelangt man zu ihnen?»

«Nur noch einige Kilometer, dann stoßen Sie auf einen schmalen Kanal. Über den kann man mit einem Boot übersetzen. Meist ist dort jemand. Gehen Sie ruhig hin, sie tun Ihnen nichts.» Der Mann sagte «Guten Tag» und trottete weiter.

Was sollte ich machen? Jetzt mußte es sich entscheiden! «Krystyna, wollen Sie mit mir zu den Deutschen?»

So, wie es ihre Art war, schaute sie mich erst stumm an, lächelte und sagte dann nur: «Ja, ich gehe mit Ihnen.»

Nun mußte ich es ihr aber endgültig sagen, daß ich kein Pole bin und daß wir uns, auch auf die Gefahr hin, in Gefangenschaft zu geraten, bis Krakau durchschlagen müssen. «Krystyna, ich bin Deutscher, werde Sie nicht im Stich lassen und mein Schicksal mit Ihnen teilen.»

Ich wunderte mich, daß sie diese überraschende Wendung ruhig hinnahm und voller Vertrauen blieb. Wir gingen ins Ungewisse. Ich war in polnischer Uniform. Auch trug ich ein Fernglas bei mir und eine Pistole. Unbehelligt kamen wir an den beschriebenen Kanal. Es dauerte tatsächlich nicht lange, und wir sichteten ein Ruderboot mit einem Zivilisten. Für einige Złotys brachte er uns ans andere Ufer. Wir erreichten eine breite Fahrbahn, die ansteigend zu einer Brücke führte. Auf dieser Überführung konnte ich mit dem Fernglas einen sogenannten Brückenkopf erkennen, der mit mehreren Maschinengewehren besetzt war. Also, jetzt nicht zaudern, denn die deutschen Soldaten hatten uns schon gesehen. Innerlich gespannt, nach außen hin ruhig, ja forsch, gingen wir auf die Stellung zu. Ein mittelgroßer, munterer Unteroffizier kam uns entgegen. Er musterte uns ganz kurz, aber nicht unfreundlich.

«Ich bin Deutscher in polnischer Uniform, und das ist

meine Begleiterin, eine Rotkreuzschwester, wir wollen in unsere Heimat, Krakau, zurück!»

Der Unteroffizier machte keine Schwierigkeiten, zu meiner Überraschung wurden wir nicht gefangengenommen; ich konnte sogar die Pistole behalten. Man verwies mich an den Kommandeur im nächsten Ort. Dieser gab sich interessiert, wollte aber weiter nichts hören, nur, wie wir über den Kanal gekommen wären. Er wunderte sich über den regen Betrieb am Kanal, der anscheinend nicht unter seiner Kontrolle war.

Noch am gleichen Tage gelangten Krystyna und ich mit einem abfahrenden Krankentransport ins Flüchtlingslager Radom. Der begleitende Assistenzarzt verabschiedete sich und wünschte uns eine gute Weiterreise. Mit einem Schlage hatte ich mich aus einem polnischen Offizier in einen einfachen Flüchtling verwandelt und war mit unerwarteter Leichtigkeit der Kriegsgefangenschaft entgangen. Auch Krystyna konnte sich freuen.

Da durch die Kriegsereignisse die halbe Bevölkerung des Landes unterwegs war, mußten zur Erhaltung der Ordnung sogenannte Flüchtlingslager eingerichtet werden. Ein recht großes gab es in Radom in einem geräumigen Theatersaal. Der Raum war bis in den kleinsten Winkel von Menschen vollgepfercht. Wir quartierten uns in einer Art Loge zur ebenen Erde ein, zwei Personen fanden da gerade noch Platz. Hier mußten wir auf den nächsten Heimatzug warten. Es war ein ständiges Gewimmel von Kommenden und Gehenden ohne sichtbare Aufsicht.

Nachdem wir uns die Schlafstelle gesichert hatten, machten wir einen Ausflug in die Stadt, um dem Trubel zu entgehen. Immer war noch gutes Wetter, sonnig und warm. Es war eine Freude, sich endlich in Sicherheit zu fühlen. Als wir froh durch die Straßen schlenderten, trafen wir – welch ein merkwürdiger Zufall – Irena mit ihrer Freundin Zosia aus Posen. Ich traute meinen Augen nicht. Es stellte sich heraus, daß auch Irena mit Mutter und Freundin aus Posen vor den Deutschen geflohen und nun Flüchtlinge im gleichen Lager waren. Oh, welch ein Zufall!

Kaum vor einem Monat hatten wir in Posen voneinander Abschied genommen. Irena hatte sicher schon meinen Untergang befürchtet, und jetzt sah sie mich munter, in Begleitung einer fremden Frau. War es also ein freudiges Ereignis für uns beide? Noch konnte ich mir kein klares Bild machen. Irena starrte entgeistert auf meine Begleiterin. Ich, ihr inniger Freund, mit einem fremden Weib? Es war schwer abzuschätzen, ob ihre Freude über mein Überleben oder ihr Argwohn größer war.

Meine Erklärungen schlug Irena in den Wind. Ich war enttäuscht. Außerdem wollte sie mich überreden, auf alle Fälle nicht nach Krakau zu Schwester und Schwager zu fahren und dann weiter zu meinen Eltern, sondern mit ihr nach Posen zu kommen. Es gab Tränen der Verzweiflung, als der Güterzug ohne mich in ihre Heimat abfuhr. Mir tat sie leid, die Entscheidung war mir nicht leichtgefallen. War ich herzlos? Es sollte nicht unser letztes Zusammentreffen sein. Irena und ihr Mann, da sie nicht für Nazideutschland optiert hatten, wurden bald aus Posen ausgewiesen. Beide kamen nach Krakau. Hier hatte ich bereits Fuß gefaßt und konnte mich um sie bemühen.

Doch noch war ich im Flüchtlingslager und mußte hier mit Krystyna eine weitere Nacht verbringen. Am nächsten Morgen brachte uns ein Güterzug nach umständlicher Fahrt ans Ziel.

Mit Krystyna bin ich nur wenige Tage meines Lebens zusammengewesen. In dieser Zeit hatte sich jedoch in der Welt unglaublich viel ereignet. Ein Krieg war ausgebrochen und scheinbar zu Ende gegangen. Tausende waren hingemordet worden, Städte und Dörfer in Ruinen verwandelt. Wir beide aber standen äußerlich unverändert beim Abschied auf dem Bahnhof und reichten uns zum letztenmal die Hand. Das Erlebnis des Krieges war überstanden, wenigstens für mich. Wir hatten uns gegenseitig geholfen und waren am Leben geblieben. Ich habe Krystyna nie wiedergesehen.

Das besetzte Krakau

Auf dem Krakauer Hauptbahnhof angekommen, ging jeder seiner Wege: Krystyna erkundigte sich nach weiteren Möglichkeiten, ihre Heimat zu erreichen, und ich eilte zur Straßenbahn, um zu meiner Schwester zu gelangen.

Wie verändert war das Straßenbild. Die mir so vertraute Stadt war kaum wiederzuerkennen. Sie war es, und doch war sie es nicht! Überall Wehrmachtuniformen und Militärfahrzeuge unbekannten Formats. In der Luft schwebte aufdringlich Benzingeruch. Die Zivilisten schlichen verängstigt durch die Staßen, schemenhaft, wie Gestalten aus einem makabren Film. Unterhaltungen wurden nur halblaut geführt, man hörte kein Lachen, spürte keine Fröhlichkeit. Eine unsichtbare Gewalt lastete auf der Stadt, wie ein unheimlicher Drache, den man nur ahnt, aber nicht sehen kann. Jeden Einwohner schien die Frage zu bewegen, was der Morgen wohl bringen wird.

Sollte sich in dieser Stadt nun mein weiteres Leben abspielen? Die überfüllte Straßenbahn brachte mich bald ans Ziel. Die Bisanzsche Villa, die ich vor kaum einem Monat verlassen hatte, stand noch unversehrt da. Auf mein Klingeln öffnete Emma, überrascht und froh, mich gesund wiederzusehen. Auch ihre beiden Buben kamen zur Tür gestürzt. Es gab eine stürmische Begrüßung.

Emma musterte mich von oben bis unten, sah meinen ziemlich verwahrlosten Zustand: abgerissen die halb militärische, halb zivile Kleidung (ein nicht passendes Jackett hatte ich schon im Flüchtlingslager eingetauscht); stoppelig das Kinn, staubig das Gesicht, das ihr wohl viele Fragen zu stellen schien. Aber noch erfuhr ich nichts. Sie schickte mich nämlich zuerst ins Badezimmer, legte einen Anzug von Johann zurecht und bereitete inzwischen einen Imbiß.

Nach einer Weile saßen wir dann am Tisch einander gegenüber, ich sichtbar wiedergeboren.

«Wir leben alle», begann Schwester Emma, «vieles hat sich verändert, Johann ist im Geschäft wie immer, doch unsere ganze Familie mußte die Heimat verlassen. Der große ‹Treck›» – sie lachte bitter – «hat unsere Freunde in alle Welt zerstreut.» In der weiteren Unterhaltung erfuhr ich, daß die Angehörigen in den von den Nazis neugeschaffenen Gauen Wartheland und Danzig-Westpreußen untergebracht werden sollten, daß aber die Mutter noch mit beidseitiger Oberarmfraktur in der Chirurgischen Klinik läge – eine Folge jener schon erwähnten tragikomischen Episode, verursacht durch die Ungeschicklichkeit von Onkel Wußa. Der Vater sei inzwischen vorausgefahren, um den ihm zugewiesenen neuen Bauernhof in Augenschein zu nehmen.

Damit war Emma noch nicht am Ende. Die älteste Schwester, Mina, halte sich auch in Krakau auf, hause mit ihren fünf Kindern, die alle an Ruhr erkrankt waren, notdürftig in einer verlassenen Wohnung und warte auf ihre endgültige Ansiedlung. Philipp Schneikart, ihr Mann, sei ebenfalls unterwegs und kümmere sich darum.

Zuerst suchte ich die Mutter in der Universitätsklinik auf. Sie amüsierte sich über ihre Gipsverbände, die aber bald abgenommen werden sollten, hatte keine Schmerzen mehr und war froh und zuversichtlich. Sie hatte Haus und Hof, Hab und Gut, das Ergebnis vierzigjähriger Arbeit, an einem Tag verloren und sprühte bereits wieder vor Lebensmut. Trauriger klang ihr Bericht über Kogutówka und den herzzerreißenden Abschied von unserem Majorko. Ein Teil ihrer selbst blieb dort zurück. Später erfuhren wir, daß unser geliebtes Dorf von den sowjetischen Behörden auf Vorschlag der Einwohner in Erinnerung an die Günthers in «Ginterowo» umbenannt wurde.

Mutters guter Humor wurde durch ihre Bettnachbarin aufs kräftigste unterstützt. Die Leidensgefährtin, eine noch sehr junge, hübsche Arztfrau, mit oberflächlicher Hautwunde durch Granatsplitterverletzung an der Stirn, unterhielt sie mit lustigen Anekdoten. Frau Z. war Polin. Nach ihrer baldigen Entlassung besuchte sie mich oft; es war mir möglich, ihrem Mann bei Schwierigkeiten mit den Deutschen zu helfen. Lange danach erhielt ich noch Briefe von ihr.

Nun mußte ich zu Schwager Johann, der mit seinen beiden Brüdern das Bisanzsche Kaffeehaus weiterführte. Beim Eintritt in das Lokal stieß ich auf die unwürdige Verbotstafel: «Nur für Deutsche!» Ähnliche Tafeln fand man an fast allen vornehmen und exklusiven Lokalen der Stadt. An den Tischen saßen nur uniformierte Gäste, in Farben von Braun über Blaugrün bis Schwarz. Die neuen Besucher benahmen sich großspurig, die Ober verhielten sich diszipliniert. Johann wußte schon von meiner Rückkehr, begrüßte mich freudig, zuckte aber die Achseln beim Blick in die Runde. Ich konnte ihn gut verstehen. Ärgerlich war er über die einschneidenden Veränderungen, die Verbotstafel auch an seinem Haus. Seine bisherigen Lieferanten waren verschwunden, er hatte deshalb Mühe, den Betrieb aufrechtzuerhalten. Keiner war froh über die neue Situation. Alle zeigten zurückhaltende Skepsis.

Solange das Kommando bei der Wehrmacht lag, war der Zustand noch erträglich. Das sollte sich jedoch ändern, sobald Krakau die «Hauptstadt des deutschen Generalgouvernements Polen» wurde. Mit ungewöhnlichem Eifer, ja geradezu an Wahn grenzender Betriebsamkeit richteten sich die neuen Herrscher von Partei und Staat in der Stadt ein. Dreist wurde sie von ihnen als «urdeutsch» bezeichnet. Der im Hirzelverlag Leipzig erschienene «Deutsche Städteführer im Osten» unter dem Titel «Krakau – Hauptstadt des deutschen Generalgouvernements Polen», herausgegeben von J. Papritz und G. Sappok, sollte die Richtigkeit dieser Behauptung bestätigen. Es wird darin aufgrund von «Literaturstudien» der zweifelhafte Nachweis über den angeblich deutschen Ursprung Krakaus erbracht.

Im Zusammenhang damit eine lustige Anekdote. Die polnische Schriftstellerin Magda Samozwaniec, vertraut mit den Feinheiten der deutschen Sprache, wurde anläßlich einer Kontrolle von einem SS-Mann gefragt, ob sie Reichs- oder Volksdeutsche sei. Sie antwortete darauf schlagfertig – Urdeutsche!

Überall schossen Dienst- und Amtsstellen des Generalgouverneurs für die besetzten polnischen Gebiete, der Polizei und der Wehrmacht wie Pilze aus dem Boden. Wirklich, ein Musterbild deutscher Organisation! Alles sollte anders und Schluß gemacht werden mit der «polnischen Wirtschaft».

Besonders berüchtigt war die Pomorskastraße 2, Sitz des Befehlshabers der Sicherheitspolizei im Generalgouvernement. Jeder Bürger, ob Deutscher oder Pole, fürchtete diese Einrichtung. Wenn es hieß: Er ist in der Pomorska!, bedeutete das fast soviel wie: Den werden wir nie wiedersehen.

Nun, das interessierte mich zunächst nicht. Ich mußte mir vor allem eine Arbeitsstelle suchen und ein Quartier besorgen. Mein erster Weg führte deshalb ins St.-Lazarus-Krankenhaus, wo ich noch vor zwei Jahren gearbeitet hatte. In der Augenabteilung traf ich die alten Assistenten mit ihrem Chefarzt Dr. Karelus, der sich aber sehr zurückhielt. Die Leitung des Krankenhauses hatte inzwischen ein deutscher SA-Arzt, Dr. Wilhelm Giller, ein älterer Praktiker aus Gleiwitz, übernommen. Es war ein biederer, unkomplizierter Mensch, kein ausgesprochener Fanatiker und Polenfeind wie seine späteren Nachfolger. Als ich mich bei Dr. Giller vorstellte und er erfuhr, daß ich Deutscher bin und im Hause bekannt war, schlug er mir vor, sein Stellvertreter zu werden. Ich willigte ein. Pro forma übernahm ich auch die Leitung der Augenabteilung und ging mit den polnischen Kollegen meiner fachlichen Arbeit nach. Zwischendurch ließ ich mich beim Direktor sehen, spielte oft Dolmetscher, vermittelte zwischen ihm und den mehr als hundert Ärzten des großen Krankenhauses und konnte dabei manche harte Verordnung mildern und Kollegen vor Willkür und Übergriffen schützen. Es war ein dauerndes Pendeln zwischen dem Terror der Besatzer und dem Widerstand der Unterdrückten.

Noch bevor ich in Krakau angekommen war, hatte die SS fast alle Universitätsprofessoren verhaftet und ins Konzentrationslager Oranienburg verschleppt, unter anderen den Ordinarius für Ophthalmologie, Professor Majewski. Das erfuhr ich erst später, ebenso dann auch Genaueres über das Schicksal meiner Universitätsprofessoren in Lemberg (Lwow). Dort erfolgte im Rahmen einer «Flurbereinigung», wie die deutschen Faschisten in barbarischer Sprachregelung ihre Vernichtungsaktion nannten, eine der ersten großen Massenexekutionen. Ende Juni 1941 wurden binnen weniger Tage nahezu fünftausend Menschen ermordet, darunter fast alle Intellektuellen der Stadt. Allein elf Professoren und Dozenten der Medizin zählten dazu sowie zahlreiche andere Hochschullehrer. Die Verbrecher waren Hauptmann Oberländer und der SS- und Polizeioffizier Krüger mit ihren Schergen. Hochgepeitschte Mordinstinkte, überhebliche Unmenschlichkeit mit verbrecherischem Größenwahn hat sie dazu getrieben, unschuldige Menschen gewissenlos hinzumorden. Aber das sollte ja nur ein Auftakt sein. Der SS-Büttel Krüger war dann nur wenige Monate später an einem der scheußlichsten Verbrechen gegen die Menschlichkeit, an der Massenvernichtung polnischer Juden, maßgeblich beteiligt.

Doch verharren wir noch bei der Untat von Lemberg. Einen genauen Bericht verdanke ich einem Augenzeugen, einem meiner Studienkollegen. Die Ärzte wurden unter vorgehaltener Pistole aus ihren Wohnungen gezerrt und in ein provisorisches Gefängnis geschleppt. Professor Nowicki verabschiedete sich von seiner Frau mit den Worten: «Wir werden uns nie mehr sehen!» Nach kurzer Frist trieb man die Gemarterten morgens um vier Uhr auf wegloses Gelände der Lemberger Vorstadt und tötete je vier durch

Genickschüsse. Sie fielen in ein vorbereitetes Massengrab. Für ewige Zeiten wird ihr Tod Symbol des Martyriums polnischer Wissenschaftler sein.

Um die Spuren ihres Verbrechens zu verwischen, ließen die Henker bald danach die Leichen ausgraben und verbrennen. Das Kainszeichen auf ihrer Stirn wird nie verlöschen!

Es begann also mein seltsames Leben in dem von den «Reichsgermanen» – so nannten wir die Deutschen – besetzten Krakau. Dauernd mußte ich improvisieren, so mit dem Status eines Volksdeutschen, das bedeutete nämlich, ein Deutscher minderer Qualität zu sein. Ich hatte damals nur polnische Freunde und Bekannte, mit denen ich mich auf der Straße ab und zu traf. Sie kannten auch meine Einstellung zu sich, trotzdem verhielten sie sich reserviert, da sie fürchteten, ich könnte sie mit dem Hitlergruß gegenüber anderen, mir unbekannten Polen, kompromittieren.

Einmal stieß ich beinahe mit Renata zusammen. Sie kam aus einer Seitenstraße, der Janagasse, und ich war auf der Hauptpromenade des Ringplatzes. Sie umarmte mich fast mit ihren Blicken, äugte aber erst scheu um sich, bevor sie mir die Hand gab. Ach, Renata! Wie lange hatte ich sie nicht gesehen.

«Heb ja nicht die Pfote!» flüsterte sie mir zu. Ich beruhigte sie. Wir gingen eine Weile nebeneinander und waren blind für die Umgebung.

«Hast du ihn geheiratet?»

«Ach, ich habe einen anderen!»

Doch vor einigen Jahren, wie verzweifelt sie war! «Willst du nicht Renata M. kennenlernen?» sprach mich damals bei einer zufälligen Begegnung mein Bekannter Krzywonos an. «Du wirst es nicht bereuen. Hast du morgen abend Zeit? Wir treffen uns bei Bisanz im Pavillon. Sei freundlich zu ihr, sie ist traurig.» Ich war etwas erstaunt über dieses seltsame Angebot, das mich zum Liebeströster machen sollte, denn Renata hatte, wie Freund Krzywonos noch erklärend hinzufügte, schweren Kummer mit ihrem Verlobten. Da ich aber um die Arglosigkeit des Kupplers wußte, entgegnete ich lachend: «Nun, ich bin einverstanden.»

Wir warteten an verabredeter Stelle auf Renata. Zum Spaß sollte ich sie herausfinden aus den allein gehenden Damen. Zum Gaudi von Krzywonos traf ich immer daneben. Er machte sich lustig über meinen schlechten Geschmack. Nun war ich aber sehr gespannt. Endlich tauchte die erwartete Renata auf. Ich war überrascht und entzückt von der reizvollen Erscheinung. K. stellte mich vor, brachte uns in den Pavillon und verschwand nach einem Gläschen Wein. Das Tanzlokal war nur schwach besetzt und deswegen im Halbdunkel. Bald spielte die Musik nur für uns allein.

Eine ganze Nacht zu durchtanzen, unverpflichtend sorg- und ziellos, frei wie ein Vogel, in den Armen einen geschmeidigen anmutigen Körper von Duft und Jugend. Die ganze Nacht an nichts denken, nur tanzen, tanzen! – Die Straßenlaternen verlöschten, als wir das Lokal verließen. Aber immer noch Renata neben mir, als ich sie nach Hause durch die leeren Straßen geleitete.

Wir sprachen kein Wort, nur unsere Schritte hallten und liefen vor uns her. Renata war ganz benommen und ließ sich willenlos umarmen. Lange standen wir unbeweglich an einer Stelle. Da plumpste mit weichem Knall ihre Handtasche zu Boden. Der Druck ihres Armes hatte sich gelockert, Renatas Körper war wie erschlafft. – Doch plötzlich reckte sie sich hoch, als würde sie erwachen. An der Haustür hatte sie sich wieder ganz in der Gewalt und gab mir die Hand zum Abschied.

All diese Bilder glitten blitzschnell an mir vorüber, als wir uns an der nächsten Straßenecke trennten. Sie blickte mich noch einmal lächelnd an und verschwand in der Menschenmenge. Ich war wieder allein, in der Gegenwart, umgeben von drohender Ungewißheit.

Ja, dieser Hitlergruß brachte mich mitunter in Verlegenheit. Unser Krankenhaus wurde häufig von der SS, dem SD und verschiedenen faschistischen Ärzten inspiziert. Mehrmals wurde ich von diesen angezeigt, ich hätte nicht ordnungsgemäß die Hand zum Gruß erhoben oder gar darauf verzichtet. Wegen dieser Lächerlichkeit mußte ich zum Rapport beim Leiter der Gesundheitskammer, dem SA-Arzt Dr. Werner Kroll. Glücklicherweise nahm dieser die Angelegenheit nicht so tragisch. Aber ich mußte eine schriftliche Erklärung über den Sachverhalt abgeben.

Einmal wurde es ziemlich bedenklich, als der berüchtigte SS-Führer Krüger mit größerer Gefolgschaft in unserer Abteilung auftauchte. Alle in maßgeschneiderten schwarzen Uniformen, in spiegelnden Schaftstiefeln, Totenkopfmützen auf den frisierten Häuptern, ein männliches Odeur von Tabak und Parfüm verbreitend. Im Raum wurde es totenstill. Wir schrumpften sichtlich zusammen. Die kalten Blicke des obersten Eindringlings musterten einen nach dem anderen, die Assistenten, die Schwestern und blieben dann auf mir haften.

«So, Sie sind Deutscher, Volksdeutscher – und was tun Sie hier?»

Ich erklärte es.

«Wie kommen Sie hierher?» ging es im barschen Ton weiter.

«Nach dem Feldzug kehrte ich zu meiner Arbeitsstelle zurück.»

«Ich begreife nicht, was hatten Sie mit dem Krieg zu tun?» kam es verwundert und ärgerlich.

«Ich war im Krieg mit den Deutschen polnischer Sanitätsoffizier.»

Jetzt schwieg der Frager, schlug mit seiner Spitzrute an den Stiefelschaft und wandte sich an seine Gefolgschaft. Unhörbares Getuschel. Alle um mich erstarrten; ich bewahrte die Ruhe – merkwürdig, der «Böse» imponierte mir gar nicht. Schweigend zogen die SS-Bonzen ab, ohne Gruß.

Kaum war die Luft rein, bekamen meine Kollegen wieder Farbe. Die Assistenten Annette S., Irena K. und der unerschütterliche Władysław J. umringten mich. «Jetzt werden sie dich sicher abholen, du kennst den Krüger nicht!» Annette war dem Weinen nahe.

Nein, sie ließen mich laufen.

Die Leiden des polnischen Volkes unter dem faschistischen Besatzungsterror waren groß. Täglich wurden in Krakau wie in anderen Städten und Orten des Generalgouvernements Zwangsdeportationen durchgeführt, polnische Bürger wurden in Straflager getrieben oder als Zwangsarbeiter nach Deutschland verschleppt. Das Eigentum der Deportierten wurde beschlagnahmt. Die eingesetzten Treuhänder wirtschafteten in die eigene Tasche, und es kam zu Plünderungen verlassener Wohnungen. Nazibonzen, aber auch sogenannte Volksdeutsche, die rasch zu Geld kommen wollten, bereicherten sich. Zorn und Empörung herrschten vor allem über den frechen Diebstahl wertvollen nationalen Kulturgutes aus dem Wawel und den Museen Krakaus. Nicht einmal vor Kirchentoren machten die Räuber halt.

Die deutschen Machthaber erließen ein barbarisches Strafrecht, das jegliches Aufbegehren, jeglichen Widerstand gegen ihre Willkürmaßnahmen ahnden und im Keim erstikken sollte. In dieser Zeit der Bespitzelung und der Menschenjagden, da jeder Schritt und jedes Wort überlegt werden mußten, traf ich im abgelegenen Park des Klinikums Irka C., meine Bekannte aus der Vorkriegszeit, die Assistentin der Nervenabteilung. Zwei Jahre lang hatten wir uns nicht gesehen. War sie es wirklich, meine freundliche Helferin von einst beim gemeinsamen wissenschaftlichen Quellenstudium? Der verlorene Krieg und die Sorge um die Zukunft ihres Volkes hatten sie verändert. Irka war erregt und verbittert. Ich fühlte, was in ihr vorging, und versuchte, sie zu trösten. Aber alle meine Beruhigungsworte blieben ohne Wirkung, im Gegenteil, sie schienen sie noch mehr aufzureizen.

«Wir werden uns nie abfinden und nie ergeben, wir werden kämpfen, ja, das werden wir, kämpfen.» Das wiederholte sie mehrmals und rief es laut aus. Ohne die Stimme zu dämpfen, zischte sie dann: «Ich habe Waffen versteckt ... zwei Pistolen, für die Zeit, wenn der Kampf kommt ...»

Erschrocken blickte ich mich unwillkürlich um. «Aber teure Irka, was tun Sie nur! Wenn man die Pistolen bei Ihnen findet, sind Sie verloren, und keiner kann Ihnen mehr helfen.»

Sie erwiderte nichts und ging – grußlos. Ich hatte das Gefühl, daß sie mich auch als Feind ansah.

Doch wie verhielt es sich mit den Pistolen? War es nur eine leere Drohung? Nein, Irka war zu allem fähig. Warum erzählte sie mir das? Ich begann mich um sie zu sorgen. Wir trafen uns aber nie mehr. Dann hörte ich von ihrer Verhaftung durch die Gestapo – jetzt war sie endgültig verloren! Auf Umwegen versuchte ich, Irka ins Gefängnis Päckchen zu schicken oder etwas über sie zu erfahren. Ich blieb jedoch ohne jede Nachricht.

Die Lage spitzte sich nach dem Überfall Nazideutschlands auf die Sowjetunion zu. Unendlich viele Truppentransporte zogen durch die Stadt. Auch ältere Jahrgänge wurden zu den Waffen gerufen, so meine beiden Berliner Neffen, Heinrich und Georg Kurz, die bereits im Ersten Weltkrieg dabei waren, und mit ihnen der einzige Sohn von Heinrich, kaum zwanzigjährig. Ich war sprachlos, als ich die drei in Wehrmachtuniformen im Café bei Johann traf. Sie schienen mir sehr bedrückt zu sein. Es blieb bei der kurzen Begrüßung, sie mußten zur Front. Nur Heinrich, der Älteste, kehrte zurück, die beiden anderen mußten ihr Leben lassen.

Noch trugen die Besatzer ihre Nasen hoch, aber je länger der Krieg dauerte und die großen Erfolgsmeldungen ausblieben, begannen sich langsam Zweifel am Endsieg auszubreiten. Besonders schockierend wirkte die vernichtende

Niederlage der deutschen Wehrmacht in Stalingrad. Unser erster Krankenhauschef, Dr. Giller, ahnte wohl schon das unausweichliche Ende der braunen Herrschaft. Er, der nicht zu den gefährlichen, fanatischen Nazis gehörte, sah für sich keinen anderen Ausweg: Zusammen mit seinem Sohn schied er freiwillig aus dem Leben.

Das Vordringen der sowjetischen Armeen gab dem polnischen Widerstandskampf Auftrieb. Auch wenn sie es selbst nicht mehr erleben sollte, Irkas Sehnsucht erfüllte sich. Immer mehr polnische Männer und Frauen gingen in den Untergrund und nahmen ihre konspirative Tätigkeit gegen die Okkupanten auf. Doch auch Drangsal und grausame Unterdrückung durch die deutsche Besatzungsmacht – wenn es hier noch eine Steigerung gab – nahmen zu. So häuften sich Verhaftungen und Erschießungen von polnischen Antifaschisten. Viele meiner Kollegen verschwanden; man wußte nicht, ob sie in den Wäldern untertauchten oder in der Pomorska 2 eingekerkert wurden.

Das war der Hintergrund, vor dem sich mein Leben fast fünf Jahre lang abspielte. Bis Anfang 1940 leitete ich die Augenabteilung, mit geheimer Zustimmung meines ehemaligen Chefs, Dr. Karelus. Gleichzeitig war ich sogenannter Vizedirektor des Hauses. Das änderte sich, als Dr. Giller, dem die Nazis allzu große Kompromißbereitschaft vorwarfen, abberufen wurde und ein neuer Direktor die Leitung übernahm. In dieser Zeit wurde Professor Lauber (1876–1952), aus Warschau kommend, als Direktor der Universitäts-Augenklinik von den Nazis eingesetzt. Professor Lauber, in der Schweiz geboren, Sohn deutscher Eltern, lebte als Kind in Warschau, ging dort zur Schule und beherrschte sowohl die polnische als auch die russische Sprache. In Wien bei Fuchs habilitiert, wurde er 1930 auf den Warschauer Lehrstuhl für Ophthalmologie berufen, wo er bis 1940 wirkte. Lauber, gleich mir also Volksdeutscher, war aber vierundsechzig und ich dreiunddreißig Jahre alt.

Für mich begann jetzt ein wichtiger Lebens- und Arbeitsabschnitt. Vom St.-Lazarus-Krankenhaus wechselte ich zur Universitäts-Augenklinik und wurde Oberarzt bei Lauber. Ungehindert widmete ich mich nun der Ophthalmologie, denn bei Lauber konnte man viel lernen. Er gehörte zu den bedeutendsten Augenärzten der ersten Hälfte des 20. Jahrhunderts. Die ophthalmologische Literatur beherrschte Lauber wie kein anderer, sprach sechs Sprachen und vermochte in jeder dieser Sprachen, über jedes Gebiet der Augenheilkunde einen gelungenen Vortrag zu extemporieren. Er hatte zu Beginn seiner Tätigkeit in Warschau ein kurzgefaßtes, vielbegehrtes Lehrbuch der Ophthalmologie in polnischer Sprache herausgegeben. Sein später erschienenes «Gesichtsfeld» machte dem englischen Traquer bald Konkurrenz.

Bei seinen Visiten auf der Kinderstation, die er sehr gewissenhaft abhielt, hatte Lauber die Gewohnheit, auf einem Stuhle sitzend, die kleinen Patienten auf dem Schoß zu untersuchen. Eines der Kleinsten, das nur noch Lichtschimmer wahrnahm, tastete mit seinen Händchen um sich und faßte nach Laubers schlohweißem Bart. Entzückt rief es immer wieder aus: «Weißes Kätzchen, weißes Kätzchen!»

Wenngleich Lauber sich wenig gerührt von diesem Ausruf zeigte, so ergriff mich diese Szene tief. Sah ich, wie wichtig für ein Lebewesen auch die kleinste, noch erhaltene Lichtempfindung ist und daß wir Ophthalmologen immer wieder darum kämpfen müssen.

Ein anderes Erlebnis, diesmal im Operationssaal, ist mir ebenso unvergessen. Eine Patientin, zur Totischen Operation vorbereitet, lag schon auf dem Tisch. Zur Betäubung der Nasenschleimhaut schob Lauber etwas zu brüsk, ohne vorherige Warnung, den Kokaintupfer in die Nasenhöhle, worauf die Kranke erschrocken zurückzuckte, was den Operateur ganz aus der Fassung brachte. Mit barschen Worten verwies er die «ungebärdige Dame» aus dem Operationssaal. Diese stieg vom Tisch, fiel aber vor Lauber wie ein Engel im schwebenden Nachtgewand auf die Knie und flehte mit erhobenen Armen um den Eingriff. Der «Engel» wurde operiert. Leider funktionierte der Toti nicht.

Wenngleich diese Szene nicht der Komik entbehrte, so gab sie mir den Anstoß, diese für mich noch dunkle und geheimnisvolle Kunst der sogenannten Dakryozystorhinostomie nach dem Autor Toti selbst zu erlernen. Mit diesem Eingriff wird der verlegte oder verschlossene Tränenabfluß zur Nase wiederhergestellt und werden Eiterungen in den Tränennasenwegen beseitigt.

Also, Laubers Totis gefielen mir nicht, obgleich ich damals noch keinerlei Ahnung von Technik und Methodik hatte. In meiner Grundausbildung, über die ich bereits berichtete, hatte man uns nur Tränensackexstirpationen beigebracht. Die Lauberschen Totis funktionierten nicht sicher. Warum? Die Eingriffe wurden zu oberflächlich, ohne Berücksichtigung der anatomischen Verhältnisse, durchgeführt. Ich bekam Lust, mich der Sache anzunehmen und gründlich die Anatomie zu studieren. Dazu brauchte ich einen Leichenkopf, wenigstens eine Hälfte; denn auch die übersichtlichste Zeichnung kann nie die topographischen Verhältnisse für eine Dakryozystorhinostomie exakt wiedergeben. Ein Kollege aus der Pathologie beschaffte mir das Präparat, und ich lernte, was ich wissen wollte. Von nun an machte mir diese Operation keinen Kummer mehr.

Als Autodidakt habe ich mir also diese operative Methode angeeignet, und in meiner langjährigen Praxis blieben erfolgreiche Eingriffe dieser Art für mich immer ein freudiges Erlebnis. Genauso fruchtbar war es, die hier gewonnenen Erfahrungen an viele meiner Assistenten – so an der Greifswalder Ernst-Moritz-Arndt-Universität – weitergeben zu können. Mit der DEFA-Medizin-Film drehten wir einen Operationsfilm, der jede Einzelheit des Vorgehens anschaulich zeigte. Dieser Film diente dann auf vielen Kongressen zur nützlichen Information.

Ein Wort hier zur operativen Ausbildung jünger Augenärzte. Es gibt zwei Methoden des Lernens, die autodidaktische und die unter Anleitung vermittelte. Bei ersterer ist der Weg länger, aber das Erlernte prägt sich fester ein. Bei der zweiten ist der Weg kürzer und müheloser, doch das Erlernte dringt nicht so tief in «Hand» und «Kopf».

Professor Lauber wurde von seinen Mitarbeitern hoch geschätzt. Nach dem Zusammenbruch des faschistischen Reiches lief ein Strafverfahren wegen Kollaboration gegen ihn. Er kam deswegen in Österreich ins Gefängnis, starb jedoch in Freiheit, 1952, im sechsundsiebzigsten Lebensjahr.

Lauber traf meines Erachtens keine Schuld. Die Tragik verfolgte ihn. Seine Frau und seine Schwiegermutter waren kurz vor dem «siegreichen Ende» der Nazis freiwillig aus dem Leben geschieden. – Ich habe Lauber fachlich viel zu danken.

Im zweiten Kriegsjahr kam Irena mit ihrem Mann Marian nach Krakau. Irenas Schwester, die Augenärztin Janina, zog nach Warschau. Da ich als ehemaliger stellvertretender Direktor noch immer im Krankenhaus Einfluß hatte, konnte ich das Ehepaar in der nicht völlig belegten Frauenklinik unterbringen. Später mietete Irenas Mann eine größere Wohnung am Marktplatz, in der er seine dermatologische Sprechstunde abhielt. Seine Praxis wurde hauptsächlich von Deutschen mit venerologischen Erkrankungen besucht und fand in jener Zeit regen Zuspruch. Irena selbst arbeitete nicht und nahm die alten Beziehungen zu mir wieder auf.

Wir trafen uns häufig in meiner Freizeit und versuchten, uns gegenseitig Mut zu machen. Besonders fürchtete Irena die Nächte, die von Angst vor Verhaftungen erfüllt waren. Plötzlich wurde es Wirklichkeit. Schrilles Telefonklingeln riß mich aus dem Schlaf. Am Apparat Irenas schluchzende Stimme: «Sie haben Marian abgeholt!» Auf meine Frage, wer und wohin, bekam ich die verzweifelte Antwort: «In die Pomorska, hilf mir!»

Gleich am nächsten Morgen wagte ich mich in die Höhle des Löwen. Nach umständlichen Aussprachen und meiner persönlichen Verpflichtung, die Bürgschaft für Marian zu übernehmen, ließ man ihn schließlich frei. Was eigentlich gegen ihn vorlag, habe ich nie erfahren.

Im Laufe der Jahre hatten sich die Beziehungen zwischen Irena und Marian immer mehr gelöst; beide gingen ihre eigenen Wege. Irena war nun frei. Es war aber für sie und mich zu spät, ein neues Leben aufzubauen. Jetzt, wo ich vor dieser Entscheidung stand, fühlte ich, wie sehr ich mich innerlich von ihr entfernt hatte. Es gab eigentlich keine eindeutige Ursache für diese Entfremdung, es war ein allmählicher Prozeß der Abwendung, der hauptsächlich wohl in Irenas Persönlichkeit, ihrer Mentalität und dem gesellschaftlichen Milieu, aus dem sie stammte, begründet war. Das reiche Elternhaus hatte für eine behütete Kindheit in fast prunkhaftem Wohlstand gesorgt und ihr – wie es die Normen einer gutbürgerlichen Gesellschaft mit sich brachten – eine vorzügliche Allgemeinbildung und sogar das Studium der Rechtswissenschaften erschlossen, aber all das ohne Ziel einer praktischen Nutzung. Irenas Leben war ausgefüllt von Moden, Gesellschaften, Unterhaltungen in eleganten Kaffeehäusern; sie war abhängig von äußerer Anregung und ohne eigene Aufgaben. Das war das eigentliche Unglück ihres Lebens. Und ich, selbst noch nicht genügend gereift, vermochte sie aus diesem Irrgarten nicht zu befreien. Andererseits brachte ich es aber auch nicht fertig, sie im Stich zu lassen, und fühlte mich verpflichtet, ihr in diesen schweren Stunden beizustehen. So lebten wir in den Tag hinein, wie so viele in diesen gefahrvollen Zeiten.

Und dann plötzlich Irenas Erkrankung, sie schwebte in Lebensgefahr. Noch rechtzeitig konnte ich sie einem guten Chirurgen anvertrauen. Die Operation gelang, Irena wurde gesund. Doch seelisch war sie ein gebrochener Mensch. Vieles lastete auf ihr: die gescheiterte Ehe, der Krieg und schließlich ihre eigene Lebensmüdigkeit, ja ihr Lebensüberdruß. Sie glaubte einen Ausweg in der Ehe mit mir zu finden und erwartete meine Entscheidung. Damit beschwor sie das Ende unserer Beziehungen herauf. Irena hatte völlig von mir Besitz ergriffen, kontrollierte mein Tun und Lassen und erwartete wohl, daß ich mich ganz aufgäbe. Von diesen Fesseln mußte ich mich befreien. Diese Befreiung vollzog sich auf natürliche Weise.

In meiner Praxis lernte ich ein schlichtes Mädchen kennen, das in Wesen, Art und Verhalten genau das Gegenteil von Irena war. G. stammte aus Berlin, kam aus einfachem Hause, ihr Leben war bisher klar und geordnet verlaufen. Als sie von mir ein Kind erwartete, wurde sie meine Frau. Gleich nach der standesamtlichen Trauung in Berlin-Charlottenburg 1942 ging ich ohne weitere Unterbrechung an meine bisherige Arbeit nach Krakau zurück. Neben der klinischen Tätigkeit in der Universitäts-Augenklinik hatte ich dort in einer zugewiesenen geräumigen Wohnung inzwischen eine eigene Praxis eingerichtet und betreute als Vertragsarzt Angestellte der damaligen «Ostbahn» sowie Angehörige der deutschen Zivilverwaltung. Fachlich stand mir eine polnische Kollegin aus der Augenklinik treu zur Seite.

Nun gelang es mir auch, die schon seit Jahren ausstehende Doktorarbeit abzuschließen. Wie bereits erwähnt, hatte ich das Thema 1936 von Professor Majewski erhalten. Es betraf Gefäßkrämpfe in der Augenheilkunde, war also ein rein klinisches Thema. 1942 promovierte ich mit dieser Arbeit bei Professor Dieter in Breslau. Im Juni 1943 wurde dann unsere erste Tochter, Sibylle, geboren. Meine Frau versorgte das Kind, ich war vormittags in der Klinik und nachmittags in der Praxis.

Ein scheinbar friedliches Bild! Aber draußen, vor unseren Fensterscheiben tobte in hektischen Fieberstößen der Krieg, nunmehr im vierten Jahr. Einige Patienten aus der deutschen Zivilverwaltung redeten großsprecherisch von einer Wunderwaffe, einem unbezwingbaren Panzer, der den «Iwan» zum Laufen bringen und endgültig den Sieg an «unsere Fahnen» heften würde. Die berühmte Schlacht bei Kursk im Sommer 1943 ging für die Deutschen verloren. Unaufhaltsam rückten die sowjetischen Armeen vor. Die polnische Bevölkerung hungerte und darbte. Aus dem Gouvernement wurde das Letzte herausgepreßt. Zu uns war – wenn auch verspätet – die Kunde von dem heldenhaften Aufstand im Warschauer Ghetto gedrungen und ebenso auch die Nachricht von der grausamen, ja bestialischen Vernichtungsaktion der deutschen Faschisten. Der Widerstand im polnischen Volk wuchs. Was würde aus uns, aus meiner Familie werden?

Und dann, ein Jahr später, Juni 1944: Die sowjetischen Truppen hatten polnischen Boden erreicht. Chaos und Verwirrung bei den Besatzern in Krakau. Gerade in dieser Zeit erkrankte ich an einer hochakuten Angina mit Nierenentzündung, mußte in die Klinik. Glückliche Umstände brachten mich in die Behandlung von Professor Heilmeyer, der damals nach Krakau berufen wurde.

Alle deutschen Frauen und Kinder mußten Krakau verlassen, auch meine Frau mit dem einjährigen Mädchen.

Ich blieb allein zurück. Die Wohnung hatte ich meiner Assistentin mit allem Hausrat und der augenärztlichen Einrichtung übergeben. Während des Aufenthaltes in der Klinik hatte mir der freundliche Kollege Dr. Hassmann (später Ordinarius in Białystok) die Tonsillen entfernt. Mich betreuten die sympathischen Assistenten von Professor Heilmeyer, Oberarzt Pütz und die Münchnerin Ecknig. Um meine Schluckbeschwerden zu mildern, brachten sie mir eisgekühlten Sekt. Es war sehr lustig. Wegen des Krieges machten sie sich überraschenderweise keine Sorgen. Man hatte den Eindruck, daß sie sich über Hitlers Niederlage freuten. Dieses Beispiel zeigt, daß unter den «Reichsgermanen» auch einige «Gerechte» nach Krakau gekommen waren.

Der Lärm und das Getöse des allgemeinen Zusammenbruchs drangen nur gedämpft in mein Krankenzimmer. Es war das Todesröcheln der Besatzer. Noch wurden alle Männer zum Schippen aufgefordert, Panzergräben sollten ausgehoben werden. Indessen packten die Bonzen ihre Koffer und nahmen mit, was sich greifen ließ. Ich war von der Welt wie abgeschnitten.

Doch halt! Ich sah Irena noch einmal. Sie kam mit ihrem Freund in die Klinik, um sich endgültig von mir zu verabschieden. Ich freute mich über Irenas glückliche Geborgenheit an der Seite eines Mannes, den ich kannte und schätzte. Wir gingen in Freundschaft auseinander. – Kurz darauf wurde ich mit anderen Patienten nach Schlesien evakuiert.

Hier kann das Kapitel Krakau abgeschlossen werden. Mit Städten, in denen man lange gelebt hat, gerät man in ein gleichsam freundschaftliches Verhältnis, wie mit lieben Menschen. Doch plötzlich kommt die Zeit des endgültigen Abschieds. Mich schmerzte die Trennung von der Stadt, nicht aber der Zusammenbruch der faschistischen Herrschaft. Würde ich nach Polen, einem Land, dem meine Sympathien galten, jemals zurückkehren dürfen?

Alle meine deutschen Verwandten verließen Krakau, bis auf Onkel Bisanz, der seinem «glücklichen Stern» vertraute. Onkel Bisanz starb 1945 in einem polnischen Gefängnis.

Auf der Flucht

Liegender Transport. Ich fühlte mich wie ein Gefangener, an Hand und Fuß gefesselt, durfte keinen Schritt selbständig tun. Auf der Trage vom Wagen in einen Güterwaggon geschleppt zusammen mit anderen Patienten, hauptsächlich älteren Frauen mit diversen Leiden. Es roch nach Urin.

Die erste Station war ein ungemütliches Krankenhaus in Beuthen (Bytom). Aber schon nach kurzem Aufenthalt ging die Reise sechshundert Kilometer weiter nördlich nach Mewe (Gniew), an der unteren Weichsel gelegen, ganz in der Nähe des neuen Wohnortes meiner Eltern. Große Überraschung im kleinen Spital: Ich traf meine Frau, die hier am 31. Juli entbunden hatte. Es erwartete mich unser erster Sohn, Rolf.

Bald erschien Schwägerin Annemarie, die Frau meines Bruders Rudolf. Sie sah nach dem Rechten und organisierte sogleich für Mutter, Sohn und Vater die Übersiedlung nach Adlig-Liebenau. Wir trafen fast auf die ganze Großfamilie; die Krakauer – Schwester Emma, Johann und die beiden Jungen – waren auch da, hatten hier Zuflucht vor den Kriegsereignissen gesucht. Für wie lange?

Das nicht allzu geräumige Quartier zählte nunmehr vierzehn Personen. Ob das für meine Mutter zuviel war? Nein! So seltsam es klingen mag, nie wieder erlebte ich sie so froh. Fast ihre ganze Nachkommenschaft war in bedrohter Zeit um sie vereint. Alle Hände voll hatte sie zu tun, aber sie blieb lustig und heiter, war uns allen ein Hoffnungsschimmer.

Doch vom Krieg war vorläufig hier noch nichts zu spüren. Beinahe, nein, genauso betörend friedlich wie einst im August 1939 vor dem unheilvollen Krieg breitete sich um uns ein herrlicher Sommer aus. Verlockend die Blütenpracht im Garten, in dem wir die meiste Zeit verbrachten. Dennoch beunruhigte mich das Nichtstun. Wiederholt hatte ich versucht, irgendwo eine augenärztliche Arbeitsstelle zu finden. Aber vergeblich! Fast wie ein Trost war die unvermutete Ankunft von Annemaries Vater. Trotz seiner Starbrille war er stark sehbehindert. Er tastete sich nur mühsam zurecht. Sofort interessierte ich mich für den alten Herrn. Er ließ sich auch gleich untersuchen. Was fand ich? Am einzigen noch intakten Auge hatte sich ein beachtlicher Nachstar entwickelt, der das Sehen zusehends erschwerte. Ob noch eine Hilfe möglich sei, wollte der Behinderte wissen. Ja, durch eine sofortige Nachstaroperation!

Ich machte mich gleich auf den Weg nach Danzig, um mir das nötige Instrumentarium – Lidsperrer, Nachstarmesser, Pinzetten, Kokaintropfen und so weiter – zu besorgen. So ausgerüstet, bat ich dann den Patienten auf den Gartentisch in der Veranda des Hauses. Es war nicht schwer, mit dem scharfen Instrument ins Auge einzudringen und die graue Membran durchzutrennen. Ein einziger Schnitt genügte, um eine breit klaffende Lücke in den Nachstar zu schneiden. Kammerwasser war nicht abgeflossen.

Jetzt geschah das Mirakulöse! Kaum nämlich saß der Patient wieder im Zimmer am Tisch, hatte er schon die Starbrille auf der Nase, griff nach der Zeitung und begann wie ein Ausgehungerter gierig, ohne Unterbrechung, zu lesen. Für den alten Mann war das die lang entbehrte Verbindung zum Leben. Noch bis zu seinem Tode konnte er sich die Zeit mit Lektüre vertreiben.

Das war eine erfreuliche, aber nur kurze Episode, auf den Einsatz zu permanenter augenärztlicher Tätigkeit mußte ich jedoch weiter warten. Als endlich zu Jahresbeginn 1945 eine Nachricht eintraf, machte ich mich – ohne lange zu überlegen – mit meiner Frau auf den Weg nach Liegnitz (Legnica), denn dorthin wurde ich beordert. Welch ein Leichtsinn, sich in jener Zeit auf die weite Reise mitten im Winter zu begeben! Immerhin waren es fast fünfhundert Kilometer Bahnfahrt bei unregelmäßigem, meist völlig gestörtem Zugverkehr. Aber wir kamen an. Was sagte man uns? «Die Russen stehen vor den Toren der Stadt, sind Sie wahnsinnig, hierherzukommen? Fahren Sie sofort zurück solange es noch geht.»

Das Büromännchen, das uns diese Hiobsbotschaft verkündete, sprang auf, gestikulierte erregt, um seinen Worten Nachdruck zu verleihen. Wir standen eine Weile verdattert da und zogen schließlich ab. Beim Verlassen des Raumes sah ich noch, wie sich der Federfuchser wieder setzte, und bewunderte seine ungewöhnliche, fast artistische Geschicklichkeit, mit der er den hinter ihm stehenden Stuhl mit angekrümmtem Fuß unter sein Gesäß zog, ohne Hilfe seiner

Hand. Wie viele Jahre Bürokraft hatte er für diese Fertigkeit aufwenden müssen?

Wir mußten zurück und hatten es nun sehr eilig. Über Breslau (Wrocław), dessen riesiger Bahnhof einem konfusen Flüchtlingslager glich, eroberten wir tatsächlich noch die letzte Eisenbahn, die in Richtung Osten fuhr. Dieser Zug mußte wegen Panzereinbrüchen der Sowjetarmee mehrmals Umwege machen. Schließlich kamen wir heil an.

Schon vor Weihnachten waren wir, um Mutter zu entlasten, von meinem in einem Nachbarort wohnenden Bruder Philipp aufgenommen worden. Die Koffer brauchten wir gar nicht auszupacken. Sie wanderten sogleich auf den Treckwagen. Auch hier war die zivile Evakuierung angeordnet worden. Gleichzeitig zwangen Parteileute Philipp zum Eintritt in den Volkssturm. Die ganze Verantwortung und Last der Flucht mußte ich nun übernehmen: für sieben Kleinkinder, drei Frauen, dazu noch eine «Dame mit Hündchen». So nannten wir die Freundin eines Bisanz-Sohnes, die samt Zwergspitz aus unerfindlichen Gründen – habe sie aber auch nicht «erforscht» – von meinem gastfreundlichen Bruder Philipp aufgenommen worden war.

Am 25. Januar 1945 zogen wir mit zwei Pferdewagen los, im hohen Winter, bei klirrendem Frost. Ein Italiener und ein kriegsgefangener Russe halfen beim Kutschieren und Versorgen der Pferde. Uns hängte sich noch ein älteres russisches Ehepaar an. Es war eine seltsam zusammengewürfelte Gesellschaft, die nur eines verband: eine übertriebene Angst vor den Russen.

Schwer zu schildern ist diese Fahrt ins Ungewisse, ohne festes Ziel und sachgemäße Ausrüstung. Wir trieben mit im endlosen Zug treckender Flüchtlinge und fliehender Soldaten. Häufig kam es zu Verkehrsstockungen. Oft konnten wir höchstens fünf Kilometer am Tage zurücklegen, häufig bewegte man sich im Kreis. Es war sehr schwierig, Quartiere für Übernachtungen der Kinder zu bekommen, fast unmöglich, Futter für die Pferde, Essen für uns und Milch für die Säuglinge zu erhalten.

Die Straßen vereisten, unsere Wagen – sie hatten nur eiserne Radreifen – drohten in Senken zu rutschen oder zu stürzen. An solchen Stellen mußten wir seitwärts das Gefährt stützen. Zuweilen befanden wir uns zwischen den beiden Fronten, am Straßenrand brennende und explodierende Lastkraftwagen oder zerschossene Panzer. Unterwegs blieben zuerst das russische Ehepaar, dann die beiden jungen Männer und eines Tages auch die Dame mit Hündchen fort. Das alles bedeutete eine Erleichterung, da wir uns nun auf einen Wagen beschränken konnten; der war jedoch so voll bepackt, daß er sich nur schwankend und langsam, von müden Pferden gezogen, durch die winterliche Einöde fortbewegen konnte. Wir waren allein zurückgeblieben. Kein Getöse mehr, die hastenden Kolonnen hatten sich von uns weit nach Westen abgesetzt. Oft mußten wir Pausen einlegen, wußten einfach nicht, wie es weitergehen sollte. Was für einen Sinn hatte das alles? Was haben wir auf dieser unheimlichen Flucht gelernt? Wir haben erfahren, daß uns nur die Ärmsten der Armen hilfreich ihr armseliges Quartier anboten, wir haben gelernt und erfahren, wie man sich bei schneidendem Ostwind hinter einer Schonung verstecken kann und meint, im warmen Zimmer zu sein, wir haben gelernt, dankbar zu sein für ein heißes Getränk, das uns nachts irgendwo auf der Straße gereicht wurde, wir haben gelernt, durchzuhalten, die Kinder nicht erfrieren zu lassen und selbst am Leben zu bleiben.

Trotz meines Drängens blieben die Pferde in einem Hohlweg endgültig stehen und rührten sich nicht mehr, als hätten sie sich verabredet. Vielleicht war das unser Glück? Vor uns sahen wir zwei einsame Bauernhütten hinter verschneiten Büschen, sicher weit weg von einem Dorf. Aufs Geratewohl betraten wir das erste Häuschen. Eine junge Bäuerin, Frau Jankowska, begrüßte uns und lud uns zu sich ein. Hier war unsere Irrfahrt beendet; sie begann am 25. Januar und endete am 9. März 1945. Wir waren zweiundvierzig Tage und ebenso viele Nächte unterwegs.

Im Gefangenenlager bei den Sowjetsoldaten

Die Rotarmistin tastete mich vorsichtig mit ihren Augen ab, wie ein Schmetterling mit seinen Fühlern.

Ich redete weiter auf sie ein und versuchte klarzumachen, daß ich nicht gesund bin, noch vor einem halben Jahr eine hochakute Nierenentzündung gehabt hätte und ob sie mich nicht entlassen könnte?

Sie fragte nach meinem Namen und notierte ihn in einem Büchlein, das sie in ihre linke Brusttasche steckte. Ich wartete auf eine Antwort und verfolgte aufmerksam ihre Bewegungen. Dabei sah ich ein Abzeichen auf ihrer Militärbluse. Sie schwieg noch immer. Was mochte sie denken?

Vielleicht: Merkwürdig, dieser «Fritz» spricht mit undefinierbarem Akzent Russisch, kann ihn gut verstehen, und nun starrt er mich dauernd an, ist er wirklich krank?

Immer noch überlegte sie, sah mich an und sagte: «Interessant.» Vielleicht zuckte ein kaum merkbares Lächeln über ihr Gesicht. «Schön» – sagte sie noch. Ohne Abschied ging sie weg, zierlich und schlank in ihrer erdfarbenen Uniform.

Lange blickte ich ihr nach. Irgend etwas fiel mir auf. In meiner Lage hatten sich meine Sinne für Ungewöhnliches geschärft. Ich glaubte, etwas hinter den Worten der Rotarmistin herausgehört zu haben. Zuversicht fing an mich zu erfüllen …

Zuversicht brauchten wir alle, denn seit einigen Wochen waren wir – etwa fünfzig ältere Zivilisten – in ungeklärter Haft, von der Welt wie abgeschnitten. Was tat sich draußen?

Die sowjetische Armee hatte auch uns überrannt, als wir Zuflucht bei der jungen Bäuerin Jankowska fanden. Es war Anfang März, noch lag Schnee, aber es war nicht sehr kalt. Zunächst blieb alles still. Wir wagten uns nicht aus dem Haus. Doch bald änderte sich dieser passive Zustand. Alle männlichen deutschen Zivilpersonen im Alter von sechzehn bis sechzig Jahren wurden zum Abtransport in die Sowjetunion gesammelt. In dieser Gegend hielten sich nur Flüchtlinge auf, meist Bauern aus Ostpreußen und die ortsständigen sogenannten Volksdeutschen, einst und nun gewiß wieder polnische Bürger. Auch ich wurde geholt, packte notdürftig mein Bündel und begab mich auf den Sammelplatz. Die aufgerufenen Männer standen im dichten Kreis nebeneinander. Plötzlich fühlte ich Frauenhände an meinem linken Handgelenk. Meine Uhr wurde mir heimlich abgenommen. Ich spürte es kaum und machte mich auch nicht bemerkbar. Es war kein Dieb. Eine mir völlig unbekannte Frau – nie habe ich sie gesehen – brachte meine Uhr in Sicherheit, um sie mir bis zu meiner Wiederkehr aufzubewahren. Konnte sie wissen, daß ich je wieder zurückkomme? Ja, ich kam zurück und erhielt in einer Konservenbüchse meine vergrabene Uhr. Sie tickt noch heute, geht auf die Minute und ist mir eine unersetzbare Kostbarkeit.

Den Sinn dieser Handlung verstand ich bald. Auf dem Wege zum Sammellager mußten alle Gefangenen ihre Uhren abliefern.

Zunächst war es noch nicht soweit. Wir marschierten ohne besondere Ordnung los, vor und hinter uns schritt ein Rotarmist mit Maschinenpistole. Wer unseren traurigen Zug bei abendlicher Märzdunkelheit noch sehen konnte, war sicher froh, nicht dabeizusein.

Ein kleiner Junge, an der Hand seiner Mutter am Straßenrand, sah zu ihr hoch und fragte auf polnisch: «Werden die Männer jetzt erschossen?» – Er hatte wohl schon verschiedenes dieser Art in der Nazizeit erlebt. Die Mutter blieb stumm. Es dunkelte zusehends, die Straße war völlig aufgeweicht, wir wateten durch den Schlamm. Ein Glück, daß ich Gummistiefel anhatte, übrigens meine einzige Fußbekleidung. Der Weg schien kein Ende zu nehmen. Aber schließlich erreichten wir unser Ziel. Die Straßen der Stadt waren nur spärlich beleuchtet. Der Rotarmist ließ halten und schlug mit seiner Maschinenpistole an ein Tor. Nach einer Weile wurde geöffnet.

So, wie wir waren, brachte man uns in den Keller eines Hauses – in einen Luftschutzraum, der den Trupp kaum fassen konnte. Wir standen dichtgedrängt nebeneinander und hockten schließlich nieder. Trotz des beschwerlichen Weges spürte ich keine Müdigkeit. Die innere Anspannung hielt mich hellwach. Was wird mit uns geschehen? Lassen sie uns am Leben?

Plötzlich wurde die Tür gewaltsam geöffnet. Zwei bewaffnete Soldaten führten eine Gruppe Gefangener auf den dunklen Hof. Frische Luft umfing mich. Die Spannung hatte jetzt den Höhepunkt erreicht ...

Ach, wir sollten nur austreten! Deshalb die freundliche Vorsorge vor der Nacht, und ich dachte, es wäre unser letzter Weg. Meine innere Erregung wich, fast hätte ich trotz der noch völlig ungewissen Situation gelacht.

Man holte uns abwechselnd zum Verhör, jeden mindestens zwei- bis dreimal in der Nacht. Manche kehrten nicht zurück. Wahrscheinlich wurden sie entlassen?

Nach etwa einer Woche kamen wir in ein leeres Haus, je zehn Mann in ein Zimmer. Endlich war mehr Raum da; jeder erhielt einen Strohsack. Sofort streckten wir uns aus und genossen die lange entbehrte Bequemlichkeit.

Jetzt hatten wir Zeit, über uns und die Unseren nachzudenken und natürlich über den verlorenen Krieg. Ich hatte ihn nicht gewollt, sollte ihn auf beiden Seiten der Front miterleben. Wohin gehörte ich? Gewiß, während der deutschen Okkupation konnte ich einzelnen polnischen Menschen helfen, aber insgesamt versuchte ich doch, mich herauszuhalten, über die Runden zu kommen, einfach zu überleben. War diese Haltung möglich nach dem unermeßlichen Leid, das dieser Krieg dem polnischen, dem sowjetischen und allen betroffenen Völkern gebracht hatte und nicht zuletzt den Deutschen selbst?

Im neuen Quartier ließ man uns in Frieden, dreimal täglich gab es Suppe und Brot. Hin und wieder trat der Lagerleiter, ein freundlicher, älterer Hauptmann, ins Zimmer. Wenn wir zur Begrüßung aufspringen wollten, sagte er regelmäßig: «Oddychajtie, oddychajtie!» – und verschwand.

Wir sollten also ruhen. Diese Ruhe tat wohl, und wir blieben bei Kräften. Nur einmal sollten wir zu irgendeiner Arbeit außerhalb der Stadt herangezogen werden. Auf dem Wege zum Einsatzort begann es zu regnen, und schon kam der «Rückzugsbefehl».

Die Tage schlichen dahin. Wir gerieten allmählich in einen Zustand des Dahindämmerns und Dösens. Doch plötzlich überraschte uns eine ärztliche Visite. Irgend etwas lag in der Luft, das merkte man auch am Verhalten unseres Hauptmanns. Die kranken, nicht transportfähigen Männer sollten ausgesondert, die gesunden zum Weitertransport vorbereitet werden. Wir waren alle ziemlich gesund und kräftig. Die Visite führte eine Militärärztin, jene Rotarmistin, durch. Ein unscheinbares Geschöpf mit blassem, schmalem Gesicht, in sowjetischer Uniform – ohne erkennbares Rangabzeichen.

Da ich Arzt war und zugleich dolmetschte, wendete sie sich nur an mich. Wir blieben allein auf dem Hof zurück. Hier ereignete sich die anfangs beschriebene Szene. Sie, die zögernde Rotarmistin, sollte Schicksal spielen und mir helfen. Das stellte sich gar nicht lange danach heraus. Aus heutiger Sicht weiß ich, daß diese Frau meine Entwicklung in eine Bahn gelenkt hat, die einen Neuanfang ermöglichen sollte. Und sie hat mir auch den Weg zur Seele des russischen Menschen geöffnet.

Nach jener Visite wurden wir bald nach Graudenz

(Grudziądz) in ein Sammellager verlegt. Auf dem Bahnhof hatte man schon eine unübersehbare Menge Zivilgefangener zusammengetrieben. Viele junge Frauen waren dabei. An eine von ihnen kann ich mich noch genau erinnern: an die Krankenschwester Ursula. Während der stundenlangen Fahrt in einer offenen Lore standen wir eng aneinandergepreßt, das schützte vor der eisigen Kälte. Bei der spärlichen Unterhaltung tauschten wir auch unsere Atemzüge aus. Daraus schöpften wir Kraft, wollten zusammenbleiben und gemeinsam die Ungewißheit der Gefangenschaft ertragen.

In Graudenz angekommen, wurden die Frauen von den Männern abgesondert. Wir traten den Marsch ins ehemalige Fremdarbeiterlager an. Vor dem Lagertor kam uns ein junger blonder Leutnant entgegen, der laut meinen Namen rief. Ich horchte auf, und plötzlich wurde mir das verschwiegene Verhalten der kleinen Ärztin klar. Sie hatte mich im Lager bereits angekündigt.

Der Leutnant brachte mich gleich zur Sanitätsbaracke, wo er mich einem kriegsgefangenen Wehrmachtarzt vorstellte. Dieser Kollege sollte abgelöst werden, und ich trat nun an seine Stelle. Der Leutnant erklärte mir meine Aufgaben, die vor allem in täglichen Visiten, Kontrolle der Küche sowie der Aufsicht über die Desinfektionseinrichtungen bestanden.

Im Lager waren ungefähr achthundert Mann untergebracht. Hier wurden Sammeltransporte aus gesunden Männern zusammengestellt. Täglich kamen wieder neue Gruppen, bei deren Ankunft Leutnant Jemelien und ich zugegen waren. Wir mußten die Leute nach Namen, Herkunft, Alter, Beruf und so weiter ausfragen, eine schwierige Aufgabe angesichts des Völkergemischs von Deutschen, Polen, Franzosen, Italienern und anderen. Mir gelang es, in Vertretung des Leutnants, die Männer in ihren eigenen Sprachen anzusprechen. Jemelien schüttelte immer wieder den Kopf, und voller Verwunderung wiederholte er: «Wot molodjetz!» (Teufelskerl!).

Schwerkranke wurden zurückgewiesen, sollten weiter in ein Lazarett transportiert werden. Einmal übertrat ich dieses Verbot. Ein völlig erschöpfter Mann ungefähr in meinem Alter wurde von zwei kräftigen Leuten bis vor unsere Füße geschleppt. Hier blieb er liegen.

«Dieser nicht», meinte Jemelien.

Ich erkundigte mich nach Namen und Beruf.

Es war ein Apotheker!

«Wir brauchen dringend einen Apotheker», sagte ich zu Jemelien. «Wir werden ihn wieder gesundpflegen», meinte ich weiter.

Jemelien war sofort einverstanden. Es gelang uns tatsächlich, dem Schwerkranken, der sofortige Behandlung brauchte, das Leben zu retten. – Wie der Zufall es fügt, sollte ich unseren Apotheker Alex einige Jahre später wiedertreffen.

Mit der Zeit hatten sich viele sowjetische Soldaten als Patienten bei mir eingefunden. Sie waren die dankbarsten. An einen kann ich mich besonders gut erinnern, denn er «fiel» in mein Fach. Der junge Soldat litt seit langem an einem hartnäckigen Tränen der Augen. Bei der Untersuchung fand ich völlig verschlossene Tränenpünktchen, die Tränen konnten nicht abfließen. Diese Störung war leicht zu beheben, nur mußte ich mir erst die nötigen Instrumente selbst anfertigen, denn im Besteck eines Truppenarztes wird man vergeblich nach ihnen suchen. Aus Aluminiumkabel feilte ich eine konische Sonde, aus einer Injektionskanüle eine Tränenwegkanüle, ein feines Scherchen und Kokainlösung zur oberflächlichen Betäubung waren zur Hand. Nach Erweiterung der Tränenpünktchen konnte ein Teil des verschlossenen Röhrchens mit Scherenschlag entfernt werden. Die nachfolgende Spülung mit Rekordspritze ergab Durchgängigkeit der tieferen Tränenwege. Schon nach dem ersten Eingriff hörte das Augentränen auf, die Durchgängigkeit der Tränenwege blieb auch in den nächsten Wochen bestehen.

Bald wurde der Soldat abkommandiert. Beim Abschied versuchte er, mir kniend die Hand zu küssen, was mich zutiefst bewegte. Dieser Patient stand mir sehr nahe, und ich wußte, was die Beseitigung des Leidens für ihn bedeutet hatte.

Während meiner Lagerzeit – sie dauerte etwa acht Wochen – erlebte ich keinen Fall von Mißhandlung der Lagerinsassen oder Härte von seiten der Lagerleitung. Trotzdem war die Zukunft der Gefangenen ungewiß, keiner wußte, was der nächste Tag bringen würde. Immer noch tobte der Krieg. Warum mußten jetzt noch ungezählte Menschen sterben? Traurig war ich und zornig zugleich.

Und doch lachte wieder einmal das Leben: Zur Entlausung vorbereitete nackte Männer, mager, voller blauer Flecke nach Läusebissen, warten in unserer improvisierten «Banja». Mit einemmal jauchzen zwei auf, stürzen aufeinander zu, umarmen sich. Es sind – wie ich erfahre – Eisenbahner aus Sachsen, Freunde. Alles haben sie um sich herum vergessen. Nur eines belebt sie, sie haben sich gefunden!

Die Wachsoldaten hatten ihre Not mit den Lagerinsassen, die unermüdlich kleine Feuerchen entfachten, um Kartoffeln zu braten. An allen Ecken qualmte es. Kaum waren die einzelnen Trupps vertrieben und das Feuer gelöscht, ging es wieder an einer anderen Stelle los. Doch die Aufseher amüsierten sich mehr über diese hartnäckige Betriebsamkeit, als daß sie sich ärgerten. Die Verpflegung war im Vergleich zu jener der darbenden Bevölkerung um uns ausreichend. Wir konnten aber der Ruhr nicht Herr werden, die trotz Schutzimpfungen immer weiter um sich griff. Es gab Tote, sicher wirkten sich die vorausgegangenen Entbehrungen aus. Der Krieg forderte seine Opfer.

Eines Tages inspizierte ein sowjetischer General das Lager. Lange hielt er sich in der Sanitätsabteilung auf. Warum kam er gerade zu mir und völlig ohne Begleitung? Wußte er von meiner Existenz?

Der General, ein noch junger Mann in gutsitzender Uniform, so um die Vierzig, mit glattem, wohlgestaltetem Gesicht, trat freundlich, ohne Großtuerei und ganz natürlich auf. Es entspann sich sofort ein interessanter Dialog in russischer Sprache.

«Sie haben zuwenig Betten, sicher auch keine Medikamente.»

Seine straffe Haltung und das rein Militärische verrieten mir jedoch, daß er kein Arzt war.

«Ich unterhalte mich gern mit Medizinern oder überhaupt mit gebildeten Menschen. Gewiß haben Sie schon von dem Wundermittel Penicillin gehört?«

Ich mußte es verneinen und als Entschuldigung anführen, daß ich ein Jahr lang von der Welt völlig abgeschnitten war. Tatsächlich, dieser General brachte mir die erste Kunde vom Penicillin; das war im Jahre 1945, im Monat April. Schon 1927 hatte der englische Bakteriologe Alexander Fleming die bakterientötende Wirkung des Pinselschimmels erkannt, und 1940 dann – also während des Krieges – entwickelte daraus sein Kollege Walter Florey zusammen mit anderen Forschern das Penicillin, eines der wirksamsten Heilmittel bei Infektionen aller Art.

«Wir sind durch den Krieg von allem abgesperrt», konnte ich nur hinzufügen.

«Sehen Sie, wieder der Krieg!»

Es verwunderte mich, daß der sowjetische General mit mir, dem deutschen Arzt, nicht über militärische Dinge und über die Verbrechen des Hitlerregimes sprach. Nein, der Krieg, dieser Krieg, war für ihn schon überstanden, schien ihn nicht mehr zu interessieren.

Um nicht ganz ungebildet zu erscheinen, erzählte ich vom großen sowjetischen Ophthalmologen Filatow in Odessa. «Mir ist er nur aus der Literatur vertraut, aber mein Lehrer hat ihn persönlich gekannt.»

«Wissen Sie, ich verehre alle gebildeten Menschen, die ungebildeten verachte ich, es ist swolotsch!»

«Eigentlich bewundere ich Ihre Soldaten, sie können unsere Namen, die deutschen Namen, auch die schwersten, ohne Bedenken schreiben und auch richtig lesen.»

Die Unterhaltung lief in dieser Form eine Weile fort. Wir sprachen zueinander, als ob wir uns schon lange kannten und zwischen uns keinerlei Unterschiede bestünden. Wirklich, ein bemerkenswerter General!

Als besondere Auszeichnung empfand ich die Einladung der Lagerleitung zur Feier des 1. Mai 1945. War es der freundliche Leutnant oder der Kommandant des Lagers, der das bewirkt hatte? Ich war sehr überrascht, denn nur ich allein wurde aus dem Lager dazu aufgefordert.

Die Offiziere tranken auf Stalin, den Sieg und den Frieden. Ich schloß mich ihnen an. Alle waren froh und voller Zuversicht. Sie fühlten sich nach dem schwersten aller Kriege als Sieger.

Bald nach dieser Feier sollte ich als einziger entlassen werden. Inzwischen waren noch andere Ärzte ins Lager gekommen, die meine Vertretung übernehmen konnten. Sicher wurde das Lager bald aufgelöst.

Zum Abschied vertraute mir der Lagerkommandant, wahrscheinlich ein Georgier, denn er konnte das russische «L» nicht wie ein Russe aussprechen, das für die Woche gültige Losungswort an, damit ich ungehindert nach Hause zu meiner Familie käme.

Der Aufenthalt im Lager hat mir die Augen geöffnet und die wahre Menschlichkeit der sowjetischen Soldaten offenbart. Welcher Lügen- und Haßpropaganda waren wir durch die ganzen Jahre hinweg zum Opfer gefallen!

Viertes Kapitel

Wenn der Mensch sich etwas vornimmt,
so ist ihm mehr möglich,
als man glaubt.

Johann Heinrich Pestalozzi

Eine Straßenkreuzung

Am 3. Mai 1945 erhielt ich von der Lagerleitung eine Bescheinigung, die sogenannte Sprawka. Beim Kramen in alten Notizbüchern fiel sie mir kürzlich in die Hände. Heute eine wertvolle historische Erinnerung mit den Unterschriften von Leutnant Jemelien und Major Butkow, war sie damals ein wichtiges, ja geradezu lebenerhaltendes Durchlaßpapier auf den Straßen des Krieges. Ein Lastkraftwagen des Lagers nahm mich von Graudenz aus ein Stück mit, fast bis in die Nähe von Zawory; dort war meine Familie zurückgeblieben. Vor einer großen Kreuzung setzte mich der Fahrer ab. Da stand ich nun, noch völlig benommen. Ich konnte es nicht fassen, daß ich nicht mehr von Hunderten Gefangenen umgeben, daß ich frei war.

Auf der Kreuzung regelte eine Rotarmistin mit Fähnchen den Verkehr. Ab und zu rauschten Autokolonnen an ihr vorbei, dann war es wieder still, und sie war allein. Neben der Rotarmistin ein überdimensionales Schild und darauf in russischer und deutscher Sprache: «Die Hitler kommen und gehen, das deutsche Volk, der deutsche Staat bleibt. – Stalin.»

Was hatte sich während meiner Haft ereignet? Selbstvergessen starrte ich das Schild an. Die Straßenkreuzung war längst wieder frei, und ich hätte weitergehen können. Die Rotarmistin musterte mich schon mißtrauisch, nur wir zwei waren jetzt auf der Landstraße.

Was wird sie tun, wenn ich einfach hingehe und sie umarme? schoß es mir durch den Kopf. Sicher wird sie blitzartig die Maschinenpistole von der Schulter reißen und ... Ich tat es also nicht und trottete weiter.

Ein Wegweiser zeigte an, daß mich von meinem Ziel noch zwanzig Kilometer trennten. Die Straße führte durch ein kleines Gehölz. Plötzlich traten – die MPi im Anschlag – zwei Soldaten hinter einem Strauchdickicht hervor und verlangten «Dokument». Die Sprawka leistete gute Dienste. Ich wanderte weiter, aber es war mehr ein Hinschleppen. Hatte ich Fieber? Schließlich bekam ich Bauchschmerzen, die sich krampfartig steigerten. Ja, es war die Ruhr. Nun hatte sie auch mich überfallen. Die Kraft reichte gerade noch bis zu einer Scheune am Straßenrand.

Kräftige Sonnenstrahlen drangen durch die Bretterritzen. Ich kroch aus dem Heu, draußen ein strahlender Maimorgen. Es ging mir wesentlich besser, der Schlaf hatte wohlgetan und die Schutzimpfung, die ich mir zu Beginn der Lagerzeit selbst gegeben hatte, dämmte die Krankheit sicher ein.

Gegen Mittag war ich wieder dort angelangt, wo einst vor zweieinhalb Monaten unsere Flucht in Eis und Schnee geendet hatte. Von weitem schon erkannte ich das Gehöft von Pioch, dem Nachbarn von Frau Jankowska. Ach, heute war Sonntag, und der Hausherr trat gerade, feiertäglich gekleidet, ins Freie. Nanu, er trug die Weste meines Bruders Philipp. Ist etwas mit deinen Leuten passiert? durchfuhr es mich sofort. Doch Pioch grüßte freundlich und unbefangen. Da kam mir aber schon meine Frau überraschend entgegengelaufen. Alle waren gesund. Nur die Schwägerin war vor einiger Zeit mit ihren fünf Kindern weitergezogen. Die

Last war für Frau Jankowska zu groß gewesen. Sie wartete immer noch auf ihren Mann, und selbst hatte sie zwei Kinder und ihre Schwiegermutter zu versorgen, eine alte, ewig schimpfende und schnupfende Frau.

In den Maitagen des Jahres 1945 mit der Familie vereint zu sein, bedeutete sehr viel. Aber wie sollte es weitergehen? Anfangs halfen wir Frau Jankowska in ihrer kleinen Wirtschaft. Sollte ich mich als Arzt in der Gemeinde niederlassen? Dazu brauchte ich eine Approbation vom Bezirksarzt.

Ich machte mich also zu Fuß auf einen zweimal fünfzig Kilometer langen Weg in die Bezirksstadt Gdynia, um beim Bezirksarzt vorzusprechen. Mit Freude stellte ich fest, daß es ein Bekannter aus Lemberg war. Er mußte mich kennen. Aber – trotz meiner alten Offizierspapiere aus polnischer Vorkriegszeit wies mich der Kollege ab. Doch auch ohne Approbation konnte ich mich nützlich machen, besonders bei schweren Sprengkörperverletzungen der Augen.

Wochen vergingen, da kam plötzlich die Aufforderung, sogleich in der sowjetischen Kommandantur zu erscheinen. Was hatte das zu bedeuten? Auf alle Fälle mußte ich hin. Mich empfingen ein älterer, nicht unfreundlicher Hauptmann und ein noch junger polnischer Milizoffizier. Ich sollte vertrauliche Informationen über die Stimmung der Bevölkerung sammeln und meinen Auftraggebern übermitteln. Als Arzt wäre es für mich nicht schwer, das Vertrauen der Bevölkerung zu gewinnen.

Angenehm war dieses Angebot gewiß nicht. Bald aber merkten meine Auftraggeber, daß ich für einen «Informator» dieser Art nicht besonders geeignet war. Als ich wieder einmal Bericht erstatten sollte und es nicht so recht ging, schaltete sich der gutmütige russische Hauptmann ein: «Wissen Sie was, Sie sind Deutscher, fahren Sie nach Berlin. Eben komme ich von dort, ein herrliches Leben da, und alles renkt sich wieder ein. Nehmen Sie Frau und Kinder, und ab nach Berlin!»

Nach Berlin, welch ein Glück! Es war nicht schwer, die erforderlichen Reisepapiere zu bekommen. Aus Vorsicht fuhren wir aber nur zu dritt, meine Frau, die zweijährige Tochter Sibylle und ich. Den einjährigen Sohn Rolf und die Schwiegermutter ließen wir zurück, um sie zu einem späteren Zeitpunkt abzuholen. Wie, das wußten wir noch nicht.

Mit unserem wenigen Gepäck gelangten wir unbehelligt mit der Eisenbahn bis nach Kostrzyn, wie Küstrin nun hieß. Auf dem völlig zerstörten Bahnhof hatte sich eine unübersehbare Menge von Umsiedlern zusammengefunden, die alle auf einen «Wunderzug» in Richtung Westen warteten. Ein, zwei bereitgestellte Güterzüge reichten nicht aus. Wir zählten auch zu jenen, die geduldig weiter ausharren mußten.

Banden jugendlicher Strolche verunsicherten inzwischen das Bahnhofsgelände, plünderten Reisende nach Strich und Faden aus. Es gab keinerlei Aufsicht, nur ein Chaos aufgeregter, verängstigter, heimatloser Menschen in einem Niemandsland ohne Ordnung und Gesetz, im Juni 1945.

Nach Berlin

Endlich war es soweit. Wir mußten auf einen offenen, mit Strohballen beladenen Güterwaggon hinaufklettern. Dabei half ein ellenlanger Rotarmist, der sich zu uns gesellte und während der Fahrt von seiner Heimat, seiner Frau und seinen Kindern, aber auch viel von seinen Liebesabenteuern erzählte und immer wieder mit unserer kleinen Tochter zu spielen versuchte. Die Reise dauerte einen halben Tag und die ganze Nacht. Der Morgen dämmerte schon, und wir passierten wieder einen Bahnhof. Von meinem erhöhten Sitz aus war das Stationsschild gut zu erkennen, der Name «Buch» sagte mir nichts. Damals konnte ich nicht ahnen, daß ich fünf Jahre später hier eine Augenabteilung gründen und als Chef leiten würde.

Schließlich hielt der Zug unwiderruflich in Pankow-Heinersdorf. Bei Betrachtung der Übersichtskarte der Deutschen Reichsbahn kam mir nachträglich in den Sinn, daß wir einen Umweg über Eberswalde gemacht hatten; sicher war die direkte Strecke über Müncheberg noch nicht befahrbar.

Ein ungewöhnlich heißer, staubiger Tag Anfang Juli war angebrochen, als wir unser Strohlager endgültig verließen. Der freundliche Rotarmist verabschiedete sich wie von alten Bekannten.

Wie aber sah Berlin aus? Seit meinem letzten Besuch vor drei Jahren verbanden mich schöne persönliche Erinnerungen mit dieser Stadt. Metropole eines riesigen Reiches wollte sie damals noch sein, und der Krieg, der von diesem Machtzentrum der «Reichsgermanen» ausgegangen war, hatte hier bislang kaum Spuren hinterlassen. Die protzige Demonstration der Macht interessierte mich nicht, aber der lebendige Atem einer großen Stadt, die beeindruckende historische Kulisse, all das faszinierte. Und nun? Vor uns lag ein Trümmermeer, aus dem gleich gespenstischen Inseln einige Häuser herausragten. Konnten in dieser trostlosen Ruinenlandschaft überhaupt Menschen leben und existieren?

Die vordringlichste Frage war: Wie sollten wir von Pankow-Heinersdorf nach Charlottenburg kommen, dem Wohnort meiner Frau? Der Stadtverkehr war während der letzten Kampfhandlungen völlig zusammengebrochen. Aber viele Straßen – erstes Zeichen sich regender Aktivität – waren schon von den Schuttmassen eingestürzter Häuserfassaden sowie von ausgebranntem Kriegsgerät geräumt. So blieb nur der Fußmarsch. Tochter und Gepäck in Arm und Hand, pilgerten wir durch die verwüsteten Stadtbezirke Prenzlauer Berg, Stadtmitte, Tiergarten bis nach Charlottenburg, Röntgenstraße 9. Zum Glück fand sich meine Frau als Berlinerin auch in der zerstörten Stadt zurecht, und sei es auf Trampelpfaden.

Endlich, gegen Abend, kamen wir an. Das Haus war wie durch ein Wunder stehengeblieben, ringsumher sonst nur Trümmer. Mit zwei älteren, ausgebombten und inzwischen hier einquartierten Frauen mußten wir die kleine Zweizimmerwohnung teilen.

Umgehend machte ich mich auf Arbeitssuche. In der ehemaligen Ärztekammer erfuhr ich von einem freundlichen Kollegen, daß einige augenärztliche Praxen angeboten wurden, ein Krankenhaus einen Augenarzt suchte, daß vor allem aber die Universitäts-Augenklinik in der Ziegelstraße freie Assistentenstellen hätte. Ich wählte die Ziegelstraße und tat beruflich den entscheidenden Schritt, damals in Berlin.

Zwischen Charlottenburg und Bahnhof Friedrichstraße – die Augenklinik Ziegelstraße ist ganz in der Nähe gelegen – gab es noch keine durchgehende Verbindung. Die U-Bahn war trotz größter Anstrengungen der BVGer – ganze Schächte standen unter Wasser und mußten leergepumpt werden – erst auf kurzen Strecken befahrbar, den Rest mußte man zu Fuß zurücklegen. Das bedeutete vier Stunden Wanderung täglich. Ich ließ mich dadurch nicht abschrecken. So, wie ungezählte Berliner damals auf stundenlangen Umwegen durch die Ruinenfelder zu ihren Betrieben, zu den Brennpunkten des beginnenden Wiederaufbaus eilten, hätte ich ebenfalls alle Schwierigkeiten überwunden, um an das ersehnte Ziel zu gelangen, nämlich zum Meister der Ophthalmologie – Professor Löhlein!

Noch völlig wirr von den vorausgegangenen Erlebnissen, der Flucht, der Gefangenschaft, den Entbehrungen durch die Kriegsereignisse, war ich in ein zerstörtes Berlin gekommen, das mich zutiefst erschütterte. Kilometerweit umgeben von Trümmer- und Schuttbergen, konnte man sich einfach verloren fühlen. Aber da war auch das Versprechen, das ich mir in der Gefangenschaft gegeben hatte. Ich mußte mein Leben von einem Nullpunkt an neu beginnen, auch wenn alltägliche Sorgen niederdrücken wollten. An

Kleidung besaß ich nur das, was ich am Leibe hatte; das tägliche Brot fehlte, würde meine Familie je wieder vereint sein?

Das Wichtigste aber war: Der Krieg ist zu Ende! Vor mir tat sich eine neue Zukunft auf. Ich hatte eine Arbeitsstelle gefunden. Noch erschien es mir wie ein Traum. Als ich frühmorgens zu Fuß durch die sonnenbeschienenen Ruinen der Stadt ging, fühlte ich in mir eine ungewöhnliche Kraft, eine Bereitschaft, Berge zu versetzen, Unerreichbares zu erlangen.

In erwartungsvoller Spannung kam ich in die berühmte Ziegelstraße. Das also ist die Augenklinik: Ein unscheinbarer roter Backsteinbau, von Geschossen und Granatsplittern zerschlagen, die gegenüberliegende Straßenseite dem Erdboden gleichgemacht. Unvorstellbar, was sich hier abgespielt haben muß. Der Untergang der Welt. Ob damals Patienten im Haus untergebracht waren? Kamen Ärzte während der Angriffe um?

Augenklinik Ziegelstraße

Durch den breiten Torweg komme ich auf den Klinikhof, den noch zahlreiche Trümmer bedecken. – Der Eingang zur Augenklinik befand sich auf der rechten Seite des Hofes, auf der anderen Seite des Gebäudekomplexes lag damals noch das Chirurgische Klinikum.

Mein Blick fällt auf den kleinen Turm mit Uhr. Die Uhr steht. Ihr Räderwerk hat wohl während des letzten Kampfinfernos ausgesetzt, Symbol einer endgültig abgelaufenen Zeit. Mitten im Gebäude der Augenklinik klafft ein mehrere Meter breites Loch in der Außenwand. Wie in einer Puppenstube tut sich das Hausinnere vor einem auf. Man sieht hinein in einen Korridor, Krankenzimmertüren klappen, geschäftig eilt medizinisches Personal hin und her. Es war der Operationssaal, den Bomben weggerissen hatten.

Ich betrete das Treppenhaus, unzählige Patienten warten hier auf Behandlung. Eine breite Treppe führt zum Direktorzimmer im ersten Stock. Ein schlanker, sich aufrecht haltender, schon leicht ergrauter Mann, ungefähr ein Mittsechziger, empfängt mich freundlich. Es ist Professor Walther Löhlein. Trotz der schweren Erlebnisse erscheint er ungebrochen und heiter. Interessiert widmet er sich meinem Anliegen. Ja, ich kann sofort anfangen. Meine Empfehlung: zehn Jahre Ophthalmologie, davon fünf bei Lauber – sind ihm Bürgschaft genug.

Die Einstellungsformalitäten wurden schnell erledigt. Mein erstes Gehalt reichte gerade für ein auf dem schwarzen Markt erstandenes Kilogramm Butter. Doch das erschien mir unwichtig, wichtig dagegen die Möglichkeit, im Beruf zu bleiben und weiter zu arbeiten.

Löhlein stellte mir gleich seine Mitarbeiter und Assistenten im Gespräch vor, indem er sie meisterhaft in ihren Besonderheiten und Eigenschaften schilderte. «Man muß jeden Assistenten nach seinen Fähigkeiten einsetzen», so etwa lautete seine Meinung. Er war kein apodiktischer Chef, sondern gab jedem Kollegen genügend Spielraum zur Entfaltung seiner Persönlichkeit.

Schon am ersten Tag lernte ich die neuen Gesichter kennen. Auffallend die bunte internationale Mischung. So Dr. Heinrich Sch., gleich mir ein ehemaliger «Volksdeutscher». Er stammte aus der Batschka (Jugoslawien), wir nannten ihn nur den «finsteren Balkanesen». Auf seinem Weg zu und aus der Klinik trug er stets einen grünen Rucksack. Oft konnte man ja unterwegs etwas «organisieren».

Und dann unsere charmante Ungarin, Frau Dr. Gaby Oe., immer frisch und elegant, wie gerade aus einem Kosmetiksalon gekommen. Sie war vornehm und zurückhaltend, aber von aufsprudelndem Temperament. Als Frau eines Bakteriologen war sie mit diesem Gebiet besonders vertraut. Lange bedrückte sie ein geheimer Kummer. Sie blieb mehrere Jahre in unserer Klinik, später ging sie ohne ihren Mann in die Heimat zurück und arbeitete in der Budapester Augenklinik.

Ein Tausendsassa in jeder Hinsicht der Österreicher Dr. A. O. Zu den morgendlichen Besprechungen beim Chef – wir nannten sie «Mimiken» – kam er regelmäßig zu spät. Er war aber der Findigste von uns, immer vergnügt und jeder Lebenslage gewachsen. Mit seinem kleinen dreirädrigen Auto flitzte er durch die Straßen Berlins, meistens mit Briketts, die er in seine Wohnung transportierte. – In den nächsten Jahren kamen jüngere Assistenten, die ich dann selbst anleiten mußte.

In dieser Zeit war Professor Harms unser Oberarzt. Die Klinik hat ihm viel zu danken. Von ihm und Löhlein schöpfte ich die wichtigsten Anregungen. Professor Harms wurde bald auf den Lehrstuhl nach Tübingen berufen, ich übernahm die Oberarztstelle.

In der Ziegelstraße eröffnete sich mir eine neue ophthalmologische Welt. Natürlich, ich stand – wie man so sagt – im Fach, vieles war mir bekannt, und doch war die belebende Wirkung enorm. Zum erstenmal kam ich mit der deutschen Medizin in direkte Berührung. Kannte ich doch bislang die deutsche Wissenschaft nur aus der Literatur, die wir uns als Studenten unter großen Mühen beschafft hatten. Diese Bücher bedeuteten uns damals das gleiche wie die Bibel den gläubigen Christen. Jeder berühmte Name eines deutschen Mediziners versetzte in einen Rauschzustand, so auch die Namen der Professoren meiner jetzigen Fakultät: Theodor Brugsch, Ferdinand Sauerbruch, Walter Stoeckel, Friedrich Kopsch und andere. Alle sollte ich nun persönlich kennenlernen.

Diese Männer, voran Sauerbruch und Brugsch, waren zugleich auch verantwortungsvolle Mitgestalter des Neuen, der eine als Stadtrat für Gesundheitswesen im gerade entstandenen antifaschistisch-demokratischen Berliner Magistrat, der andere im Volksbildungsbereich. Dank der aktiven Unterstützung durch die sowjetische Militäradministration konnte bereits im Januar 1946 die Berliner Universität, deren Gebäude weitgehend in Trümmern lagen, wiedereröffnet werden. Ich war dabei, als im voll besetzten Theatersaal des Admiralspalastes Professor Brugsch den neugewählten Rektor, Professor Stroux – einen Altphilologen –, feierlich in sein Amt einführte. Die Professoren waren in ihren weiten Talaren erschienen, die Pedelle paradierten mit ihren Zeptern – das war aber nicht hohler akademischer Zopf, sondern nach der Barbarei des Faschismus bewußtes, verpflichtendes Anknüpfen an humanistische Wissenschaftstradition. Aus den Ruinen erhob sich die neue Lehranstalt, die Humboldt-Universität.

An dieser Stelle ist es angebracht, einige erklärende Worte zur besonderen Situation der Augenklinik einzufügen. An der Berliner Universität gab es nämlich zwei völlig voneinander getrennte, selbständige Universitäts-Augenkliniken mit eigenem Direktor, eigener Verwaltung, Assistenten und Schwesternschaft. Die eine befand sich in der Ziegelstraße, die zweite, ehemals im Charitégelände gelegen, wurde nach der Zerstörung noch während des Krieges behelfsmäßig im Christlichen Hospiz in der Albrechtstraße eingerichtet. Nach dem Kriege bestanden also weiterhin diese beiden Augenkliniken. In der renommierteren, in der Ziegelstraße, war Professor Löhlein Direktor, in der Albrechtstraße Professor Reichling. Um die beiden Kliniken auch sprachlich auseinanderzuhalten, nannte man die eine «Augenklinik in der Ziegelstraße» und die andere «Augenklinik der Charité».

Die Assistenten der Ziegelstraße glaubten, denen aus der Albrechtstraße überlegen zu sein, meinten auch, eine umfangreichere Ausbildung erhalten zu haben. Es war ein reiner Glückszufall, daß ich mich in der Ziegelstraße beworben hatte, in völliger Unkenntnis dieses Sachverhaltes.

Dieser Zustand änderte sich 1951 unter dem Direktorat von Professor Gasteiger. Die Augenklinik in der Ziegelstraße wurde dem Klinikum der Charité angegliedert unter gleichzeitigem Einverleiben der behelfsmäßig eingerichteten Albrechtsstraße-Klinik. Von nun an gab es nur noch eine einzige Augenklinik der Charité mit einer erheblich erweiterten Bettenzahl und nur einem Direktor.

Kehren wir aber zurück in das Jahr 1945. Das in einen Warteraum umfunktionierte Treppenhaus der Klinik habe ich schon erwähnt. Durch das beschädigte Dach schimmerte Himmelsbläue, an Regentagen jedoch mußten die Patienten ihre Schirme aufspannen. Ein kleines Fensterchen war in eine tiefe Mauer eingelassen, dahinter residierte lange Jahre Fräulein Streckfuß. Hier meldeten sich die Patienten, um nach unterschiedlicher Wartezeit von den Assistenten behandelt zu werden. Alle Neuerkrankten wurden dem Oberarzt, das heißt mir, vorgestellt. Wir operierten in einem behelfsmäßig eingerichteten Raum im Keller. Er war eng und schwer zugänglich. Man kann sich den schwierigen Transport der Schwerverletzten oder älteren Patienten von den hochgelegenen Krankenzimmern hinab in den Keller über schmale Treppen kaum vorstellen. Es war eine bewundernswerte Leistung unserer Schwestern und Krankenpfleger. Bis zum Wiederaufbau des Operationssaales sollten noch zwei Jahre vergehen.

Die medikamentöse und apparative Ausrüstung der Klinik war unzureichend. Vieles mußte zusätzlich aus Apotheken und von der Firma Wurach, die uns damals hilfreich zur Seite stand, beschafft werden. Besonders ihr emsiger Vertreter, Herr Teichert, war gern gesehener Gast. Er konstruierte auch mein erstes Gerät zur objektiven Sehschärfenbestimmung, das Grundlage meiner Habilitationsarbeit wurde.

Die Verpflegung für die Kranken war gesichert und ausreichend. Wir Ärzte hungerten. Jeder Assistent brachte sich eine undefinierbare Speise im Kochgeschirr mit. Meist war es irgendeine Grütze oder ein grüner Brei. Die Mahlzeiten in einem ehemaligen Luftschutzraum teilte auch der Chef mit uns. Wir bewunderten seinen ungebrochenen Optimismus, den er aus seiner hohen ärztlichen Ethik und Bildung schöpfte.

Dieser Optimismus riß uns alle mit. Wir wollten vor allem eins: den Kranken helfen und selbst bessere Ärzte werden. So war diese schwere Zeit der Not und Sorge nicht nur leichter erträglich, sondern erhebend und von Hoffnung erfüllt. Auch die neue Klinikverwaltung zog mit uns an einem Strang – sie half, wo sie konnte, und versuchte, Unmögliches möglich zu machen.

Das erste Vierteljahr in Berlin verging, und wir hatten uns schon etwas eingelebt. Jetzt hieß es, Sohn Rolf mit der Schwiegermutter aus Polen zu holen. Dazu bekam ich vom Chef kurzen Urlaub.

Für diese Reise war ein von der russischen Kommandantur ausgefertigter Passierschein erforderlich. Eine kleine List – sie bot sich bei meinen bisherigen Staatsbürgerschaften an – erleichterte die Formalitäten. Ich gab mich als Pole aus, der in die Heimat zurück will. Die russische Kommandantur war nicht in Berlin, sondern in Luckenwalde, für mich damals eine Tagesreise. Dort trug ich in fließendem Polnisch meinen Wunsch vor; schnell hatte ich das Dokument in der Hand.

Auf dem Berliner Ostbahnhof ein ganzes Heerlager sowjetischer Soldaten, eine unübersehbare Menge von Uniformen, kaum Zivilisten. Der Zug war dann so überfüllt, daß ich fast auf dem Bahnsteig zurückblieb. Schließlich fand ich noch einen Platz auf den Puffern. Die Fahrt über Posen weiter nordwärts bis Kartuzy dauerte viele Stunden.

Sohn und Oma fand ich vor, wo wir sie verlassen hatten, nämlich bei Frau Jankowski. Sie war immer noch allein und wartete vergeblich auf Nachricht von ihrem Mann. Er kam nie zurück.

Gerührt nahmen wir Abschied von Frau Jankowski. Überraschend umarmte sie mich und hielt sich an mir fest wie eine Ertrinkende. Zur Rückreise hatte ich mir einen ähnlichen Passierschein besorgt; diesmal fuhr ich allerdings als Deutscher in die Heimat.

Wie anders war die Rückreise, eine bequeme «Luxusfahrt» im Personenabteil. Im letzten Vierteljahr hatte sich hier viel verändert. Wir unterbrachen die Reise in Poznań und übernachteten bei meiner ehemaligen Chefin, Frau Dr. St. Es war ein frohes Wiedersehen. An der Grenze in Küstrin waren die Plünderer verschwunden. Im September 1945 herrschten bereits Ruhe und Ordnung. Wir kamen zu Hause gesund an. Unsere Familie war nun vollständig, und ich konnte meine Arbeit in der Klinik beruhigt wiederaufnehmen.

Die ersten Jahre nach dem Zusammenbruch waren hart für Tausende Berliner. Es fehlte das Notwendigste zum Leben, Nahrung, Heizung, Licht und Kleidung. Jede freie Minute wurde zum «Organisieren» oder «Hamstern» verwendet. Diese Aktionen dehnten sich anfangs bis in die weiteren Vororte der Stadt aus. Heizmaterial holten wir aus dem nahe gelegenen Grunewald, buddelten mühselig mit letzter Kraft Stubben aus, sammelten Reisig, scheuten uns aber auch nicht, verlassene Telegrafenstangen mitzunehmen. Auf Handwagen zogen wir dann unser Beuteholz nach Hause.

Mehl, Kartoffeln, Gemüse, ja sogar Fleisch ertauschten wir gegen Medikamente, hauptsächlich gegen Rheumasalbe bei Bauern in entlegenen Landkreisen. Überall galt damals die Losung: Was hast du? – Was willst du dafür? – Was gibst du?

Unternehmungslustige Berlinerinnen waren viel unterwegs. Von ihnen konnte man manches erfahren, so zum Beispiel, daß es am Kurfürstendamm im Café Wien schon einiges gab, sogar Bohnenkaffee und Kuchen.

Die Anschläge an Bretterzäunen wurden eifrig gelesen. Da fand man «Annoncen» wichtigen Inhalts wie in großen

Inseratenblättern. Zu allem Unglück hatte ich mir nach langer Pause, die sogar die ganze Kriegszeit überdauerte, das Rauchen wieder angewöhnt. Damals in Zawory, als mir eine Mutter für die Behandlung ihres Söhnchens eine Schachtel «Neuenburg» schenkte, war der Bann gebrochen. Unschlüssig hielt ich das verlockende Päckchen in der Hand, öffnete es. Dieser herrliche, aromatische Zigarettenduft, das glänzende Air brachen schließlich meinen innerlichen Widerstand. Und wie die erste Zigarette schmeckte! Ich verfiel zeitweise wieder dieser Passion.

In Berlin gab es nämlich Zigaretten. Man konnte sie damals von amerikanischen Soldaten auf dem Domplatz, ein Päckchen «Camel» für hundert Reichsmark, kaufen. Ab und zu besorgte ich mir eins, meist mehr zum Tauschen als zum Rauchen.

Entbehrungsreich waren die Sommer und die Winter. Im Sommer quälten die Hitze und der Ruinenstaub. Man sehnte sich nach freien Roggenfeldern. Im Winter litt man unter grimmiger Kälte, man sehnte sich nach einem warmen Kachelofen. Ablenkung und Ausgleich fand ich in meiner anspruchsvollen Arbeit. Ja, die Tätigkeit in der Klinik, oft auch an Sonn- und Feiertagen, beim Nachtdienst ausgeübt, hielt mich aufrecht. Gerade in dieser Zeit des körperlichen Darbens entstand in mir die Idee zur Habilitation.

Mit Eifer stürzte ich mich in die poliklinische Arbeit. Als Oberarzt fielen mir die damals so zahlreichen Gutachterfälle zu. Es mußte entschieden werden, inwieweit Sehvermögen nach diversen Verletzungen und Erkrankungen noch erhalten war, um Erwerbsminderungen zu bestimmen und die entsprechenden Renten festzulegen. Diese Untersuchungen waren zeitraubend und nicht immer einfach, denn häufig sträubten sich die Patienten, richtige Aussagen in Verfolgung eines verständlichen Rentenbegehrens zu machen. Sie übertrieben vorhandene Krankheitserscheinungen oder simulierten gar einen nicht vorhandenen Sehverlust.

An einen Fall kann ich mich noch genau erinnern. Ich kam nicht zurecht. Die angegebene schlechte Sehschärfe entsprach nicht dem objektiven, von mir erhobenen Befund. Ich versuchte es immer von neuem, wandte auch recht knifflige Methoden an, nahm sogar die sogenannte Barany-Trommel zur Hilfe. Das ist eine Trommel mit schwarzweißen senkrechten Streifen, die man vor dem Auge des Untersuchten rotieren läßt, um den Eisenbahnnystagmus – eine unwillkürliche Ruckbewegung der Augen wie beim Blicken auf einen vorbeifahrenden Zug – auszulösen. Mit der Trommel erhielt ich deutliches Augenrucken, auch noch in größerer Entfernung vom Untersuchten. Bei dieser Beschäftigung, der ich mich ganz hingegeben hatte, beobachtete mich schon längere Zeit Professor Löhlein, der gerade poliklinische Visite abhielt. Ich hatte ihn noch gar nicht bemerkt. «Nun, Herr Günther» – sprach er mich an –, «wäre das nicht ein Thema zur Habilitation?»

Ja, es wurde eins.

Ich begann, mich eingehend mit dem Problem des Eisenbahnnystagmus, dem optokinetischen Nystagmus, der die Grundlage meines Verfahrens werden sollte, zu beschäftigen. Leider fehlte uns damals durch die unseligen Kriegsereignisse die gesamte Literatur der letzten, fast zehn Jahre. Ich mußte Sonderdrucke aus aller Welt einholen, danach ein Gerät entwerfen und konstruieren lassen. Die Erscheinung des Eisenbahnnystagmus – wir wollen bei diesem Terminus bleiben – läßt sich auf das Untersuchungsverfahren direkt übertragen. Bietet man nämlich bei der Sehschärfenprüfung einem Auge ein Raster, ein schwarzweißes Streifen- oder Schachbrettmuster bekannter Winkelgröße, an und setzt es in Bewegung, so wird eine Augenmitbewegung ausgelöst, sobald das Objekt wahrgenommen wird. Aus der Winkelgröße des Rasters läßt sich der Sehschärfenwert errechnen.

Mit dem von Herrn Teichert gebauten Gerät begann ich neben meiner vollen klinischen Tätigkeit, ohne Freistellung von der Arbeit, die Untersuchungen an Hunderten von Versuchspersonen und die Abfassung meiner Habilitationsschrift. Die Ergebnisse waren vielversprechend. Sie eröffneten ein neues, bisher wenig erforschtes Wissensgebiet. Bis zum Abschluß der Habilitation lag aber noch ein weiter Weg vor mir.

Im April 1947 hatte der nimmermüde Löhlein die erste wissenschaftliche Tagung als «Märkische Augenärztetagung» nach Berlin einberufen, die erste Veranstaltung dieser Art nach dem Krieg. Für alle jungen und strebsamen Kollegen der frühen Nachkriegszeit war das ein großes Ereignis. Fieberhaft arbeiteten wir an der Vorbereitung des kleinen Kongresses, der nur in der Klinik selbst abrollen sollte. Wir waren aufgeregt und in hoher Stimmung. Freudig begrüßten wir die vielen, noch unbekannten Kollegen aus den Universitäts-Augenkliniken Rostock, Greifswald, Leipzig, Halle und Jena, die wissensdurstig an die Klinik von Löhlein strömten, um Anregungen zu empfangen und Wissenswertes zu hören. Den größten Eindruck machte auf die jungen Assistenten das Voroperieren von Löhlein im renovierten Operationssaal. Ich selbst sollte im alten Operationszimmer im Keller Dacryostomien (Behandlung von Tränensackeiterungen) demonstrieren.

Der kleine Operationsraum war so voller Kollegen, daß ich mich kaum am Tisch bewegen konnte. Die Eingriffe, es waren mehrere hintereinander, konnten aber alle genau eingesehen werden. Die neugierigen Zuschauer kamen auf ihre Rechnung. Besonders in Erinnerung ist mir eine sympathische Assistentengruppe aus Leipzig unter Führung von Dr. Thilo Weber mit den Damen Elisabeth Schmöger und Annemarie Schliack geblieben. Diese zeigten auch das größte Interesse an der Totischen Operation. Frau Schmöger wurde später Direktorin der Erfurter Augenklinik, Annemarie Schliack ist Augenärztin in Cottbus und Weber Augenarzt in Berlin, Friedrichstraße 125.

Mit der Habilitation hatte ich großes Glück, denn ich konnte sie noch vor dem Abgang meines Chefs aus der Klinik abschließen. Den Vortrag vor der Fakultät hielt ich im Dezember 1948. Daran knüpft sich eine lustige Anekdote.

Professor Sauerbruch – damals noch Mitglied der Fakultät – hatte schon gelegentlich unsere Klinik besucht und war nun auch bei meinem Vortrag anwesend. Er verwechselte mich danach aber mit unserem Assistenten Dr. Kumm, dem er freundlich auf die Schulter klopfte und dabei in wohlwollendem Ton sagte:

«Na, Sie haben es gut gemacht, ein schöner Vortrag!»

Die Habilitation brachte mich einen großen Schritt voran. Bald darauf vereinte die Weihnachtsfeier Assistenten und Chef in froher Runde. Es war ein besonders schönes und lustiges Fest, das in der Herausgabe des «Augenspiegels», einer von Kumm und Sieland humorvoll verfaßten Schrift, ihren Höhepunkt fand.

Ein neues Jahr – 1949 – begann, und damit stand auch meine Probevorlesung vor Studenten auf dem Programm.

Hier folgen Tagebucheintragungen aus dieser Zeit.

10. 1. 49: am 11. soll ich meine Probevorlesung vor Studenten über sympathische Ophthalmie halten. Der Chef will einleitende Worte sprechen. Da er etwas heiser ist, freut er sich, daß ich die Vorlesung halten werde. Wir arbeiten fieberhaft.

11. 1. 49: der große Tag. Probevorlesung mit Erfolg abgehalten; bei Anwesenheit unserer beiden Professoren und einigen Kollegen. Anschließend auf Professor Napps Trauerfeier.

15. 1. 49: nach Verhandlungen mit dem Amtsarzt von Charlottenburg besteht Aussicht, daß mir die Praxis Napp zugesprochen wird.

22. 1. 49 besuchte ich das Johannesstift. Der Chefarzt möchte mich gern als beratenden Ophthalmologen haben, soll dort eine kleine Augenstation aufbauen. Das Johannesstift ist im wahrsten Sinne eine Institution, die gegen menschliches Leid ankämpft.

Aber leisten wir nicht schon heute als Ärzte nur charitative Arbeit? – Ich werde es nicht machen können.

Der Rahmen selbst, in dem ich arbeiten soll, ist mir zu klein, muß in einem größeren Strome stehen, ich fühle mich wohl in tiefen und reißenden Gewässern. Ähnlich ging es mir früher beim Schwimmen. Seichte und sichere Stellen habe ich stets gemieden.

27.1.49: habe bei Frau P. – Stenosenverengung der unteren Tränenröhrchen – durch Fensterung der oberen, unmittelbar über der Karunkel, die Funktion wiederhergestellt.

Frau P. ist zufrieden. Auch Frau M. mit doppelseitigem, gut funktionierendem Toti, war heute da und hat sich bedankt.

2.2.49: Mariä Lichtmeß, bei uns in Polen ein Feiertag. Für mich im gewissen Sinne auch ein Feiertag, denn am Nachmittag keine Sprechstunde. Fand in der S-Bahn in der Zeitung ein wunderschönes Gedicht:

Müde Pferde (von Rudolf Förster)
Sahst du schon einmal,
wenn müde Pferde
geschlagen werden vorm Wagen,
wie dann
traurig, tröstlich
sie ihre Häupter
still aneinanderlehnen
und ziehn,
rascher ziehn das Gefährt nun –
wohl zitternd
schon in den Knien,
aber Wange an Wange
streifend,
da ihre Köpfe sich senken
unter dem gleichen Kummer –
so ist jeder Kreatur
und auch uns wohl
Hilfe in der Bedrängnis

das kleinste
sinnbildgewordene Zeichen
des großen
unvergeßlichen.
Brudertums!

Eigenartig, daß ich gerade dieses Gedicht in mein Tagebuch aufgenommen habe. Schon seit frühester Kinderzeit haben mich diese Tiere immer tief gerührt. Gern war ich bei der Pferdetränke zugegen. Wenn die Pferde dann ihre Köpfe zum Wassertrog senkten, berührte ich mit den Lippen ihre Ohrenspitzen, befeuchtete sie, daß sie wie Pinsel hochstanden. Ich bewunderte die Pferde beim Ziehen schwerer Lasten und ritt gern auf ihrem Rücken ohne Sattel. Das im Gedicht vermittelte Bild paßt irgendwie in jene Zeit, da wir gemeinsam, «Wange an Wange», vorwärtszogen …

9. 2. 49: das Bedürfnis nach geistigem Austoben ist neuerdings stark in mir. Meine Arbeit befriedigt nur einen Bruchteil dieses Bedürfnisses. Es ist ein Tropfen für einen durstenden Wüstenwanderer. Auch handwerkliche Sachen, wie größere Operationen, sind noch nicht das, was mich voll ausfüllt.

Es müßten Eingriffe sein, bei denen es um Leben und Tod geht. Eingriffe, bei denen der kleinste Mißgriff, das kleinste Versehen zur Katastrophe würde.

Es müßte was Erschütterndes sein, etwas Gewaltiges. Man müßte das pulsierende Leben in der Hand fühlen, man müßte gleichsam Gewalt über Tod haben und Leben schenken können.

Die augenärztlichen Eingriffe befreien mich nicht, wenngleich man die Sehkraft oder das Augenlicht wiederherstellt, sie erschüttern zuwenig.

Auch wissenschaftliche Arbeiten für Jahre geplant, Lebensarbeiten, vorsorglich vorbereitet, Steinchen zu Steinchen und wieder ein neues dazu, sind nicht das Richtige. Es müßte etwas Improvisiertes, eine plötzliche Explosion sein.

Jeglicher Kleinkram ist mir ein Greuel. Vielleicht kommt noch die Zeit zu Größerem. Die bisherigen Leistungen sind Silvesterknaller – aber kein Vesuv.

23. 3. 49: in der Zwischenzeit hat sich Noteboom (Optiker bei Zeiss) gemeldet. Er hat einen Plan zur Herstellung des OSB-Gerätes fertig. Meine Bedenken zur Konstruktion habe ich N. mitgeteilt ...

Die Besprechungen bei Stender (Neurochirurg) sind sehr anregend. Mich beschäftigt das Problem, den optokinetischen Nystagmus zur Lokalisation von Hirntumoren heranzuziehen ...

Die Währungsumstellung hat wieder viel Staub aufgewirbelt. Wir müssen anscheinend wieder von vorne anfangen, tropfenweise Westmark zusammenzusparen. Die Stimmung ist im allgemeinen angesichts der Westmarkknappheit schlecht. Ich bin aber optimistischer und sage einen stabileren Kurs der Ostmark voraus.

Die im Sommer 1948 durch die westlichen Stadtkommandanten in ihren Sektoren angeordnete Übernahme der westdeutschen Separatwährung führte in meinem bisherigen Leben zu einer empfindlichen Zäsur, war ich doch Assistent der Humboldt-Universität im damaligen demokratischen Sektor Berlins und hatte dort meine Praxis, von der wir lebten. Ich stand vor einer wichtigen Entscheidung, nämlich im Westen der Stadt, wo ich ja wohnte, mir eine neue Existenz aufzubauen oder der Ziegelstraße die Treue zu halten.

Die Stadt war faktisch gespalten. Trübe Geschäftemacher trieben den Wechselkurs in schwindelnde Höhe. Bald hatten wir keine Mittel mehr, uns durchzuschlagen, denn für Miete und Einkauf wurden Westmark verlangt, wir hatten sie aber nicht.

Sollte ich meine Assistentenstelle in der Augenklinik aufgeben und mich in eine Augenpraxis im Westteil der Stadt zurückziehen? Es überwog das Interesse an der Wissenschaft, ich entschied mich für die Augenklinik Ziegelstraße. Hier hatte ich doch schon erste erfolgreiche Schritte getan. Das konnte ich einfach nicht aufgeben. Mir lag damals nicht daran, auf der Rangliste der akademischen Laufbahn höherzuklettern – es bestanden dafür auch gar keine Aussichten.

In der Folgezeit vertieften sich die Spannungen zwischen West und Ost, wozu nicht zuletzt auch die Währungsreform beigetragen hatte.

Die damalige politische Lage hat meine Entscheidung aber letztlich nicht beeinflußt. Auch vermochte ich die zukünftige Entwicklung noch nicht vorauszusehen. Entscheidend war das große Feuer, das in mir loderte. Zu einer «Sparflamme» wollte ich nicht zurück.

Fast alle meiner damaligen Kollegen sind im Westen geblieben oder dorthin gezogen.

28.3.49 ... Am Ende der Woche ergreift die Müdigkeit anscheinend auch das Gehirn. Es macht sich eine eigenartige Kopfmüdigkeit bemerkbar. Arbeitsschluß am Sonnabend und nach Hause zur völligen Entspannung.

Von Wehle «Kunst der Improvisation» erworben. Ein ausgezeichnetes Werk, um die Theorie des Klaviersatzes zu studieren. Für mich eine freudige Überraschung, denn endlich finde ich auf viele meiner Fragen eine Antwort und in diesem Werk auch eine Anleitung zum Improvisieren am Flügel.

Es ist doch eigenartig, daß man auf viele Dinge so spät stößt ...

7.4.49: heute als Sachverständiger beim Gericht in einer Strafsache wegen Körperverletzung, war mit großem Interesse dabei. Man bekommt Einblick in die Abgründe der menschlichen Seele, der Verworfenheit und Roheit ... Eigentlich habe ich einen sehr guten Eindruck von der Justitia mitbekommen und glaube doch, daß überwiegend der Wahrhaftigkeit gedient wird ... finde den Beruf eines Richters als einen menschlich wertvollen und beglückenden.

19.4.49: Ostern vorbei. Vier Tage Erholung zu Hause. Bei wundervollem Wetter brachen die Knospen unserer Bäume im Garten auf. Das Gelände erscheint weiter durch die grünenden Zweige, die die Nachbarhäuser und Ruinen verdecken ...

Das Nichtstun macht träge, es tötet die Lust zur Arbeit. Vielleicht muß das so sein, eine Pause vor dem Heranreifen neuer Gedanken und neuer Arbeitswege.

In mir ist im Augenblick jeglicher Arbeitsschwung erlahmt ...

20.4.49: bei der heutigen Besprechung riß die Art des Chefs wieder mit, der vier Tage lang nicht müßig gewesen, sondern an einem Keratoplastikmaterial geschuftet hat. Voller Schwung berichtet er darüber. Es ist wie ein warmer Frühlingsregen, der wieder in mir erste Arbeitsknospen weckt; ja, wahrhaftig, der Mensch muß unter Menschen stehen. In der Einsamkeit und Abgeschlossenheit erlahmt die Aktivität.

28.4.49: in der Blindenanstalt zur Durchuntersuchung der Schulkinder auf Veranlassung eines amerikanischen Obersten. Interessant das Krankengut. Wir versuchten die Kinder herauszufinden, bei denen Aussicht auf Besserung durch operatives Verfahren möglich wäre ... Die Erblindung der Insassen war vorwiegend durch angeborene Anomalien und perforierende Verletzungen bedingt. Viel helfen wird man leider nicht mehr können ... Zum Bezirksamt wegen eines Interzonenpasses. Es ging glatt. Dann noch Formalitäten zur Erlangung der Flugkarte. Wir fliegen nach Düsseldorf zur Tagung ...

5.10.49: heute ist der Chef zurück, plant große Unterhaltung mit mir, diese wird aber sehr kümmerlich.

Ich kann mich nicht mehr erinnern, ob Professor Löhlein von einer Tagung oder einer Reise zurückgekommen war. Wir erwarteten ihn, das ist sicher. Daher auch die Tagebucheintragung «heute ist der Chef zurück».

An den folgenden Tagen ereignete sich nichts Besonderes im Kliniksbetrieb, es waren die üblichen Arbeitstage unter Anleitung des Chefs. Auch Freitag, der 7. Oktober 1949, ging in der aufreibenden Routinearbeit unter. Wir waren so angespannt, daß die Vorgänge um uns nicht interessieren konnten, es war unser Operationstag, und wir hatten bis spät zu tun. An solchen Tagen kam ich erst um elf Uhr abends nach Hause.

8. 10. 49: Besuch beim Chef. Wie aus heiterem Himmel ein Blitz niederfährt, so trifft mich unvorbereitet die Nachricht: Der Chef dankt ab! Ich soll die Klinik als interimistischer Leiter führen ... Was soll jetzt werden? Kann ich noch hier bleiben? Oder wie die anderen gehen?

Walther Löhlein hatte mich gebeten, ihn in seiner Westberliner Wohnung aufzusuchen. Hier empfing ich völlig überraschend diese Mitteilung, ohne die eigentlichen Gründe klar zu erfahren. Der Professor stand im achtundsechzigsten Lebensjahr und mußte daher bald mit seiner Emeritierung rechnen. Vielleicht hatte er sein Vorhaben mit dem damaligen Dekan der Medizinischen Fakultät, Professor Brugsch, besprochen, denn kurz darauf erhielt ich von diesem die Ernennung zum kommissarischen Direktor. Ob der historische Tag, der Gründungstag der Deutschen Demokratischen Republik, die Entscheidung Professor Löhleins beeinflußt haben mag, war nicht zu erkennen.

10. 10. 49 – ein Montag – ein ganz anderer als sonst. Ich bin Vermittler einer unglücklichen Botschaft ... die Assistenten sind sprachlos. Im Zimmer des Chefs fand ich auf einem Zeitungsblatt dieses Gedicht, ein persischer Vierzeiler:

«Sieh, was Dir heute nicht gelingt, kann morgen schon gelungen sein, ein jeglich Ding ist wandelbar und wandelbar ist Dein Gemüt, was heute noch wie Seufzer klingt, kann morgen schon gesungen sein.»

War das nicht eine stumme Aufforderung zu bleiben? ...

20. 10. 49: Vorbereitungen zur Tagung, ohne Chef, komme Reichling und Vogelsang näher. Auf der Tagung werde ich zum 2. Vorsitzenden der Gesellschaft gewählt. Meine Demonstration der Endoskopie findet viel Anklang.

Die Ophthalmologen-Tagung im Hause der Deutschen Wirtschaftskommission Berlin W 8, Leipziger Straße 5–7, fand vom 20. bis 22. Oktober 1949 schon in der neugegründeten DDR statt. Das Programm selbst wurde noch von der Hauptverwaltung Gesundheitswesen in der sowjetischen Besatzungszone genehmigt und in dieser Zeit gedruckt.

Diese Ophthalmologen-Tagung war die erste größere offizielle, von den damaligen Behörden genehmigte und geleitete wissenschaftliche Veranstaltung. Sie wurde durch den Präsidenten der deutschen Zentralverwaltung für das Gesundheitswesen, Professor Karl Linser, eröffnet. Es beteiligten sich daran Vertreter aller Augenkliniken und Augenabteilungen der DDR und Augenärzte aus Westberlin, wie Professor Hoffmann, Professor Vogelsang, Dr. Giggelberger und andere, außer Professor Löhlein. Diese Tagung hatte bereits ein hohes wissenschaftliches Niveau. Neben Professor W. Reichling, dem Direktor der Augenklinik der Charité, und Professor Vogelsang, dem Chefarzt der Augenabteilung des Virchow-Krankenhauses, zeichnete ich mitverantwortlich für den Verlauf der Veranstaltung.

24. 10. 49: Die dritte Woche ohne Chef. Wir schlagen uns durch. Erstaunlich und sehr erfreulich, daß unsere Assistenten weiter mit Eifer bei der Stange bleiben und auch morgens bei der Besprechung vollzählig dabei sind.

16. 12. 49: Weihnachtsfeier mit Magnifizenz Professor W. Friedrich, der Verwaltungsleiterin Frau von Pritzbuer, den Professoren Bommer, Zetkin und anderen aus dem Lehrkörper der Medizinischen Fakultät Berlin. Weihnachtliches Programm. Die Ansprache von Magnifizenz, einfach und herzlich, die Unterhaltung sehr anregend. Magnifizenz wirkt noch jugendlich, ist elastisch und voller Pläne für die Zukunft, ein gutes Vorbild und ein Mensch, von dem positive Anregungen ausgehen.

18.12.49: Weihnachtsfeier mit der Assistentenschaft der Augenklinik Ziegelstraße. Eine gelungene Feier. Wir sind gleichgestellt und ungezwungen zusammen. Meine kurze Ansprache kam mir wirklich aus dem Herzen und traf auf offene Gemüter. Ich merkte die Gefühlsbewegung unserer Assistenten. Prompt darauf kam aus dem Stegreif die Rede von Kumm und in den späteren Stunden auch noch die von van Beuningen. Meine Person rückte in den Mittelpunkt.

28.1.50: Das Leben läuft weiter. Wir müssen uns beeilen, um die Ereignisse festzuhalten. Wahrhaftig, die beschauliche Ruhe der Menschen vergangener Zeiten ist uns nicht vergönnt …
Wieder beginnen die Geldsorgen, Kampf um Existenz, da die Verwaltung wieder Zahlungen reduziert hat und die versprochene Prämie nicht eingetroffen ist. Deswegen alle Hebel in Bewegung, zu Frau von Pritzbuer. Leider nichts erreicht.

12.2.50: Beim Sonntagsfrühstück kommt der bereits vor einer Woche angekündigte Neufundländer, Brix von Burgund, ein fünf Monate alter stattlicher Rüde. Ich glaube, daß Brix auch ablehnende Herzen erobern kann.

15.2.50: Bei Frau Voike die erste Keratoplastik. Als operativer Eingriff sehr gut gelungen. Erstaunlich, wie glatt es ging. Hoffentlich heilt es auch gut. Anschließend Spiegelkurs und Untersuchungsmethoden. War alles schön, und ich flüsterte Gisela zu: «Jetzt machen wir Schluß und gehen nach Hause …»

22.2.50: Heute großer Tag für unseren Tierpfleger Mielke, fünfundsiebzigster Geburtstag, sechsunddreißig Jahre in der Klinik. Wir ehren ihn mit einer kleinen Feier im Hörsaal. Ich halte die Festrede, die in offene Herzen geht … es war für ihn ein Freudentag.

27. 2. 50: Aufregung, Unruhe, Familienkrach. Schlechtes Wetter, scheußliches Empfinden, mir hängt alles zum Halse heraus. Ich möchte endlich 24 Stunden schlafen, in einem Hotelzimmer, allein! …

Es war so schade, daß ich von meiner Frau in dieser Zeit der höchsten körperlichen und geistigen Anstrengungen keine Unterstützung fand. Mich belasteten ihre dauernden Auseinandersetzungen mit meiner Mutter, die damals Zuflucht in unserem Haus gefunden hatte.

16. 3. 50: Ist die rasende Zeit die vierte Dimension? … Es ist gut möglich. Bei jedem Augenschlag verändert sich das Weltall. Wohl auch wir, nur wir werden zu oft rückfällig, oder wir wiederholen uns. Warum kann man nichts festhalten? Ich habe immer das Gefühl «Du verlierst etwas». Ist es die Vielzahl der verschiedenen Anregungen, die das menschliche Aufnahme- und Speicherungsvermögen des Gehirns nicht fassen kann? Mal ist es ein Gedanke zur Durchführung einer neuen Arbeit, ein anderes Mal zur Verbesserung und Vertiefung des eigenen Lebens oder der Persönlichkeit. Alles ist zunächst da, dann verliert es sich und zerrinnt und ist nicht zu halten, und so wiederholt es sich in jeder Stunde, an jedem Tag.

Auch im Tagebuch werden letzten Endes bedeutungslose Geschehnisse chronologisch aneinandergereiht. Vieles, was sich innerhalb dieses Gerüstes abspielt, geht verloren, wenn es nicht festgehalten wird. Die feinsten Gedanken und Vorstellungen von geahnten oder gewünschten Dingen ziehen wie flüchtiger oder vergänglicher Blütenduft dahin …

Einige Seiten Humor

Ach, daß der Mensch so häufig irrt
und nie recht weiß, was kommen wird!
Wilhelm Busch

1948 verlief unser Leben in harmonischer klinischer Gemeinschaft, trotz großer Entbehrungen und persönlicher Nöte, immer im Kampf mit Hunger, aber erfüllt von Hoffnung und Erwartung auf das Kommende. In dieser Atmosphäre entwickelte sich unser Streben, ungestört durch Ablenkung, getragen von wissenschaftlicher Inspiration und schöpferischen Einfällen, zu neuen Zielen. Dabei erwachte eine besondere Art von Humor, der beflügelte, das Richtige zu sagen und das Unrichtige dem Lachen preiszugeben. Unter diesen Aspekten ist auch die erwähnte lustige Weihnachtszeitung, der «Augenspiegel», entstanden, aus der kleine Auszüge zitiert werden.

Klinikum-Radio (Eine Reportage)
Hier ist Klinikum Berlin. Es ist vierzehn Uhr. Für die Hörer, die eben Strom geschaltet bekommen haben, geben wir das Programm für die nächsten zwei Stunden bekannt: Sie hören von vierzehn bis fünfzehn Uhr die Schielsprechstunde, von fünfzehn Uhr dreißig …

Hallo, hallo, hier Klinikum Berlin. Wir befinden uns mit unserem Mikrophon in der Universitäts-Augenklinik. Draußen, im Warteraum, sehen wir soeben das lustige Treiben spielender Kinder, während die Muttis auf den Bänken sitzen und Strümpfe stopfen. Hier drinnen nun, … wir wollen uns mal an die Dame gleich rechts am Tisch wenden:

Reporter: Sagen Sie, Schwester, sind das hier die Behandlungsräume?
Assistentin: Ich bin Ärztin, mein Herr, und kein Auskunftsbüro!
Reporter: Ach so, entschuldigen Sie bitte. Sagen Sie,

	Schwester, sind das hier die Behandlungsräume?
Schwester:	Bitte, warten Sie draußen, bis Sie aufgerufen werden!
Reporter:	Ja, aber ich will …
Schwester:	Ich habe Ihnen schon einmal gesagt, bitte warten Sie draußen, bis …
Reporter:	Liebe Schwester, ich komme nur vom Radio und möchte eine Reportage machen.
Schwester:	Ach so, warum haben Sie das nicht gleich gesagt? Natürlich, bitte sehr. Ja, das hier sind unsere Behandlungsräume.
Reporter:	Danke schön, Schwester. – Liebe Hörer, wir befinden uns also doch schon in den Behandlungsräumen der Klinik. Wir sehen Kinder mit ihren Müttern herumsitzen. Wirklich nett, die Kleinen. Sie haben meist eine Brille auf. Die Schwestern sind damit beschäftigt, die Kinder lesen zu lassen. Die Antworten der Kleinen richten sich meist nach dem Gezeigten. Also «das ist ein Sternchen, ein Entchen» und so weiter. Wir wollen doch einmal eine Mutter fragen … Entschuldigen Sie, Frau …?
Eine Mutter:	Schulze ist mein Name.
Reporter:	Ja, Frau Schulze, sagen Sie, kommen Sie schon öfter hierher?
Eine Mutter:	Immer, wenn ich einen Termin bekomme.
Reporter:	???
Eine Mutter:	Ja, hier geht nur alles auf Termin. Den bekommt man von der Schwester.
Kind:	Mutti, ist das der Onkel Doktor?
Eine Mutter:	Nein, mein Kind, bisher ist erst ein Doktor da, das ist aber nicht unserer.
Reporter:	Ihr Kind trägt eine Brille. Sagen Sie, warum eigentlich?

Eine Mutter: Das weiß ich auch nicht. Die Kinder bekommen hier alle eine Brille.

Reporter: Wird denn das Schielen gar nicht operiert?

Eine Mutter: Sehen Sie, das frage ich mich auch! Die sehen bloß auf das Sehen und dabei sieht doch mein Kind mit Brille nicht besser als ohne, das heißt, es sieht sowieso gut. Aber viel fragen kann man hier nicht. Meine Tante, was die aus Fürstenwalde ist, die sagt ja auch, daß das komisch ist mit der Brille, sie kennt das ganz anders. Aber da kommen ja endlich ein paar Ärzte, wird ja auch Zeit, nicht?

Arzt: (geht raus und ruft draußen) Brigitte Schulze, Brigitte Schulze, (zu sich) meldet sich nicht.

Tagesfallpatient: (ihm wurde soeben ein Hornhautfremdkörper entfernt) Und dann noch eins, Herr Doktor, ich brauche wohl eine neue Brille.

Arzt: So was machen wir hier nicht, da müssen Sie zu einem Augenarzt in die Praxis gehen.

Patient: Zu welchem Augenarzt kann ich denn gehen?

Arzt: Gehen Sie doch zu Doktor Günther in die Friedrichstraße oder zu Herrn Doktor Sieland.

Reporter: Nun wollen wir mal weitergehen. Hier kommt nämlich noch ein Raum. Dahinten stehen viele Kinder vor einem Vorhang. So, geh mal ein bißchen zur Seite, mein Kind, damit wir mit unserem Apparat durchgehen können.

Kind: Onkel, was ist'n das for'n Apparat?

Reporter: So, jetzt sind wir an dem Vorhang. Hier ist doch etwa kein Kasperle-Theater? Was wird denn dahinter gemacht, Kinder?

Kinder: Hier wird gezaubert.

Arzt: Beeilen Sie sich bitte, Herr Kollege, ich möchte auch gleich rein. (Zu ein paar Kindern) Ihr paßt jetzt schön auf, sowie der Onkel Doktor da drinnen rauskommt, gehst du gleich rein, damit kein anderer Doktor mir zuvorkommt. Ich muß nämlich gleich darauf zum Onkel Professor.

Reporter: Entschuldigen Sie, Herr Doktor, was machen Sie eigentlich hinter dem Vorhang?

Arzt: Da wird skiaskopiert. (Zu sich selbst) Hoffentlich kommt der nicht auch noch zur Skiaskopie.

Reporter: Aha, davon habe ich schon gehört. Und warum stehen so viele Kinder vor dem Vorhang? Könnte man nicht noch einen zweiten Raum für diesen Zweck einrichten?

Arzt: Ja, sehen Sie, könnte, natürlich, das ist sicher gar nicht schwer. Aber Sie kennen wohl unsere Klinik nicht näher?

Reporter: Nein.

Arzt: Dann verstehen Sie das auch nicht. Man könnte nämlich bei uns so manches. Aber das wird in weiteren hundert Jahren auch noch so sein.

Sekretärin: Hier ist noch eine Skiaskopie, Herr Doktor.

Arzt: Das geht aber nicht, ich habe schon drei Skiaskopien, kommt gar nicht in Frage.

Sekretärin: Überall wird man nur angemeckert, jeder will keine Skiaskopie mehr machen. Dann muß die Patientin eben wieder gehen.

Arzt: Ich sehe aber nicht ein, daß ich alles machen soll. Außerdem muß ich jetzt zum Chef. Läßt sich denn gar nicht erreichen, daß die Arbeit mal richtig verteilt wird? Man könnte doch ...

Sekretärin: Man könnte vieles, Herr Doktor ... Sie müssen zum Chef, der andere kommt erst um drei Uhr und dann muß alles husch, husch gehen, manche Herren kommen überhaupt nicht, die sieht man nie, und der Rest mekkert nur.

Kind: Herr Doktor, der Raum ist jetzt leer.

Arzt: Dann aber schnell. (ab)

Reporter: Für unsere Hörer möchte ich erläutern, daß der Vorhang einen Raum abtrennt, in dem nicht, wie die kleine Maus sagte, gezaubert wird, sondern in dem mittels eines Spiegels die Stärke der Brille bestimmt wird, die das Kind verschrieben bekommt.
Wir gehen jetzt mit unserem Mikrophon wieder nach vorne in den ersten Raum. So. Hier sehen wir jetzt vor einer Wand ein Kind sitzen, das diese Wand anstarrt. Aha, da ist ja auf der Wand allerhand aufgemalt, sehr interessant. Es handelt sich um viele Zahlen, die teils mit grüner, teils mit schwarzer Farbe aufgezeichnet sind. Hier steht ein Doktor bei dem Kind.
Entschuldigen Sie, Herr Doktor, wird die Farbentüchtigkeit der Kinder geprüft?

Arzt: Nein, mein Herr. Das ist die Harms-Wand.

Reporter: ???

Arzt: Das ist eine Erfindung von Professor Harms, sie dient uns vor allem zur Messung des Schielwinkels. (Zum Kollegen gewandt) Ich glaube, ich fange jetzt auch schon an zu schielen. Also, nochmals! Hat das Kind nun eine anomale Beziehung oder nicht? Und dann schielt das Kind ausgerechnet zusätzlich auch noch nach oben! Professor Harms sollte uns doch endlich einmal diese ganze

	Prüferei vormachen. Hier ist ja kein Mensch, der genau Bescheid weiß. Diese verfluchte Schielsprechstunde!
Reporter:	Meine Hörerinnen und Hörer. Diese Schielsprechstunde scheint eine wirklich schöne Einrichtung zu sein. Ich habe den Eindruck gewonnen, daß die ärztliche Wissenschaft sich nach neuesten Kenntnissen vorbehaltlos in den Dienst der Kranken stellt. Die Aufgeschlossenheit der Ärzte für neue Behandlungsmethoden ist offensichtlich. Wir verlassen die Schielsprechstunde mit den besten Wünschen für alle Beteiligten. Auf Wiedersehen.
Viele Kinder:	Auf Wiedersehen, Onkel.
Eine Mutter:	Hoffentlich geht der olle Quasselkopp endlich!
Reporter:	Damit beenden wir unsere Sendung.

– – –

Kommentar zur Schielsprechstunde

Das Schielproblem, ein ophthalmologisch und sozialmedizinisch wichtiges Gebiet, ist wohl schon in Angriff genommen. Aber die Behandlung enthält keine wissenschaftlich exakten Untersuchungs- und Behandlungsmaßnahmen mit fachlich qualifizierten Kräften. Es fehlt die organisierte zielstrebige Disziplin des klinischen Ablaufs. Die Kinder, die sich hier lustig unterhalten, sind längst einer erfolgversprechenden Behandlung entwachsen, die heute bei Säuglingen beginnt. Die Mütter, aber auch die Ärzte zeigen wenig Interesse.

Der Verfasser des Sketsches deckt ironisch das Fehlerhafte der ärztlichen Bemühungen auf, weiß aber selbst auch nicht, «was kommen wird»!

Die «Schielsprechstunde» ist somit ein Zeitdokument.

Sprachprivatissimum: Aus einem Gonioskopiediktat

«Ein teils spitz-, teils stumpfschnabelförmiger, teils auch grabenförmiger, weiter bis enger monotoner Kammerwinkel. Von 6–6 Uhr Kammerwinkel verschlossen. Trabekel hellgrau-braun-grünlich-gelb. Das Trabekel ist mitteleng, etwas breit, nicht sehr tief mit langhingestreckten Schenkeln in Richtung des grellweiß aufleuchtenden und sehr deutlich ausgebildeten Sporns. In der hinteren Hälfte des Trabekels liegt der braun-gelb-rosa schimmernde, mit dunklem Ton erscheinende volle Kanal (Schlemm), auffallend weit vorne. Runde Kanalbreite ist etwa $^1/_{3,5}$ des Trabekels. Bei 6 Uhr rückt der Kanal etwas weiter weg vom Ring (Schwalbe) und erreicht soeben ganz knapp etwa kaum die Mitte des Trabekels. Feinkörnige ganz gräuliche, schwarze Pigmentlinie auf der hinteren Böschung des Schwalberinges. Ein dunkelgelblich-hellbräunlich-grauer, transparenter, bisweilen glänzender, z. T. weißfleckig belegter, z. T. wattierte bis restlos verfilzte Auflagerungen tragender, immerhin Ciliarkörper, der ein kaum durchsichtiges, etwas mattes Maschenwerk trägt, das zu einem Teil rot, zum anderen Teil dunkellila erscheinende schlingenartige, aber doch einwandfreie Blutgefäße führt. Nicht überall zu erreichen, bei 7 Uhr aber besonders gut zu sehen. Im Maschenwerk selbst homogener diffuser Farbstoff von deutlicher Körnchenstruktur. Pupillenweite: re. 1,2 mm, li. knapp 1,75 mm

Zusammenfassung: Mit und ohne Therapie keine wesentliche Änderung in der Weite bzw. Enge des Kammerwinkels. Plan: Iridektomie (nur durch mich persönlich).

Kommentar zum Gonioskopiediktat

Die Gonioskopie ist eine Untersuchungsmethode zur Betrachtung und Beurteilung des sogenannten Kammerwinkels des Auges (Raum zwischen Hinterfläche der Hornhaut und Vorderfläche der Iris), der eine wichtige Rolle bei der Regulierung des Augendruckes spielt. Durch anatomische Veränderungen, gonioskopisch erkennbar, kommt es zu

Drucksteigerungen im Auge, es entsteht das Glaukom oder der grüne Star.

Im vorliegenden Gonioskopiediktat wird der Kollege (Dr. van Beu), der sich um die Methode verdient gemacht und ein Gonioskop selbst entwickelt hat, parodiert. Aber gleichzeitig wird unfreiwillig die Vielseitigkeit und der Wert des Verfahrens hervorgehoben, das es erlaubt, so viele Einzelheiten zu erkennen.

Heute verlangt man von der Gonioskopie nur die sachliche Feststellung, ob der Kammerwinkel vorhanden, ob er eng, mittel oder weit offen ist.

Kommissarius der Augenklinik

Die unversehens erfolgte Übertragung der kommissarischen Leitung der Klinik traf mich wie ein Keulenschlag.

Solange man noch einen Chef hat, fühlt man sich gegen Unbilden der Zeit, bei fachlichen Schwierigkeiten, sogar bei eigenen Unzulänglichkeiten, gewappnet. Man steht gewissermaßen hinter einer Schutzmauer. Sobald man aber diese erklimmt, ist man dem Sturm ausgesetzt. Jetzt heißt es, unter Aufbietung aller Kraft sich zu behaupten. Wird mir der handgeschriebene Zettel vom Dekan, Professor Brugsch, diese Kraft eingeben?

«Ich ernenne Sie zum kommissarischen Leiter der Augenklinik in der Ziegelstraße – Brugsch.»

Damit begann am Montag, dem 10. Oktober 1949, ein neuer Abschnitt in meiner klinischen Laufbahn.

Die Tätigkeit des Kommissarius einer Klinik ist, was ich erst später erkannte, eine Danaidenarbeit. Er, der Kommissarius, mußte sie bewältigen, ohne jemals die ihm gebührende Anerkennung zu erhalten, denn keine Behörde gibt sich irgendwann die Mühe, in seine Sorgen einzugreifen. Das Interregnum findet ein natürliches Ende. Das auf Frist bemessene Amt löst sich in ein Nichts auf. Der Mann mit dem erloschenem Auftrag verschwindet sang- und klanglos.

Ob es überheblich ist, Lob und Dank zu erwarten? War es nicht Ehre genug, der Auserwählte zu sein?

Trotzdem erfüllt es mich noch heute mit Stolz, eine wichtige Aufgabe übernommen und gelöst zu haben, gerade in jener Zeit, beim Übergang von der sowjetischen Besatzungszone zur Gründung der Deutschen Demokratischen Republik. Zufällig und ungewollt ergab sich diese Bewährungsprobe. Ein Held wider Willen?

Damals, als mir der Dekan der Medizinischen Fakultät der Humboldt-Universität dieses wichtige Amt anvertraute, fehlten mir noch diese Reflexionen. Ich faßte seine Weisung als Befehl auf und stürzte mich in die Verantwortung. Mein Arbeitsplatz war jetzt das Chefzimmer, und meine Sekretärin war Gisela, die ich selbst besoldete. Ich hatte sie schon vor dem Kommissariat – es war damals möglich – zur Bewältigung der anwachsenden Arbeit in Klinik, Praxis sowie der wissenschaftlichen und publizistischen Tätigkeit engagiert. Eine noch junge, arbeitsfreudige Verlagssekretärin, die mir der Zufall zugeführt hatte. Mit ihrer Hilfe konnte ich diesen Berg von Arbeit abtragen.

Vom Dezember 1947 bis Ende 1952 war Gisela meine treueste Begleiterin bei der täglichen Arbeit in der Klinik Ziegelstraße, in den augenärztlichen Praxen Friedrichstraße 125, Bleibtreustraße, dann auch in der von mir 1950 ins Leben gerufenen Augenabteilung in Berlin-Buch. Es konnte nicht ausbleiben, daß wir uns näherten und zwischen uns ein freundschaftliches Verhältnis entstand, auf gegenseitigem Vertrauen und Zuneigung aufgebaut. 1953 bekam ich den Ruf nach Greifswald auf den Lehrstuhl der Augenheilkunde. Gisela blieb noch eine Weile in Berlin, um dann nach Tübingen in die dortige Augenklinik überzusiedeln. Sie wurde Orthoptistin.

Noch war es aber nicht soweit. Das Kommissariat der Augenklinik Ziegelstraße schlug mich in Bann. Das Jahr

1950 begann. Alle Assistenten waren mir treu geblieben, sie respektierten mich als älteren Kollegen; es gab keinerlei Mißstimmungen. Wir konnten deshalb trotz der veränderten Lage unsere Klinikarbeit gut bewältigen. Jeder erfüllte seine ihm zugewiesene Aufgabe. Von den vierundzwanzig Assistenten – vierzehn weibliche und zehn männliche – wohnten bis auf Dr. Sieland alle in den Westsektoren der Stadt. Das Ziel, dem sie entgegenstrebten, war der Abschluß ihrer Facharztausbildung, um sich bald in einer Praxis niederzulassen. Die meisten standen kurz davor.

Mich interessierte besonders das Schicksal Dr. Sielands, den ich sehr ins Herz geschlossen hatte. Im Juli 1946 stieß er zu uns: schmal, blaß, von kleinem, schmächtigem Wuchs, leise, ja sanft seine Sprechweise, die Worte entschlüpften kaum seinen Lippen.

Wir hatten also einen neuen Assistenten, und Sieland kam unter meine Obhut. Er wollte durchaus Augenarzt werden. Anfangs verrichtete er sehr zaghaft, fast lautlos seine Arbeit. Die allzugroße Bescheidenheit ließ ihn seine Tätigkeiten nur unentschlossen ausführen, so daß ich ihm oft Mut zusprechen mußte. Mein geflügeltes Wort war damals: «Sieland, Sieland, bessre dich!»

Er verstand, was ich damit meinte, und quittierte es mit einem freundlichen Lächeln. Heute noch bin ich gerührt, wenn ich mich an sein lächelndes Gesicht erinnere. Das zurückgezogene Verhalten erlaubte ihm, seine Kollegen bei der Arbeit genau zu beobachten. Er fing an, ohne daß man es merkte, Skizzen von ihnen zu machen. Als ich es einmal sah, erzählte er auch von Zeichnungen, die er für die Anatomie-Atlanten von Waldeyer und Bartmann anfertigte. Die Konterfeis verrieten Talent, erfreuten die Assistenten und festigten sein Ansehen, denn bisher wurde Sieland in seinem Bemühen, Augenarzt zu werden, belacht. Ich aber hatte gleich erkannt, daß in den Tiefen seines Wesens Ideen und poetischer Reichtum schlummerten. Dieser blitzte dann im «Augenspiegel» auf, zum Weihnachtsfest

1948. Merkwürdigerweise gab diese humorvolle Schrift später, 1955, der Zeitschrift des Augenärztlichen Berufsverbandes in der Bundesrepublik den Titel.

Ende März 1950, noch während meines Kommissariats, verließ uns Sieland und zog sich als Augenarzt in seine Praxis Schadowstraße zurück. Hier arbeitete er selbständig zwölf Jahre lang, mußte aber seine Praxisräume wegen Abbruch des Hauses 1962 zum Schiffbauerdamm 6/7 verlegen.

Ich habe Sieland als kleinen Heiligen in Erinnerung, der nur seinen Kranken und seiner Familie lebte. Ein ganz bescheidener «Kleiner», aber kein kleiner Augenarzt. Als Hobby sammelte er unzählige Fotos vom alten Berlin, die die Wände seines Warteraums schmückten. Aus dem Fenster seiner Wohnung konnte er im Laufe der Jahre das langsame Wachsen und Werden des neuen Berlins, das seine endgültige Heimat wurde, beobachten. Seine Blicke schweiften zum Bahnhof Friedrichstraße, über die langsam dahinfließende Spree, zur Weidendammerbrücke, aufs Spiel der kreischenden Möwen und schließlich zu den Umrissen der Augenklinik in der Ziegelstraße, wo er sein Handwerk erlernt hatte und seitdem durch fünfunddreißig Jahre treu ausübte.

Während der beginnenden Arbeit an diesem Buch durchblätterte ich einmal den «Augenspiegel», der noch immer in meinem Besitz ist. Mich überfiel plötzlich heiße Sehnsucht, Sieland wiederzusehen oder wenigstens telefonisch zu sprechen. Am Apparat war aber nur seine Frau Irmgard. Sieland war bereits vor mehr als einem Jahr gestorben. Von Frau Irmgard, die ich auch kenne und schätze, erhielt ich die Daten für diesen kurzen Bericht. Schlicht und ergreifend war Sielands Leben und Wirken!

Außer Sieland beendeten nach und nach weitere Assistenten ihre Fachausbildung und verließen unsere Klinik. Jetzt mußte ich mich auch mit Kaderfragen befassen. Eines Tages, Anfang Mai, meldete sich ein neuer Bewerber. Der Mann stellte sich bescheiden vor: Dr. Pietruschka, er möchte Ophthalmologe werden – weiter nichts. Ich schätzte ihn auf Ende Dreißig und machte wohl auch eine Bemerkung, daß er für die Ophthalmologie schon etwas zu alt wäre. Der Kollege hatte aber den festen Entschluß, es doch zu versuchen. Dr. Pietruschka war mir nicht unsympathisch. Was mir besonders auffiel, war die charakteristische Melodie seiner Sprache, die mir sehr vertraut klang. Ja, wo hatte ich die gehört? In meiner alten Heimat, von Studenten, die aus Oberschlesien kamen. Ich erfuhr, daß Professor Reichling, bei dem er sich zuerst bewarb, ihn zu mir geschickt hatte, angeblich wegen Stellenmangels in seiner Klinik. Nachdem Pietruschka mir versprach, sich in unser Kollektiv gut einzuordnen, sagte ich ohne weiteres zu.

Am nächsten Tag schrillte das Telefon. Professor Reichling verlangte mich, erkundigte sich nach dem Bewerber und, ohne meine Antwort abzuwarten: «Ich warne Sie, stellen Sie Pietruschka ja nicht ein, er ist ein ganz Roter!» Das ist gar nicht unsympathisch, dachte ich, ohne es Reichling zu verraten. Jetzt haben wir endlich einen in unserem Kollektiv, der uns etwas über den Kommunismus erzählen wird, denn bisher hatten wir wenig darüber gehört.

Ich wußte damals nicht, daß Dr. Pietruschka sich bereits im Gesundheitswesen der Landesregierung Mecklenburg große Verdienste erworben hatte und schon während des Krieges in sowjetischer Gefangenschaft in der Bewegung des Nationalkomitees «Freies Deutschland» mitgearbeitet hatte.

Dr. Pietruschka wurde Oberarzt, erst bei Gasteiger, dann bei Velhagen. Später erhielt er einen Ruf auf den Ophthalmologischen Lehrstuhl nach Rostock. Heute reichen wir uns beide als betagte Emeriti die Freundschaftshand.

Es kündigten sich bald neue Aufgaben für mich an. In Berlin-Buch, im Hufelandkrankenhaus, war eine Augenabteilung geplant, die ich übernehmen sollte. Verhandlungen mit dem Magistrat von Groß-Berlin standen unmittelbar bevor. Jetzt wurde ich vor die Wahl gestellt, die Westberliner

Praxis oder die in der Friedrichstraße aufzugeben. Kurz entschlossen gab ich die Westberliner an unseren früheren Assistenten Dr. N. ab und behielt weiterhin die in der Friedrichstraße 125. Meine Hauptarbeit war und blieb das Kommissariat der Klinik in der Ziegelstraße.

In diesen, fast nicht zu übersehenden Wirrwarr von Arbeit und Gedanken platzte plötzlich eine Nachricht, deren Sinn ich weder damals noch heute verstehen konnte. Im Frühjahr 1950, ich hatte mich kaum im neuen Amt zurechtgefunden, rief mich aus der Charité, woher alle dienstlichen Anordnungen kamen, ein Dr. H. an, ich möchte mich umgehend nach Halle in die dortige Augenklinik begeben, um den Lehrstuhl für Ophthalmologie zu übernehmen. Wer war Dr. H.? Ich wußte es damals nicht und weiß es auch heute noch nicht genau. Die Stimme klang zumindest ermutigend, und das Gesagte weckte keinerlei Mißtrauen. Im Gegenteil, ich faßte den Anruf als eine gütige Nachricht eines wohlwollenden Dschinn auf.

Mit dem Berufungsverfahren nicht vertraut, machte ich mich im guten Glauben auf den Weg. In der schönen Hallenser Klinik traf ich mit dem Direktor, Professor Clausen, zusammen, der zu Recht aus allen Wolken fiel. Er erklärte mir, daß er noch keineswegs die Absicht habe, sein Amt niederzulegen. Und, was mich betraf, so könnte ich höchstens sein Oberarzt werden. Das war schon eine peinliche Situation. Deshalb begab ich mich gleich nach Clausens Vorschlag zum Dekan, Professor Kraatz, der mir noch aus Berlin bekannt war, um die Sache zu klären.

Kraatz empfing mich, wie es seine Art war, recht freundlich und meinte, es müßte ein Mißverständnis vorliegen, denn auch ihm wäre von einer Neubesetzung des Lehrstuhls nichts bekannt. Also hatte mich doch ein böser Dschinn nach Halle gelockt. Leicht verstimmt kehrte ich nach Berlin zurück.

Das Leben eines jungen Augenarztes, noch dazu auf dem Posten eines Kommissarius, bietet täglich neue Abwechslungen. Eines Tages erschien in meiner Praxis nach vorheriger Anmeldung ein fünfundsechzigjähriger Patient, A.W., wegen eines chronischen Augenleidens, das ihn seit Jahren quälte. A.W. war erst vor kurzem aus der Emigration (Frankreich) in seine Heimat Berlin zurückgekehrt und hatte einen wichtigen Regierungsposten im damaligen Interzonenhandel übernommen. A.W. blieb mein Patient bis zu meiner Berufung nach Greifswald. Er war es auch, der mir zur Schweizer Reise zuredete und sie mir aus eigenem Antrieb finanzieren half. Ihm habe ich viel zu danken. Das hartnäckige Augenleiden besserte sich nach mühevoller Behandlung. Eine völlige Heilung hätten wir nur durch eine Operation erreicht. Diese war aber dem durch langjährige Entbehrungen geschwächten Patienten nicht zuzumuten. Einige Jahre nach unserer Trennung starb der Patient an den Folgen eines Herzleidens.

Das Projekt Berlin-Buch war inzwischen zum Abschluß gediehen. Es dauerte nicht lange, und die neue Augenabteilung stand mit Bettenstation, einem Operationstrakt und poliklinischer Einrichtung zur Aufnahme von Patienten bereit. Sie erwarb sich, dank der schönen Lage des Gebäudekomplexes, aber natürlich auch dank der ärztlichen gewissenhaften Betreuung und der liebevollen Pflege durch unser Jugendkollektiv von Schwestern, einen guten Ruf. Bis zu meiner Übersiedlung nach Greifswald, im April 1953, leitete ich diese idyllisch gelegene Augenabteilung, wo wir viel und auch sehr erfolgreich operierten. Heute ist aus dieser Abteilung ein wissenschaftliches Institut für Ophthalmologie entstanden, dem ein qualifizierter Professor für Augenheilkunde voransteht und wo eifrig geforscht wird.

Während meines Kommissariats lastete die gesamte ophthalmo-chirurgische Versorgung des damaligen demokratischen Sektors, also unserer Hauptstadt Berlin, auf mir. Unabhängig davon besuchten mich aus alter Anhänglichkeit auch noch Patienten aus den westlichen Sektoren der Stadt.

Bevor wir den Operationssaal in der Ziegelstraße endgültig verlassen, will ich noch eine verwunderliche Begebenheit erzählen. Am 3. Dezember 1949, naßkalter Regenschnee, richtiges Matschwetter, war ich im Operationssaal schon gewaschen und zur Operation bereit, als auf dem Hof, unmittelbar unter dem Fenster des Operationsraumes, Getöse und laute Stimmen zu hören waren. Neugierig blickte ich durch das Fenster. Was sah ich da? Ein mit Kartoffeln und Kohlrüben vollbeladener Hänger war steckengeblieben und konnte trotz aller Mühe nicht flottgemacht werden. Da tauchte die riesige Gestalt eines Elefanten im engen Klinikhof auf. Man hatte ihn aus dem in unmittelbarer Nachbarschaft gelegenen Zirkus «Barley» geholt. Der Dickhäuter zupfte erst einige Porreebündel aus dem Winterbeet – in dieser Zeit der Not gab es an unmöglichen Stellen «Gemüseanlagen» – und schob sie in den Rachen. Danach erst machte er sich ans Werk. Graziös und nachlässig mit einem fast spielerischen Druck seines Schädels schob er den schweren Hänger aus der Patsche. Zur Belohnung holte er sich mit dem Rüssel eine Kohlrübe aus der Ladung.

Ich war so fasziniert von diesem Anblick, daß ich fast meinen Patienten auf dem Operationstisch vergaß. Nun mußte die Operation auch gelingen. Und sie gelang. Der Patient war der bekannte Filmregisseur einer vergangenen Zeit, E. Waschneck.

Tage-Traum-Buch

Vor mir liegen hundertdreiundachtzig einzelne vergilbte Blätter mit Notizen über Ereignisse, Erlebnisse und Gefühle in der Zeit zwischen dem 11. August 1951 und dem 18. April 1952, die rund zweihundertfünfzig Tage einschließen. Getipptes Tagesprogramm für die Wochentage, dazwischen und darunter persönliche Bemerkungen. Es besteht kein Zweifel an der Authentizität des Gewesenen. Und doch fließt alles ineinander, das Geschriebene mit dem nicht Vermerkten, zu einer traumhaften Erinnerung.

War es wirklich so?

Frühmorgens mit der S-Bahn zum Dienst und nachts wieder zurück. Fünf Operationstage in der Woche mit unterschiedlichem, meist großem Programm an drei Orten, in verschiedenen Räumen, mit wechselnden Assistenten und Operationsschwestern. Vom vielen Waschen wurden die Hände rauh und rot ...

Rennen über die Weidendammerbrücke zur Ziegelstraße, nachmittags zur S-Bahn nach Buch mit Gisela; sie hält Schritt und rennt auch, denn in der S-Bahn wird noch diktiert, und danach werden die Operationsberichte geschrieben.

Die Operationsschwester Ulla ist schon verhüllt, nur ihre erwartungsvollen Augen sind zu sehen. Operationsinstrumente blitzen mir entgegen. Die Assistenten stehen schweigsam bereit. Patienten werden herein- und hinausgefahren.

Endlich ein Ende. Waschfrauenhände und ein feuchtes Gesicht mit eingepreßten Rillen vom Mundtuch. Die Operationswäsche wird abgestreift. Mit Gisela dann nach Hause. Wir haben fast den gleichen Weg. Wie spät? Noch vor Mitternacht!

Meine Familie erlebe ich nur sonntags, kurz – an meinem Schlaftag ... Tag für Tag dasselbe und doch wieder anders ...

Meine beiden Praxisschwestern in der Friedrichstraße 125, Mara und Hilde, sind sehr tüchtig. Wenn ich um fünfzehn Uhr aus der Ziegelstraße komme, ist das Wartezimmer voll, aber die Vorbereitungen sind abgeschlossen. Frau Hähnel grüßt wie immer mit lächelnden, warmen braunen Augen. Sie ist unsere Aufwartung und hat einen rotblonden Jungen, der schon zur Schule geht. Frau Hähnel kennt fast alle meine Patienten aus der Acker-, Linien- und

Auguststraße. Es sind meine anhänglichsten und treuesten Patienten. Sie sind mir lieber als die vom Ku-Damm.

Zur Brillenbestimmung werden mir oft Patienten aus der Augenklinik geschickt, auch zu Dr. Sieland in die Schadowstraße. Wir sind in der Nähe, und es ist so einfach, Patienten woandershin zu schicken. Manchmal taucht in der Praxis eine schmachtende Demimonde mit kleinen Wünschen auf. Aber nur Ophthalmologisches gilt bei uns. Wenn mitten in der Arbeit (fünfzehn bis neunzehn Uhr) plötzlich laut Wasser in einen Blechtopf rauscht, weiß ich, ohne vom Patienten aufzublicken, die Arbeit ist heute zu Ende, Tee wird es geben. Ja, wir sitzen jetzt, Mara, Hildegard, Gisela an einem Blechtisch und schlürfen heißen Tee. Mein Blick geht in die Runde von einer zur anderen. Sie lächeln mir müde und etwas verloren zu. Ihre blassen Wangen zeigen noch Reste einer sich verflüchtenden Röte von der strapaziösen Hetze. Es ist ganz still, nur das zurückhaltende Schlucken des heißen Getränks ist zu hören. In diese Stille knallt plötzlich Frau Hähnels lautes «Auf Wiedersehen!» herein. Sie ist mit Aufräumen fertig und geht. Dann brechen die anderen auch auf.

Die Gedanken kehren immer häufiger zur Praxis in der Friedrichstraße 125 zurück. Je weiter sie von mir entfernt ist, um so rührseliger wird die Erinnerung.

Als ich nach Jahren zufällig in Berlin war und diese Straße voller Erinnerungen entlangschlenderte, verlockte es mich, die Praxis Dr. Webers, meines Nachfolgers, aufzusuchen. Ich fand alles beim alten. Blechhocker und Blechtische, wie damals, nur etwas fremder geworden.

Ach, Frau Hähnel! Sie hatte das echte Berlinerische an sich, dieses aus der Acker- und Linienstraße Unkomplizierte, aber Herzliche, Humorvolle. Immer wenn ich sie ansprach und in ihre braunen Augen blickte, hatte ich das Gefühl, dahinter lächelt ein Kobold, und ihre Lippen zuckten leicht, als ob sie dieses Lächeln verbeißen, für sich behalten wollte.

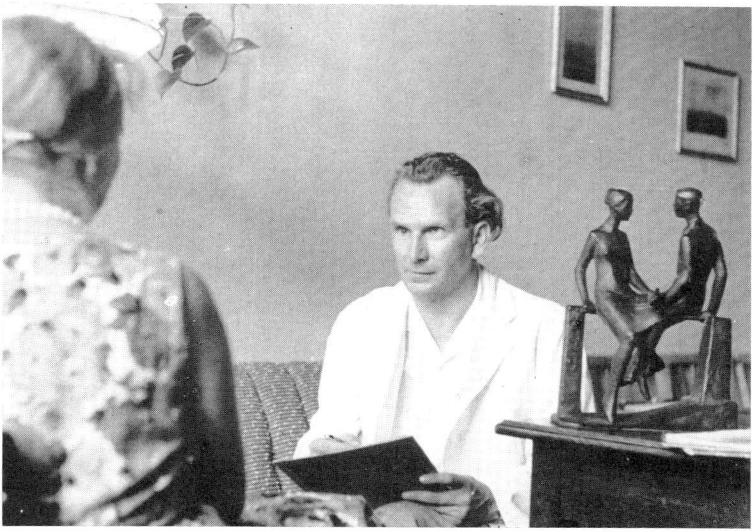

Der einst blinde Bildhauer Heinz Beberniß
bei einer Porträtstudie.
Eine durch Professor Dr. Günther 1959 vorgenommene Operation
gab ihm auf seinem einzigen Auge die volle Sehkraft wieder

Der Ordinarius während der Vorlesung

Die Schielbehandlung macht Fortschritte.
An der Greifswalder Universitäts-Augenklinik ausgebildete Orthoptistinnen mit ihren Lehrern

Der Autor 1968 in Paris
auf dem Kongreß der European-Ophthalmic-Pathology-Society (EOPS),
dessen Gründungsmitglied er ist

Jutta Günther, die «Studentin».
Mit ihr begründete der Autor den neuen Hausstand.

Das Heim der Familie Günther in Loddin
auf der Insel Usedom

Die Familie Günther

Das Ehepaar Günther mit Marc und Albatrine

Der jetzige Ordinarius der Universitäts-Augenklinik Greifswald,
Professor Dr. Franke (1. von links),
mit einstigen Direktoren (von rechts nach links):
Professor Dr. Velhagen, Professor Dr. Günther, Professor Dr. Gliem (1982)

In diesen Räumen arbeitete ich gern. Kleinigkeiten sind mir angenehm im Gedächtnis geblieben. Sogar meinen ersten Flimmerskotomanfall erlebte ich hier, gerade beim Spiegeln eines Patienten. Das Skotom, oder Ausfall, beginnt mit kleinsten, blitzenden oder glitzernden Fünkchen knapp neben der Fixation, die sich dann unter zuckenden Bewegungen in Form von goldenen oder vielfarbigen leuchtenden Zickzacklinien (Festungslinien) immer mehr ausbreiten und aus dem Blickfeld entschwinden. Diese visuelle Störung dauert etwa eine halbe Stunde, ohne irgendwelche Spuren am Sehen zu hinterlassen. Es bleibt mitunter ein leichter, dumpfer Kopfschmerz zurück. Dieses Phänomen ist bis heute noch nicht geklärt. Es hängt wohl mit Migräne zusammen (Augenmigräne). Mich erschreckte diese Sensation gar nicht, sie erfreute mich sogar, kannte ich sie bisher nur aus der Literatur.

Wir untersuchen hauptsächlich mit elektrischem Augenspiegel im sogenannten aufrechten Bild. Es ist eine Untersuchung im Dunkelzimmer, in dem der Arzt mit dem Spiegel, ohne die Wimpern des untersuchten Auges zu berühren, sich dem Gesicht des Patienten ganz dicht nähern muß. Ich glaube, kein anderer Facharzt kommt dem Gesicht des Kranken so nahe wie der Ophthalmologe. Das Augenspiegeln ist tägliche hundertfache Routine, ohne Emotion und ohne aufkommende Gefühle, nur aus diagnostischen Gründen wichtig. Doch es kann auch Emotionen auslösen, wie einmal bei einer jungen Patientin, die, nach dem Ophthalmoskopieren aus dem seelischen Gleichgewicht gebracht, sich intentionalem Gefühl hingab. Nun, vielleicht lag es auch an mir?

Das Resultat war kein «Ehekrach», nur ein «Graphologisches Gutachten» über mich. Ja, tatsächlich. Dieses legte die junge Dame bedeutungsvoll bei einer der nächsten Visiten vor. Mir wäre es nie eingefallen, ein solches Gutachten für mich oder einen anderen Menschen anzufordern. Nun war ich gespannt, was ich darin finden würde.

«Aus dem wissenschaftlichen Institut für Handschrift-Deuten (Hochschulbefähigungs-Nachweis) – Berlin – Kanonierstraße 40», Charakter-Gutachten aufgrund der Handschrift. (1947)

In der S-Bahn vertiefte ich mich in den Text. Vielleicht erhielt ich jetzt endlich die Antwort auf die Frage: Wer bin ich? ... Gleich am Anfang wird die «Vitalität» stark hervorgehoben. Ja, das stimmt, dachte ich, hörte es bereits von anderen. Doch die Vitalität kann sich «bipolar» auswirken, zum Nützlichen oder Verderblichen. Konnte man sich davor schützen?

Ich lese weiter: «Die Geistigkeit, auch von der Vitalität gespeist, äußert sich durch Klarheit und ursprüngliche Urteilssicherheit» – das geht noch, aber mit «dem Verstand des Mathematikers» wird der Bogen wohl überspannt.

Hervorgehoben wird «Liebe zur Form und künstlerische Tendenzen, die Aktivität zum Schaffen und Eingreifen, jedoch entspricht dem lebhaften Gestaltungsdrang nicht das zugehörige Maß der künstlerischen Begabung, so daß sich der Schreiber dem praktischen wissenschaftlichen Leben zugewandt hat» – nun, das ist viel, aber wieder zuwenig (also kein Künstler!) ... «Ihn irritiert die selbstgerechte Anmaßlichkeit des Spießers». «Seine Reizbarkeit kann in Heftigkeit und Jähzorn ausarten ...» Dafür aber «herzlich sorgender Familiensinn und dauerhafte Anhänglichkeit». Weiter «leidenschaftlich und triebhaft, braucht Nahrung für Auge und Ohr, dieses kann aber nicht als Treulosigkeit angesehen werden» ...

So viele Ichs!

Wenn dieses Gutachten auch noch weit davon entfernt ist, das Wesen des Schreibers zu erfassen und dadurch Absolutes auszusagen, enthält es doch eine Ahnung von der Vielgestaltigkeit oder der Vielzahl der angesprochenen «Ichs» und den möglichen Entwicklungswegen.

Gewiß, der Schreiber machte Ausbrüche in alle angedeuteten Richtungen, die künstlerische, ausschweifende, familiäre, sinnlich berauschende, um immer wieder zurückgeworfen zu werden in seine menschlich begrenzte.

Ist dies das Unvermeidliche, vom Schicksal bestimmte?

Ich bin wirklich zu einem Stamm-Fahrgast der Berliner S-Bahn geworden; verbringe etwa hundertachtzig Minuten pro Tag in den Zügen. Oft saß ich in Gedanken versunken und starrte unentwegt mein Gegenüber an. Wenn es eine junge Frau war, weckte mich ihr widerwilliges «Was starren Sie mich so an?».

Es ist ein besonderes Leben, das man in der S-Bahn verbringt. Tage könnte man damit ausfüllen, im Pendelverkehr von einer Endstation zur anderen. Wie bunt ist doch das Leben!

Da traf ich doch einmal Alexander, den Apotheker, in meinem Zug. Welch eine Überraschung! Den Apotheker aus der sowjetischen Gefangenschaft 1945. Sechs Jahre waren inzwischen vergangen. Ich erkannte ihn gleich, obwohl er etwas voller geworden war. Alexander leitete eine Apotheke in Westberlin. Wir waren beide überfroh, einander wiederzusehen …

Fast dreißig Minuten fuhr ich ein andermal mit Esther Stobbe, einer Assistentin von Reichling aus der Albrechtstraße. Blond, blauäugig, sehr hübsch und fein, mit entzükkenden Händen. Ihre Hände gefielen auch Giggelberger. Wann und wie konnte er sie gesehen haben? Er war doch selten in unserer Gegend.

Ich verlor mich in meinen Gedanken, während Esther durchs Fenster des Zuges blickte. Ja, einmal, als von Esther Stobbe die Rede war, sagte Giggelberger zu mir unverblümt: «Die Stobbe hat so unbeschreibliche Hände, wie würden Sie diese Hände beschreiben?» (Über schöne Frauen unterhalten sich die Männer immer gerne.) Ohne lange zu überlegen, sagte ich: «Stobbes Hände sind fragil, nicht anders, nur fragil!» (Übrigens waren ihre zarten Hände meine Entdeckung!)

«Ja, das ist richtig, fragil. Sie haben es genau getroffen», bestätigte jetzt Giggelberger.

Der Zug fuhr in eine Station ein und wieder ab. Ich immer noch in diese Gedanken und in den Anblick von Esthers Händen vertieft. Esther wandte sich an mich, holte mich aus der Versunkenheit. Wir waren fast allein im Abteil. Plötzlich verlockte es mich, ihre fragile Hand zu berühren. Esther blickte etwas verwundert erst meine Hand an, dann mich, lächelte und zog leicht widerstrebend ihre kühlen Finger zurück. Der Zug hielt, sie mußte aussteigen. Jetzt gab sie mir ohne Verlegenheit ihre ganze Hand zum Abschied, völlig versöhnt.

Merkwürdige Erinnerungen: Esther und Giggelberger sind seit mehr als zwanzig Jahren tot ...

Für Sonderlehrer schwachsichtiger und blinder Kinder übernehme ich Vorlesungen und bekomme den Auftrag, ein Lehrbüchlein darüber zu schreiben. Die zukünftigen Pädagogen sind auffallend interessiert ...

Zu meinen Operationspatienten gehören auch Terrier. Im Alter erblinden diese Tiere oft durch Linsenluxationen und -trübungen. Der Ausgang ist meist ein Glaukom (Drucksteigerungen mit absolutem Sehverlust). Bei Verdacht muß man deshalb frühzeitig die Linsen entfernen. Zwei sehr freundliche Med.-vet.-Studenten, holten mich zu den Eingriffen in ihre Klinik. Die Linsen mußten mit Schlinge entbunden werden. Die Operationen gelangen ohne Komplikationen ...

Auf einer Versammlung klagte wieder unser Dekan, Professor B., über fehlende Lehrbücher, Mangel an Dozenten und forderte die Assistenten auf, im Lehrbetrieb mitzumachen. Im übrigen malte er uns kein rosiges Bild, die Zustände betreffend ...

Fritz Kühn kennengelernt. Ein sehr bescheidener, großer Künstler, der aus Eisen Blumen formt und zauberhafte Ornamente, aber auch repräsentative Portale baut und großartige Brunnen ...

Wieder auf der Suche nach einer billigeren Wohnung. Das Westgeld reicht nicht, aber auch unser Geld ist knapp. Oh, wie sind wir doch arm an materiellen Gütern! Die viele Mühe und die Tagesarbeit bringen zuwenig ein …

Endlich auch «en famille» zum Weihnachtsfest 1951. Sibylle und Rolf voller Freude auch über bescheidene Geschenke. Gäste? … ganz selten, nur die aus unserer unmittelbaren Umgebung …

Wir sind mit Familie endlich umgezogen in eine kleinere, anspruchslose Wohnung, in die Ernst-Ring-Straße 6. Es ist die fünfte Wohnung in meiner Berliner Zeit, seit 1945. Unsere «Appartements» sind in Qualität einer Sinuskurve vergleichbar. Die Höhe ist überstiegen, wir sind zum Ausgangspunkt zurückgekehrt.

Ein neuer Chef

Im Frühjahr 1951 kam unser neuer Chef, Professor H. Gasteiger. Er war als Nachfolger von Professor Löhlein auf den Lehrstuhl für Augenheilkunde in die Ziegelstraße berufen worden, nachdem Professor Comberg, Rostock, den Ruf nach Berlin abgelehnt hatte.

Ich kannte Gasteiger von gemeinsamen Tagungen. Ehemaliger Oberarzt bei Thiel in Frankfurt am Main, leitete er seit einigen Jahren als Chefarzt die Augenabteilung des Johannstädter Krankenhauses in Dresden. Die Berufung nach Berlin war die Krönung seiner Laufbahn. Gasteiger war damals zweiundfünfzig Jahre alt und ich dreiundvierzig. Als er mich im Direktorzimmer ablöste, in dem ich immerhin zwanzig Monate «residiert» hatte, äußerte er nur den einen Wunsch, sofort im Direktorsessel Platz nehmen zu dürfen. Freudig aufatmend ließ er sich nieder und verharrte eine Weile in Schweigen. Damit hatte Gasteiger symbolisch sein wichtiges Amt übernommen. Ich erkannte seine Ergriffenheit und seinen Triumph, aber gleichzeitig auch eine Veränderung seines Verhaltens zu mir. Er fühlte sich mit einemmal als Vorgesetzter, als Chef.

In der Folge wurde ich allmählich von allen meinen Posten befreit und in die damals noch bestehende «Filiale» Albrechtstraße abkommandiert. Sie war nach dem Abgang von Reichling auch Gasteiger unterstellt. Hier ließ mir jedoch Gasteiger völlig freie Hand. Endlich fand ich mehr Muße für die wissenschaftliche Arbeit. Ein älterer erfahrener medizinisch-technischer Assistent war mir eine willkommene Unterstützung, besonders in der Mikrofotografie. Er selbst hatte auch viel Freude an unseren Studien. Fast hatte ich den Eindruck, daß sich bisher keiner um ihn recht gekümmert hatte. Hier begann ich mich intensiv mit der Histopathologie des Auges, der Lehre von den krankhaften Veränderungen der Gewebe, zu beschäftigen. Mich interessierte die Pathologie der Cornea und im Zusammenhang damit die biologische Struktur des ganzen Auges.

Durch eine Doktorandin, Rosemarie Meisner, Tochter von Professor Wilhelm Meisner (1883–1956), einer meiner Vorgänger im Amt in Greifswald (1924–1935), kam ich mit dem Anatomen Professor Schwarz in Westberlin in Kontakt, der sich damals als einer der ersten mit der Elektronenmikroskopie, vor allem der Cornea, beschäftigte. Dieser Bekanntschaft verdanke ich ungewöhnliche Anregungen. Die Berufung nach Greifswald zwang mich, diese Beziehungen abzubrechen. Zuvor hatte ich noch auf dem internationalen Kongreß in Prag 1952 Gelegenheit, das völlig neue Thema vorzutragen; es erweckte größtes Interesse, ja Begeisterung, und ich wurde mit Fragen bestürmt.

Gegen Ende des gleichen Jahres munkelte man bereits über meine bevorstehende Berufung nach Greifswald. Die dortige Augenklinik nämlich hatte nach Velhagens Direktorat ab 1945 keine durchgehende konsequente Leitung. Die Nachfolger blieben nur kurz im Amt. Jetzt war der Lehrstuhl wieder vakant. Obgleich ich als jüngster auf einer Dreierliste tertio loco stand, fiel auf mich das Los.

Das Datum meiner Berufung war auf den 1. Januar 1953 festgelegt. Doch erst nach drei Monaten gelang es mir, mein Amt anzutreten. Unvergessen bleibt der Abschied von Berlin, einer Stadt, deren Wiedererwachen ich nach dem Zweiten Weltkrieg miterlebt hatte und an deren Gestaltung und Aufbau ich aktiv beteiligt war.

Am 10. Februar 1953 hielt Gasteiger die Abschiedsrede, die mich tief ergriff. Ich empfand sein Wohlwollen und seine Zuneigung, die er mir bis zu seinem Tode bewahrte.

Seine Rede im Auszug:

«Die Stunde Ihres Abschiedes steht unmittelbar vor uns. Sie verlassen damit eine Klinik, deren Interessen und Zielen Sie acht Jahre gedient und die Sie durch eineinhalb Jahre selbständig geführt haben. Sie verlassen diese Stätte, um in den Kreis der Augenärzte einzutreten, denen die Pflege der Augenheilkunde in Lehre und Forschung in Deutschland anvertraut ist. Somit ist der Grund Ihres Scheidens ein durchaus erfreulicher für Sie und uns alle, die wir uns ehrlich über Ihren Erfolg freuen, der Ihnen die Erfüllung des höchsten Wunsches eines jeden Dozenten bringt.

Trotzdem enthält dieser Freudenbecher einen kleinen Wermutstropfen. Der Abschied von der Stätte langjähriger erfolgreicher Tätigkeit bringt immer auch eine schmerzliche Trennung mit sich. Erinnerungen an ernste und schwere Stunden, an beglückende Erfolge und auch an Mißerfolge binden an die alte Arbeitsstätte und geben ein Gefühl der Verbundenheit hinweg über die Zeiten. Die Tatsache, daß Sie in den schwersten Jahren nach 1945 in diese Klinik gestellt wurden und den Wiederaufbau aus ersten Anfängen miterlebt haben, macht dieses Band besonders fest, denn schwere Zeiten binden fester als heitere und schöne. Erleichtert wurde diese Arbeit damals durch die Persönlichkeit Ihres von Ihnen und uns allen hochverehrten Lehrers, Professor Löhlein, der die alte Tradition durch die Trümmer in die neuen Räume verpflanzt hat. Sie sind ihm dabei ein treuer Helfer gewesen und werden gerade in dieser Stunde dieses Lehrers und Führers in die Wissenschaft dankbar gedenken. Ebenso, dessen bin ich sicher, gilt Ihr Dank in dieser Stunde den Männern, die Sie in die Praxis der Augenheilkunde eingeführt haben und unter deren Leitung Sie Ihre augenärztlichen Kenntnisse erworben haben, in erster Linie dem unvergeßlichen Hans Lauber, der einer der bedeutendsten und leistungsreichsten Ophthalmologen der älteren Generation gewesen ist und dessen hartes Schicksal in den letzten Jahren Sie, wie uns, tief erschüttert hat.

Als Erfolg dieser Ausbildung und Ihrer eigenen Arbeit haben Sie 1948 die Zulassung zum akademischen Lehramt als Dozent erreicht und schließlich die Klinik selbständig und mit Erfolg geführt. Als unsere gemeinsame Arbeit begann, waren Sie ein in wissenschaftlicher Arbeit erprobter und in der praktischen Augenheilkunde erfahrener Mann und als solcher ein wertvoller Mitarbeiter.

Ich weiß aus eigener Erfahrung, daß es nicht leicht ist, aus der ersten Stelle wieder in die zweite zurückzutreten, dies um so mehr, als jeder neue Leiter danach streben muß, in alle Einzelheiten des Betriebes Einblick zu bekommen. Das ist oft schmerzlich und bedarf einer gewissen Selbstüberwindung. Ich darf Ihnen herzlich dafür danken, daß Sie diese nicht leichte Aufgabe mit viel Takt und Entgegenkommen gemeistert haben und mir in den zwei Jahren unserer gemeinsamen Arbeit ein so wertvoller Mitarbeiter und Berater gewesen sind.

Sie können versichert sein, daß ich stets gerne an diese Zeit zurückdenken werde, und ich hoffe, daß Ihre Verbundenheit zur Klinik innerlich stets eine feste bleiben wird …

Dem Hochschullehrer sind drei Aufgaben gestellt, wovon jede einzelne groß genug ist, einen Menschen ganz auszufüllen: die Forschung – der Unterricht – das Arzttum an leitender Stelle …

Jede der drei genannten Aufgaben muß zu ihrem Recht

kommen. Daß dem so sein wird, dessen sind wir sicher; wir alle wissen, daß Sie gute wissenschaftliche Arbeit mit eigenen Ideen zu leisten vermögen und über umfassende Literaturkenntnisse verfügen, wir alle schätzen Sie als begabten Lehrer und Redner und wir wissen um Ihre ausgezeichneten operativen und diagnostischen Fähigkeiten und Ihr teilnehmendes Interesse für die Kranken. Damit sind die Vorbedingungen erfüllt. Der Rahmen ist gegeben, den Sie mit Ihrer Arbeit ausfüllen werden.

Und so wissen wir, daß die Greifswalder Klinik einer schönen Zeit entgegensieht, und wünschen Ihnen vollen Erfolg. Unser Dank, unsere besten Wünsche und die Überzeugung, daß Sie erfolgreich sein werden, begleiten Sie.»

Ich nahm Abschied von der Ziegelstraße, der ich das Rüstzeug für die weitere Laufbahn verdankte, Abschied von dem alten Backsteinbau, der den Krieg überstanden hatte und in dem weitere Generationen von Ophthalmologen ihr Wissen mehrten und zu Wissenschaftlern heranreifen sollten.

Nach zweiunddreißig Jahren kam für alle der endgültige Abschied von der Augenklinik in der Ziegelstraße. Ihre Pforten wurden für immer geschlossen. Pforten, durch die über hundert Jahre lang Patienten, Ärzte und Professoren tagaus, tagein strömten, um Hilfe zu suchen und Hilfe zu spenden. Es waren neben Ophthalmologen aber auch Chirurgen, die den Weltruf der Ziegelstraße begründeten.

Die Augenklinik zog 1985 in ein neues, modernes Heim im Herzen der Charité.

Schweizer Reise

1950 hatte ich auf einer Tagung der Deutschen Ophthalmologischen Gesellschaft in München einen Vortrag über ein Thema gehalten, das Professor Marc Amsler aus Zürich sehr interessierte, da seine Klinik sich mit ähnlichen Problemen befaßte. Er lud mich daraufhin in einem freundschaftlichen Gespräch ein, die Züricher Augenklinik zu besuchen. Ein für mich überraschend angenehmer Vorschlag, deshalb willigte ich freudig ein. Nun ließ mich der Gedanke, einmal in die Schweiz zu kommen, nicht mehr los.

Es sollte meine erste Auslandsreise sein in einer Zeit, da das Kriegserlebnis noch nicht verblaßt war und die Ruinen um mich ständig daran erinnerten. Aber erst im Sommer 1951 war es soweit, daß ich mit Unterstützung meines Patienten A.W. nach Zürich fahren konnte. Ich erlebte Zürich und die Schweiz wie «Alice im Wunderland», war ich doch in meinem Leben nicht viel gereist, hatte wenig gesehen, und die Ausflüge nach 1945 in die Westzonen zeigten mir ebenfalls überall Trümmer und Ruinen des abgelaufenen Krieges.

Verständlich ist deshalb, daß ich benommen war von der Unzerstörtheit der mich umgebenden Welt und mich die Begeisterung in vielleicht zu maßlose Überschätzung des Gesehenen versetzte. Alles sah ich als ein Wunder an und das freundliche Verhalten der mir begegnenden Menschen als unverdiente Sympathie. Ich ließ mich, was meiner Natur schon immer nahe lag, von allem hinreißen. Aber es war gut so. Auf diese Weise öffneten sich die Herzen meiner Gastgeber, und ich konnte tiefer in das Leben der Züricher Augenklinik eindringen. Der kurze Aufenthalt dort, belebt vom Amslerschen Geist, blieb mir unvergessen, und er sollte mich durch die ganze spätere klinische Tätigkeit geleiten.

Gleich am Tage nach der Ankunft wurde ich von Amsler empfangen. «Ich begrüße Sie ganz herzlich in der Schweiz, das heißt in unserer Klinik. Es ist eine alte, man kann sagen, uralte Klinik, in der aber unsere berühmten Meister, wie Horner, Haab und Vogt, gewirkt haben. Wir werden bald in eine neue Klinik umziehen. Solange steht Ihnen jedoch unser Haus offen. Meine Sekretärin – ich werde sie gleich vorstellen – wird Ihnen alles, was Sie interessiert, zeigen.»

Der Professor geleitete mich ins Vorzimmer, wo sich seine Sekretärin hinter ihrem Schreibtisch erhob. «Hier, Fräulein Scherer, ist Dozent Doktor Günther aus Berlin, zeigen Sie ihm unsere Klinik, und kümmern Sie sich ein bißchen um ihn.»

Ich hatte die Sekretärin schon beim Eintreten gesehen, mußte sie mich doch bei ihrem Chef melden, kam allerdings nun erst in näheren Kontakt zu ihr. Auf den ersten Blick ein sehr angenehmes und sympathisches weibliches Wesen, freundlich und hilfsbereit, klar und offen, etwa Anfang Dreißig.

Von da an datiert unsere Freundschaft. Margrit Scherer verdanke ich den gelungenen Aufenthalt in der Klinik und in der Schweiz.

Die Einrichtung der alten, doch noch sehr soliden Klinik, der Chef mit seinem Assistentenstab, die Versorgung der Patienten, die Labore und die klinische Atmosphäre eines vorzüglich organisierten und geleiteten Hauses, beeindruckten mich sehr. Ich durfte acht Tage lang von morgens bis in den späten Nachmittag alles, was im Hause geschah, miterleben und auskosten. Jede freie Minute war Margrit Scherer an meiner Seite, erklärte mir die Einrichtungen, zeigte mir die Bibliothek und die neuesten Eingänge.

«Ich bin erst ein Jahr hier. Früher arbeitete ich bei meinem Vater in der Praxis. Er ist auch Augenarzt in Sankt Gallen», versuchte sie mir ihr Interesse an der Augenheilkunde zu erklären. – «Es ist nicht der Stuttgarter Doktor Scheerer, der hat zwei ‹e› im Namen», fügte sie noch hinzu. Während wir weitere Einrichtungen besichtigten, fragte sie mich: «Wo haben Sie Quartier, im Züricher Hof? Das ist viel zu teuer. Ich beschaffe Ihnen eine billige, aber gute Pension.» Und so geschah es auch. Ich zog noch am gleichen Tage in die Pension Wachs.

An einem Nachmittag führte Professor Amsler im Beisein seiner Assistenten den berühmten Kammerwasserfilm vor. Ein Film, der in die Mikrowelt eindringt und die erstaunlichsten Vorgänge im Kammerwasser des menschlichen Auges wiedergibt. Ich war überwältigt von dem Gesehenen, besonders, als ich bakteriophagende Leukozyten in Aktion beobachten konnte. Mich beeindruckte dieser Film ungewöhnlich und regte meine Phantasie stark an. Auch Margrit bestätigte, daß dieser Streifen überall großen Eindruck hinterließ und Kollegen zu weiteren Studien anregte.

Ich durfte bei den Operationen des Chefs zusehen, an seinen Vorlesungen teilnehmen und die Chefvisiten mitmachen. In freien Minuten, beim Gang durch die Labore, sprach Amsler über Arbeitsvorhaben oder erzählte aus der Geschichte der Schweizer Augenheilkunde.

«Sie sehen hier unsere Labore und was alles untersucht wird, aber keine Untersuchungsmethode hat absolute Gültigkeit, deswegen müssen wir verschiedene Methoden anwenden, um zum Ziel zu gelangen. Die Wahrheit bildet den Kernpunkt, dem sich unsere Methoden nur kreisförmig nähern.»

Bei einer anderen Gelegenheit kam er auf seinen Lehrer Gonin zu sprechen. «Als ich noch in Lausanne war und die Netzhaut so großes Aufsehen machte, besuchten uns viele ausländische Kapazitäten, vor allem Amerikaner. Sie fragten verdutzt in der bescheidenen Klinik, wo Gonin sein Labor hätte. Gonin zeigte auf seine Stirn und sagte: ‹Hier ist mein Labor!›»

Bei Erwähnung der Stadt Lausanne erinnerte ich mich, daß Frau Dr. Stasińska an dieser Quelle auch die Kunst der Netzhautoperation erlernt und viel von Amsler erzählt hatte.

Im histologischen Labor führte mir Amsler vor, wie er den fixierten Bulbus vor der feingeweblichen Untersuchung zurechtschneidet, um günstiger die pathologischen Veränderungen aufzufinden. Bei dieser Gelegenheit zitierte er einen immer noch gültigen Ausspruch von Horner (1831–1886), den jeder Kliniker beherzigen sollte: «Nur der Kliniker, der mit den Toten gelebt hat, kann das Tote wieder beleben!» Gemeint ist der enge Zusammenhang zwischen klinischer Veränderung und dem pathologischen Befund.

An einem der Züricher Tage lud mich Amsler zu sich ein. Ich staunte über seine umfangreiche Autographensammlung von gekrönten Häuptern, Staatsmännern, Gelehrten, Dichtern und Künstlern aus aller Herren Ländern.

«Es ist so schade, daß heute die Menschen nur mit der Maschine schreiben, das Ende der Autographen ist angebrochen», sagte Amsler voller Trauer. «In meiner Kollektion fehlt natürlich Hitler, aber den will ich nicht haben!» Das konnte ich gut verstehen.

Ich habe in Amsler einen Wissenschaftler von hohem Rang kennengelernt, der viel menschliche Wärme ausstrahlte. In seiner Klinik kam ich mit einer internationalen Ophthalmologie in Berührung, in die der Krieg keine Lücke geschlagen hatte. Deshalb besuchten Amsler Ophthalmologen aus aller Welt, brachten neue Anregungen und Forschungsergebnisse mit. Hier erfuhr ich auch von dem Cortison als Augentherapeutikum, das ich nach meiner Rückkehr in unsere ärztliche Praxis eingeführt habe. Mit einem Schlage erschien das Cortison als Augensalbe in vielen, namentlich in Westberliner Apotheken.

Besonders interessierten mich die in Zürich praktizierten Behandlungsmethoden des kindlichen Schielens. In der eben eingerichteten Schielabteilung der Augenklinik nach dem Muster von Lyle und Bangerter machte ich die Bekanntschaft einer englischen Orthoptistin, Miss Mayou, die mir das neue Verfahren erklärte. Mit Fräulein Scherer verabredeten wir uns zu einem kleinen Spaziergang entlang der Limmat. Da es sehr heiß war, schlug Margrit ein Bad im Züricher See vor. Von einem geliehenen Boot aus erfrischte der Sprung ins Wasser.

Unvergeßlich bleibt mir der Ausflug auf den Ütli-Berg. Margrit hatte den Einfall. Ich holte sie ab und wartete vor dem Klinikgebäude. Schon sah ich sie im Sommerkleid auf der Treppe mir entgegenschweben, als gleichzeitig auch ihr Chef sichtbar wurde. Er warf einen Blick auf mich, danach auf Margrit, tat aber völlig unbeteiligt. Sicher dachte er, na, Fräulein Scherer meint es ernst mit dem Kümmern. Wir waren aber unbeschwert und ganz glücklich.

«Heute geht's auf den Ütli, einverstanden? Von dort gibt es einen schönen Ausblick auf Zürich. Wollen Sie?»

Ja, ich war einverstanden. Wir bestiegen den Berg. Schweißgebadet kam ich oben an; Margrit hingegen machte das Steigen gar nichts aus. Inzwischen dunkelte es bereits, und die Stadt unter unseren Füßen erstrahlte in unzähligen Lichtern. Wir setzten uns. Eine kühle Luftströmung erfrischte mein Gesicht. Neben uns, im Dunkeln unsichtbar, erklang, von jugendlichen Stimmen gesungen, das Lied:

Wann wir schreiten Seit an Seit
und die alten Lieder singen,
fühlen wir, es muß gelingen.
Mit uns zieht die neue Zeit ...

Wir saßen nebeneinander, sagten nichts, betrachteten nur die flimmernde Stadt.

Ich war tief gerührt, aber auch begeistert und zu heroischen Taten angeregt. Ich faßte Margrits Hand. «Ich weiß, was ich machen werde, Margrit, wenn ich zurück bin: Sehschulen gründen!»

«Ja, das ist wichtig!» bestätigte Margrit und erwiderte den Händedruck ...

Am 16. Juli nahm ich Abschied von der Klinik, von Professor Amsler und Margrit, die mir für einen mehrtägigen Aufenthalt ein preiswertes Quartier im Oberen Engadin, in der «Meierei», besorgt hatte. Kaum dort angekommen, zog es mich zum ersten Ausflug ins nahegelegene Pontresina.

Mir fiel auf, daß Fußwanderungen in Höhen über zweitausend Meter nicht ermüden. Man ging wie von Flügeln getragen. Lag es an der frischen Luft, an der geographischen Höhe oder an meinem lustbetonten Schwung, die neue Welt, die herrliche Landschaft ganz zu erobern? Ich konnte täglich Wanderungen mit Aufstiegen bis zu zweitausendneunhundert Metern und Entfernungen von zwanzig Kilometern ohne Mühe meistern. Jede Gelegenheit nutzte ich zu schönen Touren, so auf den Muotas Muraigl, erst mit der Seilbahn, danach zu Fuß auf den Oberen Schafberg (2730 Meter) an der Segantini-Hütte vorbei. Der Name Segantini erinnerte mich an meine früheste Jugend. Über den italienischen Maler Giovanni Segantini (1858–1899) besaßen wir ein Bilderalbum mit großartigen Motiven aus der Gebirgswelt, das mich damals sehr beeindruckte. Wie kam dieses Büchlein bis in mein Elternhaus? Wahrhaftig, eine seltsame Erregung erfaßte mich, als ich den Namen des Malers in der Hütte fand!

Vom Oberen Schafberg hatte man einen wunderbaren Ausblick auf die Berninagruppe (4055 Meter), die aber von dichten Nebelschleiern umhüllt war. Die Bergriesen erschienen im Nebel – eben weil man ihre Umrisse nur ahnen konnte – noch gewaltiger. Doch ich sah auch die Berninagipfel im Morgenlicht aufglühn, blaugrün schimmerten die massiven Gletscher. Es verlockte diesmal, die kleineren Gipfel der Ostkette zu besteigen. Auf dem Heimweg stöberte ich einen prachtvollen Hirsch auf, der bei meinem Anblick die Flucht ergriff. Um das Berninamassiv endlich im vollen Sonnenlicht zu betrachten, mußte ich wieder auf den Piz Muraigl. Nun lagen vor mir die glitzernden Schneegipfel des Piz Palü, Bernina mit der bekannten Sella. Beim Abstieg wurde mir ganz warm, kurz entschlossen badete ich im eiskalten Wasser des Stazer Sees (1812 Meter). Ich war der einzige Badende. Es fiel mir übrigens auf, daß diese Gegend wenig besucht war. Auch in St. Moritz, dem Weltkurort, traf man wenig Touristen.

Ein Bus brachte mich ein anderes Mal bis Majola, einen lieblichen Ort, von wo aus ich durch ein wildromantisches Tal zum Fornogletscher kam. Das Wandern auf dem Gletscher bereitete ziemlich Mühe und brachte nasse Füße. An vielen Stellen sah man kleine Gletschermühlen. Schwere dunkle Wolken wechselten mit klarer Sonne. Solange Nebel und Wolken den Blick behindern und man sich wie in einer «Waschküche» weitertasten muß, fühlt man sich wie eingeschlossen. Wenn dann aber, wie durch einen Zauberspruch der Nebel zerreißt, dann öffnet sich eine Wunderlandschaft: Täler und Gipfel in beglückendem Sonnenglanz. Die Mühen des Steigens und die nassen Füße sind vergessen.

Endlich hatte ich die Hütte erreicht, mehr als drei Stunden dauerte der Aufstieg. Pro hundert Meter Höhe eine Stunde. Den Rückweg legte ich wesentlich schneller zurück, indem ich auf einem Handtuch (das man immer bei sich hat) die größten Strecken auf dem Gletschereis «rodelte». Man kann sich lebhaft mein Aussehen nach solch einer Rodelpartie vorstellen. In Majola angekommen, erwärmte mich ein Veltliner. Dann erst begab ich mich in die Meierei.

Bei einem kleinen Rundgang in der Umgebung des Quartiers stieß ich auf das Chalet von Furtwängler. Ich erfuhr es von seiner Nichte, die gerade dabei war, großen Hausputz vor Ankunft des Meisters durchzuführen.

Mein letzter großer Ausflug führte nach Alp Grüm. Von hier aus konnte ich den Piz Palü (3912 Meter) von der Ost- und Südseite in seiner erhabenen Reinheit bewundern. Vom sonnenbeschienenen Gipfel war wie ein Hauch eine Schneefahne wahrzunehmen. Den Piz Palü konnte ich allein und ohne besondere Ausrüstung nicht besteigen. Ich begnügte mich mit der Diavolezza-Hütte (2977 Meter). Beim Aufstieg, immer durch Schnee, dünkte es einem, es geht in den Himmel. Wenn ich am Ziel zu sein glaubte, sah ich hoch über mir, in schwindelnder Höhe, feinste dunkle

Punkte, wie Mücken, die sich im Schneegipfel bewegten. Also Touristen, die auch dorthin unterwegs waren. Dann verschwanden auch diese. Habe ich den Weg verloren, nur alles weiß um mich her? Doch plötzlich kam mir vertrauter Duft von Holzfeuer entgegen. Jetzt konnte ich nicht mehr fehl gehen.

In der Hütte saßen einige Bergsteiger, Schweizer. Mit «Grüezi» setzte man sich an den Tisch, bekam einen heißen Tee, und dann ging es bergab über den Gletscher, der von Felsblöcken übersät war, zur Bovalhütte (2459 Meter). Von da war der Bahnhof Morteratsch in einer knappen Stunde zu erreichen.

Heimfahrt! Ein Tourenbus brachte mich über Lenzer Heide und den Julierpaß mit seinen unzähligen Serpentinen, die blumenreiche Wiesen säumten, nach Zürich.

Dort wartete noch der Abschied von Margrit.

Wir saßen zum Abend auf dem Züricher Berg, genossen wieder den Ausblick auf See und Stadt. Dann führte mich meine treue Begleiterin ins Zunfthaus der Zimmerleute zu einem Veltliner Jahrgang 1938 und französischem Rotwein Bourgogne 1945, dazu aßen wir Fleisch mit feinem Pfeffer. Trotz des Abschieds waren wir heiter, unbeschwert und überlegten nur, wann wir uns wiedersehen.

Fünftes Kapitel

Einen Gipfel ersteigt man,
wir müssen höher,
also heißt es fliegen.
Peter Hille

Neuer Anfang

Das Jahr 1953 hatte begonnen. Noch immer wartete ich vergeblich auf gute Nachrichten, fühlte mich in der Ziegelstraße bereits als Außenseiter – gleichsam auf verlorenem Posten. Da kam endlich das lang ersehnte Telegramm mit der Berufung auf den Lehrstuhl der Augenheilkunde in Greifswald – unterzeichnet vom Vorsitzenden der Berufungskommission, Professor Brieger.

Es war ein kalter Januarmorgen, aber ich glaubte wie auf Wolken zu schweben. Jetzt konnte mich nichts mehr in Berlin halten, es trieb mich mit unwiderstehlicher Gewalt an meine zukünftige Wirkungsstätte. Doch Geduld, Geduld! Noch konnte ich meinem Enthusiasmus keinen freien Lauf lassen, denn amtliche Formalitäten verlangten Zeit. Als Westberliner Bürger brauchte ich einen Passierschein, ausgestellt vom Berliner Polizeipräsidium, der nur wenige Tage Gültigkeit hatte. Nach mehrwöchiger Wartezeit hatte ich ihn schließlich in Händen und konnte die Fahrt nach Greifswald antreten. Am 2. Februar 1953 setzte ich das erstemal meinen Fuß auf das Pflaster der Stadt, in der ich zwanzig Jahre arbeiten und noch länger leben sollte.

Der Strom der Ankommenden preßte mich durch den Ausgang des kleinstädtischen Bahnhofs. Zielsicher strebte ein schlanker, gutaussehender Mann auf mich zu, begrüßte mich mit freundlicher Zurückhaltung und stellte sich als Klinikverwalter vor. Er hatte mich sofort aus der Menschenmenge herausgefunden, obwohl wir einander noch nie begegnet waren.

Wir gingen gemeinsam über den winterlichen Wall, eine ehemalige Festungsanlage der kleinen, wehrhaften Stadt. Von schneebedeckten, uralten Linden und Kastanien umsäumt, bot sie den Anblick einer Allee. Schon nach wenigen Minuten fiel mein Blick auf ein imposantes rotes Backsteingebäude, dessen uns zugewandte Rückseite die Aufschrift «Augen-Heilanstalt 1887» trug. Ich war verwirrt – gelang es mir doch nicht gleich, die Jahreszahl in irgendeine Beziehung zur Gegenwart zu bringen und eine Vorstellung von der seit 1887 verflossenen Zeit zu erhalten. Die Entdeckung dieser Zahl bewegte mich so stark, daß ich sie nun nie mehr vergessen konnte. Es war wie der Blick in ein fremdes Tagebuch.

Wer hätte damals geglaubt, daß ich 1987 noch aktiv an Vorbereitung und Durchführung der Hundertjahrfeier unserer Klinik beteiligt sein würde?

Unser Gespräch war verstummt. In Gedanken versunken, rief mich der muntere Plauderton meines Begleiters wieder in die Gegenwart zurück.

Ein kleines Treppchen führte hinunter aufs Straßenpflaster und hinein in den großräumigen, quadratischen Hof, der von Augenklinik, Physikalischem Institut, Universitäts- und Hörsaalgebäude symmetrisch begrenzt erschien.

Das also war die Augenklinik!

Ich war erfüllt von Neugier und freudiger Erwartung. Meine Schritte beschleunigten sich. Als ich das Vestibül betrat, fühlte ich mich bereits heimisch. Der schwungvolle Treppenaufgang führte zum Direktorzimmer, in dessen Vorraum ein quicklebendiges Wesen wirkte. Es war Fräulein Frowein, meine nunmehrige Sekretärin, die ihre Freude über meine Ankunft nicht zurückhalten konnte. Eifrig beantwortete sie die Fragen ihres neuen Chefs und klärte ihn nicht nur über den Assistentenstab der Klinik, sondern auch über Rektor, Dekan und die Professoren der Medizinischen Fakultät auf. Der älteste Assistent, Dr. Janert, noch nicht Facharzt, leitete kommissarisch die Klinik, ihm zur Seite standen Dr. Krüger, Münchow und die Damen Beyer und Konrad. Beim improvisierten Mittagessen lernte ich sie kennen, mußte mich aber bald verabschieden, denn der Paß lief ab. Die anderen Mitarbeiter konnte ich erst bei der endgültigen Wiederkehr in zwei Monaten begrüßen.

Inzwischen hatte Gasteiger am 10. Februar 1953 meine Abgangslaudatio gehalten. Mir blieb jetzt Zeit, unserem Berliner Dekan, Professor Felix, einen Abschiedsbesuch abzustatten. Vor nicht allzulanger Zeit war er von Greifswald auf den Berliner Chirurgischen Lehrstuhl berufen worden. Von ihm konnte ich sicher über Greifswald Interessantes erfahren.

An diesem Tag, dem 11. Februar, war sein Warte- und Empfangszimmer über und über mit Blumen geschmückt, so daß man den geschäftigen kleinen Chirurgieprofessor hinter den hohen Blumenvasen kaum entdecken konnte. Der Blumenflor galt seinem am Vortage von der Berliner Fakultät gefeierten fünfundsechzigsten Geburtstag. Felix beglückwünschte mich leutselig zur Berufung nach Greifswald. Er schwärmte von dem gemütlichen Städtchen und seiner schönen, wasserreichen Landschaft. Seine freundlichen Worte, mit dem Hinweis auf eine Jubiläumszeitschrift zu Professor Katschs fünfundsechzigstem Geburtstag, die zufällig auf seinem Tisch lag, bauten eine Brücke zur Universität. «Sie werden Katsch bald persönlich kennenlernen.» Ich nickte zustimmend, blieb aber stumm, da ich den Genannten nicht kannte. Den Namen Katsch merkte ich mir jedoch.

Die Ausgabe des Passierscheines verzögerte sich noch weiter. Deshalb versuchte ich schon von Berlin aus mit Hilfe meines späteren Oberarztes, Dr. Janert, der mich mehrfach persönlich konsultierte, die Klinik zu leiten. Erst am 7. April 1953, ein Vierteljahr nach der Berufung, trat ich endgültig meinen Posten an. Ich hatte unseren Neufundländer Brix mitgebracht, dessen Betreuung der Tierpfleger der Augenklinik übernahm. Von nun war ich für die Greifswalder «der Professor aus Berlin mit dem Neufundländer». Professor Velhagen – einstiger Ordinarius in Greifswald – hatte mich, anläßlich einer kollegialen Vorbesprechung, auf einige Personen aufmerksam gemacht, die sich noch unter seinem Direktorat besonders bewährt hatten, die Krankenschwester Trudchen und die medizinisch-technische Assistentin J. Cleve.

Fräulein Frowein wurde meine wichtigste Mitarbeiterin. Ihre freundliche Art und Anpassungsfähigkeit erfüllten mich mit Vertrauen und gaben mir Lust, die Klinikarbeit gleich an mich zu reißen. Sie war auch diejenige, die des langen Wartens auf ihren Chef nicht müde wurde und dann noch standhaft blieb, als Universitäts- und Kliniksverwaltung die Berufungsangelegenheit für verloren ansahen. «Sie glauben wohl noch an den Weihnachtsmann?» wurde ihr oft vorgehalten, als sie immer wieder vom Rektor neue Bescheinigungen besorgte und mir zur Vorlage bei der Polizei zuschickte.

Als vorläufiges Quartier erhielt ich ein Zimmer in der zweiten Etage des Hauses. Dadurch fühlte ich mich in der Klinik gleich voll dazugehörig, während mir die Stadt lange Zeit wie eine Theaterbühne vorkam, auf der ich mich vielleicht als Akteur zur Schau zu stellen hatte.

Nach den Städten Lemberg, Krakau, Posen und Berlin ist schließlich Greifswald die letzte Stätte meines Wirkens geworden. Wohin bin ich geraten!?

Mein erster Eindruck von der Stadt im zeitigen Frühjahr 1953 war, gelinde gesagt, niederschmetternd. Hier wird mich keinerlei Interesse jemals beflügeln, das Wesen dieses, wenn auch geschichtlich bedeutsamen Städtchens zu ergründen.

Für die geringen Entfernungen anzustrebender Ziele reichten Fußgänge aus. Auf motorisierten Verkehr konnte man verzichten, mußte es auch, da in den Straßen kaum Autos zu sehen waren. Der einzige Bus, der vom Bahnhof in Richtung Wieck und Eldena verkehrte, fuhr selten und unregelmäßig, oft gar nicht (Pannen) und war bis zur Unkenntlichkeit, wie ein fossiles Ungetüm, über und über mit Straßenschlamm bedeckt. Die Fenster waren ja ohnehin mit rostigen Blechplatten verschlossen. Aber es gab schon Taxen, von freundlichen Fahrern gelenkt, doch selten anzutreffen und nur für wirklich dringende Notsituationen vorgesehen. Auf den Straßen waltete keine überstürzte Betriebsamkeit, keine Hektik, nur ein gemächliches Schlendern, Stehen und Gehen.

«Hier hat jemand die Zeituhr abgestellt» – jeder Neuankömmling wird es gedacht oder laut vor sich hin gesagt haben.

Ob ich mich hier einlebe, mich dieser Melancholie anpasse? Meinen ersten Unmut ließ ich mir nicht anmerken und beschloß, «lebendig» zu bleiben, indem ich die damals noch üblichen Antrittsbesuche bei Fakultätskollegen begann. Zum Glück sind dafür keine Blumengebinde vorgesehen. In Greifswalds Blumenläden gab es bestenfalls nur Kohlköpfe oder höchstens den Töpfen, besonders den Alpenveilchen, entwendete Blütchen an kurzen Stengeln.

Ich machte nun meine Runde, beginnend bei Professor

Bommer, dem Dermatologen, den ich noch aus Berlin kannte; er sprach mir viel Mut zu. Professor Wels, der Pharmakologe, den ich als nächsten aufsuchte, erklärte mir, er wäre hier sitzengeblieben, würde es aber nicht bedauern. Der schon fast emeritierungsreife Professor Wegner, der Anatom, zeigte mir stolz sein anatomisches Museum. Mit Professor Steinhausen, dem Vertreter der Physiologischen Chemie, unterhielt ich mich über seine Cupula-Forschung (leider wußte ich selbst wenig darüber).

In der Hals-Nasen-Ohrenklinik lernte ich Professor Moser kennen. Professor Volkmann war Vertreter der Chirurgie und Nachfolger von Professor Felix, von dem ich mich in Berlin gerade verabschiedet hatte. Professor Zinser besuchte ich noch in seinem recht geräumigen Direktorhaus der Gynäkologischen Klinik in der einsamen, mit «Katzenköpfen» gepflasterten Wollweberstraße und schließlich unseren damaligen Dekan der Medizinischen Fakultät, den Direktor der Universitäts-Nervenklinik, Professor Schwarz. Von ihm erfuhr ich nur das «höchst Erlaubte» über meinen Berufungsgang und etwas ausführlicher Wissenswertes über die Greifswalder Kollegen. Schon bei der ersten Begegnung bewunderte ich seine Beredsamkeit, mit der Schwarz dann bei verschiedenen geselligen Anlässen Triumphe feierte.

An einem sonnigen Frühlingsvormittag führte mich mein Weg in die Kinderklinik, zu Professor Brieger. Ohne lange Umschweife geleitete mich Brieger in den Klinikgarten, in dem schon Verschiedenes blühte und in dem sich mein Gastgeber besonders wohl fühlte und sich auch unter dem kaum Erblühten zurechtfand, denn er selbst war gleichzeitig der Gärtner der Anlagen. Wir unterhielten uns kaum über medizinische Probleme, sondern über zwischenmenschliche Beziehungen. In Erinnerung geblieben ist mir die ungewöhnliche Wärme seiner Art, zu sprechen, und die Geduld, mich anzuhören. Wir schlossen auf Anhieb Freundschaft.

Allein der erste Kontakt mit den Kollegen der Medizinischen Fakultät brachte eine Wandlung in meiner Beziehung zu Greifswald. Hier lebten Persönlichkeiten, die Geist ausstrahlten und die sich über die scheinbar verschlafen wirkende Stadt erhoben. Und plötzlich bekam ich Lust, mich dieser Gemeinschaft anzuschließen.

Die Universitäts-Augenklinik

Nun hatte ich als «Hausvater» die Leitung dieser «Augen-Heilanstalt» übernommen. Ihre ruhmvolle Geschichte kannte ich in Umrissen. War ich doch Schüler von Walther Löhlein, der hier als Assistent und später als Direktor und Nachfolger Paul Römers siebzehn Jahre tätig war. Oft erzählte er von seiner Greifswalder Zeit, seinem ersten Ordinariat. Durch ungewöhnliche Fügung des Schicksals lernte ich alle Nachfolger Löhleins, also meine Vorgänger, kennen. Die Professoren Meisner und vom Hofe, die heute beide nicht mehr leben, Professor Velhagen, unseren ältesten Ophthalmologen, und schließlich die Kollegen Jahnke und Schulte, die nur kurze Zeit in Greifswald weilten. Besonders beeindruckte mich der Gründer der Greifswalder Augenklinik, Professor Rudolf Schirmer, der 1873 das erste Ordinariat der Ophthalmologie bekleidete. Achtzig Jahre später wurde ich sein Nachfolger.

Wie fand ich die Augenklinik 1953 vor? Ein überaltertes, aber solides Gebäude, 1887 unter dem Direktorat von Rudolf Schirmer (1831–1896) erbaut. Günstig und schön, unmittelbar am baumschattigen Wall, gegenüber dem Universitätsgebäude und dem Rektorat gelegen. Leider wurde der Anblick des Innenhofs der Klinik durch staubige Kohlenhalden verunziert (bis heute hat sich daran nichts geändert). Die geräumigen Patientenzimmer zeigten eine ungewöhnliche Höhe von fünf Metern, wohl der damaligen Vorstellung entsprechend, viel Luft würde die Heilung fördern.

Die wichtigsten ophthalmologischen Geräte und Einrichtungen erinnerten etwas an die Zeit der Reformation der Augenheilkunde, auch die einfache Röntgenanlage entsprach nicht den damaligen Erfordernissen. Zu allem Überfluß waren sieben Räume der Klinik als Personalquartiere eingerichtet. In der Klinikbibliothek klafften große Lücken.

Der nach Westen sich anschließende Erweiterungsbau befand sich noch im Rohzustand. Zu den einzelnen Etagen, den späteren Krankenzimmern, gelangte man nur über provisorische Holztreppen. Nach dieser kurzen Inspektion wurde mir bewußt, daß viel Arbeit, ja sehr viel Arbeit auf mich, meine Kollegen und Mitarbeiter wartete. Wir gingen aber gleich ans Werk.

Woher nahmen wir diesen Schwung, der uns alle beseelte? Wir feuerten uns gegenseitig an, fühlten wir doch, jetzt wird es ernst, und unser Auftrieb wird von Dauer sein. Mein Fach beherrschte ich und hatte auch das Durchstehvermögen. Das teilte sich allen mit. Es erfaßte uns ein nicht zu besiegender Enthusiasmus.

Aus der Großstadt kommend, beladen mit großen Plänen und Vorbildern moderner Kliniken, mußte ich mich erst einleben, vieles umdenken.

Was stand mir alles bevor? Neben der routinemäßigen Klinikarbeit warteten auf mich die Studenten mit Kollegs, Kursen und Prüfungen, die Patienten mit Operationen, die Fakultät mit Sitzungen, die Gewerkschaft mit Besprechungen zum Wettbewerb, die Verwaltung mit Beratungen über eine gründliche, tiefgreifende Reorganisation des ganzen Hauses. Jetzt durften keine überflüssigen Anordnungen und administrativen Eingriffe von außen stören. Unsere Klinik begann von innen heraus zu wachsen.

Bereits am sechsten Tag nach meinem Dienstantritt besuchte mich der Parteisekretär der Universität, Herr Birkner, um sich über meine Pläne zu orientieren. Diesen Besuch habe ich in angenehmer Erinnerung, da ich aus der Unterhaltung entnahm, daß wir hier mit realer Förderung rechnen konnten. Sein Interesse erschöpfte sich nicht in formalen Redensarten. Das Wesen wahren Arzttums und die sich daraus ergebenden Aufgaben wurden vom Besucher erkannt und gewürdigt. Sie deckten sich erstaunlich mit unserem ersten Vorhaben, dem Ausbau einer gehobenen augenärztlichen Betreuung der Kranken unseres Einzugsgebietes.

Von den drei Aufgaben, der Forschung, Lehre und dem Arzttum, die dem Direktor einer Universitätsklinik übertragen werden, schob sich damals in Greifswald die des ärztlichen Handelns an die erste Stelle. Was war die Ursache? Durch unzureichende Einrichtungen des Gesundheitswesens in der nördlichen Region der Republik – ein Erbe der Vergangenheit – mußten sämtliche Greifswalder Kliniken die ärztliche Versorgung weitreichender Kreise der Bevölkerung der Bezirke Rostock und Neubrandenburg übernehmen. Dieser Zustand hielt fast bis Ende der sechziger Jahre an und benachteiligte die Forschungsarbeiten unserer wissenschaftlichen Assistenten.

Mir selbst lag die ärztliche Tätigkeit schon immer am Herzen, sie füllte mich aus und befriedigte mich, so daß ich mich unbeschwert mit ganzer Kraft dieser schönsten Aufgabe unseres Berufes widmen konnte. Übrigens erinnerte mich dieser Zustand an die Berliner Situation in den ersten Nachkriegsjahren, als die Ziegelstraße hauptsächlich für Untersuchung und ärztliche Behandlung zuständig war.

Wir, als Universitäts-Augenklinik, wollten jetzt das höchste Niveau der Untersuchungs- und Behandlungsmethoden beherrschen und anwenden. Darin bestand unser Ehrgeiz – und auch darin, die neuesten ophthalmologischen Geräte und das optimalste Operationsinstrumentarium zu beschaffen. Das verlangte den unermüdlichen Einsatz des Direktors und der Oberärzte. Janert entwickelte dabei eine ungeahnte Hartnäckigkeit den Behörden gegenüber. Mit Prospekten beladen, konferierte er bei allen erreichbaren Stellen des Staatssekretariats für Hochschulwesen und des

Gesundheitsministeriums und ließ nicht locker, bis er das Gewünschte beschafft hatte. Schon in den fünfziger Jahren erhielten wir die ersten, wenn auch noch primitiven Operationsmikroskope und konnten darüber auf unserem Keratoplastik-Symposium 1956 in Greifswald berichten. Der Kollege Krüger entwickelte in meinem Auftrag eine zielstrebige Aktion zur Realisierung einer neu zu schaffenden Pleoptik-Orthoptik-Abteilung sowie einer Schule für Orthoptisten, die bereits 1954 die Arbeit aufnahm. Die Untersuchungsplätze der Assistenten erhielten neue Geräte, der Operationssaal neue Instrumente.

An diesen Geräten mußten wir alle, Chef, Oberärzte und Assistenten, gedrillt werden. Die einzelnen Handgriffe wurden immer wieder von neuem geübt, bis sie saßen. Parallel zur Schulung der Ärzte lief die der Schwestern. Dafür sorgten eine routinierte Oberschwester, Hildegard Gr., und die erfahrenen Oberärzte. Wir verlangten einen gewissenhaft durchgeführten pflegerischen Dienst in immer gleichbleibender, hingebender Freundlichkeit. Jeder Patient mußte die Gewißheit haben, er ist die Hauptperson, alles dreht sich nur um ihn. Diese liebevolle Fürsorge galt allen Kranken; sie begann mit dem Überteten der Schwelle des Hauses und begleitete den Patienten bis zur Entlassung. Wir haben dieses Verhalten immer beachtet, wußten wir doch, daß derjenige, der es bewußt verletzte, sein Ansehen im Kollektiv verlor. Wir sahen darin eine hohe ärztliche Verpflichtung zur äußersten Hilfsbereitschaft.

Die Voraussetzung für eine optimale Patientenbetreuung ist und bleibt eine gründliche Arbeits- und Diensteinteilung, die von allen, dem Chef, den Oberärzten, Assistenten, Schwestern und weiteren Angestellten, streng einzuhalten ist. Der Alltag der Assistenten und Schwestern war nicht leicht, manchmal recht ermüdend und aufregend. Aber oft wurde er zu einem Festtag, an dem wir die Freude und das Glück eines Patienten teilten, der gesund unser Haus verlassen konnte.

Wir ließen das Wohlergehen der Patienten auch nicht aus den Augen, als sich im Zuge besserer augenärztlicher Versorgung in unserem Einzugsgebiet eine spürbare Entlastung in der Poliklinik einstellte. Die wissenschaftliche Arbeit nahm jetzt breiteren Raum ein. In praxisnaher Forschung beschäftigten wir uns vor allem mit dem Schielproblem, der diabetischen Retinopathie (nichtentzündliches Netzhautleiden), der Licht- und Laserkoagulation der Netzhaut und der Keratoplastik, unter Anwendung der Mikrochirurgie.

Im Oktober 1953 kam meine Familie mit Sack und Pack nach Greifswald. Sibylle war zehn, Rolf neun und Thomas ein Jahr alt. Für alle war es eine Umstellung, für die Kinder die neue Schule, für meine Frau die andere Hauswirtschaft mit den Lebensmittelkarten und dem Einkauf. Wir wurden aus Westberlinern Bürger der DDR, erhielten neue Personalausweise, die uns aber ungehinderte Reisen nach Berlin ermöglichten. Noch lebte die Schwiegermutter in Westberlin und benötigte unsere Unterstützung.

In den ersten Jahren machte die Schule unseren Schulpflichtigen Schwierigkeiten. Lag es am Lehrplan, an den Lehrern, oder waren sie nicht fleißig genug? Meine Frau kümmerte sich um Schule und Erziehung, dabei legte sie oft eine erstaunliche Härte an den Tag.

Mich zog die Arbeit in der Klinik ganz in ihren Bann, so daß mir für meine Familie wenig Zeit blieb. Schon im zweiten Jahr meines Wirkens riefen wir zur ersten Greifswalder Augenärztetagung (1954) auf. Dazu hatte ich meine Freunde aus Prag, Professor Kurz und Dozent Vrabeç, eingeladen. Es war eine sehr gelungene Veranstaltung mit unseren Ophthalmologen Velhagen, Comberg und Gasteiger. Zu solchen Veranstaltungen und Kollegs brauchten wir Demonstrationsmaterial, vor allem Filme. Es konnte sich doch nur als nützlich erweisen, auf diesem Wege neue Untersuchungsmethoden und verfeinerte Operationstechniken bekanntzumachen. Das Medium Fernsehen mit seinen natürlich wesentlich größeren Möglichkeiten auch zu fachwissenschaftlichen Übertragungen sollte ja erst zwei Jahre später seinen offiziellen Programmbetrieb bei uns aufnehmen.

Ich lernte Fritz Dick, den Kameramann aus dem DEFA-Medizinfilm, kennen, lud ihn zu uns ein, und wir begannen gleich im größeren Umfang, in Zusammenarbeit mit dem Deutschen Zentralinstitut für Lehrmittel, Filme herzustellen. Dank der ungewöhnlichen Perfektion und Tatkraft von Fritz Dick kamen vierzehn für die damalige Zeit hervorragende Color-Filme zustande, die auf vielen Kongressen in der DDR und im Ausland gezeigt und jahrelang in Kollegs, auch in der BRD, vorgeführt wurden.

Im Jahre 1954 konnte ich auch das erstemal nach dem Kriege wieder Polen besuchen. Von der Polnischen Ophthalmologischen Gesellschaft war zu einem internationalen Kongreß nach Warschau eingeladen worden. Unser Ministerium hatte zwei Personen delegiert, Pietruschka und mich. Wir waren die ersten deutschen Augenärzte, die in die polnische Volksrepublik reisen durften, gewissermaßen frühe «sommerverkündende» Schwalben. Als Leiter unserer Delegation mußte ich auch zur Eröffnung sprechen, und Pietruschka drang in mich, ja etwas über den Frieden zu sagen. Wir fuhren mit der Eisenbahn, unser Weg führte über Poznań, die Stadt, in der ich zwei Jahre meines Lebens verbracht, bei Professor Stasiński gearbeitet und Irena kennengelernt hatte. Rührung überkam mich, und lange blieb ich am Fenster stehen, in Betrachtung der bekannten Straßen versunken, bis wir wieder offenes Feld erreichten. Ich wußte, daß ich mich in Polen fremd, aber zugleich dazugehörig fühlen werde. Wieder wird diese Zwiespältigkeit bei mir einsetzen, die ich von meiner Jugend an spürte.

Bei der offiziellen Eröffnung konnte ich den Dank und die Grüße der Augenärzte aus der DDR in polnischer Sprache vorbringen. Das war noch mehr, als wenn ich nur über den Frieden gesprochen hätte.

Der Kongreß besaß ein hohes Niveau. Ich beteiligte mich mit drei augenärztlichen Operationsfilmen, die wir in Greifswald gedreht hatten. An der Grenze hatte es wegen der in großen Blechtrommeln verstauten Filmrollen Auseinandersetzungen gegeben. Ich konnte aber die mißtrauischen Zollbeamten in ihrer Muttersprache beruhigen und ihre Bedenken zerstreuen. Die Filme kamen im Theatersaal, wo der Kongreß stattfand, zur Vorführung, und wir ernteten starken Beifall.

Die ausländischen Delegierten waren im Sejmgebäude untergebracht und wurden hier großzügig verpflegt. Ein freundlicher polnischer Betreuer wiederholte bei jeder Gelegenheit: «Essen ist Pflicht!» Wie sich später herausstellte, beherrschte er nur diese deutschen Worte. Während unserer Imbisse hatte ich Gelegenheit, die Kollegen aus verschiedenen Ländern kennenzulernen. Unter anderen waren es mein späterer Freund Kettesy aus Debrecen, Kurz aus Prag, Kuo aus Shanghai, der ein fehlerfreies Wiener Deutsch sprach, da er jahrelang in Wien, vor allem bei Meller, gearbeitet hatte. Wir sprachen alle deutsch.

Mit Kettesy sollte mich eine jahrelange Freundschaft verbinden. Er und sein Oberarzt Alberth besuchten uns auch mehrere Male in Greifswald. Kettesy war ein Universalgenie im Bereich der klinischen Ophthalmologie. Was er mit seinem bloßen Auge sah, konnten viele jüngere Kollegen kaum mit modernen Zeiss-Apparaturen wahrnehmen. Während einer Arbeitspause ergingen wir uns auf dem Klinikhof. Da kam ein Patient in Klinikkleidung vorbei. Der immer neugierige Kettesy besah sich sein Auge. Als der Patient außer Sichtweite war, wandte sich Kettesy an mich: «Warum haben Sie das Auge noch nicht enukleiert?» – «Ja, wir wollten Ihnen den Patienten in einer Demonstrationssitzung noch zeigen, als Sonderfall sollen ihn alle unsere Kongreßteilnehmer sehen!»

Kettesy hatte eine kleine, kaum wahrnehmbare Veränderung im Auge des Patienten als Melanom (bösartige Geschwulst) erkannt. Ich verdanke ihm viele Anregungen, die er freigebig an Hunderte Schüler weitergab.

Aladar Kettesy ist neunzig Jahre alt geworden, er starb 1983. Ihm war es vergönnt, über zwei Generationen lang als lehrender und heilender Augenarzt an der Debrecener Augenklinik zu wirken und eine hohe wissenschaftliche Tradition aufzubauen. Dank seiner Initiative wurden in seinem Komitat Augenabteilungen, Polikliniken und praktizierende Augenärzte tätig. Wer Kettesy kennengelernt hatte, konnte ihn nie vergessen. Er hatte die Gabe, neben wichtigen, oft überraschenden fachlichen Mitteilungen Toaste auszubringen und Reden zu halten, die allen Hörern zu Herzen gingen. Er war von sprühendem Geist, ein angenehmer Kollege, bescheiden in fachlichen Fragen, hilfsbereit für Freunde und Patienten, neidlos und anerkennend für Leistungen anderer. Vertraut waren uns seine ausladenden Bewegungen, sein schnelles Auge und sein spritziger Humor. Kettesy – ein Beispiel für uns alle!

In einer längeren Kongreßpause trieb es mich, meine ehemalige Kaserne in Warschau aufzusuchen, in der ich vor zwanzig Jahren meine Rekrutenzeit verbracht hatte. Wie verwundert war ich, als ich auf ein offenes Gelände kam, in dem nur noch die asphaltierte Straße zu erkennen war, die zur Kaserne führte. Auch diese zeigte von Gras überwucherte Geschoßeinschläge.

Wo war der alte massive Kasernenbau, einstiger Sitz der Herzöge von Masovien? Nur ein flacher Mauerrest am äußeren Ende mit einigen Steinstufen war zu sehen. Sie deuteten den ehemaligen Treppenaufgang an. Überall nur Gras und Gestrüpp. Auch die Bäume, auf denen damals zahme Eichhörnchen huschten, waren verschwunden. Hier, genau an dieser Stelle, traten unsere Kompanien jeden Morgen an, wenn es zu Übungen ging. Noch höre ich den heiseren Befehlston der Unteroffiziere, wie sie unserem Kompaniechef, Oberleutnant Zaleski, Meldung erstatteten. Er imponierte mir, und ich bewunderte ihn. Er wußte immer das

Passende zu sagen, war immer vornehm und fiel nie aus der Rolle. Nie werde ich sein schmales Gesicht mit kühner Adlernase vergessen. Hat er den Krieg überlebt?

Währenddessen beobachteten wir die Eichhörnchen, die ungestört wie rote Blitze durch die Äste zuckten und uns mit ihrem possierlichen Gehabe erfreuten. Den Appell mit den Eichhörnchen hatte ich in ein kleines Gedicht gebannt, das in unserer Soldatenzeitung abgedruckt wurde.

Der Krieg hat alles ausgelöscht. Tief bewegt kehrte ich in das Getriebe des Kongresses zurück, in die Gegenwart, die sich aber in Vorträgen schon auf die Zukunft ausrichtete.

Unterhaltungen mit ehemaligen Kollegen zeigten mir, daß die Polen die Unmenschlichkeit der Naziherrschaft noch nicht überwunden hatten und uns Deutschen gegenüber mit Zurückhaltung auftraten.

Pleoptik-Orthoptik

Seit meiner Schweizer Reise beschäftigte mich beharrlich der Gedanke an eine «Sehschule». So bezeichnete man anfangs die augenärztlichen Einrichtungen zur Behandlung von Schielkindern, die später die Benennung Pleoptik-Orthoptik erhielten (volles Sehen – rechtes Sehen).

Um das Interesse an einer solchen Institution überhaupt zu erkunden, versuchte ich es damals von meiner Westberliner Praxis aus. Meine Vorschläge bei den dortigen Gesundheitsbehörden stießen auf Unverständnis und taube Ohren. Mir wurde erklärt, daß niedergelassene Augenärzte die Behandlung der Schielkinder selbst übernehmen könnten, was sie eigentlich schon taten. Wozu dann, meinten sie, diese kostspielige Aktion?

Dieses Argument konnte mich nicht überzeugen, da der praktizierende Augenarzt alter Prägung, ohne spezielle Hilfskräfte, ohne entsprechende Geräte und eigene Schulung dieser Aufgabe nicht gewachsen war. Die neuen Methoden der Schielbehandlung, wie sie in der Schweiz hauptsächlich von Bangerter weiterentwickelt wurden, verlangten aber diesen Aufwand.

In Greifswald eröffneten sich mir ganz andere Möglichkeiten zum Aufbau einer pleoptisch-orthoptischen Abteilung. Im Sommer 1954 machten wir den Anfang. Im Gartenhaus, der ehemaligen Trachombaracke, entstanden Bettenstation, Untersuchungs- und Behandlungsräume. Wir hatten ausreichend Schielkinder, meist im Schulalter, es fehlten jedoch Fachkräfte und Geräte zur Untersuchung und Behandlung der kleinen Patienten. Fachkräfte mußten erst nach dem Muster der Schweizer Schule von Bangerter ausgebildet und Lehrpläne für das Berufsbild der Orthoptisten geschaffen werden. Nachdem das geschehen war, gründeten wir 1960 die erste Orthoptisten-Schule der DDR. Nach zwei Jahren verließen die ersten zwölf staatlich geprüften Orthoptistinnen die Greifswalder Augenklinik.

Der sich bald einstellende Bedarf an Orthoptistinnen machte eine zweite Schule erforderlich. Diese wurde 1961 an der Universitäts-Augenklinik in Leipzig eröffnet. Von nun an erhielt die Schielpraxis jedes Jahr im Wechsel zehn bis zwölf gut ausgebildete Fachkräfte. Das war dringend notwendig, um die Aufgabe, die auf uns zukam, zu bewältigen. Es war bekannt und wurde auch von einem unserer Mitarbeiter in einer Reihenuntersuchung von Schulkindern bestätigt, daß etwa 4,5 Prozent aller Kinder vom Schielen betroffen sind. Demnach kommen umgerechnet auf die Bevölkerungszahl der DDR jährlich sechstausend bis siebentausend Schieler zur Welt, und diese verlangen eine fachgerechte, gründliche Behandlung, um bleibende funktionelle Störungen, wie einseitige Sehschwäche und Anomalien des beidäugigen Sehens, zu vermeiden.

Die Gründung der Schielabteilung und Schule für Orthoptistinnen konnte nur ein erster Schritt sein. Unsere Aktion mußte auf die ganze DDR ausgedehnt werden. Das Interesse an der Schielbehandlung bei Patienten und

Augenärzten wuchs. Die Lawine kam ins Rollen. Waren wir doch damals eine Art Neuerer auf diesem Gebiet und fanden deshalb bei unseren Behörden volles Gehör. Hier möchte ich besonders Frau Dr. Krüger vom Gesundheitsministerium erwähnen, die uns jederzeit hilfreich zur Seite stand, und die Herren vom Staatlichen Versorgungskontor für Pharmazie und Medizintechnik, mit denen wir jährlich einen exakten Plan für die Einrichtung von Pleoptik-Orthoptik-Behandlungsstellen festlegten. Das erfolgreiche Hand-in-Hand-Arbeiten ermöglichte es, im Laufe der Jahre ein lückenloses Netz von P.-O.-Stellen in der DDR aufzubauen.

1984 blickten wir auf eine dreißigjährige Erfahrung mit der Schielbehandlung zurück. Haben wir Erfolge erzielt? Aus Anlaß dieses Jubiläums besuchten mich Frau Oberarzt Dr. Pöschl und die leitende Orthoptistin, Frau Hadler, beide erste Fachkräfte auf dem Gebiet moderner Schielbehandlung an der Greifswalder Augenklinik.

«Wir haben mehr erreicht, als wir erhofften» – war ihr freudiger erster Satz, mit dem mich die Damen begrüßten. Was erfuhr ich?

«Das Wesentliche ist eigentlich die Prophylaxe, die früheste Erfassung der Schielkinder», begann die Oberärztin.

«Wann frühestens?»

«Früh, das heißt, mit einem halben Jahr. Störungen, die anlagebedingt sind, kann man in diesem Alter schon feststellen. Meistens merken es auch die Eltern. Wir skiaskopieren und untersuchen auf organische Augenfehler.»

«In Atropin?»

«Ja, wir tropfen jetzt im Gegensatz zu früher eine ganze Woche lang.»

«In welcher Konzentration?»

«Ein Viertel- oder ein Halbprozent. Es traten keine toxischen Erscheinungen auf. Wir verordnen schon früh eine Brille. Manche Eltern haben Bedenken – das Kind kann noch nicht laufen und schon eine Brille? Die Kinder sind vorsichtig, wir haben keine Verletzungen durch Brillen erlebt. Wenn möglich geben wir auch Kunststoffbrillen.»

«Ab wann können Sie die Sehschärfe bestimmen?»

«Ab zweitem Lebensjahr mit Bildern. Manches aufgeweckte Kind macht genaue Angaben. Mit Sehproben in Form von Haken ist es schwieriger. Die Kleinen sind überfordert, sogar motorisch. Man muß vorsichtig sein in der Festlegung der Sehschärfe. Aber man hat einen Seitenvergleich. Es sollen ja nach Möglichkeit keine Visusdifferenzen entstehen. Wenn vorhanden, dann früh beseitigen, mit möglichst einfachen Mitteln, die das beidäugige Sehen nicht beeinträchtigen. So zum Beispiel Sichtfolien, die günstiger sind, als ein Auge ganz auszuschalten. Kindern mit hohen Schielwinkeln werden Nahkorrekturen verordnet. Meist erreichen diese kein Binokularsehen [beidäugiges Sehen]. Es sind die mit den zentralen Koordinationsstörungen.»

«Führen sie auch Motilitätsübungen durch?»

«Ja, bei hohen Schielwinkeln tun wir das konsequent. Wir haben die Motilitätsübungen von den Kinderärzten gelernt. Sie beginnen, Kinder mit Zerebralparesen [Muskellähmung durch Hirnschaden] ganz früh zu beüben. Und zwar täglich. Ich erlebe jetzt die guten Fortschritte, die diese Kinder erreichen. Früher war das nicht möglich. Die Kontrakturen sind weggefallen. Sie müssen auch nicht mehr operiert werden. Die Abduktionsübungen beim Kleinkind sind äußerst wichtig.»

Es ist also eine grundsätzliche Wandlung in der Schielbehandlung eingetreten. Während wir in den fünfziger Jahren mit Schulkindern begannen, waren es später Vorschulkinder, schließlich sah man in den Wartezimmern und Fluren nur noch Kinderwagen, in denen Eltern ihre Säuglinge zu uns brachten. Wir hatten es eigentlich schon vorausgesehen, aber noch nicht als neue Methode erkannt, da uns die Erfahrung und die Ergebnisse fehlten. Jetzt heißt es: Prophylaxe ist alles!

Eine große Hilfe für die Orthoptistinnen ist die Mitarbeit der Kinderärzte und der Mütterberatungsstellen. Ohne die aufmerksame Säuglingsbetreuung wäre eine Frühdiagnose des Schielens nicht möglich.

Die gesamte, sehr aufwendige Behandlung des Schielens vereinfacht sich, wenn man in diesem Alter mit der Therapie beginnt. Die Erfolge sind größer und die Mühe der Behandlung geringer. Die apparative und operative Therapie ist dadurch fast in den Hintergrund getreten. Noch halten sich nicht alle Strabologen an diese Behandlungsmethode der frühzeitigen Prophylaxe. Dieser Weg wird sich sicher durchsetzen.

Die Unterredung mit meinen ehemaligen Mitarbeitern hat mich freudig und zuversichtlich gestimmt. Dieser Eindruck verstärkte sich zwei Jahre danach. Frau Hadler beging 1986 ihr dreißigjähriges Arbeitsjubiläum in der Klinik. Aus diesem Anlaß war sie wieder zusammen mit einer Kollegin unser Gast. Natürlich erörterten wir auch Fachprobleme. Es ging um das frühzeitige Erkennen des Schielens bei Säuglingen. Frau Hadler, die mitten im Fragenkomplex steht, teilte einen äußerst wichtigen Fakt mit: «Wenn beim ersten Kind ein Schielen festgestellt wurde, so beobachtet eine junge Mutter wesentlich genauer das zweite Kind und kann bereits im Alter von sechs bis acht Wochen erkennen, ob ein Schielen entsteht.»

Das ist bedeutsam im Hinblick auf eine frühzeitige Therapie. Dadurch hat auch die Statistik eine Korrektur erfahren, denn heute rechnet man mit etwa sechs bis acht Prozent Strabismus unter den Kindern. Die aufklärenden Vorarbeiten müssen also in die Mütterberatungsstellen gelegt werden.

Ich wurde durch eine neue Erkenntnis reicher und verabschiedete mich von den enthusiasmierenden Damen.

Im Jahre 1954 wurde Professor Gerhardt Katsch zum Rektor unserer Universität gewählt. Jetzt kam ich diesem international geachteten Kollegen näher, der sich durch seine Arbeiten zur Erforschung der Zuckerkrankheit hohe Verdienste erworben hat. Katsch gelang es wie keinem Rektor zuvor, unsere Fakultät fester an das Leben der Universität zu binden. Es war auch die Zeit der Vorbereitung zur 500-Jahr-Feier der Alma Mater Gryphiswaldensis.

Ich glaubte, daß in unser aufbaureiches Schaffen kein Schatten mehr fallen könnte, und doch brachte ein Ereignis eine Erschütterung, die sich in der ganzen Fakultät ausbreitete. Im Frühjahr 1955 erhielt die Greifswalder Universität den Auftrag, im Rahmen einer neu zu schaffenden Militärmedizinischen Sektion (MMS) Offiziershörern und Offiziersschülern der Kasernierten Volkspolizei Studium und Ausbildung an den medizinischen Einrichtungen zu ermöglichen. Diese Entscheidung der Regierung der Deutschen Demokratischen Republik, die 1956 einmündete in die Gründung der Nationalen Volksarmee, ergab sich aus der damaligen politischen Situation.

In zwei Sitzungen, am 23. und am 30. März 1955, wurde unserer Fakultät diese Maßnahme von Vertretern des Staatssekretariats für das Hochschulwesen ohne vorbereitende Diskussion verkündet. Das war gewiß ein Mangel. Es enstand eine unklare Situation, in der sich Gerüchte und Flüsterpropaganda breit machten.

Warum keine Zivilstudenten neben den Angehörigen der Kasernierten Volkspolizei? Warum die Weisung, Greifswald solle ausschließlich Ausbildungsstätte nur für Militärstudenten sein? Alles Fragen, über die man miteinander sprechen sollte.

Professoren und Studenten unserer Fakultät fühlten sich vor den Kopf gestoßen. Während die ersteren unschlüssig debattierten, wurden die Studenten aktiv. Ihre erste Reaktion war simpler Widerstand. Trotz Aufruf von Rektor und Dekan, «Ordnung und Ruhe zu bewahren», boykottierten sie kurzzeitig die Kollegs.

Um die Reaktion der Studenten in die richtige Bahn zu lenken, berief die Universitätsparteileitung eine Vollversammlung der Mediziner in die Aula ein, mit dem Ziel, durch Diskussionen und Erklärungen die aufgeregten Studenten zu beruhigen. Aber in Anbetracht der erhitzten Gemüter gelang es noch nicht, alle Studenten von der Richtigkeit dieser Anordnung zu überzeugen.

In dieser angespannten Situation behielt der Rektor Ruhe und Zuversicht. Katsch zeigte sich als Mann von Geschick und Weitsicht, als Leiter der Universität auf verantwortlichem Posten. «Ich fahre nach Berlin zu Professor Hager, und Günther kommt mit!» So geschah es auch. Nachdem das mißverstandene «ausschließlich» aufgeklärt wurde und das neue Semester der 500-Jahr-Feier 1956 seinen Anfang nahm, konnten Zivilstudenten nach Greifswald zurückkehren. Neben den Militärstudenten wurden wieder Zivilstudenten immatrikuliert. Das mehr als dreißigjährige Nebeneinander der Militär- und Zivilstudenten bewährte sich, wie es die Geschichte bewiesen hat.

Die Einführung der Militärmedizinischen Sektion in Greifswald blieb für meine akademische Laufbahn nicht ohne Folgen. Es handelte sich um meine Weiterberufung nach Rostock. Im Jahre 1955 vollendete der dortige Ordinarius, Professor W. Comberg, sein fünfundsechzigstes Lebensjahr. Schon ein Jahr zuvor verhandelte er als Dekan der Medizinischen Fakultät in Sachen seiner Nachfolge. Er hatte von sich aus für mich die Wege geebnet, meine Unterlagen verlangt und auch erhalten. Ich war als sein Nachfolger vorgesehen. Inzwischen war aber diese Veränderung in Greifswald eingetreten und die Militärmedizinische Sektion eingerichtet worden. Diesem mußte Rechnung getragen werden. Am 12. Mai 1955 erschien bei mir der Stellvertreter des Staatssekretärs, Dr. W., zu einer Aussprache und erklärte, daß ich in Greifswald erforderlich sei, um die Kontinuität der Ausbildung der Militärstudenten nicht zu unterbrechen. Professor Combergs Amtszeit würde verlängert werden.

Ich blieb also in Greifswald, denn auch meine Eingabe beim Staatssekretariat brachte keinen Erfolg. Mein «Sitzenbleiben» in Greifswald habe ich aber nicht bedauert. Und so löste sich das scheinbare Unglück in Wohlgefallen auf. Dr. W. hingegen, der mich mit ungerechtfertigten Vorwürfen zu sozialistischen Pflichten glaubte ermahnen zu müssen, war nach kurzer Zeit republikflüchtig geworden.

Sommer 1956

Die Sommerferien 1956 begannen. Das erste Jahr mit den Militärstudenten lag hinter uns. Es war ohne Störung verlaufen, die Studenten waren in den Kliniken mit Kitteln über ihren Uniformen erschienen und hatten sich sehr diszipliniert verhalten.

Das Jahr 1956 stand im Zeichen der 500-Jahr-Feier der Greifswalder Universität. Die Vorbereitungen dazu unter Leitung von Rektor Katsch, Dekan Bommer und unzähligen Kommissionen liefen auf Hochtouren.

Wir fingen an, optimistischer in die Zukunft zu blicken. Auch unsere Klinik war intensiv eingeschaltet. Anfangs war ich nur mit halbem Herzen dabei, obgleich wir Freunde und Bekannte einladen konnten, mit denen die Klinik in Verbindung stand, unter anderen Dr. Gallois und dessen Frau aus Besançon. Madame Gallois besuchte uns noch des öfteren, um die Insel Rügen wiederzusehen, die sie als die schönste Landschaft Europas pries und liebgewonnen hatte. Da Greifswald in jener Zeit keine ausreichenden Hotels zur Unterbringung so vieler Gäste besaß, mußten in Kliniken Unterkünfte geschaffen werden. Wir waren bemüht, es unseren Besuchern so bequem wie möglich zu machen. Im Vestibül der Klinik ließ ich für verdiente Persönlichkeiten, den Gründer der Augenklinik, Professor R. Schirmer, und den langjährigen Ordinarius, Professor Löhlein, Gedenktafeln aus schwarzem Marmor anbringen.

Wir hatten also alle Hände voll zu tun. Deshalb bat ich meine Sekretärin, zusätzliche Belastungen von mir fernzuhalten. Für die nächste Zeit sollten daher auch Doktoranden abgewiesen werden. Aber kaum saß ich in meinem Zimmer, in den Heidelberger Vortrag vertieft – trotz der bevorstehenden Jubiläumsfeier stand auch diese Tagung bevor –, klopfte es schon wieder, und Fräulein Frowein trat ein: «Eine Studentin möchte gern eine Doktorarbeit von Ihnen, Herr Professor!»

«Aber ich bat Sie doch ausdrücklich, alle Doktoranden in diesem Jahr wegzuschicken», sagte ich ziemlich ärgerlich.

«Ja, sicher, aber diese Studentin ist sehr nett, vielleicht sollten Sie wenigstens ein Wort mit ihr wechseln, bevor Sie sie abweisen», dabei verlegte sie ihre aufdringliche Bitte in ein überfreundliches Gesicht.

Typisch Frowein, dachte ich, immer für andere zu betteln. Ich ließ mich nicht erweichen.

Aber schon nach einer Weile stand Fräulein Frowein wieder vor mir, blickte mich ergeben an und wiederholte ihren Satz, ob ich nicht doch ..., denn es wäre ein sehr, sehr, sehr – tatsächlich wiederholte die Frowein das «Sehr» dreimal – nettes Mädchen.

Jetzt wurde ich doch neugierig und willigte ein. Kurz darauf saß die angehende Doktorandin neben meinem Schreibtisch im Besuchersessel.

Das zweiundzwanzigjährige Mädchen, das höflich um eine Doktorarbeit bat, faszinierte mich. Auf den ersten Blick erschien es mir als ein Wesen größter Vollkommenheit. Aussehen, Kleidung, Benehmen waren ohne Tadel. Es sprach gebildet, frei und bescheiden. So eine junge Frau war noch nie in meinem Sprechzimmer erschienen. Ein ungewöhnlicher Mensch, dachte ich. Was war es, das mich so gefangenhielt? Die ganze Erscheinung, ihr Gesicht, ihre Augen, aber hauptsächlich ihr sprechender Mund und ihr Kinn. Mir fielen viele Dichterworte ein, die Kinn und Mund von Frauen besingen. Ich war beeindruckt, völlig verzaubert, so daß ich Mühe hatte, mich sachlich zu unterhalten und meine Gefühle zu verbergen. Ich erfuhr nun von der Studentin, Jutta Cornelia Manigk, daß sie als Greifswalder Studentin 1955, nach Einführung der Militärmedizinischen Sektion, den Studienort verlassen mußte, ein Jahr nach Rostock wechselte, aber jetzt wieder zu uns zurückgekehrt war. Sie wollte Ophthalmologin werden. Professor Comberg war ihr erster Doktorvater, er hatte sie nun mit einer Empfehlung an mich verwiesen.

Auf dem Kalender stand das Datum, es war der 17. September, ein Montag. Ein schicksalhaftes Datum, das ich nie vergessen werde.

Fräulein Manigk war also eine der ersten Schwalben, die nach Greifswald zurückkamen. Sie kündigte einen neuen «Sommer» an. Aber bevor es endgültig Sommer wurde, mußten noch schwere Gewitter überstanden werden.

Die Studentin

Von diesem Tage an begleitete mich ständig ihr Bild, das Bild der Studentin.

Auch das bedeutsame Ereignis der 500-Jahr-Feier der Universität, die dem Rektor, der Stadt und uns allen Ruhm und Ehre einbrachte und mich mit tiefen Erlebnissen erfüllte, konnte das Bild der Studentin nicht auslöschen.

Was sich anfangs als freudige Überraschung, ja als angenehme Vision darstellte, ging bald in leichten Schmerz und beinahe in unruhige Qual über. Noch war mir alles nicht ganz bewußt geworden. Waren es nur Wunschgedanken, um die täglichen harten Pflichten und Anforderungen leichter zu ertragen? Ich versuchte, mich der Verlockung zu widersetzen, und veranlaßte meinen Oberarzt, die Betreuung der Doktorandin zu übernehmen. Aber bald schob ich diesen künstlichen Damm beiseite, und wir trafen uns im Labor. «Im Labor mit Cornelia», anfangs war sie für mich, ihrem zweiten Vornamen nach, «Cornelia». Und so blieb es eine Zeitlang.

Der Alltag lief weiter. Anfang 1957 zog das Dekanat mit allen Verwaltungsakten und der unentbehrlichen Sekretärin, Frau St., in unsere Klinik. Für zwei Amtsperioden, vier volle Jahre, war ich für die Fakultät verantwortlich.

Jetzt kam zur Klinik, zum Labor, zur Familie, zu Patienten und Studenten noch das Dekanat hinzu. Viele Gedanken, Entschließungen mit Höhen und Tiefen. Und doch muß man sagen: ... das Leben ist schön, wie nahe der Größe des Lebens fühlt man sich, wenn man liebt? ...

Durch die ganze, vielleicht etwas übertriebene Geschäftigkeit zog wie ein nicht abschüttelbarer Alpdruck der immerwährende Gedanke an die Unruhe und Unlust in unserer Fakultät. Noch lebte im Untergrund Zweifel an der Richtigkeit der vom Staatssekretariat getroffenen Entscheidungen. Noch waren Widerstände zu beseitigen, unbegründete Erregungen zu glätten, die Passivität einzelner Kollegen oder ihre ablehnende Haltung den Militärmedizinern gegenüber zu überwinden. Sollte nicht bald ein Lichtblick kommen?

Oberst Dr. med. Ludwig Mecklinger übernahm im März 1957 als Kommandeur die Leitung der Militärmedizinischen Sektion. Von nun an begann eine wirksamere Zusammenarbeit mit uns, der Fakultät und dem Dekanat. Für mich war es jetzt leichter, die Vorurteile unter den Studenten und Professoren abzubauen und auf ein kollegiales Vertrauensverhältnis zwischen Medizinischer Fakultät und Militärmedizinischer Sektion hinzuwirken.

Katsch legte bald nach der Feier den Rektormantel ab und saß wieder bescheiden in unserer Fakultät. Wir beschlossen, seine Verdienste für Wissenschaft, Universität und Medizinische Fakultät mit einer Ehrenpromotion zum siebzigsten Geburtstag des Jubilars zu würdigen. Die Promotion lag in meinen Händen und wurde am 14. Mai 1957 in der Aula der Universität vollzogen. Bald danach mußte er als Emeritus den Fakultätssitzungen fernbleiben. Es fiel mir schwer, ihm das mitzuteilen.

Katsch wurden viele staatliche Ehrungen zuteil. Mir imponierte immer sein weltmännisches Auftreten, seine Klugheit, in der sich hohes Talent für exakte Wissenschaft und Kunst die Waage hielten. Er setzte seine ganze Kraft für das Wohl der Universität und Fakultät ein. Hervorzuheben ist seine bisher nicht bekannt gewordene Verehrung Einsteins, dem er als Student 1908 oder 1909 begegnet war und von dem er den bemerkenswerten Ausspruch hörte und niederschrieb: «Einstein sagte ohne jedes Pathos, man müßte dahin kommen, das ganze Weltgeschehen durch eine einzige mathematische Gleichung zu beschreiben» ... Einsteins Relativitätstheorie wurde erst 1915 endgültig formuliert. Besonders dankbar waren wir Katsch, daß er seinen begabtesten ehemaligen Schüler, Professor H. Latotzki, nach Greifswald berief, der dann über seine Emeritierung hinaus hier immer noch segensreich wirkt.

Es nahte der Sommer 1957 und damit auch die Teilnahme der Dekane an der Nobelpreisträger-Tagung in Lindau am Bodensee. Überraschend traf ich dort Professor Velhagen, der die Leipziger Medizinische Fakultät vertrat. Hier lernte ich Männer wie Otto Hahn kennen, zu denen die Wissenschaftler aller Welt aufblicken. Ich war erstaunt über die ungewöhnliche Bescheidenheit und Einfachheit der Nobelpreisträger. Manche waren noch jung, andere hatten ein hohes Alter erreicht. Alle zeichnete diese bescheidene Ruhe aus.

Heute frage ich mich, wie konnte ich damals dies alles bewältigen? In diesem Lebensstrudel, der um mich tobte und wie Wogen über mir zusammenbrach, erkrankte die Studentin. Überforderung durch Studium, Umweltstreß?

Wir machten uns Sorgen und begannen die Behandlung, die sich lange hinzog.

Unabhängig davon lief die Arbeit im Dekanat, in der Fakultät und Klinik weiter und schien kein Ende zu nehmen. Die Assistenten Frohmann und Hanney mit abgeschlossener Facharztausbildung verließen die Klinik, um in ihre Praxen zu gehen. Dr. Hanney hat uns nicht aus den Augen verloren. Bis zum heutigen Tage verbindet uns innige Freundschaft.

Die Beziehungen zur Studentin vertieften sich immer mehr und stürzten mich in seelischen Zwiespalt. Noch sah ich keine Lösung der Probleme. In diesem Dilemma fand ich bei Laxnes einen bedeutsamen Satz: «... Es gibt ganz wenige Frauen von dieser Art, daß ein Mann, im selben Augenblick, da er sie zum erstenmal sieht, sein bisheriges Leben vergißt, wie gleichgültigen Tand, und bereit ist, das Band aller Pflichten, das ihn mit seiner Umgebung verbindet, zu zerreißen, daß er kehrt macht und dieser Frau folgt bis ans Ende der Welt ...»

War das aber eine Rechtfertigung, und war das die Frau, der man folgen kann bis ans Ende der Welt?

In jenem Jahr wurde ich fünfzig Jahre alt. Wenn man so alt geworden ist, sollte man meinen, hätte sich vieles beruhigt, geglättet. Mit Enttäuschung mußte ich feststellen, daß sich in mir nichts geändert hatte.

Ich weiß, daß es noch außer dir und mir
viel tausend Dinge gibt,
unzählig voller Pracht,
ein Sternenheer
in Sommernacht,
ein endlos Meer
von Farbe, Klang und Duft,
ein Feuerwerk
von Lachen, Freud und Taumel,
versprühend in der Luft.

Und tief an schwerer Erde
Not, Elend, Schmerzen ziehn,
aus Wachsen, Knospen, Reifen – –
Tod, Welken und Verblühn.
Ich weiß, daß es noch außer dir und mir
viel tausend Dinge gibt,
die Tausend Dinge aber stehn
in dir, mit dir
sie auch vergehn.

Ein neues Jahr, 1958, brach an und mit ihm neue Planungen und Vorbereitungen, diesmal zum Weltkongreß der Ophthalmologen in Brüssel, zu dem aus Greifswald Janert und ich nominiert wurden. Hier, in Belgiens Hauptstadt, hatte vor hundertundeinem Jahr die erste Zusammenkunft Europäischer Augenärzte stattgefunden, auf der Albrecht von Graefe der Welt seine epochale Glaukomoperation verkündete. Die Große Weltausstellung öffnete 1958 ebenfalls ihre Pforten und erwartete Besucher aus allen Teilen und Ländern unseres Erdballs. Sie lockte die Kongreßteilnehmer aus den Hörsälen auf das Ausstellungsgelände, wo schon durch Architektur, Technik und wissenschaftliche Exponate das neue Jahrtausend angekündigt wurde. Aber wie man heute nach kaum dreißig Jahren sieht, war die Phantasie der Aussteller weit hinter der vorwärtsstürmenden Entwicklung zurückgeblieben. Neben den in die Zukunft weisenden Schauobjekten faszinierte mich die Ausstellung «50 Jahre Moderne Kunst». Eine ungewöhnliche Ansammlung von Gemälden aus aller Welt, zu denen man immer wieder zurückkehren möchte und die nicht gealtert sind, ewig jung bleiben werden.

Ein für die europäischen Ophthalmologen wichtiges Ereignis war die Gründung der Europäischen Ophthalmologischen Gesellschaft, die neben der Weltorganisation im vierjährigen Rhythmus tagen soll, jedoch in zweijährigen Abständen zur ersteren. Sicher ist hier das Vorbild bei den

Sportorganisationen zu finden. Nach dem Beschluß des Kongresses wird 1960 der erste Europäische Kongreß in Athen durchgeführt werden. Auf dem Rückflug von Brüssel besprachen wir schon mit unseren Kollegen aus der Sowjetunion, Polen, Ungarn und der ČSSR fachliche Vorhaben und Pläne für dieses Treffen.

Im Herbst des gleichen Jahres hielten wir bereits das Examen der Orthoptistinnen des zweiten Durchgangs ab. Wieder waren es sehr fleißige Mädchen mit gediegenem Wissen, was mich besonders mit Stolz erfüllte. Bei uns wird doch was Vernünftiges getan. Nicht nur in der Pleoptik-Orthoptik, sondern ebenso im Bereich der Keratoplastik und der Erforschung diabetisch bedingter Augenkomplikationen hatte unser Institut international beachtete Zeichen gesetzt. Dieser Weg mußte weiter beschritten werden. Zum Jahresende beriet ich mich mit meinen beiden Oberärzten, Dr. Janert und Dr. Krüger. Es galt, die ganze Kraft des Kollektivs aufzurufen, um neue Gedanken zu fassen, sie auszusprechen und in die Tat umzusetzen. Hier, in Greifswald, war unser Platz, ein jeder wurde dringend gebraucht. Wie leicht kann man sich die Arbeit machen, wenn man alle Mitarbeiter für die große Sache gewinnt und sie dazu begeistert, ganz gleich, wie wir sie nennen mögen, wissenschaftlich, humanistisch oder sozialistisch. Mit frischem Mut gingen wir wieder ans Werk.

Als Dekan mußte ich oft Reden halten. Die Trauerrede an Professor Combergs Grab am 27. Mai 1958, Geburtstagsreden für Professor Bommer und Professor Ploetz zum fünfundsechzigsten Geburtstag, bei Antritts- und Abschiedsvorlesungen und anderen akademischen Feiern. Mir fiel es nicht leicht, vor vielen zu sprechen, und ich glaube, meine Reden gelangen nicht immer. Ich stellte mir dann die Frage nach dem Sinn solcher Ansprachen, vor allem, ob sie dem Redner selbst etwas bedeuten. Manchmal fühlte ich sekundenlang in mir ein Meer von warmen Gefühlen aufsteigen für alle, die mir zuhörten, zu denen ich sprach.

Die große Zuneigung zur Studentin versetzte mich in einen Zustand gesteigerter innerer Zerwürfnisse. Ich versuchte, mir über mich selbst Gedanken zu machen und zur Klarheit zu kommen. Ich fand keinen Ausweg, nur Selbstvorwürfe.

Strand, Welle, Wind und Himmel,
oh Weite, Ewigkeit.
Und deiner Füße Spur in mir
verweht der Sand der Zeit.

Bist du bei mir gewesen,
warst du es nur im Traum?
Ein Etwas und ein Nichts zugleich,
wir – in dem Weltenraum.

Damals gab es für mich keine anderen Höhepunkte des Lebens, keine anderen Gefühle, zu denen ich fähig wäre, als zu den ewigen menschlichen Gegenpolen, der Liebe und dem Tod. Mir fielen dabei die Worte Goethes ein, die mich stets begleiteten: «... dies Herz, das mein einziger Stolz ist, das ganz allein die Quelle von allem ist, aller Kraft, aller Seligkeit und allen Elends ...»

Mit Herrn Lewerenz, Parteisekretär der Fakultät, fuhren wir wiederholt nach Berlin, um verschiedene Fragen im Staatssekretariat zu besprechen, Baupläne, Berufungen der Professoren Scheler, Hartmann und Patzelt und andere Angelegenheiten. Berufungen verlangten immer hohen Einsatz, um beste und geeignete Kandidaten für die vakanten Lehrstühle zu gewinnen. Keine Fakultät hätte sich mit Pseudofachmännern zufrieden gegeben. Schein und äußere Lobpreisungen sollten unser Urteil nicht trüben. Mit dieser wichtigen Aufgabe wurde eine Berufungskommission unter Leitung des Dekans von der Fakultät beauftragt. Jetzt hieß es, Rundschreiben an die Medizinischen Fakultäten anderer Universitäten zu verschicken, um Vorschläge mit exakten Beurteilungen einzuholen, diese in der Kommission zu beraten, von der Fakultät zu beschließen und danach dem Staatssekretariat zur endgültigen Bestätigung vorzulegen. Verlangt wurde höchstes fachliches Können, positive charakterliche Eigenschaften, Ehrlichkeit, Interesse am Fach, Nachweis wissenschaftlicher Tätigkeit, belegt durch mehrere gleichlautende Urteile. Auf diese Weise konnte die Medizinische Fakultät zuverlässige Mitarbeiter zu ihrem Nutzen und dem der Gesellschaft heranziehen. Häufig schlossen sich persönliche Besprechungen des Dekans mit Vertretern des Hochschulwesens an. Besonders gern erinnere ich mich an die mit Franz Dahlem.

Es blieb auch nicht aus, daß uns verdiente Fakultätsmitglieder verließen. So wurde Professor Moser nach Leipzig berufen. Er hielt die Abschiedsvorlesung (10. November 1958). Jede Abschiedsvorlesung ist eine Mahnung an die Vergänglichkeit. «Die Zeit glättet unsere Erfahrungen und unser Wissen, gräbt aber tiefe Furchen in unser Angesicht», hatte ich dabei wohl gesagt.

Mit Frau Dr. R. Witkowski, einer Biologin, haben wir sehr interessante Arbeiten mit Gewebezucht begonnen. Uns beschäftigte hauptsächlich die Cornea, ihre embryonale Entwicklung und Züchtung einzelner Hornhautteile. Es schien, als ob es gelungen wäre, auch Stromalamellen zu züchten, ein sehr wichtiger Ausblick für die ophthalmochirurgische Praxis. Leider mußten wir die vielversprechenden Studien durch den Weggang von Frau Witkowski nach Berlin abbrechen. Keiner von uns hat diese Studien wieder aufgenommen. Die erfolgreiche Gewebezüchterin widmete sich der Genetik. Heute ist sie Professor für medizinische Genetik an der Humboldt-Universität.

Die Studentin hatte inzwischen ihr Doktorexamen bestanden und ihr Studium beendet. Sie wurde in unserer Klinik Pflichtassistentin. Jetzt waren wir täglich zusammen. Die junge Ärztin erwiderte meine Gefühle, dadurch vertieften sich die Probleme. Jetzt mußte eine Lösung gefunden werden. Dies geschah auch bald durch unsere gemeinsame Fahrt zum Ophthalmologenkongreß nach Heidelberg im September 1959. Wir beide hatten Vorträge angemeldet. Jetzt mußte es bei meiner Frau endlich eine Reaktion auslösen. Dies trat auch ein. Nach der Rückkehr kam es endlich zu einer Aussprache mit Gertrud. Sie dauerte die ganze Nacht. Meine angeführten Beweggründe trafen aber auf kein Verständnis. Die Ernsthaftigkeit meiner Absicht und die Cornelias wurden ignoriert und unsere Beziehung als Abenteuer hingestellt. Standhaft mußte ich mein Verhältnis zu Cornelia verteidigen und übertriebene Gefühlsausbrüche abfangen. Obgleich ich bis zum Ursprung unseres Zusammenlebens vordrang und in diesem Punkt unsere gegensätzlichen Meinungsverschiedenheiten aufdeckte, blieb Gertrud verständnislos.

Zum Jahresende beschloß ich, allen weiteren inneren und äußeren Auseinandersetzungen aus dem Wege zu gehen und endlich zur Ruhe zu kommen. Weimar nahm mich im Parkhotel für die Feiertage bis über Neujahr hinaus auf. Kaum nach Greifswald zurückgekehrt, machte ich mich wieder auf den Weg nach Weimar, zur Gesundheitskonferenz, die vom 11. bis zum 13. Februar 1960 tagte und die Ärzteschaft der DDR zusammenrief.

Mit meiner Frau war noch nichts Endgültiges vereinbart, deshalb blieben die Spannungen weiterhin bestehen. Um ein neues Leben für beide Teile zu beginnen, beantragte ich die Scheidung, die im Juli 1960 auch vollzogen wurde. Ein Jahr später heiratete ich Cornelia. Sie wurde meine Frau und heißt von nun an Jutta Cornelia. Mit der Zeit fiel Cornelia weg, und es blieb nur noch Jutta.

Nun standen wir beide, Jutta und ich, vor einem unendlich weiten öden Feld, in den Anblick einer in Dunst gehüllten aufgehenden Sonne vertieft. Wir waren frei, endlich frei, ganz auf uns gestellt. Wir hatten nach dem Scheidungskalkül nur den alten grünen Moskwitsch behalten, der uns auf unser Zukunftsfeld brachte.

Jutta war 27 und ich 2 × 27 = 54 Jahre alt. Eine bedeutungsvolle Rechnung, von prophetischem Wert! Wer nichts besitzt, ist frei wie ein Vogel, den Besitzenden drückt der Zwang!

Ach, dieses Gefühl der Freiheit, der unendlichen Weite, muß man ein einziges Mal im Leben genossen haben. Es steigert sich im Miterleben der Gefährtin. Einer Gefährtin auf Gedeih und Verderb! Damit begann mein letztes großes Lebenskapitel!

In einer Zweieinhalbzimmerwohnung, Stellingstr. 5, fingen wir an, zogen 1964 in eine Vierzimmerwohnung, Petershagenallee 8, 1. Stock. Diese Wohnung wurde das erste bewußte Heim unserer Kinder Cornelia, Georg und Peggy. In dieser Wohnung kamen Georg und Peggy zur Welt und lernten laufen. In dieser Wohnung half meiner Frau tagtäglich unsere liebe und treue Frau Unger, die selbst zwei Kinder zu versorgen hatte. Ohne Frau Unger hätte Jutta nie ihren aufreibenden Dienst in der Klinik ausüben können.

In dieser Wohnung reifte ich allmählich zum Emeritus heran, meine Frau zur Habilitation und zur Fakultas docendi, Cornelia und Georg zum ersten Schulbesuch. Mit dieser Wohnung verknüpften unsere Kinder ihre ersten bewußten Erlebnisse der Kinderspiele und Feste, der Feiern von Ostern und Weihnachten.

Mit einem Schlage mußten sie ihr Herz einer neuen Heimat zuwenden: dem Haus in Loddin auf der Insel Usedom. Wie kam es dazu? –

Lassen Sie mich erzählen!

Wir bauen ein Haus

Den Anstoß dazu gab die erfolgreiche gemeinsame Arbeit und der engere Kontakt mit der Klinik und dem wissenschaftlichen Leben. Täglich hatte ich jetzt Jutta an meiner Seite, die mir Kraft und gute Ideen einflößte.

Im Sommer 1961 hatten wir überraschend Reporter der «NBI» zu Gast in der Klinik, die über meine Arbeiten berichteten. Dazu waren auch ehemalige Patienten eingeladen. Diese Ereignisse ließen unsere Herzen höher schlagen. Als dann noch an mich die Aufforderung zur Entgegennahme des Nationalpreises kam, war ich sicher, daß die Pläne mit dem Hausbau in Erfüllung gehen werden.

Ein großes Erlebnis für Jutta und mich war dann die Verleihung des Nationalpreises im Oktober in Berlin. Unvergeßlich die Empfänge und die Unterhaltungen mit namhaften Vertretern der Wissenschaft und Politik. Besonders beeindruckt waren wir von dem Gespräch mit Anastas Mikojan, damals Stellvertreter des Ministerrates der Sowjetunion, der sich als sympathischer und liebenswürdiger Mensch zeigte, mit lebhaftem, feinem Humor. Bei der Begrüßung meiner Frau sagte er galant: «Die DDR muß ein reiches Land sein, wenn sie so eine Frau besitzt!»

Kaum waren wir nach Greifswald zurückgekehrt, riß uns gleich wieder die Arbeit mit.

Wir wollten ein Haus bauen, ein richtiges Haus als Krönung unseres neu begonnenen Lebens. Aber nicht in Greifswald, sondern in der Heimat meiner Frau, auf der Insel Usedom. Juttas Elternhaus war in Ückeritz. Hier lebte sie seit ihren ersten Kindertagen mit ihren Eltern und ihrem Bruder Vincent. Konnte es Schöneres geben, als auf der Insel zu wohnen, vielleicht in Ückeritz selbst, oder in der Nachbarschaft?

Wie einst Großvater Bollenbach und Vater Günther vor mehr als sechzig Jahren machten wir uns auf den Weg, durchstreiften von Ückeritz aus die Insel in alle Himmelsrichtungen auf der Suche nach einem Flecken, zu dem wir sagen konnten: «Unser gelobtes Land!» Wir wanderten quer über die Felder und kamen zu einer Straße, die ins Fischerdorf Loddin führt. Auf einem sandigen Feldweg erreichten wir eine Anhöhe, die nur von spärlichem Silbergras bewachsen war. Dieses freie Gelände war im Norden und Osten von Kiefern und Fichten eingerahmt, nach Süden offen, mit dem Blick auf das Dorf Loddin. Das Schönste war aber die Aussicht nach Westen, zum Bodden hin. Man konnte ihn vom Lieper Winkel im Süden bis zum Gniz im Norden überschauen. Das Boddengewässer funkelte und glitzerte an diesem Tage in berauschenden Farben, vom dunkelsten Tintenblau bis zum silbern schimmernden Lindgrün. Über dem Bodden breitete sich fast unbegrenzt die Himmelskuppel aus mit freundlich hinziehenden Wolkenbergen. Ein faszinierendes Bild voller ruhiger Unruhe. Wir waren überwältigt und riefen fast gleichzeitig aus: «Ja, hier, nur hier, werden wir uns niederlassen!»

Unsere Blicke schweiften erneut in die Runde. Bis an diese unbebaute Fläche erstreckte sich Ackerboden, auf dem Roggen eingesät war, der schon die ersten Ähren, wenngleich von kümmerlichem Wuchs, zeigte. Das Land wurde allem Anschein nach zur Zeit von keinem genutzt. Ideal für unsere Zwecke, dachten wir schon im Vorgefühl des Erfolges.

Bleiben wir beim Vergleich mit der Landnahme durch die Vorväter und Väter. Andere Zeiten, andere Institutionen. Der erste Weg führte uns am 5. Juni 1962 – dem Geburtstag meiner Frau – zum Rat des Kreises Wolgast, dessen Vorsitzender uns freundlich an den Bürgermeister von Loddin, Herrn Sollich, verwies. Er und sein Vermessungsingenieur, Herr Hess, nahmen sich der Sache hilfreich an. Nachdem das Land vermessen war, beschloß der Rat der Gemeinde am 10. August 1962 die Übergabe an uns. Da es sich um ein Grundstück der Bodenreform handelte, konnten wir es nicht erwerben, aber auf unbegrenzte Zeit pachten. Der Pachtvertrag wurde von allen Dienststellen genehmigt.

Weil der erste Schritt so erfolgreich verlief, wagten wir gleich den zweiten, den Hausbau. Die erforderlichen Kredite wurden uns auch gewährt. Im Bauamt des Rates des

Bezirkes Rostock machten wir die Bekanntschaft mit den Architekten Nonnenmacher und Kaufmann. Lange Verhandlungen über Baukosten und Bauform brachten zunächst keine Einigung. Aber am Reformationsfest, damals bei uns noch Feiertag, besuchten uns diese beiden Herren, um das Gelände zu besichtigen. Ich fuhr mit den Architekten zum Baugelände. Im Anschluß daran gab es zu Hause einen kleinen Umtrunk mit original serbischem Sliwowitz.

«Sliwowitz serbisch» – das war das Wunderwort, das «Sesam öffne dich», für Herz und Sinn. Schon beim Anblick der Flasche geschah das Mirakulöse! Nonnenmacher und Kaufmann waren nämlich Banater Schwaben, also Deutsche aus Jugoslawien, die nach dem Krieg durch die Umsiedlung in das Gebiet der DDR gekommen waren. Das vertraute Heimatgetränk weckte zwischen Bauherrn und Gästen die Erinnerung an längst entschwundene Zeiten im Staatsgefüge der kaiserlich-königlichen österreichisch-ungarischen Monarchie. «Eine ferne Verwandtschaft wurde aufgefrischt», schrieb Kaufmann später in das uns gewidmete Hausbuch.

Die freundlichen Architekten versprachen, die Projektierung des Hauses selbst in die Hand zu nehmen. Wir erhielten ein architektonisch vollendetes Gebäude, dessen bauliche Ausführung der Greifswalder Architekt und die Produktionsgenossenschaft des Handwerks Koserow mit Meisterpolier Steigl übernahmen. Am 18. März 1964 erfolgte die Grundsteinlegung, am 13. August 1965 zogen wir ins fertige Haus.

Die Gartenplanung verdanken wir dem einfallsreichen Oberinspektor Appenfelder aus Greifswald. Die Gartenarbeiten führten die Gärtner des Greifswalder Botanischen Gartens aus. Welch großes Geschenk für uns!

Kaum war das Haus fertig, bekam ich den Ruf nach Berlin auf den Ophthalmologischen Lehrstuhl, den Traum aller Hochschullehrer. Professor Velhagen, der Senior der Augenheilkunde, ging in den Ruhestand. 1953 hatte ich diese Arbeitsstelle verlassen, sollte ich nun nach zwölf Jahren an den Ausgangspunkt meines Wirkens zurückkehren?

Jetzt befand ich mich in einem schwierigen Dilemma. Die Berufung war eine hohe Auszeichnung und gleichzeitig die Anerkennung meiner bisherigen Tätigkeit. Aber ich war wohl für eine solche Umberufung schon zu alt. Bis zur Emeritierung blieben mir noch kaum sieben Jahre. In dieser Zeit hätte ich gerade den neuen Aufbau des Klinikbetriebes erreicht und müßte bald das Amt meinem Nachfolger übergeben. Inzwischen hatte sich meine Familie um zwei Kinder vergrößert, die in Greifswald in größerer Geborgenheit aufwachsen konnten, und unser gerade bezugsfertig gewordenes Haus in Loddin vermochte ihnen eine neue Heimat zu werden. Nach langem Schwanken sagte ich ab.

Ich blieb in Greifswald zurück, um mich auf die letzten Arbeitsjahre vor meiner Emeritierung zu konzentrieren, vor allem auf die Habilitationen meiner Oberärzte Gliem und meiner Frau Jutta, die 1967 und 1969 stattfanden.

Patienten

Wenn ich heute an meine Patienten zurückdenke, erscheint vor meinem geistigen Auge eine kaum übersehbare Menge von Menschen jeglichen Alters, Säuglinge auf den Armen ihrer Mütter, Kinder, Erwachsene, Frauen, Männer, Greise, Arme, Reiche, Angehörige verschiedener Nationen. Eines aber kennzeichnete sie alle – es waren Kranke.

Ob ruthenische Bauern aus den ärmsten Dörfern Ostgaliziens, ob polnische Frauen mit ihren Kindern, ob schlichte Berliner aus Acker- und Linienstraße oder Damen vom Kurfürstendamm, sie waren Patienten, die in Angst und Not den Arzt aufsuchten. Sie besaßen das gleiche furchtsame Herz, empfanden die gleichen Schmerzen und hatten den einen Wunsch nach Hilfe, um gesund zu werden.

Auf meinem weiten Wanderweg traf ich sie alle an. Konnte ich aber auch immer helfen?

Schon als Student und junger Arzt, auf verschiedenen Stationen von Krankenhäusern und Kliniken tätig, war ich verzweifelt und konnte lange nicht begreifen, daß man Patienten einfach sterben ließ. Man fuhr sie aus den Krankenzimmern in einen besonderen Raum. Man sonderte sie ab, sie gehörten nicht mehr zu den Lebenden. War denn keine Hilfe mehr möglich? Haben es meine Kollegen leidvoller auf Abteilungen, die mehr vom Tod heimgesucht werden? Ich wurde Ophthalmologe. Bei uns starben weniger Kranke.

Aber jetzt ging es nicht ums Leben, sondern um das Augenlicht der Patienten. Vor der Finsternis mußten sie bewahrt werden, das Licht sollte ihnen erhalten bleiben! Doch auch hier erkannte ich, daß unseren Bemühungen Grenzen gesetzt sind.

Wenn ich an meine Patienten denke und sie erwähne, dann meine ich die «echten» Patienten, die wirklich Kranken, und nicht die eingebildeten, mit fiktiven Leiden, Simulanten und Aggravanten, also solche, die bewußt vorhandene Krankheitserscheinungen maßlos übertreiben. Diesen Leuten gehört nicht meine Sympathie.

Immer schon zog mich die Ophthalmochirurgie in ihren Bann. Wollte ich doch chirurgisch tätig sein. Deshalb widmete ich mich diesem, etwas «kleineren», aber nicht weniger wichtigen Zweig der operativen Therapie.

Aus meinem bisher beschriebenen Werdegang ist ersichtlich geworden, wie ich diesen Weg beschritt. Es fehlte mir aber immer noch die «Krönung», wie ich glaubte, das hochgesteckte Ziel – die Keratoplastik.

Ich war schon zehn Jahre als Ophthalmologe tätig und hatte noch keine Gelegenheit, diesen Teil der augenärztlichen Operationen kennenzulernen. Schließlich glückte es mir, Assistent bei Löhlein zu werden, bei dem Mann, der in der ersten Hälfte unseres Jahrhunderts führender Fachmann im Weltmaßstab war. Endlich konnte ich zusehen, beobachten und sogar assistieren. Operieren durfte ich noch nicht.

Doch dann wurde ich Kommissarius der Universitäts-Augenklinik in Berlin und nahm selbständig den Trepan in die Hand. Bald stand ich vor der ersten Keratoplastik meines Lebens. Die milchweiß getrübte Mitte der Hornhaut meiner fünfzigjährigen Patientin mußte durch eine klare Leichenhornhaut ersetzt werden. Dies war die einzige Möglichkeit, der Kranken wieder normales Sehen zu ermöglichen. Alle anderen bisher angewandten Mittel konnten nicht helfen. Deshalb hat auch die Keratoplastik diese unbestrittene Bedeutung unter den augenärztlichen Operationen erobert.

Der Zeitpunkt für den Eingriff war festgesetzt. Im Operationsraum war alles nach Löhleinschem Muster vorbereitet. Dafür sorgte auch seine ehemalige Operationsschwester, Anneliese, ein Vorbild an Zuverlässigkeit. Mir war sie sehr zugetan, deshalb schöpfte ich Mut. Wenn ich mich daran erinnere, kann ich heute noch meine damalige Aufregung nachempfinden.

Die Patientin liegt auf dem Operationstisch im halb abgedunkelten Saal. «Silentium, fugeat risus, taceant colloquia!» – ist auf der Wand des Operationssaals zu lesen. Der Kopf der Patientin wird mit dunklem Lochtuch für das zu operierende Auge abgedeckt. Lokale Anästhesie mit Novocaininjektionen, Vorbereitung und Entnahme des Transplantats: die tadellosen Leichenbulbi in sterilem Glasgefäß, frisch gewonnen oder vierundzwanzig bis achtundvierzig Stunden im Kühlschrank aufbewahrt, stehen bereit. Der Spenderbulbus wird mit Kochsalzlösung aufgefüllt, um ihm die normale Spannung von zirka 30 mm Hg zu geben. Das Transplantat wird sehr sorgfältig mit senkrechtem Schnitt ausgestanzt und zur Operation bereitgestellt.

Zurück zur Patientin! Ein Lidsperrer hält den vorderen Augenabschnitt offen. Präparieren einer Bindehautschürze zur späteren Fixation des Transplantates. (Das war noch das alte Verfahren der Transplantatfixation. Schon einige Jahre später wurde der Hornhautpfropf mit feinen Nähten direkt ins Empfängerauge eingenäht.)

Jetzt beginnt der eigentliche Eingriff. Behutsam setze ich das scharfgeschliffene Rundmesser auf die Mitte der Hornhaut, kontrolliere, ob es richtig liegt und die Trübung optimal erfaßt, lasse den Trepan gleichmäßig rotieren, der dann in die Tiefe langsam vordringt. Gleich ist es geschehen. Unter dem Trepan blitzt ein Tropfen klaren Kammerwassers auf und fließt ab. Ein Zeichen, daß die Hornhaut durchschnitten und das Auge eröffnet ist. Ich hebe den Trepan, in dem die trübe Scheibe haftet, hoch. Das Irisdiaphragma drängt vor, die Pupille verengt sich, und die klare Linse ist ohne Trübung zu sehen. Ein großes Erlebnis!

«Hell, hell» – flüstert die Patientin.

«Ganz ruhig bleiben!» – hört sie von mir.

Jetzt wird das klare Transplantat eingelegt und mit der vorbereiteten Bindehautdecke fixiert. Verband beider Augen, und die Patientin darf zurück in ihr Bett.

Am 22. Februar 1950 habe ich in mein Tagebuch eingetragen: «Enthüllung der Keratoplastik. Zunächst wird festgestellt, ob alles richtig liegt. Die Kammer steht, das Transplantat sitzt richtig, es schimmert bläulich und erscheint im ersten Augenblick trüb, aber es ist klar, man kann die Iris und die Pupille gut erkennen. Es blutete aus der abgetragenen Bindehaut. Das Blut umspült das Transplantat. Dieses blitzt und funkelt wie ein blauweißer Brillant. Hoffentlich bleibt es klar. Ein Glück, daß es in unserem Leben noch solche Augenblicke gibt ...»

Dies war der erste Eingriff, und er gelang ohne Komplikationen. Das machte mir Mut. Ja, ich schickte voller Stolz meine Patientin später zu Löhlein, der mich weiter ermutigte. Bald wagte ich mich an komplizierte Fälle heran, an schwere Augenverätzungen, mußte aber traurige Mißerfolge erleben, die nicht durch mangelhafte Technik, sondern durch ungünstige Ausgangslagen, Unverträglichkeiten mit dem Spendermaterial, zusammenhingen. Noch hatten wir kein Cortison und wußten zu wenig über immunologische Reaktionen. Ich wurde vorsichtiger in der Indikationsstellung und verbesserte die Operationstechnik.

Aber erst die Berufung auf den Greifswalder Lehrstuhl der Augenheilkunde gab mir die Möglichkeit, verfeinerte Operationsverfahren zu entwickeln und Erfahrungen zu sammeln. Greifswald war doch der Ort, wo auch Löhlein fünfzig Jahre vor mir die Keratoplastik entwickelte und die ophthalmochirurgische Schule begründete. Hier war es mir vergönnt, zwanzig Jahre lang die Kunst der Keratoplastik zu üben, weiterauszubauen und wunderbare Erfolge zu erzielen.

Ich freue mich immer, wenn ich heute noch, nach zwanzig, ja dreißig Jahren, Kunde von anhänglichen Patienten erhalte, die durch mich ein neues Leben nach eigenem Wunsch beginnen konnten.

Siegrid W.

«Siegrid Weckel, du? Ich freue mich so sehr über deinen Anruf, liebe Siegrid! Wie geht es dir, darf ich dich noch duzen?»

«Was, du bist schon neununddreißig Jahre alt?» –

«Wann hatte ich operiert? – Neunzehnhundertneunundfünfzig im Frühjahr und das zweite Auge im Herbst?»

«Du bist schon seit fünfzehn Jahren verheiratet und hast eine dreizehnjährige Tochter, mit guten Augen.» –

«Und dein Mann ist Schlosser?» –

«Du wurdest Sekretärin, so gut konntest du schon sehen, und jetzt bist du Sachbearbeiterin. Schreib mir alles genau auf, über dich und deine Familie.»

Ich war so gerührt über den Anruf wie die Sprecherin selbst, als ich ihre Stimme mit dem leichten Zeitzer Akzent hörte und sie mich nach mehr als zwanzig Jahren wieder vernahm. Schon nach kurzer Zeit kam Siegrids Brief. Daraus erfuhr ich nochmals ihre jahrelangen Nöte in der Schule. Sie vermochte weder das Geschriebene auf der Tafel noch im Heft zu erkennen. Nur mühsam hatte sie mit Hilfe einer Lupe schreiben gelernt, und Zahlen setzte sie in Kästchen, die ihre Mutter vorgezeichnet hatte. Auf den Zeilen konnte sie nicht schreiben.

Alle Hoffnungen Siegrids und ihrer Eltern zerrannen, als die erste, in ihrer Heimat durchgeführte Augenoperation keine Besserung brachte und der behandelnde Arzt das hoffnungslose Urteil «Blindenschule» aussprach. Viele Tränen vergoß die kleine Siegrid. «Ich will nicht in die Blindenschule!» Mit ganzer Kraft sträubte sie sich dagegen.

Die Eltern brachten sie zu einem anderen Doktor, dem Ophthalmologen Dr. L. in Halle. Der untersuchte lange und riet dringend zur Reise nach Greifswald. Siegrid war sofort bereit, dahin aufzubrechen, und beflügelte ihre Eltern, den Versuch in Greifswald zu unternehmen.

So stand dann die dreizehnjährige Siegrid W. eines Tages vor mir. Ich blickte in ihre glanzlosen, weiß-fleckigen Augen. Die Irisfarbe war nicht zu erkennen. Ein trauriger Anblick bei einem gesunden, heranwachsenden Mädchen.

«Wir werden dir helfen, du Arme!» – Dabei legte ich meine Hände auf ihre Schultern, um sie zu beruhigen.

Ein Lächeln erhellte ihr Gesicht, nur ihre matten Augen blieben stumm. Dann wandte sie sich ab, Tränen befeuchteten ihre Wimpern, aber bald lachte sie wieder.

«Wir werden Siegrid operieren, zuerst das linke Auge, das schlechtere, angeblich völlig erblindete Auge, und in einem halben Jahr das zweite. Es wird alles gut werden!»

Siegrid blieb bei uns, die Eltern reisten ab. Schon beim ersten Verbandwechsel konnte man den vollen Erfolg erkennen. Das Transplantat war wasserklar eingeheilt. Es hatte sich in der kranken Hornhaut behaupten können, nachdem ich den getrübten Teil weit, bis in die gesunde Hornhaut, ausgeschnitten hatte.

Wir beide, Siegrid und ich, strahlten uns gegenseitig an. Siegrid war glücklich, auch nach der zweiten Operation, und ist es bis heute geblieben.

Was schrieb sie mir im letzten Brief?

«Ich mache alles, was man als berufstätige Frau, Mutter und Hausfrau so für Pflichten hat. Wenn ich ehrlich sein soll, möchte ich sagen, daß eigentlich der größte Teil, was täglich erledigt werden muß, auf mir ruht. Ich bin froh, für meine Familie sorgen zu können. Ich koche und backe gern und freue mich, wenn es meinem Mann und Kerstin schmeckt. Im Sommer wird eingekocht, was so im Garten alles wächst.» Und weiter: «Am Pfingstsonnabend werden wir ein kleines Hausfest veranstalten, wobei ich noch einige Vorbereitungen zu treffen habe.» –

«Lieber Herr M.! 22. 06. 1985

Sicher werden Sie sich über meinen Brief wundern. Vielleicht auch freuen?

Sie gehören zu den wenigen, nach denen ich mich jetzt erkundige. Ich bin nämlich dabei, meine Biographie zu schreiben, und hätte Sie auch gern mit unter meinen Patienten erwähnt.

Mich interessiert, wie es Ihnen seit der doppelseitigen Keratoplastik vor mehr als zwanzig Jahren ergangen ist. Sind die Transplantate klar geblieben? Arbeiten Sie weiter in Ihrem Beruf? Sind Sie eine oder zwei Stufen höher geklommen? Hat Ihnen die Operation viel gegeben? ... Bitte, schreiben Sie und schicken Sie mir ein Foto, auf dem die Augen gut zu sehen sind.»

Das war mein Brief an Herbert M. Nach zwei Tagen kam er leider zurück. Ich hatte auf gut Glück geschrieben, in Eile, beseelt von dem Gedanken, bald etwas zu erfahren. Doch ich hatte die Straße des Ortes nicht angegeben, in der Meinung, ein jeder müßte meinen ehemaligen Patienten kennen. Aber es reizte mich, die Suche weiter fortzusetzen.

Was ist aus Herbert M. geworden, lebt er noch, wie geht es ihm? Als ich ihn operierte, es mag das Jahr 1960 gewesen sein, war er Schneider und arbeitete, soweit ich mich erinnern konnte, in einem Berliner Betrieb. Er mußte aber Nadel und Schere weglegen, denn er konnte nicht mehr sehen. Seine Erblindung führte ihn zu mir.

Wir hatten damals in Greifswald gerade eine glückliche Strähne, fast alle unsere Eingriffe gelangen. So auch die Keratoplastik-Operationen an beiden Augen meines neuen Patienten. Im Sommer 1961 hatte ich Herbert M. das letztemal gesehen. Das war am Tage, als Mitarbeiter der «Neuen Berliner Illustrierten» bei uns waren und die Geschichte meines Keratoplastik-Patienten aufzeichneten. Aus dem damaligen Zeitungsbericht entnahm ich den Wohnort des Patienten – Dahlewitz bei Berlin. Also, telefonisch Auskunft einholen. Aber wie? Als ich auf gut Glück eine Konsumverkaufsstelle in Dahlewitz anrief, hatte – welch ein merkwürdiger Zufall – der Mann, nach dem ich mich erkundigte, gerade den Laden verlassen. Ja, er war es. Die Verkäuferin kannte ihn. Leider konnte sie Herbert nicht mehr zurückrufen.

Ich sah ihn vor mir – im Geiste –, wie er ruhig mit seiner Einkaufstasche ausschritt. Als ich ihn operierte, war er über zwanzig, und jetzt müßte er über fünfzig sein. Sicher auch schon ergraut. Er war ein freundlicher und sehr heiterer Mensch.

Eigentlich sollte der Arzt alles über seine Patienten wissen. Aber woher die Zeit nehmen? Der Arzt ist leider immer nur auf die Krankheit eingestellt, überlegt die Eingriffe, die Therapie, vernachlässigt das andere.

Mein erster Versuch war also richtig. Herbert M. lebt in Dahlewitz und ist sicher auch gesund. Er war unterwegs und kaufte ein. Aber seine Adresse? Ich bemühte weiter die fernmündliche Auskunft, erfuhr die Nummer des Rates der Gemeinde und von dort die endgültige Anschrift. Der Brief konnte jetzt sicher auf den Weg gehen.

Dahlewitz, 18. 08. 1985

Ihrem Wunsch, Ihnen zu schreiben, wie es mir nach der doppelseitigen Keratoplastik vor nunmehr 25 Jahren ergangen ist, komme ich gerne nach. Kann ich doch damit einen Teil meines Dankes abstatten, den ich Ihnen schuldig bin.

In Ihrem Brief, Herr Professor, fragen Sie mich: «Hat Ihnen die Operation viel gegeben?» Ja, sie hat mir das zweite Leben gegeben. Sehgeschädigte und Blinde leben auch, aber wie? Für mich ging das Leben nach der Operation weiter wie zuvor. Von einem bißchen Angst, daß sich die Transplantate lösen oder eintrüben könnten, abgesehen. Dieses ist nicht eingetreten. Ich erfreue mich glasklarer Transplantate mit gut verheilten Schnittkanten. Sämtliche Augenärzte, die mich hin und wieder unter die Finger bekommen, bewundern die gut gelungene Operation.

Nachdem ich 1961 aus Ihrer Obhut, aus der Universitätsklinik Greifswald, entlassen wurde, habe ich zu Hause erst einmal meinen Sohn *gesehen*, der ein Jahr früher geboren wurde. Inzwischen ist er verheiratet und selbst Vater eines fast dreijährigen Sohnes. Ich selbst ging wieder in meinen alten Betrieb als Schneider zurück.

... 1971 wechselte ich den Betrieb und den Beruf. ... Mir wurde bei der Interflug eine Stellung im Bekleidungslager angeboten.

... Nach erfolgter Einarbeitungszeit setzte ich mich als 40jähriger noch einmal auf die Schulbank, eignete mir das Wissen und Können eines Verkehrskaufmanns an und bin heute verantwortlicher Einkäufer für Uniformen und Textilerzeugnisse der Interflug.

... Meine Arbeit macht mir sehr viel Freude, ich bin relativ selbständig und mache viele Dienstreisen, hauptsächlich in die südlichen Räume der DDR, wo die Schwerpunkte unserer Textilindustrie liegen.

... Ich bin ein glücklicher Mensch, der dank Ihrer Hilfe und Kunst wieder sehen kann und im Leben seinen Mann steht.

Ich wünsche Ihnen bei der Erarbeitung Ihrer Biographie zum Nutzen aller Menschen viel Erfolg, Schaffenskraft und Gesundheit. Für alles, was Sie an mir und meinen Leidensgefährten getan haben, meinen besten Dank, auch im Namen meiner Frau.

Ihr Herbert M.

Charlotte Sch.
Weihnachten 1972 brachte uns die Post ein Päckchen aus Münster mit frohen Grüßen und Wünschen; Absender war Charlotte Sch. Meine Frau und die Kinder freuten sich über die unerwartete Überraschung, aber Juttas Frage konnte nicht ausbleiben: «Wer ist diese Charlotte?»

«Charlotte ist doch meine Keratoplastikpatientin, die ich vor ungefähr zehn Jahren an beiden Augen operiert habe.»

«Jetzt kann ich mich dunkel erinnern, aber erzähle uns doch mehr über sie.»

«Charlotte, ja, damals schon eine etwas ältere Dame, so um sechzig, aus Potsdam. Doktor Koch, den du kennst, hatte sie aus Berlin zur Operation geschickt. Charlotte kannte Doktor Koch noch aus ihrer Jugendzeit, deshalb brachte sie den Mut auf, sich bei ihm vorzustellen und ihn um Rat zu fragen.»

Nun berichtete ich weiter:

«Charlotte arbeitete damals noch im bibliothekarischen Beruf. Ihr schon immer mangelhaftes Sehen wurde schlechter und schlechter, so daß sie Buchstaben und Zahlen verwechselte, was großen Ärger machte. Noten konnte sie zu ihrem Kummer schon lange nicht mehr lesen; sie spielte früher gern und oft Klavier.

Mit leichter Beklemmung erschien Charlotte dann vor mir. Die Diagnose war nicht schwer zu stellen. Ein doppelseitiger, ziemlich fortgeschrittener Hornhautkegel beider Augen, für eine Operation geeignet, mit keiner schlechten Prognose. Gerade in dieser Zeit befaßte ich mich mit einem neuen Operationsverfahren, das bei minutiöser Technik sichere Vorteile auf weite Sicht beim Konus bringen konnte.

Termine wurden gleich festgelegt, und der erste Eingriff Juni neunzehnhundertzweiundsechzig durchgeführt. Ohne Komplikationen konnte Charlotte mit fast normalem Sehen entlassen werden. Drei Jahre später stand sie wieder vor mir zur Operation des zweiten Auges. Wir hatten den gleichen Erfolg.

Da es Charlotte gut ging und ihr Sehen immer besser wurde, verlor ich meine Patientin aus den Augen. Ich hörte nur, daß sie als alleinstehende Rentnerin die Übersiedlung zu ihrer Schwester nach Münster vorbereitete.»

Mit dem Weihnachtspäckchen brachte sich Charlotte in Erinnerung, und seitdem knüpfte sich eine lebhafte Korrespondenz zwischen uns an. Einige Zeit später erfreute sie uns mit ihren Besuchen in Loddin.

Inzwischen hat sich ihr Sehen so gebessert, daß sie nach zwanzigjähriger Pause ihr Klavierspiel wiederaufnehmen und mühelos lesen und schreiben konnte. Von nun an vermochte Charlotte die freie Landschaft mit anderem Genuß zu betrachten. Sie sah die Fluren nicht mehr als flaches Bild in verschwommenen Umrissen, sondern klar. Bäume und Sträucher standen nicht mehr nebeneinander, sondern hintereinander, dazwischen öffneten sich freie Flächen, belebt von weidenden Kühen und Pferden. Es erschloß sich die Tiefe des Raumes. Dieses neue Erleben einer Landschaft, die bisher leblos war, beeindruckte sie bis zur Ergriffenheit.

Die Transplantate waren so konturlos eingeheilt, daß man die Grenzen der Pfröpfe mit bloßem Auge nicht wahrnehmen konnte. Natürlich protzte Charlotte mit ihren Augen bei gelegentlichen Vorstellungen bei ihren Augenärzten in Münster.

Charlotte als ehemalige Patientin ist ganz mit unserer Familie verschmolzen. Sie nimmt teil an meiner Biographie, interessiert sich für ihr Fortschreiten und feuert mich an, wenn ich müde werde.

Heinz Beberniß

«Fräulein Frowein, bitte den nächsten Patienten!»

Die Tür öffnete sich, und herein traten eine blonde, noch junge, wohlgekleidete Frau, die einen Blinden mit sich führte und ihn zum angewiesenen Sessel geleitete. Der Blinde tastete sich mit der rechten Hand zum Sessel, nahm Platz, das Gesicht nach vorne gerichtet. Er suchte meine ausgestreckte Hand zur Begrüßung, lächelte und drehte den Kopf zu seiner Begleiterin, die neben ihm Platz genommen hatte. Sie sollte das Wort ergreifen, das tun Blinde oft in ihrer Hilflosigkeit.

Ich wendete mich aber an den Blinden, Heinz Beberniß mit Namen. Ich hatte bereits gesehen, daß der Patient einäugig war, rechts eine Glasprothese trug und sein linkes Auge wie von einer grauen Haut überzogen war.

«Wir sind aus Halle zu Ihnen gekommen», sagte die Blonde, mich freundlich, aber bestimmt fixierend, «vielleicht können Sie meinem Mann helfen.»

«Darf ich Ihnen jetzt erzählen, was mit mir ist?» setzte der Blinde die Unterhaltung fort.

Als ich ihn darum bat, erzählte er seine Leidensgeschichte. «Ich bin Bildhauer, Sie werden es nicht glauben, blinder Bildhauer, und arbeite nur mit dem Gefühl meiner Hände» – jetzt lächelte er vor sich hin –, «aber ich möchte wieder mehr sehen, Sie verstehen, vielleicht gibt es noch eine Hilfe für mich.»

«Bitte, erzählen Sie mir Ihre Geschichte von Anfang an.» Im weiteren Verlauf des Gesprächs erfuhr ich, daß der Sehverfall bei Beberniß schon früh einsetzte, noch, als er in den ersten Schulklassen war und deshalb nicht viel lernen konnte. Sein Vater hatte mehrere Augenärzte um Rat gefragt, und schließlich wurde das rechte Auge von Dr. Friede in Jägerndorf operiert, jedoch ohne Erfolg, es mußte sogar entfernt werden. Nun war Beberniß einäugig.

Dem Namen nach kannte ich Dr. Friede, er galt als hervorragender Hornhautoperateur in den dreißiger, vierziger

Jahren. Die eingehende Untersuchung ergab, daß eine Operation des blinden linken Auges nicht aussichtslos war. Nur die Hornhaut, also die klare durchsichtige Schicht des Auges, war von der Krankheit betroffen. Alle anderen Teile waren, soweit man das zu beurteilen vermochte, normal. Aber das Schicksal des rechten Auges machte mich stutzig. Warum hatte Beberniß sein rechtes Auge nach der Operation oder durch sie verloren?

Das war die Frage, und das war der Grund meiner Zweifel. Waren es Komplikationen beim Eingriff oder im Heilverlauf, war es eine Unverträglichkeit des Spendermaterials, war es eine ungeklärte, versteckte Allgemeinerkrankung? Lauter Fragen, auf die es keine Antwort gab und die auch der Patient nicht beantworten konnte. Also, Vorsicht, dachte ich, nichts übereilen, nichts leichtfertig aufs Spiel setzen. Aber der Patient muß unbedingt aufgeklärt werden.

Ich teilte dem Ehepaar meine Bedenken mit. Nun zögerte Beberniß, doch seine Frau redete ihm zu.

Es ist jedoch sein Auge, sein einziges, noch kann er sich zur Not zurechtfinden, was aber dann, wenn er auch sein letztes verliert?

«Sie müssen es überlegen und dann gemeinsam entscheiden, was geschehen soll», sagte ich.

Beberniß bekam ein ernstes, nachdenkliches Gesicht. Trotz allem lächelte er wieder. «Wir fahren für kurze Zeit an die Ostsee und werden nachdenken – dann kommen wir wieder.»

Mir fiel – offen gesagt – ein Stein vom Herzen, obwohl ich sehr gern Herrn Beberniß helfen wollte.

Schon nach zwei Tagen waren beide wieder im Sprechzimmer. «Ich habe mich entschlossen, bitte, operieren Sie mich!»

Was hatte Beberniß umgestimmt und zuversichtlich gemacht, daß er sich zum unsicheren Eingriff so leicht entschloß? Ich fragte damals nicht danach, erst später erfuhr ich es und war sehr verwundert. Es war nicht eine Fahrt an die Ostsee, um, wie ich von einem Künstler annahm, mit den Wellen und Wogen des Meeres Zwiesprache zu halten und daraus Mut zu schöpfen. Nein, Bebernіß war zum Altmeister der Kunst, dem Maler Otto Niemeyer-Holstein, zu Juttas «Onkel Nino», nach Lütten Ort gefahren, um Rat zu holen. Dieser Rat galt Bebernіß wie ein sicherer Orakelspruch: «Ein Künstler, wie du, muß sehen können», sagte Niemeyer, «er darf nicht ewig zwischen Finsternis und Licht vegetieren. Laß dich operieren!»

Und so geschah es. Frau Bebernіß war zuvor zurück nach Halle gefahren. Ihr Mann ließ den Eingriff am 25. Juni 1959 über sich ergehen. Meine Frau assistierte, und die Operation verlief ohne Komplikationen. Das war allerdings erst der Anfang. Wie wird sich der weitere Verlauf, wir sagen dazu: der postoperative Verlauf, gestalten? Alles Bedrohliche kann noch kommen. Voller Spannung verfolgte ich den ersten Verbandwechsel. Nur Jutta war dabei und die Schwester. Der Patient öffnete das Auge und sagte erregt: «Es ist sehr hell und die Farben so kräftig» – er wollte noch etwas sagen, aber ich verbot es ihm. Das Transplantat lag richtig, war fast glasklar und der vordere Augenabschnitt normal. Wir schlossen den Verband wieder und ermahnten den Patienten zu ruhigem Verhalten, was er ohnehin von selbst beachtete.

Wir verließen das Zimmer, sagten nichts zueinander. Nur nichts berufen! Auch Ärzte können abergläubisch sein. Es ging alles gut trotz einer mehrere Tage andauernden Nierenkolik, die dem Patienten Schmerzen und uns Sorgen bereitete. Das Transplantat heilte klar ein. Bei der Entlassung erreichte der Patient volle Sehschärfe.

Frau Bebernіß kam hocherfreut mit dem Auto aus Halle und holte jetzt einen sehenden Bildhauer ab. Zur nächsten Kontrolle fuhr Herr Bebernіß sein Auto selbst. Seine Frau war Beifahrerin. Der Fall Bebernіß erregte damals großes Aufsehen und mobilisierte unter anderem auch die «NBI».

Nach dreiundzwanzig Jahren kam Herr Bebernіß wieder zu mir, einem inzwischen sechsundsiebzigjährigen Emeritus, mitten im Winter, am Steuer seines Wagens von Halle bis nach Loddin auf Usedom, um mich – wie er es einst versprochen hatte – zu porträtieren.

Noch immer besaß er volle Sehschärfe und war genauso sympathisch wie am Tage unseres Kennenlernens. Jetzt erfuhr ich von ihm, was er damals nicht aussprechen durfte und was mich nun tief rührte. Er sagte: «Beim ersten Verbandwechsel sah ich als erstes die roten Lippen Ihrer Frau.»

Ein Ophthalmologe kann auch einen Patienten glücklich machen, wenn er nicht sein Sehen, sondern sein Aussehen verbessert. Ja, oft führen wir kosmetische Eingriffe durch, die über das Leben entscheiden.

Mit welcher Intensität hatte mir eine Mutter das Anliegen ihrer Tochter Birgit vorgetragen, doch alles zu versuchen, um das Aussehen zu korrigieren. Ich tat mein Möglichstes. Ob es gelang?

Es vergingen Jahre, fast hatte ich meine damalige Patientin vergessen. Im Sommer 1984 klingelte es an der Gartenpforte. Wer stand davor? Eine junge hübsche, glücklich lächelnde Frau. Ihr Lächeln galt mir allein. So lächelt nur jemand einem zu, den man verehrt. Fast hätten wir uns umarmt. Die Frau überreichte mir einen Rosenstrauß von unbeschreiblicher Frische und Schönheit. Die Röschen, schon gut entfaltete Knospen in fünf rosa Farbtönen von einer übersinnlichen Zartheit der Blütenblättchen, erfreuten und rührten mich tief. Im Hintergrund ein wartendes Auto, aus dem ein junger stattlicher Mann ausstieg und mich freudig begrüßte. Im offenen Auto zwei Kinder. Sie war es, Birgit P., die Tochter der besorgten Mutter. Ja, alle Wünsche waren erfüllt. Es ging der kleinen Familie gut.

Es gab auch ganz andere Patienten. In meiner ersten Greifswalder Zeit überraschte mich ein Anruf aus Stralsund. Eine frische, militärische Stimme mit unverkennbarem Akzent verlangte von mir eine sofortige Operation. Ungewöhnlich und ohne Umschweife erklang der Wunsch, ein Auge zu entfernen. Ein sowjetischer Oberst wünschte diesen Eingriff mit den Worten: «Auge raus und dann nach Haus!» Ja, auch auf solche Wünsche war ich eingerichtet.

In kurzer Zeit lag der entschlossene Patient, ein kräftiger Mann, auf dem Operationstisch. Tatsächlich, sein erblindetes Auge, das ihm unerträgliche Schmerzen bereitete, mußte dringend entfernt werden. Schon nach der Betäubungsinjektion konnte der Patient erleichtert aufatmen. Der Eingriff verlief ohne Komplikationen. Was weiter? – – «Nix Klinikaufenthalt!» – Der Oberst wollte wieder zurück zum Dienst. Der Fahrer, der ihn gebracht hatte, fuhr ihn zurück nach Stralsund. Die Nachbehandlung übernahm ich auch, durch kurze Krankenvisiten im Quartier des Obersts.

Von manchen Patienten erfährt aber der Doktor neben den ihn beglückenden Erfolgsberichten auch ungewöhnliche angenehme Überraschungen.

Zum fünfzigsten Geburtstag erlebte ich das Ungewöhnliche. Am Tag zuvor war ich eben von einer Tagung aus Prag zurückgekehrt. Ich beeilte mich, so früh wie möglich im Dienstzimmer zu sein, um mich unauffällig zurückziehen zu können. Aber es war schon jemand vor mir im Zimmer.

Ich stand wie angewurzelt in der offenen Tür. Der Raum war über und über mit duftenden Rosen angefüllt. Er schwamm in einem Meer von noch frisch betauten Blüten. Zwischen den riesigen Sträußen, von diesen halb verdeckt, hantierte meine treue Frowein, immer noch bemüht, weitere Blumenpakete auszupacken. Ich hatte sie bei dieser Tat überrascht. Nach einer Schrecksekunde berichtete sie stolz lächelnd mit ihrem bekannten Eifer: «Fünfhundert Rosen von Ihrer Patientin aus Sagard, zehn Pakete und in jedem fünfzig Rosen, noch habe ich nicht alle ausgepackt – aber, erst noch meinen herzlichen Glückwunsch zu Ihrem fünfzigsten Geburtstag», sie reichte mir die noch feuchte

Hand, in der anderen ein nicht ausgepacktes Blumenbündel.

Ich war so überwältigt, daß ich kein Wort des Dankes hervorbringen konnte. Auch das «Blumenmädchen» war verlegen. «Wohin mit den vielen Rosen», sie blickte sich im Zimmer um. – «Verteilen Sie die Rosen auf alle Stationen, wir behalten noch genug – und vielen Dank für Ihre Gratulation!» – Wir mußten uns beeilen, denn auf dem Korridor hörte man schon die ankommenden Gratulanten.

Internationale Begegnungen

In den Jahren meiner aktiven Tätigkeit besuchte ich mehrere Kongresse. Im Vergleich zu anderen Kollegen meines Faches waren es nicht übermäßig viele. Immerhin kam ich in einige europäische Länder, wie Belgien, die Bundesrepublik, die ČSSR, Finnland, Frankreich, Griechenland, Österreich, Polen, Schweden, die Schweiz und die Sowjetunion.

Über die wissenschaftliche Ausbeute kann man unterschiedlicher Auffassung sein. Die internationalen Kongresse, zum Beispiel der Europäische oder der Weltkongreß der Ophthalmologen, bringen ein großes Angebot an Referaten, so daß man nur einen kleinen Teil aufnehmen kann. Ersprießlicher waren für mich persönliche Unterhaltungen mit «themenverwandten» Kollegen, die Einblicke in das gerade aktuelle Gebiet boten und gleichzeitig Kontakt zu Kollegen eröffneten, die man als Sprecher zu eigenen Veranstaltungen einladen konnte. Die größeren Vorteile brachten Symposien, also Veranstaltungen im kleineren Kreis, meist einem Thema gewidmet.

Um die Atmosphäre solcher Begegnungen zu verdeutlichen, seien zwei Veranstaltungen dieser Art etwas ausführlicher beschrieben. Gerade in die Osterzeit des Jahres 1960 fiel der schon erwähnte Kongreß der Ophthalmologen in Athen. Aus Greifswald wurden mein Oberarzt Krüger und ich delegiert. Krüger erhielt aber aus Griechenland eine lakonische Absage. Man brachte wohl seinen Namen mit dem des berüchtigten «Gestapo-Krüger» in Verbindung. Unser Krüger war völlig unschuldig, hatte er doch mit den Verbrechen dieses Mannes nichts zu tun; trotzdem konnte er nicht mitfahren.

Nach Erledigung aller Formalitäten brachte mich der Orient-Express über Prag, Budapest, Belgrad nach Athen, leider ohne besondere Erlebnisse, wie man sie in Filmen häufig sieht. Erst in Belgrad gesellten sich bekannte Kollegen aus Jugoslawien zu mir, die den letzten Reiseabschnitt unterhaltsam verkürzten.

In Athen überraschte uns ein richtiger warmer Nieselregen, eine Seltenheit für diese Stadt.

Der Kongreßbeginn war natürlich ein gesellschaftliches Ereignis, sogar das Königspaar war anwesend. Das Eröffnungszeremoniell beanspruchte viel Zeit. Erst danach schlossen sich Fachvorträge an. Ich beteiligte mich mit Operationsfilmen. Meist sind Filmvorführungen der stärkste Magnet für die Kongreßteilnehmer.

Vorträge, Diskussionen, Filmvorführungen wechselten mit luxuriösen Empfängen. Es blieb kaum Zeit, Athen zu besichtigen. Zwischen den einzelnen Veranstaltungen ließ ich es mir aber nicht nehmen, auf kleinen Rundgängen ohne Begleitung die Stadt zu durchstreifen. Mich interessierten die Museen mit den griechischen Kunstwerken, an denen man die bis heute unerreichte kunsthandwerkliche Präzision der Bildhauergenerationen bewundern muß. Auch das Schliemannhaus zog mich an. Das gut erhaltene und solide Gebäude dient jetzt einem Appellationsgericht als staatliche Funktionsstätte. Einen Vormittag behielt ich mir vor für den Besuch der Akropolis. Es war ein sonniger Morgen, als ich die Akropolis bestieg. Mich umfing ein unendlich süßer und würziger Duft unbekannter Blüten und Koniferen – «ohne dich, Hellas, was wäre die Welt!» Die Akropolis und der Parthenontempel sind als schönstes

Zeugnis der antiken Geschichte, trotz zerstörerischen Einwirkens grauenvoller Geschichtsvorgänge, erhalten geblieben.

Unser Hotelportier war redlich bemüht, für seine Gäste interessante Exkursionen zusammenzustellen. In Anbetracht der knappen Zeit beschränkten sich meine Ausflüge auf Aigina, die Argolis und das Kap Sunion.

Aigina ist mit dem Schiff von Piräus aus zu erreichen. 13.25 Uhr Abfahrt vom Hafen. Es sind kaum Passagiere an Bord, denn um diese Zeit ruht die Athener Bevölkerung. Nur zwei unbeteiligt dreinschauende Polizisten transportieren zwei Gefangene, die mit Handschellen aneinandergefesselt sind. Bevor sie den Dampfer betreten, lassen sie ihre Fußbekleidung auf Hochglanz polieren.

Die kleine Hafenstadt Aigina liegt schlummernd in strahlender Sonne. Es herrscht aber keine Hitze, da eine erfrischende Brise von Osten weht. Ich verlasse die engen Gassen und wandere auf einer asphaltierten Autostraße, rechts von mir die Sonne und ruhig plätscherndes tiefblaues Meer, links die flachdachigen weißen Häuschen mit geschlossenen Fensterläden, weiße Mauern und verlassene Gärten. Weit und breit kein Mensch.

Ruhepause am Strand. Bin mit meinen Gedanken bei den alten Griechen und der «Ilias», die wir als Schüler mit glühenden Wangen gelesen haben. Hier hat sich vieles einst abgespielt. Die Sonne versteckt sich hinter einer Wolke. Ein seltenes Bild in dieser Landschaft.

Sehr lohnend erwies sich auch der Ausflug in die Argolis. Auf engem Raum sind in dieser herrlichen Landschaft die Kulturstätten zusammengedrängt. Der Kanal von Korinth beeindruckt nur als technisches Bauwerk. Besonders tief bewegt mich aber das Löwentor in Mykene, bildet es doch den Haupteingang zur Königsburg. Durch dieses Tor mußte der Herrscher von Mykene, Agamemnon, mit seinem Gefolge ein- und ausgegangen sein und sich im Königssaal aufgehalten haben. Auch die Ruinen der Stadt Mykene wirken gewaltig in der peloponnesischen Landschaft und zeugen von der ruhmreichen Vergangenheit.

Von Nauplion, der Hauptstadt von Argolis, ist Epidaurus mit dem vorzüglich erhaltenen Amphitheater, das in der antiken Zeit vierzehntausend Zuschauer gefaßt haben soll, gut zu erreichen. Diese Anlage gehörte zum Heiligtum des Heilgottes Asklepios. Natürlich faszinierte mich als Arzt dieser weihevolle Ort ganz besonders.

Von eigenartigem Reiz war ebenfalls der Ausflug nach dem Kap Sunion. Der Tempel des Poseidon, der nur noch elf Säulen umfaßt, liegt auf dieser südlichen Spitze Attikas, sechzig Meter über dem Meer, auf einem schroffen Felsvorsprung. Er wurde, wie ich erfahren habe, zur Zeit des Perikles errichtet. Wunderbar die weite Rundsicht. Von hier aus konnten die Einwohner nach Freund und Feind spähen.

1962 wurde ich Gründungsmitglied der European Ophthalmopathologie Society. Die Aufforderung erhielt ich vom bekannten britischen Ophthalmopathologen Ashton. Die Möglichkeit zur Teilnahme bot sich mir 1964 zur dritten Tagung, die in Wien stattfand, unmittelbar vor dem 3. Europäischen Ophthalmologenkongreß. Die beiden Tagungen kurz hintereinander im schönen Wien, das ich schon von anderen Gelegenheiten her gut kannte, bedeuteten ein besonderes Erlebnis.

Die Ophthalmologen sind ein kongreßfreudiges Volk, denn kaum nach Hause zurückgekehrt, lag schon wieder eine Einladung auf dem Tisch. Sie kam aus Odessa, dem Filatow-Institut, der Ruf von Frau Putschkowskaja zum dritten Keratoplastik-Symposium. Nach Odessa mußte ich auf jeden Fall, denn mit den Kollegen dieses berühmten Instituts verbanden uns seit dem ersten in Greifswald veranstalteten Fachsymposium sehr enge Arbeitskontakte.

Jetzt hieß es, meine russischen Sprachkenntnisse – ein Gemisch aus Polnisch und Ukrainisch – aufzufrischen.

Frau Pawulin, die am Slawistischen Institut der Greifswalder Universität Russisch unterrichtete, unterzog sich dieser Mühe mit großer Geduld. Sie übersetzte meinen Tagungsvortrag auch in reines Russisch.

Am 17. August 1962 startete ich mit dem Flugzeug von Berlin-Schönefeld. Als ich einstieg, fand ich schon meinen Kollegen Stams vor. Die Überraschung war groß, denn ich wußte nicht, daß er auch zum Kongreß wollte. Wir landeten in Scheremetjewo. Mein erster Eindruck war tiefe Rührung. Durch das Fenster sah ich den Sowjetbürger, der die Gangway an die Aussteigluke heranbugsierte. Sein scharf beobachtendes Auge, die Vorsicht seiner Handlung, das konzentrierte Verhalten, alles das verfolgte ich gespannt. Dabei ergriff mich seine Ähnlichkeit mit den Gesichtern, die mir aus der Kinderzeit tief eingeprägt waren: unserer kriegsgefangenen Russen aus dem Ersten Weltkrieg.

In der Halle kamen wir an einem Zollbeamten vorbei, einem großen, schlanken Mann in Zivilkleidung, der an einem Tischchen stand und den Ankommenden Formulare wie Reklamezettel gab. Sein Blick war in irgendeine Ferne gerichtet, als wäre er mit den Gedanken woanders. Wir mußten etwas aufschreiben, was ihn aber gar nicht zu interessieren schien. Für uns war jedoch alles aufregend und wichtig.

Wie eine geschmeidige Katze tauchte plötzlich die Dolmetscherin, Frau Skripka, auf. Mich ließ sie nicht ein russisches Wort sprechen, da sie alles in deutscher Sprache, die sie selbst fehler- und akzentfrei beherrschte, erledigen wollte. Sie unterhielt sich deshalb nur mit Stams, der nicht Russisch verstand. Schließlich mußte ich mich fügen.

Sie käme vom Ministerium, sagte sie, um uns nach Odessa zu begleiten. Mit der Taxe fuhren wir zum anderen Flugplatz. Unterwegs überquerten wir den Roten Platz, und dann ging es kilometerweit, an der Lomonossow-Universität vorbei, bis Wnukowo. Hier starten im Abstand von zehn Minuten Flugzeuge in alle Himmelsrichtungen. Die

Reisenden benutzen das Flugzeug wie anderswo Menschen die Straßenbahn. Transportiert wird alles mögliche Gepäck, Körbe mit Gemüse und Obst, schnatternde Enten und Gänse, Frauen mit Säuglingen auf dem Arm. Ein leicht «angesäuselter» Passagier will auch mit und drängt sich vor. Die Stewardeß weist ihn zurück, er will nicht hören. Da schnaubt sie los wie eine Tigerin. Der Arme bricht unter ihrem Blick zusammen.

Die Stewardessen können nicht nur energisch sein, sie sehen auch schick aus mit ihren grünen Kopfschleiern. Im Flugzeug verteilen sie Papiertüten. Leider wird viel geraucht. Wir landen in Odessa und werden mit Blumen über Blumen empfangen. Stams und ich haben jeder eine Dame, eine Kollegin aus dem Institut, die uns zum Auto geleiten, einem «Sym». Wir machen erst eine kleine Rundfahrt durch die Stadt und gelangen dann zum Hotel Krasny. In Odessa wird Ukrainisch gesprochen, eine mir aus frühester Kindheit vertraute Sprache.

Das Hotel aus der Jahrhundertwende ist sehr sauber, hat viel Marmor, repräsentative Treppen und Säulen. Ich erhalte das Zimmer 462. Auf dem Tisch steht ein frischer Blumenstrauß. Die Damen kommen mit ins Zimmer und überzeugen sich, ob alles in Ordnung ist. Auf jeder Etage sitzt eine Beschließerin, von der man auch einen Extrastecker für den Rasierapparat entleihen kann. Der Korridor liegt im Halbdunkel. Vom Zimmer bietet sich ein weiter Blick über Odessa, und man sieht viele Tauben, hört ihr lautes Gurren.

Am nächsten Morgen treffen sich die ausländischen Gäste beim Frühstück. Bedeutende Fachleute geben sich ein Stelldichein. Rycroft aus England, Bietti aus Italien, Payrau aus Frankreich, Alberth aus Ungarn, Hallermann aus der Bundesrepublik. Ich bin überrascht, den Italiener Bietti Russisch sprechen zu hören.

Im voll besetzten Hörsaal des «Hauses der Gelehrten» hält Frau Putschkowskaja die Begrüßungsrede und erwähnt die beiden vorausgegangenen Symposien in Greifswald und Prag. Für mich ist es eine große Genugtuung. Ich fühle mich geehrt, danke in russischer Sprache und ernte viel Applaus. Auch die Fernsehkamera ist dabei.

Täglich, am 19., 20. und 21. August, finden vor- und nachmittags Vorträge und Diskussionen statt, abends Empfänge, ein Ballettbesuch im Theater und als Höhepunkt das Bankett. Mir zuliebe wird es um einen Tag vorverlegt, da ich eher abreisen muß.

An einem Nachmittag mache ich mit der kleinen Dolmetscherin eine Autofahrt entlang der berühmten Schwarzmeerküste. Eine geeignete Badestelle finden wir jedoch nicht, wenngleich wir bis zur Station XIV vordringen.

Schließlich erleben wir das Bankett mit sehr viel Alkohol, der allen gut bekommt. Es herrscht eine großartige Stimmung, alle – besonders die Ausländer – sind in «großer Fahrt». Bietti spendiert wiederholt Krimsekt. Der sonst so beherrschte Rycroft hält eine großartige Rede, in der er sämtliche Teilnehmer zu sich nach England einlädt und dort einen großen Klub gründen will. Ich ergreife auch das Wort, muß aber diesmal wegen der besonderen Situation meinen Toast in deutscher Sprache ausbringen. Nach den vielen Reden wird im Nebensaal getanzt. Zu mir tritt eine charmante junge Dame. Sie will aber nicht tanzen, sondern fragt schalkhaft auf russisch: «Sie sind Deutscher, kommen aus der DDR, sprechen Russisch, aber mit polnischem Akzent. Was soll das bedeuten?» Darauf kann ich nur polnisch antworten, denn sofort habe ich bemerkt, daß es nur eine Polin sein kann. Nach dieser blitzartigen Verständigung lachen wir beide vergnügt. Mein Gegenüber ist tatsächlich eine junge polnische Augenärztin, die in Odessa arbeitet.

Am letzten Tag besichtigen die Tagungsteilnehmer das Filatow-Institut und gruppieren sich anschließend zum Abschiedsfoto auf der durch Eisensteins großartigen Film «Panzerkreuzer Potemkin» bekannt gewordenen berühmten Hafentreppe.

Traurig bestieg ich als einzelner das Flugzeug, das mich über Moskau nach Berlin zurückbrachte. Wir hatten viel gehört, gesehen und Freunde gewonnen.

Die letzten Jahre vor meiner Emeritierung konzentrierte ich mich immer mehr auf die Tagungen der European Ophthalmic Pathology Society, kurz EOPS genannt. Hier befand ich mich in einem kleinen Kreis eifriger Fachwissenschaftler, eines engeren, aber sehr wichtigen Teilgebietes der Ophthalmologie. Nach meinem schon erwähnten Debüt in Wien 1964 folgten die Treffen in Genf (1966), Paris (1968), Gent (1970) und schließlich 1972, im Jahr meiner Emeritierung, in Helsinki.

Wir Greifswalder luden auch zu verschiedenen Tagungen und Symposien ein, manche mit internationalen Gästen. Greifswald war als Tagungsort sehr beliebt, da er gleichzeitig zum Besuch der Ostsee einlud.

Letzte Etappe

Nachdem ich die Berufung auf den ophthalmologischen Lehrstuhl in Berlin endgültig ausgeschlagen hatte, mußte und wollte ich beweisen, daß mich hier in Greifswald noch große Aufgaben gefangenhielten. Diese Zeit, erfüllt von Aktivität, neuen Plänen und deren Verwirklichung, als «letzte Etappe» zu bezeichnen, klingt vielleicht resigniert oder zumindest betrüblich. Aber ist es nicht traurig, von Freunden und lieben Menschen Abschied zu nehmen, denen man im Leben kaum wieder begegnen wird?

Mich drängt es deshalb, einige von ihnen noch einmal passieren zu lassen. Wenn man zwanzig Jahre lang im Kreis dieser Menschen gelebt, täglich sich ihrer Hilfe bedient und mit ihnen Freude und Sorgen geteilt hat, fällt es schwer, zum Alltäglichen überzugehen.

Machte ich mir damals schon diese Gedanken? Sicher

nicht. Man wird von den Ereignissen so betäubt, daß sie nicht ins Bewußtsein gelangen. Kleinlicher Ärger über Belangloses verdrängt nämlich oft unsere Wehmutsgefühle. Bestimmt geht es vielen so im Leben. Die Gesichter meiner zuverlässigen Mitarbeiter sind mir nicht aus dem Gedächtnis entschwunden. Ich kann sie immer sehen. Beim Eintritt in den Operationssaal blickt mich die schon vermummte, immer freundlich lächelnde Operationsschwester Ursula an. Mit gleichem Gewicht an Treue und absoluter Hingabe für die Klinik und ihre Patienten zeichnete sich das «federleichte» Trudchen aus, ein Hänfling an Körper, ein Goliath an Fleiß. Ebenso wie Ursula diente sie schon dem fünften oder sechsten Chef.

Trudchen – sie wohnte auch im Haus – war nun ganz mit der Klinik verwachsen. Anfangs im Gartenhaus für erwachsene Patienten, später nur für die Kleinen, ihre Schielkinder, zuständig, stand sie Tag und Nacht – also jederzeit – zur Verfügung, immer voller Humor und bereit, jede Handreichung zu erfüllen. Trudchen fehlte bei keiner Operation, war sie doch die rechte Hand von Ursula, wenn es galt, Patienten zu tropfen, zu versorgen, zu beruhigen oder umzubetten.

Außerdem besaß sie noch die Perfektion, kleinste Gegenstände, die beim Hantieren den Assistenten oder Schwestern auf den gefliesten Boden des Raumes fielen, schnell zu suchen und noch schneller zu finden. Dies war besonders wichtig bei unseren kostbaren, meist unersetzlichen Geräten.

Da Trudchen immer gegenwärtig war, konnte man nie erfahren, was in ihrer arbeitsfreien Zeit geschah. Schlaf und Ernährung schien es bei Trudchen nicht zu geben, dafür aber nur eine Leidenschaft, Kaffee und Zigaretten. Trudchens leichten Körper konnte nur der Tod aus der Klinik holen, keine andere Kraft hätte das vermocht. Für alle, die Trudchen kannten und liebten, kam eine lange Trauerzeit. Wie soll es ohne Trudchen weitergehn?

Und Ursula? Nach Absolvierung von fünfzigtausend Operationen hatte ich sie am 20. Dezember 1966 als Rentnerin verabschiedet. Ursula lebt in Greifswald und denkt oft an uns.

Diesen beiden Treuen schließen sich die anderen Schwestern an, die fachkundig und aufopfernd die Operierten lange Jahre betreuten und pflegten: die Schwestern Gerda, Lili, Elfriede, Irene, Edeltraut, Hildegard und noch viele andere.

Mit gleichem Ernst arbeiteten die Oberärzte und Assistenten. In dieser Etappe waren es noch dreißig Ärzte. Die «Lebensdauer» der Oberärzte an einer Klinik ist länger bemessen als die der Assistenten. Meist beträgt sie die doppelte Zeit.

Oberarzt Dr. Priegnitz hatte bereits 1960 die Klinik verlassen. Als Nachfolger der ersten Oberärzte, Janert und Krüger, von denen an anderer Stelle die Rede war, hatte er deren Kontinuität fortgesetzt. In der bereits erwähnten Zeit waren die Oberärzte Dr. Wagner, Dolének, Gliem, Möller, meine Frau und Pöschl tätig. Ich möchte sie kurz ans Licht heben.

Dr. Wagner wurde 1963 Chefarzt der Augenabteilung des Bezirkskrankenhauses in Schwerin; Dr. Gliem wurde 1977 auf den Ophthalmologischen Lehrstuhl der Charité nach Berlin berufen; Dr. Möller ist Chefarzt der Augenabteilung in Bad Freienwalde geworden; Dr. Pöschl – neben meiner Frau der einzige weibliche Oberarzt – leitet die Schielabteilung und die Orthoptistinnen-Schule.

Warum habe ich Dolének übersprungen? Weil er eine besondere Würdigung verdient. Antonin Dolének ist schon als fertiger, fachlich qualifizierter Augenarzt zu uns gekommen, um unsere Behandlungsmethoden kennenzulernen. Assistent und Schüler von Professor Vejdovski, Olomouc, in der Tschechoslowakei gebürtig, beherrschte er die deutsche Sprache fehlerfrei und gliederte sich ausgezeichnet in unseren Assistentenstab ein. Dolének war uns allen ein

Vorbild im Verhalten, in Arbeitsmoral, als Arzt und Kollege. Leider durfte er nur zwei Jahre, bis 1963, bleiben. Aber er besuchte uns oft, war auf unserer Tagung 1966 und auf meinem letzten Symposium 1972. Dolének nutzte jede Gelegenheit, um unsere wissenschaftlichen Einrichtungen kennenzulernen. Er wurde nicht müde, Fragen zu stellen und sich persönlich von allem zu überzeugen.

In dieser Zeit waren wir schon weit vorangekommen. Die orthoptische Abteilung mit der Schule der Orthoptistinnen florierte; der Umbau der Poliklinik und der Stationen erleichterte die tägliche Arbeit; durch die Reorganisation des Operationssaales und die Ausstattung mit Operationsmikroskopen konnte das Niveau der Eingriffe gehoben werden. Neue Labore, wie das physiologische, das histologische und das fotografische, sowie die Röntgenabteilung erhielten qualifizierte Mitarbeiter. Aus der Feder unserer Assistenten erschienen wissenschaftliche Arbeiten in guter Qualität.

Dolének, auch er selbst publizierte eifrig, konnte das alles miterleben, und wir freuten uns immer, ihn zu sehen oder von ihm zu hören. Doch eines Tages kam die uns alle erschütternde Nachricht von seinem Ableben. Dolének wurde nur sechzig Jahre alt. Von seiner trauernden Frau erhielten wir folgenden ergreifenden Brief:

«Sie wissen, hochverehrter Herr Professor, daß Sie der größte und beste Lehrer meines Mannes waren, dies wiederholte und betonte er bei jeder Gelegenheit. Ich brauche gar nicht zu erwähnen, wie er Sie achtete und verehrte.

Ihr Bild hing immer über seinem Schreibtisch seit seiner Heimkehr aus der DDR. Sein Greifswalder Aufenthalt gehörte zu den schönsten seines Lebens, und wir dachten oft und gerne alle vier an diese Zeit zurück, wo mein Mann sich so wohl fühlte und wo auch wir in Ihrer angenehmen Gesellschaft ein paar unvergeßliche Augenblicke verleben durften.

Mein Mann bedauerte immer sehr, daß sein sehnlichster Wunsch, zum zweitenmal für längere Zeit nach Greifswald zu kommen, nicht in Erfüllung ging.

Mein Mann starb ganz unerwartet an einem schweren Herzinfarkt, ohne vorher irgendwelche Beschwerden gehabt zu haben. Er ging frühmorgens in die Klinik, arbeitete noch den ganzen Vormittag wie gewöhnlich, und in den frühen Nachmittagsstunden war er nicht mehr da. Niemand, der ihn kannte, konnte es fassen. Er war noch sehr leistungsfähig, voll Lebenselan, hatte noch so viele Zukunftspläne!»

Mit gleich vertrauter Herzlichkeit blieben alle anderen Mitarbeiter mit mir verbunden, die Sekretärinnen, die medizinisch-technischen Assistenten, die Damen und Herren der Labore, eben jene unzähligen Helfer, die meist kaum erwähnt werden, aber ohne deren Wirken eine Klinik «lahmen» würde.

«Morgen ist Visite!» Diese Nachricht konnte Herzklopfen auslösen. Bei den oft aufregenden Visiten geht der Chef der Klinik mit ganzem Assistentenstab und Oberschwester Hanna die einzelnen Stationen durch, besieht sich kritisch zuerst die frisch Operierten, kontrolliert den Verlauf und die Therapie der anderen Patienten und landet schließlich auf der Schielstation.

Hier trifft er unter der Leitung von Dr. Pöschl und Frau Hadler eine Schar junger «Damen in Weiß» an, die zukünftigen Orthoptistinnen in bescheidener, leicht parierter Zurückhaltung, aber mit lebendigen, neugierigen Blicken und gespitzter Aufmerksamkeit, um sich ja keine der hier gewechselten Worte entgehen zu lassen.

Eine richtige Visite ist für Patienten und Schwestern eine ernste, feierliche Handlung. Sie schließt mit Freude und Erleichterung ab, wenn alles in Ordnung ist.

Die Besuche in den Laboren spielten sich ohne Begleitung ab. Täglich war ich Gast bei Frau Schulze im histologischen Labor, für mich in jener Zeit die wichtigste Quelle an zugearbeitetem Material. Jahrein, jahraus hieß es: «Frau Schulze, denken Sie an die nächste Tagung der EOPS.»

Und es waren nicht wenige solcher Zusammenkünfte – London, Kopenhagen, Wien, Madrid, Genf, Karlsruhe, Paris, Gent, Helsinki und so weiter –, die mit Präparaten versorgt werden mußten, auch wenn ich nicht immer dabei war. Frau Schulze stand aufrecht vor mir, das Kinn leicht angezogen, ganz gespannte Aufmerksamkeit, ein hintergründiges Lächeln, das verriet ihre Bereitschaft.

Frau Schulze wußte nämlich Bescheid. Vierzig tadellose Schnitte, alle gleich und schön. Frau Helbig, unsere unermüdliche Fotografin, mußte die Details der histologischen Präparate fotografieren. Im Mai jeden Jahres ging es an den Start. Für die Protokolle in englisch waren die Chefsekretärinnen, zuerst Fräulein Frowein, später Frau Kapke, zuständig, Aber, o weh, mein Englisch, es war nicht das beste, da half natürlich Jutta.

Es wäre noch viel Lobenswertes über die Assistenten der Jahre 1965 bis 1972 zu sagen. Geprägt von unterschiedlicher Umwelt, gestaltete sich ihre Entwicklung verschiedenartig. Ein Chef müßte alle Belange seiner Assistenten wissen, um wirklich jedem, nicht nur fachlich, sondern auch menschlich zu helfen. Leider gehen diese guten Absichten nur zu oft im Trubel der täglichen Arbeit verloren. Wie schade für das Werden eines neuen Arztes!

Man muß sich deshalb schon rechtzeitig bemühen, eine warmherzige Arbeitsatmosphäre in der Klinik zu schaffen, die alle Mitarbeiter mit Freude erfüllt. Vielleicht ist es mir gelungen, denn heute noch kann ich mich an einige erinnern, denen das Wochenende zu lang und langweilig war und die den neuen Arbeitstag nicht erwarten konnten. Immer wenn ich die Klinik als Emeritus – auch in größeren Abständen – besuchte, leuchteten mir freundliche Gesichter entgegen. Die Mitarbeiter schlossen mich sofort in ihre Gemeinschaft ein.

Zum Abschluß möchte ich noch die letzte, allerletzte Bewerberin erwähnen: Frau Ingetraut Seidlein, die ab 1. Oktober 1971, elf Monate vor meinem Fortgang aus der Klinik, Assistentin wurde. Die mir verbliebene Zeit war zu kurz, um eine emotionelle Chef-Assistenten-Beziehung aufzubauen. Weder ihren Umgang mit Patienten noch ihre handwerklichen Eigenschaften lernte ich kennen und gar nicht ihre Einstellung zu ihren Kollegen. Ich sah sie nur ständig ernst und konzentriert bei der Arbeit in der Poliklinik. Scheu hielt sie sich anfangs zurück. Nach einiger Zeit erhielt ich ihre Doktorarbeit, «Untersuchungen zur Häufigkeit und Entwicklung der diabetischen Retinopathie bei Kindern», und fand ihren Fleiß und ihr unbeirrbares Streben bestätigt.

Um noch mehr zu erfahren, luden wir Frau Seidlein zu meinem bescheidenen Geburtstag 1985 ein. Zwanglos berichtete sie über ihre Herkunft. Sie ist Bauerntochter aus der Gegend von Grimmen, hat viel mit den Eltern und ihrem Bruder, der Landwirt ist, auf dem Feld gearbeitet, kann auch als gelernte Rinderzüchterin Kühe melken, was mich besonders berührt hat. In diesem Jahr hat sie ihre B-Dissertation abgeschlossen. Ihr Hauptarbeitsgebiet ist die Laser-Behandlung der diabetischen Retinopathie. Seit einiger Zeit ist sie Mitarbeiterin des Zentralinstituts für Diabetes in Karlsburg, das zum Kooperationszentrum der Weltgesundheitsorganisation (WHO) erklärt wurde, und dank ihrer Fachkenntnisse an wichtigen, international beachteten Forschungen beteiligt.

Sechstes Kapitel

> Solange man schreibt, was man zu
> schreiben wünscht, ist nur
> das allein wichtig; und ob es nun
> für lange Zeit wichtig ist,
> oder nur für Stunden,
> kann niemand sagen …
>
> *Virginia Woolf*

Emeritierung

Bis September 1972 blieb ich noch im Amt, danach endete meine Zeit in der Klinik, deren Leitung ich ohne Aufsehen am 7. April 1953 übernommen hatte und am 30. August 1972 niederlegte. Ich müßte sagen: klanglos, da mich niemand in mein Amt einführte und auch keiner verabschiedete. Vielleicht sollte nicht die Person des emeritierten Direktors, sondern nur dessen Werk sprechen.

Ich hatte noch einige sogenannte Privatpatienten, hauptsächlich handelte es sich um Kinder. Dies erregte anscheinend doch kleinen Ärger. Es wurde mir nahegelegt, mit meiner «Privatsprechstunde» nun endlich aufzuhören. Mein ehemaliges Zimmer als Direktor der Klinik konnte ich aber behalten, was ich den nachfolgenden Direktoren hoch anrechnete. Von nun an blieb mein Kontakt zur Augenklinik nur noch durch meine Frau, der Oberärztin der Klinik, erhalten. (Und durch die gemeinsam zu befundenden histologischen Präparate.)

Im Frühjahr des folgenden Jahres, 1973, zog ich mit unserer jüngsten Tochter, Peggy, in unser Landhaus nach Loddin, auf die Insel Usedom. Meine Frau und die beiden größeren Kinder blieben, da sie schon zur Schule gingen, bis zu den Ferien in Greifswald. Im neuen Schuljahr kamen sie zu Direktor Roloff in die Ückeritzer Schule.

Die Umstellung vom Direktorat der Augenklinik ins Landleben vollzog sich schneller, als ich anfangs dachte. Es begann für mich ein neues Leben, die Sorge um die fünfjährige Tochter, die Wirtschaft in Haus und Garten, lenkten mich ab und füllten meine Zeit. Während ich in den Mußestunden zuweilen noch mit Wehmut an meine aktive Tätigkeit als Klinikdirektor zurückdachte oder aber diese gar als Fiktion, als vertane Energie, mit einem Wort, als großen Irrtum ansah, erhielt ich Post von einer ehemaligen Patientin, der schon erwähnten Charlotte Sch. Dieser Brief ermunterte mich und stellte mein Gleichgewicht wieder her.

... Seit ich Ihren Brief habe, denke ich über «Irrtum» nach ... Alles, was uns geistig in Anspruch nimmt, was uns innerlich erfüllt, woran wir wachsen können, das ist kein Irrtum. So war es in der tätigen Vergangenheit und so ist es heute, wenn ein gar nicht unwichtiger Lebensabschnitt beginnt, in dem alles ganz anders ist als bisher und wo ein neuer Inhalt gefunden werden muß ... Zuerst geht es durch ein Tief hindurch. Nach einem halben Jahr reckt man sich wieder ... Mit Wehmut sehen Sie im Moment, wie Ihnen Ihr schöner Beruf allmählich aus den Händen entgleitet. Für diese Wunde gibt es gar nicht so schnell ein Allheilmittel.

Es muß liegen in dem Positiven, das man sich neu schafft. ... Auch da braucht es Zeit ... Sie überlegen, ob der Zeitpunkt richtig war, ob Sie nicht jetzt schon aufhören sollten, sondern erst später.

Das ist sehr gefährlich.

... Bleibt man zu lange im Dienst, wirkt man plötzlich alt neben den Jüngeren und bei den heute so schnell fortschreitenden Veränderungen.

... Es ist lohnend, Ihre noch frischen Lebensenergien Ihren Kindern zu schenken, allmählich werden Sie überzeugt sein, wie sehr die Kinder Sie brauchen.

Die ständige menschliche Bezugsperson, ob Mutter oder Vater, darf nicht fehlen. Allmählich wird auch Ihnen sich dieses Wirkungsfeld groß auftun ...

Mit dem Umzug aufs Land, mit dem unmerklichen Einleben in das dörfliche Milieu, begann für uns alle ein neuer, glücklicher Anfang ...

Über zwanzig Jahre besteht schon das Anwesen in Loddin. Die Bäume, Hecken und Sträucher sind hochgeschossen und umgürten Haus und die Nebengebäude mit einer grünen Mauer. Blumenbeete, Pflanzenschalen und Kübel ergänzen den Blumenflor um Terrasse und Balkon. Der breite Rasen bannt den Flugsand.

Die Jahreszeiten sind wie sich immer wiederholende Choräle der Natur. Da ist der Frühling mit den Frühblühern, Schneeglöckchen, Krokussen, später dem Flieder und den Tulpen. Bald stellen sich die Rosen ein, deren erste Knospen zart aufleuchten und sehr rasch ihr Blätterwerk entfalten. Anfang Juni, zum Geburtstag meiner Frau, blüht als erste «Sutters Gold», danach kommen die anderen und auch die Pfingstrosen mit ihren vollen Blüten und ihrem zurückhaltenden, scheuen Duft.

Der Sommer beginnt und schreitet unaufhaltsam fort. Ins Auge fällt jetzt der laut schreiende Mohn, seine roten Blüten gleichen munter flatternden Mädchenröcken. Die Eberesche ist abgeblüht. Auch der Weißdorn läßt die Blütenblättchen in der Luft fliegen, dafür breitet sich der Rotdorn aus. Der Rhododendron bleibt nicht nach. Erst der Großblütige, dann der Japanische zu meinem Geburtstag und zum Schluß der mit dem Mandelduft seiner gelbrosa Blüten. Von allen Seiten dehnt sich das üppige Grün der Büsche und Bäume aus. Man glaubt, sie marschieren auf uns los. Und da, wohin unser Mäher nicht hinlangt, treiben

Gras und Unkraut tropische Wuchsformen. Die Fliederdolden, die noch vor kurzem betäubenden Duft ausströmten und von Zitronenfaltern umgaukelt waren, beginnen zu gilben und ihre Kreuzchen zu verlieren. Unerschütterlich stehen kerzengerade die blaugrünen Fichten und die Schwarzkiefern. Sie werfen eben von den neuen Trieben die braunen Hütchen ab. Alle grünen Farben sind bei den Fichten vertreten: oliv-, moos-, lind-, gelbhell- und dunkel-blaugrün. Der Junikäfer schwärmt, ein kaum wahrnehmbares Summen erfüllt die Luft.

Von Jahr zu Jahr verändert sich der Garten, bekommt durch unsere zielstrebige Arbeit das Aussehen eines Parks. Die Baum- und Sträuchergruppen geben jetzt weite Durchblicke auf Rasenflächen frei und täuschen größere Entfernungen vor. Ringsum ertönt ein vielstimmiges Konzert von unzähligen Sängern. Wir sehen es als Dank ihrerseits für das Winterfutter an. Von der Singdrossel angefangen, über Finken, Meisen, Rotkehlchen, Sprosser und Grasmücken, erklingen ihre Lieder vom ersten Morgendämmer bis tief in den Abend.

Wenn das Wetter umschlägt, eine Regenperiode einsetzt, den Garten in Duft und Feuchte einhüllt, scheint unser Haus wie eine Arche in grünen Wogen zu schwimmen. Wir sind geborgen mit Kindern und Tieren.

Wie schnell wandelt sich das üppige Grün. Mit dem Abzug der Schwalben im September tauchen da und dort gelblich-rötliche Töne auf, die sich immer mehr ausbreiten. Schließlich leuchten Büsche und Bäume in buntesten Farben. Die schräge Sonne läßt jetzt unzählige Hagebutten und Berberitzen aufglühen. Der an der Hauswand rankende Wein schimmert in braunen und orangefarbenen Tönen. Kurze Luftstöße fahren wie Fieberschauer durch das Laub. Langsam werden die strahlenden Farben verlöschen, und nur ein dunkles Gerippe wird bleiben. Von nun an werden uns herrliche Wolkenbilder entzücken, der Oktober ist reich davon. Über dem Bodden dehnt sich ein farbenprächtiger Westhimmel. Auf gelblich-rötlichem Hintergrund ziehen blauschwarze und stahlgraue Wolkenmassen, zerfallen in Dunst, färben sich rötlich und lösen sich im Süden auf. Die Bilder wechseln. Soeben spannt sich eine dunkle Wolkenwand von Süd bis Nord. Ihr oberer scharfer Rand ragt in ein loderndes Flammenmeer. Von den Flammen scheinen dunkle Rauchwolken aufzusteigen.

Die Winter in Loddin können hart sein. Bei klirrendem Frost toben Schneestürme, Baumstürze unterbrechen elektrische Leitungen. Die Folgen sind kein Licht, kein Wasser, keine Verbindung mit der Außenwelt. Schneewehen legen das Auto lahm. Mühselig schaufeln wir die Wege frei und holen auf dem Rodelschlitten Nahrung. Wir haben diese Notzeit immer gut überstanden. Die höchste Gefahr besteht, wenn entwurzelte Kiefern unsere Gebäude zu zerstören drohen.

Dolmetscher in Swinoujście

Zu Beginn des Schuljahres 1974/75 erlebte die Ückeritzer Oberschule die Feier ihrer Namensgebung zur «Ernst-Thälmann-Oberschule» mit Enthüllung des Denkmals ihres Namensgebers. Unter den vielen Gästen aus nah und fern befand sich die Tochter Thälmanns, Frau Irma Gabel-Thälmann. Ihre überraschende Anwesenheit erregte nicht nur bei der Schuljugend Interesse und Aufsehen, auch die Eltern versuchten, den seltenen Gast mit Blicken einzufangen.

Im Anschluß an die offizielle Feier, die uns alle in gehobene Stimmung versetzte, verweilten wir bei dem noch sommerlichen Septemberwetter auf dem Schulhof. Die Spannung war gewichen, wir unterhielten uns mit Frau Roloff, der Gattin des Schuldirektors, über die kommenden schulischen Aufgaben unserer Kinder. Im Gespräch erwähnte Jutta beiläufig meine russischen und polnischen Sprachkenntnisse. Bei dem Wort «polnisch» horchte Frau

Roloff auf und überfiel mich sofort mit dem Vorschlag, bei künftigen Begegnungen mit polnischen Lehrern als Dolmetscher zu dienen. «Das muß ich gleich meinem Mann sagen», fügte sie noch hinzu.

Jetzt erfuhr ich, worum es ging. Schon seit zwei Jahren bestand eine freundschaftliche Zusammenarbeit zwischen der Ückeritzer Schule und der 4. Schule in Swinoujście. Erschwert wären die Begegnungen und der Gedankenaustausch durch die gegenseitig mangelnden Sprachkenntnisse. Ich sagte zu, da mich diese Aufgabe persönlich sehr interessierte.

Es dauerte nicht lange, und es kam die Einladung zum Tag des Lehrers, der in Polen am 14. Oktober, in Erinnerung an die Gründung der Edukationskommission im Jahre 1773, gefeiert wurde. (Die Edukationskommission war das erste Bildungsministerium in Europa.)

Ohne Schwierigkeiten passierten wir die Grenze zwischen Ahlbeck und Swinoujście. Eine Taxe brachte uns zum Schulgebäude, einem Neubau, der durch Geräumigkeit und solide Ausführung einen guten Eindruck machte.

Ich war voller Neugier, wie ich mich unter polnischen Menschen wieder zurechtfinden würde.

Ungewöhnlich herzlich begrüßte uns die Direktorin, Frau Teresa, die mich bei meiner in polnisch gehaltenen Erwiderung ungläubig anblickte. Woher hatten die Ückeritzer plötzlich diesen Dolmetscher? Sie machte mich mit dem anwesenden Schulinspektor (Schulrat) und ihren Lehrern bekannt. Mir fiel auf, daß es hauptsächlich Frauen im Alter von etwa dreißig Jahren waren.

Nach der offiziellen Feier in der Aula wurden wir zu einem reichhaltigen Frühstück eingeladen. Mich hatte die Feier sehr ergriffen, besonders ein Gedicht von Gałczyński, «Das Gedicht von der großen Dankbarkeit», mit dem ein blasses, schüchternes Mädchen den Dank an alle Lehrer entrichtete.

Die Stimmung bei unserem «Bankett» mit vielen Toasten, die ich aus dem Stegreif übersetzte, war ungewöhnlich heiter. Der neben mir sitzende Schulinspektor erklärte launig: «Sie haben auf uns einen großen Eindruck gemacht, aber es gibt da zwei Gruppen, die eine möchte Sie gleich hierbehalten, und die zweite am liebsten mit Ihnen mitfahren.»

Solche Begegnungen wiederholten sich nun aus verschiedenen Anlässen: dem Austausch von Schülern, zu sportlichen Vergleichen, Teilnahme an Schulolympiaden, gemeinsamen Reisen und Hospitationen der Lehrer sowohl bei uns als auch in Polen. Von besonderem Gewicht war eine Zusammenkunft der Direktoren weiterer Schulen des Kreises, die inzwischen ähnliche Freundschaftsabkommen geschlossen hatten. Fast zu allen Begegnungen wurde ich eingeladen. Ich lernte wieder Land und Leute kennen, versuchte meine Sprache der gegenwärtigen anzupassen, fand aber, daß sich die polnische Sprache in den letzten dreißig Jahren kaum verändert hat. Sie blieb die Sprache der polnischen Dichter, die mir aus der Schulzeit noch ganz vertraut war.

Durch diese Ereignisse angeregt, unternahmen Jutta und ich mit den Kindern des öfteren kleine Ausflüge nach Swinoujście.

Auf einer dieser Reisen versuchte ich, die lang ersehnte Zeitschrift «Poezja» zu erwerben. Mir hätte schon ein einziges Exemplar genügt, um mich über den Inhalt zu orientieren. Leider waren alle Bemühungen bislang ohne Erfolg geblieben. In der größten Buchhandlung am Platze sprach ich die Geschäftsführerin, eine dunkeläugige, sehr temperamentvolle Dame, Frau Maria R., an. Etwas brüsk ihre Antwort: Sie bekäme nur zwei Exemplare, eines behalte sie, da sie selbst Gedichte schreibe, und das zweite sei für ihre Freundin bestimmt. Wir hatten den Laden schon verlassen, da kam mir ein Einfall. Ich ging zurück, schreckte auch nicht vor den abweisenden Blicken der Dame zurück und bat sie entschlossen um ihre Adresse. Sie zögerte ein wenig, verwundert über meine Frechheit, kritzelte dann aber doch, mich immer noch streng fixierend, ihren Namen auf ein Stück Papier. Als sie es mir reichte, lächelte sie. Seit dieser Zeit stehen wir in ständigem schriftlichem Kontakt, waren häufig in ihrem Laden und sogar bei ihr zu Hause zu Gast.

Durch Maria R. erfuhr ich, daß sie und Helena W. einem Zirkel «Schreibender Arbeiter» angehören und daß dieser Zirkel mit dem der Rostocker Neptunwerft in enger Verbindung steht. Manche ihrer Arbeiten sowie anderer Teilnehmer übersetzte ich für die mal in Rostock, mal in Swinoujście stattfindenden Zirkeltreffen. Da ab Ende Oktober 1980 der Reiseverkehr von uns nach S. eingeschränkt wurde, stockte auch zeitweilig dieser so erfolgreich begonnene Erfahrungsaustausch mit unserem polnischen Nachbarn. Ich selbst war ja nur Zuschauer, dennoch verfolgte ich die literarische Zusammenarbeit mit großer Anteilnahme. Der Kontakt mit den Freunden und Bekannten in Polen zeigte mir, mit welchen Schwierigkeiten die Bürger dort noch zu kämpfen hatten. Vielen war aber der lange und steinige Weg bewußt, der noch vor ihnen lag.

Gibt es Höhepunkte?

Gibt es noch Höhepunkte im Leben eines Rentners, eines emeritierten Professors der Augenheilkunde, der in freiwilliger Zurückgezogenheit, weit von seiner ehemaligen Klinik die Tage verbringt, nicht ohne körperliche Arbeit, aber in einer Abgeschiedenheit von Menschen und Verkehr?

Jutta ahnte schon, daß der siebzigste Geburtstag diesen Höhepunkt bringen würde. Um sicher vor plötzlichen Überfällen zu sein, bereitete sie alles im Hause und im Garten vor. Es sollte keiner sagen, sie wäre eine schlechte Hausfrau. Gartenblumen kamen in Vasen auf den Tisch. Neue Gartenmöbel, ein Geburtstagsgeschenk meiner Frau, zierten den Balkon. Die Kinder erhielten schulfrei und zeigten sich im Sonntagsstaat. Sektflaschen wurden vorsorglich in den Eisschränken bereitgestellt.

Schon in aller Frühe versprach der Tag schön zu werden. Die über uns kreisenden Schwalben flogen ganz hoch, und aus den Wiesen schallte seit Sonnenaufgang der Ruf des Kuckucks.

Mit Herzklopfen warteten wir aufs erste Klingelzeichen. Und tatsächlich. Pünktlich um zehn Uhr traf Magnifizenz ein, begleitet von seinem «eisernen» Fahrer Mogga. Die Kinder verschwanden. Nach der freundlichen Gratulation mit üppigem Blumenstrauß nahmen wir in der gemütlichen Kaminecke Platz. Magnifizenz Imig überreichte mir als Geschenk die Mappe «Kunstschätze der Universität Greifswald», die vor einem Jahr erst erschienen war und alle Besitzer mit der ruhmvollen Geschichte unserer Greifswalder Universität vertraut macht.

Rektoren haben wenig Zeit, deshalb mußte er sich bald verabschieden. Die Szenerie wechselte. Es trafen die Gratulanten aus dem Bezirk und Kreis ein, angeführt von Herrn Horstmann. Bei dessen Namen merkte meine Frau auf. Ja, einen Horstmann kannte sie noch aus ihrer Schulzeit. War er es auch? Tatsächlich. Dieses Miteinanderbekanntsein schlug Brücken der Freundschaft zwischen uns und den Besuchern, die bei dem schönen Wetter gleich einem schattigen Balkonplatz zustrebten. In die rege Unterhaltung ertönte erneut Klingeln. Ich ließ es mir nicht nehmen, die Ankommenden selbst zu begrüßen.

Die Tür öffnete sich für zwei junge Frauen in frischen Sommerkleidern, die mir freundlich lächelnd Feldblumensträuße entgegenstreckten und in polnischer Sprache gratulierten. Es waren die polnischen Germanistik-Studentinnen Aldona und Ella, die ein Jahr lang in Greifswald studierten. Die Überraschung war gelungen. Jutta hatte sie eingeladen, um mir eine Freude zu machen.

Das Erscheinen der polnischen Mädchen versetzte mich

mit einem Schlage in meine Lemberger Studentenzeit und ließ mich die Gegenwart ganz vergessen. Ich konnte plötzlich sehen, was den anderen verborgen blieb. Vor meinem geistigen Auge tauchte wieder die bis dahin verschüttete Vergangenheit auf, das schon verblaßte polnische Leben mit Musik und Dichtkunst, mit jungen Menschen und den eigenen Idealen. Die polnischen Gäste, die übrigens fleißig Deutsch sprachen, gaben jetzt den Ton an. Munter erzählten sie von ihrer Heimat und verblüfften uns mit interessanten Neuigkeiten aus Theater, Film und Literatur. Aber der Aufenthalt in Greifswald war für sie auch erlebnisreich, sie würden diese Zeit nie vergessen.

Die Herren vom Bezirk, wie wir alle sehr angetan von dem Liebreiz und Charme der polnischen Mädchen, mußten zu ihrem Leidwesen einem neuen Gästeansturm weichen. Als geschlossene Formation rückte die Augenklinik an, angeführt von meinem Schüler und Nachfolger auf dem Ophthalmologischen Lehrstuhl, Professor Dr. Hans Gliem. «Solch ein Gewimmel möcht' ich sehen ...» Ich sah es gewiß nicht faustisch, aber beglückt. Jutta und die Kinder mußten mit Getränken und Essen dauernd aufwarten, konnten den Anforderungen kaum genügen.

Lange noch begleiteten mich die Gestalten dieses Tages wie unauslöschliche Nachbilder.

Damit war aber das Jahr des Geburtstages noch nicht zu Ende. Zu meiner Überraschung erhielt ich von Herrn Schwerin aus der Universitätsverwaltung Greifswald den Anruf, ich solle mich zu einer staatlichen Auszeichnung zum Tag der Republik bereithalten.

Es kam dann der Tag, an dem ich mit zwei Greifswalder Kollegen den Vaterländischen Verdienstorden in Empfang nahm. Die Auszeichnungen – von Gerald Götting vorgenommen – gingen weiter. Ich horchte auf, als Eva Strittmatter aufgerufen wurde. Ich kannte Frau Strittmatter bisher nur von ihren Gedichten, dem Büchlein «Ich schwing mich auf die Schaukel», das meine Frau unserer kleinen

Peggy zum Geburtstag geschenkt hatte. Peggy las sehr gern gute Gedichte.

Diese Gedichte hatten mich durch Form und nicht alltäglichen Inhalt gefesselt, nun bot sich die Gelegenheit, beim anschließenden Umtrunk Frau Strittmatter persönlich kennenzulernen. Wir unterhielten uns, natürlich über Poesie, ich ein Amateur, sie eine Dichterin. Ich konnte ihr viel über polnische Lyrik erzählen, und was ich über die Poesie von Maria Jasnorzewska sagte, schien Eva Strittmatter zu interessieren.

Sie versprach, mir ihre letzten und neuen Gedichtbände zu schicken, was auch alsbald erfolgte. Da mich gerade Lyrik besonders fesselte und ich Anregungen von den polnischen Germanistinnen und Frau Strittmatter bekam, begann ich, ihre Gedichte und die der polnischen Dichter zu übersetzen. Es gelang mir sogar, einige davon zu publizieren. Ich hatte mir vorgenommen, ein Bändchen einer Gedichtauswahl von Eva Strittmatter herauszugeben. Leider verhinderten es die damaligen Zeitumstände in Polen. Wir verfolgten mit Interesse die weiteren Schöpfungen von Frau Strittmatter.

Unsere Tiere

Immer wieder ist man überrascht, mit welch unbefangener Freude sich Kinder dem Tier zuwenden. Wenn dieser natürliche Drang rechtzeitig von den Eltern erkannt, unterstützt und gepflegt wird, entwickelt sich aus dieser Zuneigung eine feste Beziehung. Die Achtung vor der hilfebedürftigen Kreatur, die Ehrfurcht vor allem Lebendigen und das Verantwortungsgefühl für den anvertrauten Kameraden prägen die Entwicklung des kindlichen Charakters. Treue, Mitgefühl und Bereitschaft zu Opfern finden im kindlichen Herzen einen weiten Raum vor. Der Hang zu unbedachter Grausamkeit hat keinen Platz mehr.

Das Leben mit Tieren ist auf dem Lande einfach, möglich aber auch in der Großstadt. Ein Vogel, Hamster oder Meerschweinchen, vor allem natürlich ein Hund – und sei er noch so klein – bereichern den kindlichen Alltag. Die Liebe zu diesen Geschöpfen hat Juttas und meine Kindheit geprägt. Deswegen gehören Tiere auch zu unserem täglichen Leben in Loddin. Meine Schilderung wäre unvollkommen, wenn ich diese Seite unseres Lebens unerwähnt ließe.

Anka, unsere schwarze Neufundländerhündin, war die erste, deren große bärenhafte Tatzen den Loddiner Boden berührten. Sie wurde zum ständigen Spielgefährten unserer Kinder. Wenn eines im Garten hinfiel, war Anka sofort zur Stelle, um ihm beizustehen. Sie war eine passionierte Schwimmerin, scheute nicht die wild bewegte See und tauchte mutig und gewandt unter den hohen Wellenkämmen hindurch. Gingen wir selbst ins Wasser, kam sie blitzschnell nachgeschwommen und gab erst Ruhe, wenn wir ihren Schwanz ergriffen und sie uns an Land ziehen durfte. Erleichterten wir ihr das Rettungsmanöver nicht freiwillig, packte sie mit ihrem gewaltigen Fang zu. Obwohl sie dabei so schonend wie möglich vorging, kam es meistens zu Druckstellen und blauen Flecken, so daß wir der ersten Methode den Vorzug gaben.

Die Begeisterung für Anka animierte Jutta, eine Neufundländerzucht aufzubauen. Wie immer ging sie gründlich vor, beschaffte sich einschlägige Literatur, verhandelte mit Fachleuten und wurde Mitglied einer Zuchtgemeinschaft – und zuletzt holte sie noch einen Rüden, unseren Bill, der sich Anka gleich anschloß und ihre Vormachtstellung duldete.

Aus Ankas erstem Wurf behielten wir die Hündin Assie. Sie war das Gegenstück ihrer Mutter, verspielt und weich. Beide Hündinnen brachten bemerkenswerten Nachwuchs, der Jutta bei Ausstellungen Anerkennung und einen ersten Preis im Zuchtgruppenwettstreit im Berliner Tierpark einbrachte. Carlo – Ankas Sohn – wurde mehrfach Champion und war «Hauptdarsteller» in dem DEFA-

Film «Sieben Sommersprossen». Das Geheimnis des Erfolges bestand wohl weniger in dem standardgerechten Habitus der Elterntiere als vielmehr in der sorgfältigen Aufzucht der Welpen, vor allem aber in der kritischen Auswahl der zukünftigen Besitzer.

Neufundländer werden nicht alt. Als erstes verließ uns Anka, neunjährig, danach Bill mit fast dreizehn Jahren und schließlich Assie. Unsere schwarzen Gesellen liegen jetzt vereint unter einer schlanken Birke im Garten.

Ohne Hunde wollten wir aber nicht leben. Diesmal kam uns der Zufall zu Hilfe. Dr. Wenzel – ein langjähriger Freund des Hauses –, begeisterter Tierliebhaber und von Beruf Tierarzt, erschien eines Tages mit einem unscheinbaren grauen Etwas. Mein auf Neufundländerdimensionen eingestelltes Auge konnte nicht mehr als einen mit Bart ausgestatteten «Käfer» wahrnehmen, der allerdings sehr selbstbewußt durch den Garten schritt. «Kein Hund» – so lautete mein erstes Urteil.

Doch die Zukunft sollte uns eines anderen belehren. Und was für ein Hund das ist, unser Alfons! Sein fester, etwas eigenwilliger Charakter, der auch keinen Fremden auf unserem Grundstück duldet, ist mit einer geradezu zärtlichen Treue gepaart. Er wurde Juttas ständiger Begleiter bei ihren endlosen Autofahrten, Einkäufen und sonstigen Erledigungen. Ein absolut zuverlässiger Wächter, der das zeitraubende Abschließen des Autos überflüssig machte.

Kleine Hündchen – und doch so große Persönlichkeiten – das sind die Český-Terrier, eine gelungene Zucht des noch lebenden tschechischen Experten Frantisek Horák. Sie haben den Schottischen und Sealyham-Terrier zum Ahnen, deren positive Eigenschaften sie in glücklicher Weise vereinen. Bald sollte sich daraus Juttas große Passion entwickeln, bei der sie besonders unser Sohn Georg unterstützte.

Doch vorher kam noch Jenny. Wir sehnten uns einfach wieder nach einem großen Hund. Diesmal sollte es eine schwarzweiße Landseerhündin sein. Unvergeßlich, als Jenny am sonnigen Spätnachmittag auf den grünen Rasen gesetzt wurde – ein schneeweißer Tupfer mit einem schwarzen Fleck auf der Lende und einem ebenso dunklen Kopf. Mit ihren acht Wochen war sie gerade so groß wie der ausgewachsene Alfons, sollte ihm aber in Windeseile über den Kopf wachsen. Nach einem halben Jahr konnte Alfi bequem unter ihrem Bauch durchlaufen, ohne anzustoßen. Jetzt wagte er es nicht mehr, in Jennys weiches Hängeohr zu beißen.

Jenny entwickelte sich prächtig, sie wurde zu meinem besonderen Liebling. Kraftvoll und leichtfüßig, mutig und anhänglich, ist der Landseer ein wunderbarer Familienhund auf einem großen Landgrundstück.

Am 21. Dezember 1983 erwartete uns ein dramatisches Ereignis. Jutta war im Begriff, als Weihnachtsüberraschung für die Kinder ein großes strohgedecktes Vogelhaus vom Tischler abzuholen. Diesmal war für Alfi im Innenraum des Wagens einfach kein Platz. Der Český blieb traurig zurück und schloß sich mir schließlich nach einigen aufmunternden Zurufen zögernd an.

Ich ging in den Stall, und Alfi begann das Gartengelände nach interessanten Spuren zu durchforschen – wie immer in ständiger Alarmbereitschaft. Plötzlich höre ich wütendes Bellen, das jedoch schnell in langgezogenes Heulen übergeht. Es durchzuckt mich wie ein Blitz: Größte Gefahr! So, wie ich bin, stürze ich in noch offenen Halbstiefeln aus dem Stall. Ein unglaublicher Anblick! Alfi in wilder Flucht vor einem riesigen Fuchs – dreimal so lang wie er –, das alles nur zehn Schritt von mir entfernt. Der flammendrote Teufel scheint keinerlei Notiz von mir und meinen lauten Rufen zu nehmen. Immer wieder springt er auf Alfis Rükken, um ihn im Genick zu fassen, doch das breite rote Halsband vereitelt seinen Würgegriff.

Mit wenigen Sätzen bin ich zur Stelle – meine einzigen Waffen sind Hände und Füße. Mit voller Wucht trete ich auf den Rücken des Fuchses, der sich in meinen Hosen verbeißt und nur widerwillig den Český-Terrier freigibt. Das alles dauert Bruchteile von Sekunden. Ich sehe nur einen roten Wirbelwind über den Zaun fegen, und vorbei ist der Spuk ...

Warum ich so bedenkenlos den Kampf mit dem doch tollwutverdächtigen Fuchs aufgenommen habe, wurde ich gefragt. Ja, ich habe rein intuitiv gehandelt, die tatsächliche Gefahr sicher nicht genügend beachtet.

War damit die dramatische Affäre mit dem Fuchs beendet? Hatte ich den Hund wirklich gerettet? War der Fuchs tollwütig? Was tun? Alfi mußte als Infektionsträger angesehen werden, und das bedeutete sofortige strengste Isolierung – ganze vier Monate lang. Die Möglichkeit dazu hatten wir, und der Český fügte sich in sein Schicksal. Er und ich – wir beide blieben gesund!

Ohne selbst hier ein abschließendes Urteil abgeben zu wollen, möchte ich noch sagen, daß durch Vernunft und zweckmäßiges Vorgehen in manchen Fällen Kurzschlußreaktionen vermieden werden können. Wichtig sind medizinische Sachkenntnis und verantwortungsvolles Handeln.

Das ständige Zusammensein mit Alfi und sein großartiges Wesen beeindruckten Jutta so stark, daß sie Lust bekam, zu züchten und sich an der Verbreitung dieser in der DDR noch wenig bekannten Rasse zu beteiligen. Diesen höchst angenehmen und treuen Begleithund sollten viele Familien halten.

Je weiter ich mich von den Erlebnissen mit unseren Pferden entferne, um so unglaublicher erscheint mir diese Geschichte. Es ist schwer zu fassen, wie wir, eigentliche Laien und Städter, diese großen und starken Tiere halten und sie uns auch zum Reiten gefügig machen konnten.

Im Frühjahr 1973 erbaute Willi Schulz, ein tüchtiger Baumeister aus Loddin, einen soliden Stall. Wir beschafften duftendes Heu, reichlich Stroh und Pferdefutter. Die sauberen Boxen für unsere mit Sehnsucht erwarteten Pferde blitzten.

An einem sonnigen Augustabend klingelte es. In roter Jacke und mit vielsagendem Lächeln kam uns unser Reitlehrer entgegen. Wir wußten, was das bedeutete. Unsere Pferde waren da, die Stute Albatrine, die wir dann nur Trine nannten, siebenjährig, und ihr Sohn Marc, zwei Jahre alt. Erst mußten sie noch aus dem Transporthänger befreit werden. In der fremden Umgebung waren die Pferde erregt und schnaubten laut. Der Reitlehrer ließ sich dadurch nicht beeindrucken, wir aber standen abwartend und etwas nervös daneben. Während Marc eher neugierig als ängstlich den Verschlag verließ, scheute Albatrine, riß ihren Kopf hoch und verletzte sich die Stirnhaut. Die klaffende Wunde blutete stark. Ein umgehend herbeigeholter Tierarzt versorgte die Blessur.

Wir brachten die Pferde in den Stall. Die erste Nacht blieb ich dort, um Trine zu beobachten. Ich lag noch lange wach. Erinnerungen aus der Kinderzeit tauchten auf, an Nächte, die ich im Stall bei den Pferden verbrachte, bis mich schließlich das gleichmäßige Stampfen ihrer Hufe, das Heuzupfen und das gemütliche Prusten einschläferten.

Pferde zu besitzen ist eine Seite der Geschichte, Reiten dagegen ein völlig anderes Kapitel. Ja, wann hatte ich das letzte Mal richtig auf einem Pferd gesessen? Vor rund fünfzig Jahren. Jutta und ich hatten zuvor einige Reitstunden absolviert, die uns nur gezeigt hatten, wie schwer es ist, sich auf einem Roß zu behaupten.

Wenn man das erstemal im Sattel sitzt, wundert man sich über die Höhe eines Pferderückens. Kann das überhaupt etwas werden? stellt man sich insgeheim die Frage. Ängstlich und verkrampft hockt man auf dem Roß. Wie weit ist der Weg zu einem geschmeidigen Sitz! Je älter man ist, um so länger dauert die Anpassung an ein gelöstes Reiten. Ich merkte, daß Jutta es viel schneller lernte und es unseren Kindern fast keine Schwierigkeiten bereitete.

Anfangs ritten wir nur auf der Koppel. Erst später wagten wir uns ins Gelände. Unsere schönsten Erlebnisse waren Ausritte am frühen Morgen, wenn der Nebel noch die Wiesen deckte und Vogelstimmen im Konzert erklangen. Wir begegneten keinem Menschen, sahen nur äsende Rehe, die sich durch unseren Anblick nicht stören ließen. Das Sattelzeug knarrte, die Pferde schnaubten, und die steigende Sonne erwärmte uns mit ihren Strahlen.

Gehört das schon zur Vergangenheit? Nein, noch lebt alles in mir, nicht als Erinnerung, nein, als ob es noch greifbar wäre, und doch ist es schon Vergangenheit. Wollen wir sie sprechen lassen.

Den ganzen Sommer verbrachten die Pferde auf der Koppel, die abseits lag vom Verkehr, umgeben von Wiesen und Feldern. Marc und Albatrine belebten die Landschaft. Oft blieben Spaziergänger stehen und erfreuten sich am Anblick der munteren Pferde, die aus Übermut über die Koppel galoppierten und ihre Mähnen im Winde fliegen ließen.

Unvergeßlich sind mir die Augustnachmittage in der Boddenlandschaft, wenn die dunstverschleierte Sonne über dem goldig schimmernden Achterwasser stand und eine geheimnisvolle Stille über den abgeernteten Stoppelfeldern schwebte. Die Luft erfüllte ein Duft nach frischer Erde und Roggenstroh, das noch nicht überall geräumt war. Von fern waren die weidenden Pferde schon zu sehen. Sie schienen im Gegenlicht zu schweben. An mein Ohr drang gedämpft ihr Schnauben, noch hatten sie mich nicht gesehen. Aber plötzlich hoben beide die Köpfe, spitzten die Ohren und stürmten mit lautem Wiehern auf mich los.

Diese Bilder sind zu Traumbildern geworden, denn es lebt nur noch Marc. Wir haben Albatrine verloren. Unter großen Qualen starb sie am 5. November 1981. Marc hat wochenlang um sie getrauert. Solange er im Stall war, starrte er in die leere Box, gebärdete sich wild und drängte nach draußen. War er im Garten, verfolgte er wie ein wildernder

Hund ihre Spur, suchte mit aufgeregtem Wiehern in allen Winkeln und lief in den Stall zurück. Auch auf die vertraute Koppel konnten wir ihn nicht herauslassen.

Nach Trines Tod blieb Marc die nächsten Jahre nur in unserem Garten, den er ganz für sich in Anspruch nahm. Die Grasflächen zwischen den Bäumen und Sträuchern, die man sonst mähen mußte, graste er im Sommer ab, was dem Garten das Aussehen eines gepflegten Parks gab. Im Herbst machte er sich heimlich an Äpfel und Birnen, die er von den Bäumen holte. Das durfte er nicht, hütete sich aber, entdeckt zu werden. Freigegeben war nur ein großer Apfelbaum, von dem er in Reichweite schließlich alles abgeerntet hatte. Nur auf dem höchsten Gipfel leuchteten noch die schönsten Früchte. Einmal schüttelte ich diesen Baum. Das hatte Marc beobachtet. Wenn ich in der Nähe war, lief er unter den Baum und scharrte mit dem Huf, um mich zum Schütteln aufzufordern. Ich konnte seinem Wunsch nicht widerstehen und schüttelte schließlich alle Äpfel ab.

1985 war Jutta durch ihr verletztes Knie am Reiten verhindert und ich körperlich nicht mehr in der Lage, Marc mit allem zu versorgen. Ein Berliner Bekannter übernahm das Pferd. Ein Jahr danach besuchten wir die freundliche Familie. Marc erkannte uns und grüßte mit freudigem Wiehern.

An einem kalten Novembermorgen führte uns der Ritt an einem Waldrand vorbei. Plötzlich erblickten wir zwei weißschwarze Kätzchen, die ihre Köpfchen aus den Büschen hoben und nach uns spähten. Wir waren verwundert, an dieser einsamen Waldstelle Katzen zu sehen, beruhigten uns aber, als wir in der Tiefe des Gehölzes ein Haus erblickten. Wir stutzten, als wir am nächsten Tage an der gleichen Stelle wieder, diesmal jedoch nur ein einziges Kätzchen sahen, es lief bis vor die Hufe meines Pferdes und verfiel in ein klägliches Miauen. Das Tier rührte sich nicht von der Stelle, obgleich mein Pferd vorwärtsdrängte und ich es stark parieren mußte.

Jutta erfaßte als alter Katzenkenner sofort die Situation.

«Es ist ein hungerndes, ausgesetztes Kätzchen. Wir kommen gleich nach unserem Ritt vorbei und holen es.»

So geschah es auch. Zu Hause hatten wir schon einen Kater, der die «Kontrolle» über den Stall übernommen hatte. Jetzt kam noch das Katzenmädchen hinzu, dem wir den Namen «Kleo» gaben. Kleo hatte es nie vergessen, daß wir sie vor dem Verhungern gerettet hatten. Bis heute ist sie das zärtlichste Tier geblieben. Sie brachte uns schönen Nachwuchs, die Kater «Bommel» und «Mingo».

Vor einiger Zeit lief uns noch ein pechschwarzer Kater zu, mit dem wir abenteuerliche Erlebnisse hatten. Eines Tages stand er in der Diele. Ein junges, selbstbewußtes Tier, prachtvoll anzusehen, mit leuchtenden bernsteinfarbigen Augen, die zu sagen schienen: Hier bin ich! Alle Versuche der Besitzer, ihn von uns wegzulocken oder einzufangen, mißlangen. Er verteidigte sich mit wilder Zähigkeit. Seine erste Ranzzeit begann. Keinem war er zugetan, nur Jutta fügte er sich. Als er anfing, die anderen Katzen zu jagen, war es Zeit, Schnurri in die Tierklinik nach Neubrandenburg zu bringen.

Aber versuchen Sie einmal, einen jungen, halbwilden Kater in einem Pappkarton zu transportieren! Mag dieser mit noch so vielen Strippen verschnürt sein, irgendwo kommt der Kopf zum Vorschein, und gleich ist der ganze Kater draußen. Jutta, wie immer in großer Eile, rüstet zur Fahrt, nimmt auf dem Wege auch die Kinder zur Schule nach Wolgast mit. Wo soll der «lebendige» Karton hin? Den Kindern in die Hand drücken? Nein! Jeden Augenblick kann Schnurri herausschlüpfen. Am besten in den Kofferraum! So getan – und Abfahrt!

Pech, auf der 111 wird das Auto gestoppt, Kontrolle der Papiere. Jutta hält an, zuckt aber zusammen, denn die Handtasche ist im Kofferraum bei Schnurri.

«Entschuldigen Sie, meine Papiere sind im Kofferraum.»

«Dann machen Sie doch auf!»

«Ich kann nicht, der Kater ist drin!»

«Der Kater? ... und?»

«Er läuft weg, wenn ich aufmache!»

Die Verkehrspolizei verstummt, ist ratlos. Peinliche Pause. Die Kinder bibbern vor Ungeduld, sie kommen zu spät zur Schule. Noch immer ist die Frage der Papiere nicht gelöst.

«Ein Kater, ein Kater, wie im Märchen!» – murmelt der Polizist. Jetzt meint man sogar den gestiefelten Kater leibhaftig zu sehen. Der Verkehrspolizist winkt schließlich ab. – Bald dürfen wir den gezähmten Schnurri aus der Klinik nach Hause holen.

Ja, noch viele Seiten ließen sich mit Erlebnissen und Abenteuern dieser Art füllen. Unvergeßlich, wenn Jutta mit der Krähe Cora auf der Schulter ihre Hausarbeit verrichtete, wenn Marc den Fuß in unsere Diele setzte und sich auf das Zauberwort «down» sofort hinlegte oder wenn sich Kater Bommel durch Aufspringen auf die Türklinke Einlaß in alle Räume verschaffte. Unsere Vögel, Fische, weißen Mäuse und unser Kaninchen Fanny – sie alle waren oder sind ein Teil unseres Familienlebens.

Loddiner Episoden

Vor mir, dem ruhenden Pol der Familie, seit vierzehn Jahren Emeritus, ziehen die Jahre in Loddin wie bunte Bilderbogen vorbei. Meine persönlichen Ausflüge weg vom «Gehöft» wurden mit den Jahren seltener und hörten dann fast ganz auf. Ich verharrte aber keineswegs in Ruhe, sondern war und bin dauernd in Bewegung.

Nur ein Morgen. Um fünf Uhr klingelt der Wecker. Sich noch einmal auf die andere Seite drehen? Nein, aufstehen! Jutta muß in die Klinik nach Greifswald, auf die Kinder wartet die Schule in Wolgast. Draußen ist es noch dunkel, ein Novembertag, windig, Nieselregen. – Jutta holt das Auto, ich bin in der Küche, Tee und Kaffee kochen, Brötchen aufbacken, Schulbrote bereiten. Verflixt, das Gas geht aus, nun endlich brennt es. Schnell den Tisch decken. In zehn Minuten müssen die Kinder fertig sein. – «Beeilt euch!» – Schließlich vereint der Frühstückstisch die Familie, aber nur für fünf bis zehn Minuten. – Das Auto steht bereit. Jutta sitzt am Steuer, Georg neben ihr. «Kommt schneller!» Der Motor läuft schon. «Hol mir bitte noch die weiße Handtasche mit dem Schlüssel.» – «Wo?» – «Am Spiegel.» – Endlich ist es soweit. «Fahrt vorsichtig, die Straße ist glatt.»

Gewiß werden sich unsere Kinder noch gern an die Heuaktionen auf der Koppel erinnern: Georg fährt den Trecker, Mutti und Vater staken mit langen Forken die Heubündel hoch auf den großen Hänger. Cornelia und Peggy harken die Rasenfläche frei. Es geht gemütlich nach Hause zum Stall. Mit Heubüscheln im Haar und am feuchten Körper, hochroten, schweißglänzenden Gesichtern steigen wir vom Scheunenboden, auf dem bis zum Dach das duftende Heu gestapelt liegt. Marc und Trine sind für den langen Winter gut versorgt. –

Vom frühen Morgen bis zum späten Abend galt es also, Hand anzulegen, um die «kleinen Lücken», die Jutta für mich im Haushalt, Garten oder Stall offen ließ, zu schließen. Die Ausdehnungen dieser Lücken wechselten. Mit der steigenden Schulbildung unserer Kinder, angefangen von der polytechnischen Oberschule über die erweiterte Oberschule bis zum Universitätsstudium, nahmen sie an Ausdehnung zu, so daß die Gefahr bestand, durch diese Lücken rettungslos durchzuplumpsen. Hauptursache dieser Lücken waren die sich ständig steigernden Anforderungen an den Geist der Kinder, angetrieben durch das Wörtchen «Leistung». Ja, Leistung und immer voller Einsatz in der Schule und bei allen sich darbietenden gesellschaftlichen Anforderungen.

Es gab auch vergnügliche Feste im Sommer, in den Ferien. Besonders aufregend für die Kinder waren Übernachtungen auf der Koppel, in hellen Nächten mit den zottigen

Neufundländern. Der fahle Mond beschien die weidenden Pferde. Die fernen Büsche warfen gespenstische Schatten, in denen man Bewegungen zu sehen glaubte. Bevor die Sonne aufging, waren wir alle in Schlaf gesunken. Unvergeßlich auch die Strandstunden am frühen Morgen, noch vor Sonnenaufgang. Kein Mensch ist zu sehen und keine Möwe zu hören, nur das leise Zischen der versickernden Wogen. Der Sand ist noch feucht vom nächtlichen Tau und klebt an den Füßen. Zur Burg ist es nicht weit. Ein von Fluten gefällter Baumstamm markiert den Ort. Im Kreis eingeschlagene Pfähle grenzen die Burg ab. Trotz der Morgenkühle streifen wir die Kleider ab. Im Osten sieht man jetzt einen rötlichen Streifen, der zu einem feuerroten Diskus anschwillt. Die aufgehende Sonne. Sie gießt ein glitzerndes Band von Purpur auf die spielenden Wellen. Nach kurzem erfrischendem Bad strecken wir uns in den Sand und lassen uns von der hochsteigenden Sonne durchwärmen. Es dauert nicht lange, und der Strand bevölkert sich mit jung und alt. Um uns lagern «Strandmenschen», alle gleich froh und unbeschwert und auch ohne Hüllen – ganz nackt. Dieses Gemeinsame schafft bei der Vielzahl unterschiedlicher Menschen von überallher eine ungewöhnliche Kommunität. Es ist schön, daß diese Kultur gepflegt wird und heute schon zum täglichen sommerlichen Strand gehört.

In diesen idyllisch gezeichneten Bildern zeigten sich auch «Rostflecken». Meist waren es plötzliche Erkrankungen der Kinder oder eines Elternteils. Wie sehr bangten wir einmal um die noch sehr kleine Peggy, und nur der chirurgischen Meisterschaft von Professor Reding aus Greifswald war es zu verdanken, daß ein dringlicher, von uns aber ausgesprochen laienhaft hinausgezögerter Eingriff für Jutta keine schlimmen Folgen zeitigte.

Der Alltag verlangte von den Kindern weiter vollen Einsatz aller Kräfte für Schule und Studium. Sie hatten immer ein offenes Ohr fürs Zeitgeschehen und gingen sehend durch die Jugendjahre. Fördernd wirkte in dieser Hinsicht gewiß die Atmosphäre daheim. Wir halten die Familie für einen schöpferischen Ruhepol. Sie erweist sich als ein Kraftquell, gibt den Familienmitgliedern notwendige Energie für ein fruchtbares Wirken auch nach außen hin.

Häufig besuchen uns Gäste. Natürlich sind da die engen persönlichen Kontakte zur Augenklinik und zu ehemaligen Patienten, zu Mitschülern und Lehrern der Kinder. Aber fast jedes Jahr sahen wir ebenso den Tierarzt Dr. Wenzel und Frau aus Leipzig, die Professoren Brieger, Holle, Reding und Latotzki mit Frauen, Juttas Hundefreunde aus der ganzen DDR, polnische Bekannte aus Literaturkreisen, bedeutende Maler und Bildhauer, den Buchverleger Roland Links, Fernsehleute wie Herrn Wolle aus «Außenseiter – Spitzenreiter», die Regisseurin Frau Siebert-Franze (Inselfrühling) und nicht zuletzt freundliche Lektoren aus meinem Verlag.

Eine besondere Note verlieh den Besuchen Charlotte Sch. Wir erwarteten sie wieder einmal Anfang September, und vergnüglich war es, mit ihr über Vergangenes, Gegenwärtiges und Zukünftiges zu plaudern. Das von Holzkloben genährte Feuer prasselte lustig, eine angenehme Wärme erfüllte unsere Kaminecke. Jutta brachte zur Stärkung einen Kaffee. «Ich komme später zu euch, habe noch etwas zu tun.»

«Oh, vielen Dank!» Charlotte lächelte. «Nun, lieber Herr Professor, was haben Sie das ganze Jahr über zu tun gehabt, daß Sie immer von ‹keine Zeit› reden?»

«Eigentlich kennen Sie unser Leben aus meinen vielen Briefen, so daß es darüber nicht viel zu berichten gibt. Ja, was beschäftigt mich? Bleiben wir gleich bei dem Stichwort Briefe. Ich bekomme gern Briefe, schöne, interessante, wie solche von Ihnen. Ich schreibe auch gerne, etwas weniger fleißig. Aber ich tue es zur Verwunderung meiner Frau immer noch mit großer Beständigkeit. Eine neu angelaufene Korrespondenz stockt meist nach zwei Jahren, manchmal schon früher. Aber mit Ihnen, Charlotte, geht es schon vierzehn Jahre lang und es sind keine Anzeichen für ein Versickern dieser Welle. Woran liegt es? Sicher an der bunten Thematik unserer Gedanken, an immer neuen Ideen. Ich finde es auch interessant, Briefe an Unbekannte zu schreiben. Beispielsweise an den Autor oder die Autorin eines Werkes, das uns besonders bewegte. Man hat Muße, sich den Schreiber vorzustellen. Wie sieht er oder sie aus, wo wohnt er/sie, was macht er/sie, seine/ihre Familie, und so weiter. Und eines Tages steht er/sie vor mir, der Schleier wird gelüftet. Noch habe ich längst nicht alle Personen zu Gesicht bekommen, mit denen ich korrespondiere.

Es ist eher ein Zufall oder eine Marotte von mir, Briefe nicht einfach wegzuwerfen oder zu verbrennen, nein, zu sammeln. Nun habe ich eine Sammlung aus vierzig Jahren angelegt. Irgendwann wollte ich die nicht alltäglichen Schreiben veröffentlichen. Aber es kam noch nicht dazu. Sie haben mich, liebe Charlotte, einmal gefragt, warum ich so genügsam sei, nicht häufig verreise. Gewiß, Zeit wäre jetzt dazu. Aber es macht mich eigentlich nicht traurig, wenn ich von meinen ehemaligen Assistenten aufregende Ansichtskarten aus der weiten Welt bekomme, aus Florida, Galapagos, Grönland, Sibirien oder sonstwoher. Ich blicke dann durchs Fenster und bewundere die fünf herrlich gewachsenen Fichten, die Jutta und ich vor fünfundzwanzig Jahren gepflanzt haben. Schöneres kann es woanders auch nicht geben. Natürlich streite ich niemandem die Freude, den Genuß und die Bereicherung durch Reisen ab.

Und da sind die Briefe. Bei der Auszeichnung in Berlin anläßlich meines siebzigsten Geburtstages lernte ich Eva Strittmatter kennen. Ich habe gleich Kontakt zu ihr aufgenommen, denn in jener Zeit beschäftigte mich Poesie! Eher passiv als aktiv. Ich war wie besessen von Poesie-Lyrik, besonders der polnischen. Ich fing an zu übersetzen, polnische ins Deutsche und umgekehrt. Durch die Übersetzung muß der wahre Gehalt des Gedichts zum Ausdruck kommen, es muß plastisch wirken, man muß es greifen und berühren können. Ich hatte die Freude, daß mir dies zuweilen gelang.»

Am anderen Tag trafen wir uns wieder am Kamin. Charlotte – immerhin ist sie schon zweiundachtzig Jahre alt – war ausgeruht und frisch, so daß ich ihr einen etwas verstiegenen Monolog zutrauen konnte, ohne sie allzusehr zu ermüden. Die Herbstsonne beschien die Fichtengruppe, die ihre Zweige tänzelnd bewegte.

«Ich möchte jetzt ein Thema mit Ihnen besprechen, das ungewöhnlich interessant ist und dennoch wenig erörtert wird. Wir Ophthalmologen erforschen die gesamte Augenheilkunde, die heute schon zu einer umfassenden Wissenschaft wurde, aufgeteilt in Spezial- und Unterspezialfächer. Sie hat ihren Niederschlag in Tausenden Bänden verschiedener Sprachen gefunden, dennoch gibt es kaum Untersuchungen über den ‹menschlichen Blick›. Man hat den Eindruck, daß dieses Thema den Dichtern und Poeten überlassen wurde. Um so mehr ist zu bewundern, daß Johannes Müller, der berühmte Physiologe, schon 1826 eine minutiöse Abhandlung ‹über den menschlichen Blick› verfaßt hat, in der er in beachtenswerter Weise alle Arten des Augenausdrucks mit wissenschaftlicher Genauigkeit beschreibt. Er stützt sich auf Zitate griechischer und römischer Autoren, eine Tatsache, daß sich diese intensiver mit diesem Problem befaßten als wir es heute tun.

Seit einiger Zeit versuche ich, dieser Ophthalmo-Physiognomik auf die Spur zu kommen. Man muß sich große Mühe geben, denn bei den täglichen Begegnungen mit Menschen achten wir kaum auf das Augenspiel, es sei denn, daß größere Emotionen damit verbunden wären oder wir Wichtiges erstreben und gewinnen wollen. Aber dann wird man den Blick des Gegenübers simplifizieren und ihn nur als freundlich, unfreundlich, sympathisch oder unsympathisch, vertrauenerweckend oder nicht bezeichnen.

Bessere Möglichkeiten, sich mit dem menschlichen Blick zu befassen, bieten Filmgroßaufnahmen, die kleinste Details des Gesichts wiedergeben. Die Filmkamera verharrt besonders lange auf dem Augenspiel. Die Filmregisseure haben schon lange erkannt, wie wichtig dieses für die Wiedergabe von Emotionen der handelnden Personen ist. In der Stummfilmzeit wurden uns rollende Augen geboten, die als groteske Übertreibungen nicht mehr hierher gehören. Das harmonische, wechselvolle, aufwogende, lieblich lockende, zur Teilnahme einladende Augenspiel beherrschte die ‹göttliche› Garbo. Ich erinnere nur an die ‹Kameliendame›.

Wußten Sie übrigens, daß sprachwissenschaftlich ‹Blick› mit ‹Blitz› verwandt ist? Im Mittelhochdeutschen erhellten Blicke bei Gewittern die Nächte. Lange noch hielt sich diese Terminologie.

Ich möchte immer noch beim Blick bleiben, aber auf eine völlig andere Thematik übergehen. Das betrifft den, nennen wir ihn ‹emotionellen oder einfangenden Blick›. Es ist nicht der umherschweifende, ohne Inhalt, sondern der Blick, der ein zweites Augenpaar zufällig oder absichtlich erfaßt und nicht mehr losläßt. Dabei geschieht ein gegenseitiger Blickaustausch, der fast materiell wird und eine ‹ganze Welt beinhaltet›.

Dieser intensive, lange verharrende Blick, wobei nicht mit einem Auge, sondern mit beiden gleichzeitig (parallele Sehachsen) fixiert wird, stellt eine Verbindung mit der zweiten Person her. Man hat das Gefühl, es würde ein unsichtbarer, aber materieller Faden von einem zum anderen gezogen, ein Gefühl, als würde aus dem fixierenden Auge etwas heraustreten, herausströmen, eine Strahlung, ein vibrierendes Etwas, das durch die Pupillen in die des anderen dringt und wirksam wird. Kann es nicht eine wirkliche Strahlung sein, die man aussendet, deren Wesen noch nicht entdeckt ist? Eine bisher unbekannte Leistung unseres bekannten Auges?»

«Mit diesem Vortrag, Professor, haben Sie mich wirklich überrascht. Nein, diese Gedanken sind mir noch nie durch den Kopf gegangen. Ich verspreche Ihnen, mich um Literatur über ‹den menschlichen Blick› zu kümmern, und will Ihnen dann schreiben.»

Charlotte hatte das Bedürfnis, sich nach dem langen Sitzen zu bewegen. Sie erhob sich, begann im Zimmer auf und ab zu wandern und betrachtete die Bilder an den Wänden.

«Vor zwei Jahren, als ich das letztemal hier war, hatten Sie diese Bilder noch nicht.»

«Nein, aber ich höre gerade Jutta kommen. Sie wird die Geschichte der Bilder erklären.»

«Die neuen Bilder sind von Onkel ‹Nino›», sagte Jutta. «Als Kinder nannten wir Otto Niemeyer, den wir schon ewig kannten, nur Onkel Nino. Und so blieb es für mich bis zu seinem Tode. Kurz davor porträtierte er Peggy, es waren vielleicht seine letzten Bilder. Das war neunzehnhundertvierundachtzig. Bald danach starb er, und ein halbes Jahr später folgte ihm seine Frau, ‹Tante› Anneliese. Niemeyers Wohnstätte ist jetzt Museum geworden. Mit seinem Tod ist der Altmeister der Malerei den Usedomer Malern verloren gegangen. Wie gefallen Ihnen die Bilder?»

«Ich bin ganz entzückt, Peggy, ein junges Mädchen, in ihr Buch vertieft. Die Farben ungewöhnlich schön und leuchtend. Ich freue mich mit Ihnen über das Kunstwerk.»

Charlotte reiste wieder ab und schrieb noch in der Bahn: «Ich bin froh, daß beide Teile diese wertvollen Tage möglich gemacht haben.»

Wunderbar sind die Gespräche mit Jutta.

«Heute sind wir allein zu Hause. Der November hat schon lange begonnen. Der sonst so unfreundliche Monat ist in diesem Jahr ganz mild und behaglich verlaufen. Viele November haben wir erlebt, sind an uns vorübergegangen, aber keiner war so schön. Gerade die heutige Stimmung, die völlige Ruhe in der Natur, das milde Spätherbstwetter, erinnert mich an die letzten Zeilen eines Gedichts von Storm.

… kein Klang der aufgeregten Zeit
Drang noch in diese Einsamkeit …

Du kennst doch auch das Gedicht. Eigentlich beschreibt Storm darin den Sommer in der Heide, aber trotzdem erinnert es mich an uns, gerade jetzt, hier am großen Fenster mit dem Ausblick auf die ruhige Landschaft und die Geborgenheit in unserem Loddiner Haus.»

«Mir geht es genauso. Die Stormschen Gedichte in ihrer rührenden Einfachheit haben mich besonders als Kind bewegt. Er beschreibt die Landschaft, in der ich aufgewachsen und der ich ein Leben lang treu geblieben bin. Wenn auf unserer Insel in der melancholischen Herbstzeit der Schrei der Wildgänse in den grauen Wolken verhallte, sagte ich auf einsamen Spaziergängen am Strand leise das Gedicht ‹… am grauen Strand, am grauen Meer …› vor mich hin. Und die eben von dir zitierten Verse aus dem Gedicht ‹Abseits› von Storm stehen doch in unserem ‹Hausbuch Deutscher Lyrik› aus dem Jahre neunzehnhundertsieben, übrigens deinem Geburtsjahr. Das Büchlein stammt noch von meiner Großmutter mütterlicherseits, Windisch. Ich habe sie nur als Kind erlebt und schwach in Erinnerung. Sie war eine sehr liebe, aber melancholische Frau, ganz anders als meine Mutter, eine aktive, selbstbewußte Person, die schon früh aus dem häuslichen bürgerlichen Leben ausbrach und ihre Freiheit suchte. Aber lies mir bitte dieses Gedicht noch einmal vor.»

Nach kurzem Suchen fand ich das Büchlein und war gerührt von seiner Existenz, dem abgegriffenen graublauen Bändchen und von seinem Inhalt mit den zahllosen Illustrationen, die die Stimmung der Verse wiedergeben und sie begleiten. Übrigens war es die 8. Auflage, herausgegeben von F. Avenarius. Ich erfüllte Jutta den Wunsch, las das Gedicht vor.

«Jutta, du hast mich oft gefragt, ob ich dich immer noch so liebe wie zu Anfang, als ich die vielen Gedichte über dich schrieb. Ja, das hat sich nicht verändert, die ganzen

Jahre hindurch. Im Gegenteil, mein Gefühl für dich hat an Tiefe zugenommen.»

«Ich kann es einfach nicht fassen, dieses ungewöhnliche Zusammentreffen mit dir. Erst durch dich bin ich zu einem glücklichen Menschen geworden. Deine Vergangenheit und der Kreis deiner menschlichen Beziehungen sind Teil meiner Selbst geworden. Auch deine Kinder und Enkel fühle ich zu mir gehörig. Ich freue mich und bin mit dir stolz, daß aus allen etwas geworden ist. Sibylle ist eine bekannte Malerin, Rolf ein erfahrener Architekt und Thomas ein vielbeschäftigter Vermessungsingenieur.»

«Unser Anfang, wenn ich zurückdenke, war nicht leicht. Vieles Widersprüchliche mußte überwunden werden. In der knappen Zeit zweier Jahre häuften sich lebensentscheidende Probleme, die sich gegenseitig aufheben konnten: meine Scheidung und die zweite Heirat, die Verlockung und Möglichkeit, nach dem Westen zu gehen oder in der DDR zu bleiben.» ...

«Ach, du erinnerst dich an den dreizehnten August neunzehnhunderteinundsechzig, als wir gerade mit unserem Auto in Westberlin waren, dort hätten bleiben können und doch wieder ohne Zögern zurück nach Greifswald fuhren? Damals waren wir völlig frei, ohne Haus und Hof, hatten also nichts, was uns in Greifswald halten mußte.»

«Mich hat aber doch vieles an Greifswald gebunden. Die Klinik, meine Arbeit, die Kinder aus erster Ehe und schließlich du selbst. Ich wußte, daß du dich nicht von deiner Heimat lösen könntest und hiergeblieben wärst.» ...

«Ja, du weißt, wie sehr ich an unserer Insel und Landschaft hänge, ganz abgesehen von noch anderen Motiven. Irgendwie hätte ich das Gefühl gehabt, Verrat zu begehen, treulos und undankbar zu sein. Und du kennst doch meine Mutter. In der Nazizeit waren wir überzeugte Antifaschisten. Für uns war der Mai neunzehnhundertfünfundvierzig eine wirkliche Befreiung, die wir mit unseren Russen, Iwan und Michael, dramatisch erlebten. Du weißt doch: die beiden russischen Gefangenen, die meine Mutter in den letzten Kriegswochen bei uns zu Hause versteckt hatte.» ...

Wir schwiegen eine Weile, traten vor die Haustür auf die Terrasse und beobachteten das vergnügte Toben unserer Terrier. Jutta war entzückt.

«Wie lustig die Hunde durch den herbstlichen Garten tollen! Wir haben unser Leben richtig eingerichtet und sind hier glücklich. Ja, wer kann glücklicher sein als ich in meiner Heimat? Und ist es nicht wie ein Wunder? Trotz unserer Abgeschiedenheit habe ich noch meinen Beruf, meine Patienten, die ich liebe und denen ich helfen kann. Und unsere drei Kinder sind von hier – mitten aus der Natur – ins Leben gestartet. Alle studieren Medizin wie ihre Eltern, ihr Großvater und mehrere Ahnen. Medizin ist für mich der menschlichste Beruf, der universellste – er ist das Leben selbst.»

«Ich weiß, wie sehr du an deinem Beruf hängst, deshalb verlangst du so viel von einem Arzt. Du wünschst immer eine verständige, mitfühlende, aber auch kluge Unterhaltung mit jedem Patienten. Er muß sich dir ganz anvertrauen, dann ist ihm schon zur Hälfte geholfen. Du hast einfach das Gefühl für das Wesentliche.»

«Die Befähigung zum Arzt hängt von seinen persönlichen Qualitäten ab und vom Verhältnis zum Patienten. Wir brauchen immer noch den wirklichen Arzt, den schlichten Menschen, den das Schicksal des Kranken bewegt, den der Ruf des Hilfesuchenden alarmiert und zur höchsten Aufmerksamkeit mahnt. Der praktische Arzt muß große moralische Potenzen haben, von kluger Umsicht geleitet, mit intuitiver Geschicklichkeit, mit dem Gefühl für das Körperhafte und mit der Achtung vor dem Lebendigen versehen sein. Das alles sind Eigenschaften, die nicht mit dem Maßstab der Schule meßbar sind, und gerade der zur Medizin Berufene ist oft kein rein intellektueller Verstandesmensch, sondern ein Wesen voll Phantasie, Gefühl und Kombinationsfähigkeit.»

«Vielleicht sollte sich ein kluger Mann dieser Sache annehmen und eine minutiöse Eignungsprüfung für Mediziner ausdenken.»

Wir schlürften den noch heißen, aromatischen Kaffee und hingen unseren Gedanken nach.

«Ach, du hast wieder sehr interessante Präparate zur histologischen Untersuchung aus der Klinik mitgebracht. Ich freue mich sehr darüber, daß wir sie gemeinsam untersuchen und befunden können. Diese Beschäftigung ist ermunternd; läßt sie mich doch die Verbindung zu meiner Klinik nicht vergessen.»

«Für mich ist die Histopathologie ein großer Gewinn. Durch sie dringe ich tiefer ein in den Krankheitsprozeß der einzelnen Fälle.»

«Mich bewegt in letzter Zeit ein ganz eigenartiges Gefühl. Neulich war ich mißgestimmt und mutlos. Nichts erfreute mich. Du kennst diese meine Stimmungen. Da setzte ich mich ans Mikroskop, und die Betrachtung der Präparate machte mir plötzlich Mut. Ja, ich glaube, die Betrachtung eines histologischen Präparats kann Mut machen.»

Jutta war neugierig auf meine Begründung.

«Nun, es wird etwas länger dauern. Dir brauche ich nicht zu erklären, daß ein histologisches Präparat ein nicht mehr lebendes, ein fixiertes und gefärbtes Bild irgendeines Körperteils ist, deshalb lange erhalten bleibt und jedweder mikroskopischen Betrachtung zugänglich ist.»

«Nun, das alles weiß ich genau wie du, was weiter?»

«Auch wenn man keinerlei Lebenszeichen mehr erkennen kann, so vermag das Präparat viel zu erzählen. Aus den Veränderungen des Bildes, die vom Normalen, Gesunden abweichen, kann man bei einer gleichsam dynamischen Betrachtung bereits abgelaufene oder sich andeutende Vorgänge im Gewebe wahrnehmen. Über dieses rekonstruierte, lebendig gewordene Bild erhalten wir einen Einblick in die Wunderwelt der Natur, die man immer wieder im Kleinsten bestaunen kann. Vor allem die bei der geringsten

Schädigung sofort einsetzenden reparativen Vorgänge, gelenkt und gesteuert von Kräften des Lebens. Das immer wieder zu erkennen, macht Freude und Mut zugleich. Es reißt heraus aus dem Alltäglichen. Es ruft uns zur Tat.

Dieser Aufruf zur sofortigen Tat wird ausgelöst, wenn man im histologischen Bild Geschwulstzellen hoher Zerstörungskraft in großer Anzahl und im Angriff wahrnimmt. Dieses Bild kommt einem todbringenden Überfall gleich, der Lebendiges zerstört und unaufhörlich vordringt.

Man ist wie erlöst, wenn man den scharfen Schnitt des Messers sieht, der die Krebsgeschwulst bis ins Gesunde des Körpers beseitigt hat. Unwillkürlich möchte man bei solchen Bildern selbst zum scharfen Skalpell greifen ... Es macht Mut zum Leben!»

«Ach, interessant, wie du das auslegst. Mir waren ähnliche Gedanken gekommen, ich hätte sie aber anders interpretiert. Mut zum Leben! – Ja, den brauchen wir immer wieder. Mir hat mein Vater stets neue Kraft gegeben, wenn ich verzweifelt war. Er verstand mich eben. Ich bewundere ihn immer wieder. Er ist schon zweiundachtzig Jahre alt und nach wie vor voll Lebenskraft.»

«Mich hat seine, eigentlich deine Ahnenreihe besonders interessiert. Euer Ur-Ur-Ur-Ahn war der Major Andreas von Polczinsky (1768–1830), der in preußischen Diensten gegen Napoleon kämpfte und sich in der Schlacht bei Dennewitz (6. 9. 1813) hervortat. Noch interessanter ist die urkundlich belegte Tatsache, daß dessen Vater, Piotr von Polczinsky, als Oberst beim letzten polnischen König diente und auch seine Mutter, die Gräfin Welpinska, reinblütige Polen, römisch-katholischen Glaubens waren. Diese abenteuerliche Weite deiner Herkunft habe ich ahnen müssen, als du mich fesseltest.»

Klingeln unterbricht unsere Unterhaltung. Jenny begleitet Jutta zum Telefon. Morgen, wenn ich wieder allein zu Hause bin, wird sie mich ans Telefon holen, wenn es anschlägt. Jenny macht das großartig. Sobald das Telefon klingelt, sucht sie mich verzweifelt, auch wenn ich im Garten bin. Und interessant, das tut sie nur, wenn ich allein das Haus hüte!

Unerwartetes

Ich konnte es nicht fassen – Irka lebt! Erst nach vierzig Jahren habe ich es erfahren. Und wie kam es zu dieser ungewöhnlichen Nachricht? Durch einen Zufall? Nein! Und dennoch geschah es auf eine beinahe wunderbare Weise.

Wit Rzepecki, der bereits mehrfach erwähnte polnische Jugendfreund, schrieb Anfang Januar 1984 in einer Krakauer Zeitung einen Essay über mich. Schon immer wollte er es tun. Kannten wir uns doch seit der Gymnasialzeit.

Während des Zweiten Weltkrieges hatte sich Wit in England aufgehalten und dort auch seine thorakochirurgische Ausbildung vervollständigt. Trotz abratender Stimmen aus der neuen Umgebung kehrte er 1946 in seine Heimat Polen zurück. Hier übernahm er die Leitung des Thorakochirurgischen Instituts in Zakopane, das er bis zu seiner Emeritierung zu hohem internationalem Ansehen brachte.

In den letzten Jahrzehnten vertieften sich unsere freundschaftlichen Beziehungen. Wit vollendete seine Lebenserinnerungen und publizierte verschiedene Arbeiten über medizinische Probleme.

Auch nach der Emeritierung ist er nicht müde geworden, sondern beschäftigte sich intensiv in psychologischen Betrachtungen und Analysen mit Fragen der Gerontologie, der Alternsforschung. Als Stütze dienten ihm Lebensläufe seiner Berufskollegen, Freunde und Bekannten. Unter anderem befaßte er sich auch mit meiner Person und veröffentlichte den erwähnten Artikel über mich in Form einer knappen Biographie.

Er stellt die Frage, was uns in den letzten Lebensetappen so stark zueinander geführt hat, und kommt zu folgendem Schluß: «Es ist schwer, in wenige Zeilen einzuschließen, was in sechzig Jahren geschah, manchmal verlief es glatt, ein andermal wie über Schlaglöcher. In Zeiten innerer Zerrissenheit kann man Ausweg und Frieden und einfachste Deutung in der Poesie finden. Mir hat im Leben diese Art zum Lösen recht verworrener Lebensknoten verholfen und sicher auch meinem Freund Georg. Beide suchten wir diesen Weg, er durch Dichtung und Übersetzungen, bemüht, zu sich zu finden, um dann aus sich herauszutreten, und ich strebte das gleiche an, indem ich Poesie las und ganz etwas anderes schrieb.»

Dieser Artikel fiel Irka in die Hand, und er löste das für mich Unerwartete aus. Sie schrieb gleich an Wit, den sie nicht kannte, um einiges zu berichtigen, was ihrer Meinung nach nicht klar zum Ausdruck gekommen war, denn sie hatte ja die Naziokkupanten in ihrer Heimatstadt Krakau erlebt und mich auch damals wiedergetroffen. Aus ihrem Brief, den Wit mir zusandte, erfuhr ich, daß sie nach der Verhaftung ins Konzentrationslager Ravensbrück verschleppt worden war.

Irka hat die schwere Zeit überlebt. Zwischen uns beiden entwickelte sich ein freundschaftlicher Briefwechsel. Sie schickte mir vertrauensvoll ihre noch nicht veröffentlichten Erinnerungen «Aus dem Gefängnis und den KZs Ravensbrück und Sachsenhausen». Ein Manuskript von nur einundachtzig Maschinenseiten – aber an Gewicht steht es für Hekatomben von Menschenopfern, für eine Vielzahl sadistischer Quälereien und entwürdigender Greueltaten, denen sich die zerbrechliche Frau in übermenschlicher Größe entgegensetzte. Ihr Bericht ist eine getreue «Fotokopie» der erlebten Ereignisse, ohne «Retouche», mit genauen Angaben über handelnde Personen, Häftlinge und deren Peiniger, über Zeit, Ort, Landschaft, Wetter, Kriegssituation und politisches Geschehen. Sie selbst, die kritische, exakt berichtende Ärztin, tritt in ihrer Bescheidenheit völlig zurück mit Leid und Klagen: «Die Tragödie, die ich erlebte, berührte mich nicht, und ich versuchte nicht, mir das Leben zu erleichtern. Mein ganzes psychisches und physisches Potential widmete ich meinen Gefährten des Unglücks ...»

Zum Verhängnis für Irka wurde das Aufdecken der konspirativen Tätigkeit in ihrer als Praxis getarnten Wohnung. Hier trafen sich die wichtigen Köpfe des Krakauer militärischen Widerstandes. Nachts wurde sie, nur notdürftig bekleidet, von der Gestapo in die Pomorska abgeholt. Sie weigerte sich, auch vor dem SS-General Koppe, Namen preiszugeben und das Versteck der Papiere zu verraten. Selbst der von Koppe angeordneten Auspeitschung durch SS-Schergen widerstand Irka. Nackt, über eine Stuhllehne geworfen, peitschten die unter Alkohol stehenden Schinder die Hilflose bis zur Bewußtlosigkeit. Halbtot warf man sie in die Zelle und danach ins Montelupi-Gefängnis. Das war die erste Etappe ihres Leidensweges.

Die zweite, der Transport nach Ravensbrück im Hochsommer, bei todbringender Hitze in dicht geschlossenem Viehwagen, schließt sich bald an:

Über Breslau, Berlin geht der qualvolle Weg ins Ungewisse. Durch die vergitterten Fenster kann Irka das lustige Sommerleben außerhalb des fahrenden Gefängnisses vorbeifliegen sehen, die seenreiche Gegend mit schaukelnden Kähnen auf blauen Gewässern. Sie selbst dem Verdursten nahe, ohne einen Tropfen Wasser, in Schweiß zerfließend.

Fürstenberg – die Häftlinge werden hinausgetrieben, nur Irka und Basia, die beiden politischen Häftlinge, müssen bleiben. Hat man sie vergessen? Erst als der Zug sich wieder in Bewegung setzt, zerrt man sie zur Tür. Zwei SS-Männer mit gezückten Maschinenpistolen heißen sie, sofort abzuspringen. Irka weiß, was das bedeutet. Abspringen bedeutet Fluchtversuch und von den Schergen abgeknallt zu werden. Im Kampf um ihr Leben wehren sich die Frauen, klammern sich am Geländer fest. Das Gezerre und Getobe der Wachmannschaft macht Zivilisten neugierig. Es sind zu viele Zeugen. Die geplante Exekution mißlingt. Irka und Basia sind zunächst dem Tode entronnen.

Im Lager werden die Häftlinge von Wächtern mit Spürhunden erwartet.

Ravensbrück – «Arbeit macht frei» – welch ein Hohn! Irka übertritt die Schwelle zum Grauen der Brutalität. Sie bekommt die Nummer 44903, steht mit anderen Frauen nackt vor den SS-Männern, erhält Lagerkleidung, Lagerwäsche aus Desinfektionskübeln, ungewaschen, bretthart, mit Spuren von Blut, Eiter, Exkrementen und überdimensionale Schuhe. Schlafstätten? Es sind schmale, dreistöckige Verschläge für je drei Insassen. Die Aufseherinnen, meist asoziale Verbrecherinnen, drangsalieren die Häftlinge, einige davon sind zum Kindermorden abgerichtet. Appelle auf dem Lagerplatz – gefürchtet die Strafappelle, stundenlanges Stehen bei eisiger Kälte. Ein Strafappell am ersten Weihnachtstag. Verpflegung ungenießbar, die sanitären Einrichtungen ein Spott, die schwere Arbeit unerträglich. – An der Gruppe «Kaninchen», jungen Mädchen, wurden verbrecherische Knochenoperationen mit Eiterinfektionen vorgenommen, die zu verstümmelnden Entzündungen führten und oft tödlich verliefen.

Gab es aus dieser Hölle noch ein Entrinnen? Irkas Rettung war ihr Beruf. Als Lagerärztin kam sie erst nach Oranienburg in die Auerwerke, die Gasmasken für Japan herstellten, und später, kurz vor dem Zusammenbruch des Nazireiches, da alle Politischen liquidiert werden sollten, nach Genthin in die unterirdische Munitionsfabrik. Wieder ist sie dem Tod entronnen.

Als Leiterin der Sanitätsabteilung gelang es Irka, das Unmögliche möglich zu machen. Für Häftlinge gab es keinerlei Medikamente mehr! Aber Irka beschaffte alles Notwendige. In beiden KZs richtete sie Krankenstuben ein und konnte damit das schwere Los der Häftlinge erleichtern.

Der Tag der Befreiung rückte näher. Der panikartige Zusammenbruch der Lagerleitung erreichte den Höhepunkt, als die Amerikaner die Elbe und die Sowjetarmee die Havel überschritten. Die SS-Schergen saßen in der Klemme.

Am 8. Mai fiel kein Schuß mehr. Das Lager leerte sich bis auf die Kranken und Verwundeten, darunter auch deutsche Soldaten, die jetzt von der geschundenen Irka behandelt und gepflegt wurden. Die Ärztin harrte bei ihren Patienten aus. Als es Irka mit Hilfe russischer Ärzte gelang, Unterkunft für die Kranken zu schaffen, war es ihr endlich möglich, mit einem polnischen Rekonvaleszententransport am 13. August in die Heimat zurückzukehren.

Diese kurze, aber inhaltsreiche Zusammenfassung entnahm ich aus Irkas Erinnerungen. Wie sie mir vor kurzem schrieb, werden diese in einem in Auschwitz erscheinenden Journal jetzt veröffentlicht.

Erinnerungen

Autobiographien sind doch Bücher, angefüllt mit Erinnerungen. Was soll dazwischen noch dieses Kapitel? Dort geht es um Ereignisse, Begebenheiten, Tatsachen, vielleicht noch Gedanken und Überlegungen. Das Gefühlsleben, die Emotionen werden nur gestreift. Die Erinnerungen in diesem Abschnitt spielen sich dagegen in den geheimsten Kammern des Inneren ab. Sie sind freundlich und feindlich, zwiespältig und eindeutig, betörend und ernüchternd zugleich. Sie bringen ans Tageslicht, was in einem ist, und lassen das Herz schneller schlagen ...

Da sind die langen Fahrten über Land, über Feldwege an Getreidefeldern vorbei, zu verschiedenen Jahreszeiten, Frühling, Sommer, Herbst, wenn die Rüben und der Kohl noch stehen, aber die Kartoffeln schon gerodet sind und über allem ein lichtgrauer Nebel schwebt, die geduldigen Pferde nur im Schritt den leichten Wagen ziehen und der Kutscher vor sich her brabbelt, dabei über dem Rücken der Pferde seine Peitsche nur müde bewegt – dann versinke ich in tiefe Träumerei, neben der schweigenden Mutter sitzend, die sich vom Schaukeln des Wagens auch schon ins

Traumland begab. Die Gedanken fliehen in weite Fernen. Es umgibt mich helle Musik, und es tauchen Gestalten auf aus einer Vergangenheit, wirklich und unwirklich zugleich. Waren es Personen, die mich einmal berührten? Die hübsche junge Klavierlehrerin, die mich beim Abschied auf den Mund küßte, als ich elf Jahre alt war, was mich tief ergriff und ich nie vergessen konnte? Oder die schlanke Abiturientin, die mich beim Fest durch ihren Tanz verzauberte? Oft waren es Gestalten aus Romanen, die ich schon verschlang, als ich gerade lesen konnte. Ich malte mir die Szenen der Helden aus, und ihre Gestalten umgaben mich. Sie lebten, und ich traf mich mit ihnen.

Plötzlich werden wir aus dem Halbschlummer durch lauten Hufschlag auf harter Fahrbahn geweckt. Wir haben den Feldweg verlassen und sind auf die «Kaiserstraße» gekommen, die in die Kreisstadt Rudki führt. Nach einigen Pferdelängen ist das Zentrum, der Marktplatz, erreicht. Gleich dahinter hört die Stadt schon wieder auf.

Den Marktplatz, vielleicht hundertfünfzig Meter im Karree, umstehen einige Ziegelbauten, meist ebenerdig oder einstöckig, sie beherbergen Läden und Magistratsräume. Westlich das Haus von Gurski, Kolonialwaren, östlich Magistrat und Kreisgericht, nördlich und südlich Salomon Schwarz, Textilien, und Nathan Schorr, Schuhwaren. Hinter und zwischen diesen Prunkbauten ducken sich Holzkaten und Buden der fast durchweg jüdischen Bevölkerung.

Wir halten auf dem Marktplatz neben vielen Panjewagen der Ruthenen, die von heftig gestikulierenden Kaftanjuden umringt sind. Es stinkt nach Pferdeurin, der sich in Pfützen angesammelt hat. Den abgezäumten Pferden legt der Kutscher ein Bund Heu vor. Nach stundenlangem Sitzen verkrampft, rekeln wir uns, ordnen die Kleidung und gehen zum Laden von Salomon Schwarz. Hier deckt Mutter seit Jahren den gesamten Bedarf an Stoffen.

«Wie geiht's?» fragt der überfreundliche, im glänzenden Kaftan mit Pajes, aber sehr gepflegte Schwarz. Frau und

Tochter bedienen, messen und schneiden Seide, Kattun, Inlet, Wollstoffe, lachen aus freundlichen glühschwarzen Augen – «Wues tien die Kinder, gesind? Wues, Warzen an Hand? … Taubenblit, Taubenblit!» (Taubenblut, Heilmittel gegen Warzen?) rufen Mutter und Tochter aus einem Munde – «Taubenblit!» …

Wieviel Judenblut ist geflossen?

Alle meine ehemaligen jüdischen Schulkameraden fielen von Henkersklauen, hochintelligente Ärzte, Mathematiker, Physiker. – Vorbei, vorbei ist diese Welt, auch in Rudki, in Galizien, in ganz Polen – durch Giftgas und Gewehrsalven vernichtet. Diese Welt ist untergegangen. Sie brachte den Juden viel Leid, aber in der Tiefe ihrer Seelen bewahrten sie ihre Kraft durch ihren Glauben, Geist und ihre Opferbereitschaft. Auch unser Majorko und seine Miriam waren von diesem Geist beseelt …

«Wues, bezuhlen können Sie später», meinte der wohlwollende Schwarz. Doch die Mutter beglich ihre Rechnung. «Bleiben Sie gesind!» …

Die Heimfahrt führte uns zurück über die einsamen Felder der Abendsonne entgegen. Wir waren sorglos und so unwissend, im festen Glauben an den Bestand dieser friedlichen Welt. Noch friedliche Welt?

Auch auf unseren Hof kamen sie, junge Juden, Männer und Frauen, armselig gekleidet, unterernährt, in mehreren Durchgängen, um die schwere Landarbeit zu erlernen. Mit Fanatismus bereiteten sie sich auf ihre neue Heimat Palästina vor, um den steinigen Boden zu pflügen und zu bewässern. Mit Begeisterung sangen sie:

Werden wir essen Pomeranzen,
die wir werden selber pflanzen.
Aber nur in Palästina,
aber nur in Palästinaaaa.

Ob sie je ihr ersehntes Ziel erreicht haben, noch vor dem Untergang ihrer galizischen Welt?

Es war auch höchste Zeit, denn in Deutschland knallten die Revolverschüsse, und die Schaufensterscheiben klirrten ..., und in Lemberg prügelten polnische Studenten ihre jüdischen Kommilitonen mit Spazierstöcken.

Immer noch der Glauben an eine friedliche Welt? –

Studiosus in Lemberg – studieren? Ja, aber da war auch die Bühne, zu der es ihn mit aller Gewalt hinzog. Sollte er Schauspieler werden? Vorläufig bleibt er bei der Medizin. VDH – Verein Deutscher Hochschüler – so hieß der offizielle Terminus –, vom polnischen Staat akzeptiert, sicher mit gewissem Widerwillen. Deutsche, deutschsprachige und deutschstämmige Studenten aus allen ehemaligen Annexionsgebieten dreier Kaiserreiche: Deutschland, Österreich und Rußland. Alle waren noch Schüler dortselbst und sangen recht laut die zuständigen Nationalhymnen. Vieles davon hatte sich den Jungen eingeprägt und wurde von den Vätern fixiert. So kamen sie zusammen, eine buntgewürfelte Gesellschaft. Schon der Umgang mit der gleichen Zunge zeigte große Differenzen. Es bildeten sich Kameradschaften aus, größtenteils landschaftlich begrenzte: Schlesier, Posener, Galizianer. Mit der Zeit verwischten sich etwas die Abgrenzungen, meist eine Folge der Fachrichtungen.

Wir lebten ohne die geringste Ahnung vom Zeitgeschehen. Lasen aber Bücher, auch Kriegsbücher – von Renn «Krieg», von Remarque «Im Westen nichts Neues», von Beumelburg «Sperrfeuer um Deutschland» –, und diskutierten heftig. Wie Millionen andere faszinierte uns Remarque, den die Sinnlosigkeit des Krieges empörte, und Renns realistische Absage an den Krieg. Die Heroisierung des Frontsoldaten, der vernichtenden Materialschlachten lehnten wir ab. Doch weitere Gedanken machten wir uns kaum. Mit einem Wort, wir lebten unverantwortlich in den Tag hinein. Die «anderen» werden es schon machen, die Staatsmänner, die Offiziere, die Professoren und so weiter ... Wir? Wir studieren und lenken unser eigenes Leben, um durchzukommen, satt zu werden, nicht zu frieren, uns zu kleiden und zu feiern!

Das Stiftungsfest, immer im Februar, dem kältesten Monat, so um den Elften herum – war ein großes Ereignis im Kreis der Lemberger Deutschen. Es dauerte vier bis fünf Tage lang. Zu den Programmhöhepunkten zählten Kommers, Festball, Theatervorstellungen und Exbummel. Zum Schluß war man todmüde. Ich sehe die vielen Gesichter wie in einem Film vorübergleiten, Damen und Herren, Kommilitonen, weibliche und männliche, ihre Mienen, ihr Lachen, überheblich, spöttisch, die hochgezogenen Brauen, das Schmunzeln der «alten Herren», die scheuen Blicke der Mädchen, die alle mit Bewunderung an unserer Primadonna, Frau H. K., hingen, die vor kurzem Lady Milford verkörperte. Mich begrüßte sie immer ohne Herablassung. Oft war ich ihr Partner.

Mit meinem Arztdiplom holte mich die polnische Armee und machte mich zum Sanitäts-Fähnrich. Aber immer noch friedliche Welt. Wozu dann zu den Soldaten? Das konnte mir keiner sagen, auch meine Offiziere in Stanislau nicht. Wer dachte an Krieg? Sechzehn Jahre kein Krieg, da schläft die Wachsamkeit ein. Der Sanitäts-Fähnrich vertrieb sich die Zeit. Er ging mit der Sekretärin seines Kommandeurs, einer hübschen und keuschen Jüdin, spazieren. Die Offiziere waren sehr freundlich und nett, abends bei lustigem Gelage. Einem der freundlichen Offiziere mußte die Ordonnanz für jede Nacht eine andere zuführen, bis der Genießer in die Sanitätsabteilung kam. Über die Jazlowietzer Ulanen gab es einen lustigen Vers: «Hoch die Röcke, Mädchen, Damen, geritten kommen Jazlowietzer Ulanen!»

Von meinem 5. Ulanenregiment dazu eingeladen, erlebte ich – natürlich als Gast und nicht als aktiver Teilnehmer – eine Reitsportveranstaltung großen Stils, die Military: weites Gelände, herrliche Pferde, junge, geschmeidige Reiter in schicken Uniformen, die sich in friedlichem Wettkampf maßen. Danach saßen wir an festlich geschmückter Tafel im Freien, zusammen mit eleganten Damen in duftigen, sommerlichen Kleidern, Sekt floß im Überfluß, bei lustiger Ulanenmusik Lachen, Scherze, Freude ... Doch schon nach fünf Jahren deckten zerschmetterte Pferde und verblutende Ulanen die Schlachtfelder. Vae victis! ... Wer vermochte das vorauszusehen? In einer Zeit, als Hitler 1934 seinen trügerischen Nichtangriffspakt den Polen angeboten hatte und sich die polnische Bevölkerung im Frieden wähnte. Wer konnte das größte Verbrechen an der Menschheit vorausahnen?

Aber da erschloß sich schon 1934 bruchstückhaft aus den Versen eines polnischen Dichters, K. I. Gałczyński, die schreckliche Vision vom Konzentrationslager: «... blutiges Verbrechen des Regimes ... wegen Judenverdacht ... im Lager ... verfaulte Mohrrüben ...»

Gałczyński erlebte diese Vision in Berlin. Als Angestellter des polnischen Konsulats von 1931 bis 1933 traf er auf den Beginn der Rauschatmosphäre des Hitlerfaschismus. Seine geistige Heimat fand er im Finckschen Kabarett «Katakombe», «einem kleinen Herzchen im Kellergeschoß» des Berliner Künstlerhauses in der Bellevuestraße, wo neben anderen Akteuren die Sängerin Inge Bartsch auftrat. Entzückt von ihrer reizvollen Erscheinung, ihrem «fernen, unfaßbaren Fraulichen», das ihn rührt, aber auch etwas amüsiert, spricht der Dichter im Gedicht «Inge Bartsch», ihr gewidmet, jene prophetischen Worte aus.

Die antifaschistische Stimmung im bald verbotenen Lokal, die Tucholsky-Lieder, vielleicht das Dröhnen genagelter Schaftstiefel in den Straßen Berlins, hatten die Sinne des Dichters so geschärft, daß er ein Unheil kommen sah, ein Unheil, das auch die Sängerin Inge Bartsch treffen konnte, «etwa so: ‹sie ertrug nicht die stickigen Klammern des Regimes. Inge Bartsch, die Aktrice, nach dem Umsturz verschollen unter geheimnisvollen Umständen ...›» Ein solches Schicksal mußte tatsächlich eine Kollegin der Sängerin, Dora Gerson, erleiden, die von den Nazis in Auschwitz ermordet wurde.

Gemäß der Eigenart seiner Gedichte verband Gałczyński die phantasievolle Schwärmerei für den Liebreiz einer Frau mit der Brutalität der Vernichtung und des verwesenden Todes, um zum Schluß wieder zur Verehrung der Schönen zurückzukehren. Die Aussage ist so überzeugend real, daß man die Gestalten als lebendig empfindet. Sie sind es auch. Inge Bartsch lebt heute noch, eine ungewöhnliche Überraschung für alle, die das Poem des Dichters achten. Aber das erstaunlichste für mich selbst ist, Jutta kennt Inge Bartsch persönlich, diese ist eine Freundin ihrer Mutter.

Nach einjähriger Untätigkeit, aus der Lethargie herausgerissen, brach die angestaute Kraft durch und riß mich mit Vehemenz durch alle Zweige der Medizin. Alles andere um mich versank, blieb nur Nebensache. Es kam so plötzlich und unerhofft, daß es mich voll beglückte ... Von dieser Woge werde ich immer noch getragen, auch wenn sie bisweilen leiser schlägt ...

In der Osterzeit – ganz gleich, wo ich mich befand – war es Faust, den ich täglich bei mir trug. Im Sommer war es Rilke, im Herbst Mickiewicz' «Dziady» oder Słowackis «Anhelli». Ich nähere mich der Gegenwart: Jasnorzewska, Eva Strittmatter und vor kurzem Rotraud Wieland. Welche Frau würde es wagen, dieses aufzuschreiben ... «Wie konnten wir uns versäumen so lange?» ... Schon 1979 waren die Lieder in zweiter Auflage da, und ich fand sie durch göttlichen Zufall. Wo? – In einer kleinen Drogerie, in der Strandstraße, wo Ansichtskarten, Eimerchen und Schaufelchen, Sonnen- und Schuhcreme verkauft werden. Wenn man Glück hat, was selten geschieht, dann findet man «Geständnisse einer Suleika». Erdenschwere schwindet, und man glaubt, schweben zu können. Suleikas Gedichte sind voller Licht und Luft, Melodie und Farbe, heiter und ausgelassen und doch von kindlichem Ernst, der rührt, ohne zu erschüttern.

Nein, ich hatte mir ein völlig anderes Bild von der NVA-Ärztin gemacht. In meiner Vorstellung sah ich sie in Zivil, als vornehme Dame, in moderner Garderobe, etwas unnahbar. Und wie erlebte ich sie in Wirklichkeit beim überraschenden Besuch? Eine bescheidene, sportlich gekleidete Frau begrüßte mich ungezwungen, als ob wir uns schon jahrelang kannten. Die Kleidung, ein etwas strapazierter Pulli, Jeans, natürlich abgewetzt, und an den Füßen weiße bequeme Sportschuhe (jetzt Mode). Klug und einfach, ein voller Mensch. Vielleicht konnte ich mich noch an sie erinnern. Sie sich sicher an mich. Welche merkwürdigen Gefühle weckte diese Frau in mir. Gefühle zwischen Neugier, Sympathie und dem Reiz der Entdeckung. Sie war es, die in jener Nacht Jutta und mich beruhigte, als von unserem Soldaten, Georg, keine Nachricht kam.

Im Wintersemester 1956 gehörte sie an der Greifswalder Universität zu den ersten Studenten der neugegründeten Militärmedizinischen Sektion und stieß damals, wie viele andere Militärmediziner, auf die deutlich ablehnende Haltung ihrer Professoren und Dozenten.

Ablehnende Haltung? Manche Fehler wurden gemacht. Ist es nötig, nochmals darüber zu sprechen? Heute? Jahre sind vergangen.

Inzwischen hat sich alles zum Guten gewendet! Wir hätten Judith am liebsten umarmt …

Die Feier

Anfang Mai. Ein Tag wie jeder andere und doch davon verschieden, denn vor der Klinik sammeln sich zwischen parkenden Autos viele Gäste, Männer in dunklen Anzügen, Frauen in festlichen Gewändern. Barhäuptig, auf der

Treppe vor dem Klinikeingang, steht Professor Franke und begrüßt herzlich die Ankommenden. Frohe Gesichter schaffen eine erwartungsvolle Atmosphäre. Beim genauen Hinsehen überwiegen grau-, ja weißhaarige Köpfe, denen man die dahingeglittenen Jahre leicht ansehen kann. Es werden fünfzehn, zwanzig und fünfundzwanzig Jahre vergangen sein, seit sie, die ehemaligen Assistenten meiner Amtszeit zwischen 1953 und 1972, diese Stätte ihres ersten Wirkens verlassen haben.

Im Gewirr der schüttelnden Hände und freudigen Zurufe konnte man nicht sehen, nur ahnen, daß *er* auch dabei war, der kleine, schmächtige Professor Rudolf Schirmer, mit blitzender Brille, das schmale, blasse Gesicht von einem graumelierten Bart eingerahmt. Wieselartig lief er auf und ab, ohne uns zu beachten, um seinen Umzug von der nahen, um drei Ecken gelegenen Nicolaistraße gewissenhaft zu überwachen. Immer wieder blickte er hoch am imposanten neuen Gebäude seiner Augenheil-Anstalt 1887, die just mitten im ehemaligen Botanischen Garten der Königlichen Universität Greifswald endgültig Platz gefunden hatte – vor genau hundert Jahren. Wir verneigen uns vor Rudolf Schirmer.

Ihm galten auch die vielen anerkennenden Reden während der musikalisch umrahmten Feier und die leichte Ergriffenheit der Anwesenden bei Erinnerung an ihn und die Leiter dieses Hauses durch die Dauer eines ganzen Jahrhunderts. Und doch kann man weder ihm noch seinen Nachfolgern ganz gerecht werden. Was bewegte den schmächtigen Gelehrten, der sich mit ganzer Inbrunst der Ophthalmologie hingegeben hatte? Wie sah es in ihm, dem Menschen, aus? War er glücklich, ängstigte ihn nicht die große Aufgabe, dieses weitläufige Gebäude mit Geist und Leben zu erfüllen, und das nur mit einem einzigen Assistenten? War es ihm bestimmt, lange hier zu wirken? Vielleicht noch bis zum nahenden neuen Jahrhundert, also noch ganze dreizehn Jahre?

Doch ihm kamen Zweifel, sein Augenlicht wurde schlechter, eine schleichende, zunehmende Unschärfe des Bildes. Die Diagnose kannte er, hatte sie anfangs verheimlicht: degenerative Veränderung der Netzhaut bei Kurzsichtigkeit. Keine Aussicht auf Stillstand oder Besserung des Sehverfalls. Sein Amt wird er vorzeitig niederlegen müssen. Schweren Herzens schreibt er an die Fakultät: «... als mein Augenleiden mir die praktische Ausübung meines Berufes als Kliniker erschwerte ... finde ich es für meine Pflicht, um einen Nachfolger in der Direktion der Klinik zu bitten ... damit die hiesige medizinische Fakultät nicht geschädigt wird ...»

Dieses hatte Gewicht und machte ihm den Entschluß leichter. War es wirklich so?

«Ehe ich zu diesem letzten Entschluß gelangte, hatte ich in meinem Innern einen schweren, wenn auch kurzen Kampf durchzumachen.»

Eines konnte ihn aber trösten:

«... fühle mich zu besonderem Dank verpflichtet ... daß mein Sohn zu meinem Nachfolger vorgeschlagen wurde.»

Schirmer war entmutigt und vergrämt. Nur lustlos dankte er für die Auszeichnung, den «Orden Roter Adler III. Klasse», der ihm verliehen wurde, aber nicht direkt vom Minister:

«... Beehre ich mich ergebenst mein Dankschreiben ... einzureichen, indem ich um gütige Vermittlung bitte ... da ich ja durch Ew. Hochwohlgeborene Hand die Dekoration erhielt ...»

Das neue Jahrhundert sah den bescheidenen Gelehrten weder im Amt noch am Leben, aber es hatte Schirmer viel zu danken.

Mit welchen Hoffnungen und Vorstellungen kamen seine Nachfolger aus weit entfernten Universitäten hierher, um am Fach Ophthalmologie weiter zu wirken? Sie waren Schüler und wurden zu Lehrern für weitere Generationen von Augenärzten. Wurden sie als Meister ihren Aufgaben gerecht?

Verfolgt man die wissenschaftlichen Stammbäume der einzelnen Kollegen, so gelangt man über die ununterbrochenen Kettenglieder an den Anfang der Augenheilkunde, zum Beginn des 19. Jahrhunderts. Man selbst wird von der Geschichte gefangen, unbemerkt, wie die dahinziehenden Jahre von heimlich sich einschleichenden Zeichen eines betagten Lebens mit Runzeln, Kräfteschwund und friedsamer Zurückgezogenheit.

Und doch wirkte in mir der Stachel Neugier, um mich mit den ehemaligen Assistenten zu treffen, sie zu hören, mich an ihrem Lächeln zu erfreuen, vielleicht nur ihre Anwesenheit zu genießen. So geschah es auch. Man entdeckte die fachliche Zugehörigkeit, auch das Vergnügen am Zusammensein und einer Rückblende in die Vergangenheit. Unbeschwert begegneten wir uns, da es keine Über- noch Untergeordnetheit mehr gab, nur noch immer das scheue Verhalten der Jüngeren vor den Älteren.

Wir trafen uns mit Blicken, die in langes Betrachten übergingen und zu sagen schienen, erst heute haben wir uns richtig gesehen. Fazit:

Wir möchten uns in dieser Runde des öfteren treffen, solange wir noch am Leben sind. Das Vergangene soll uns nicht trennen, nein, zusammenschließen. Wir fürchten die Isolation, ein Kaspar-Hauser-Dasein.

Um weise zu werden, darf man sich heute nicht in die Wüste zurückziehen, sondern muß mit allen Sinnen die blitzartig auftauchenden und wieder verschwindenden Erkenntnisse aller Welt aufspüren und verwerten. Wir dürfen nie beim Gestrigen bleiben, denn Entwicklungen ereignen sich stoßweise und ortsungleich. Heute schon liegt eine Kluft zwischen Vergangenem und Gegenwärtigem, denn es kündigt sich bereits eine große Wende im politisch-gesellschaftlichen Leben an. Wir können nicht zurückbleiben, auch wir Mediziner nicht. Wir werden mitgerissen und treiben selbst an. Das neue Jahrtausend ruft zu weiteren Taten. Allein, wenn man an die neuesten medizinischen Bauten der Charité denkt, spürt man das Nahen des neuen Jahrtausends.

Alles das spornte mich an und ließ mir keine Ruhe – ich mußte die neue Augenklinik der Charité sehen, selbst wenn mir die Fahrt dahin beschwerlich sein sollte. Dann war es soweit. Ich betrat mit Jutta das Gelände und den weitläufigen Bau der Klinik. Professor Gliem erwartete uns bereits und übernahm persönlich die Führung. Gliem ist nicht nur der erste Direktor dieser neuen Klinik, sondern vor allem war er selbst Planer aller klinischen Einrichtungen und somit unserem historischen Rudolf Schirmer verwandt. In seiner bescheidenen Art gab er sich keinem Überschwang an Worten hin, sondern erklärte sachlich die Zweckmäßigkeit des Baues, die Anordnung der Räume, aber vor allem das Gewicht der neuesten wissenschaftlichen Geräte.

Jetzt verschlug es uns den Atem:

- Computer zur Umwandlung von Bildern in Zahlen, im Rechner weiter mathematisch zu analysieren.
- Die Computerperimetrie zur automatischen Gesichtsfeldbestimmung (zeitsparend und ungewöhnlich exakt)
- Automatische Verarbeitung elektrischer Ableitungen (Elektroretinogramm, Elektrookulogramm, und andere)
- Neueste Laser-Geräte (Argonlaser und Nd. YAG. Laser auch zur Endolaseranwendung)
- In Vorbereitung die Kernspintomographie ...

Das erstemal hatte ich das Gefühl, jetzt bist du überrumpelt und kannst nur noch bewundern, vertrauen und loben, aber selbst nicht mehr leiten und lenken. Du bist der stürmischen Entwicklung der ophthalmo-medizinischen Technik nun endgültig entglitten. Diese neue Augenklinik ist als Pfand für die weitere Entwicklung im sozialistischen Gesundheitswesen anzusehen.

Ich war überwältigt von dem Übermaß an Modernität,

die in eine glückliche Zukunft zu weisen vermag. Um aber diese wohldurchdachte Technik der neuzeitlichen Medizin zu beherrschen, müssen zukünftige Ärzte vom ersten Tage ihrer Ausbildung an mit den neuen Aufgaben vertraut gemacht werden. Nur so können sie den Umgang mit den Geräten erlernen und zur Perfektion bringen, um den Kranken zu dienen.

Denselben Eindruck der Zweckmäßigkeit vermittelten der Operations- und Patiententrakt, die unzähligen Räume der Assistenten, die poliklinischen Einrichtungen mit der Schielabteilung, die gesondert untergebracht sind. An alles war gedacht, an Patienten und den Mitarbeiterstab. Viel Raum, viel Licht, zweckmäßige Behaglichkeit zum Untersuchen, Behandeln und Heilen.

Unwillkürlich stellt sich die Reflexion zur alten Klinik in der Ziegelstraße ein. Besteht irgendeine geistige Verbindung zu beiden? Hier ist es ganz anders! Unter welchen Verhältnissen hatten wir vor vierzig Jahren dort gearbeitet? Ein harter Überlebenskampf!

Und plötzlich überkam mich ein Glücksgefühl. Ja es besteht eine feste geistige, wenn auch unsichtbare Verbindung. Durch den jetzigen Chef, Professor Gliem, der aus Greifswald von mir kam, durch seine Mitarbeiter, aber auch durch mich, den alten «Ziegeljaner». Unsere damaligen Phantasiepläne sind zur Wirklichkeit geworden!

Wird diese Wirklichkeit durch Einsatz modernster technischer Geräte die Hoffnung auf optimale Diagnose und Therapie unserer Patienten erfüllen? Bestehen nicht Bedenken, daß die Aussage dieser Apparate die Mentalität der Ärzte zu stark vom Humanitären der Kranken ablenken könnte?

Humanität und medizinische Technik! – Wie leicht kann die Technik von Laien und Ärzten selbst überbewertet werden oder zur reinen Polypragmasie – der Behandlung einer Krankheit nur mit Arzneimitteln – ausarten. Immer ist deshalb die Frage zu stellen: Was kann die Technik dem Kranken nützen, wann kann man ohne sie auskommen? Es besteht jedoch kein Zweifel, daß die Technik ein Hilfsmittel bleiben wird, das uns exaktere Ergebnisse und bisher noch nicht greifbare Resultate liefert unter Schonung des Untersuchten. Die automatischen technischen Aufzeichnungen können aber nicht das intime Gespräch und die körperliche Untersuchung des Hilfesuchenden ersetzen. Besitzt nicht jede empfindsame Arzt das geübte, stets wachsame Auge, das oft bereits aus kleinsten Anzeichen im Verhalten seines Patienten dessen Zustand erkennt und daraus den Fortgang einer Heilung abliest? Schon der geringste Wechsel der Stimme, der Laune, des Blickes, der Miene, der Gesten der Kranken geben dem Arzt Aufschluß über Wohl- oder Unwohlbefinden. Diese unersetzliche Fähigkeit darf durch den Einsatz technischer Apparaturen nicht verkümmern, denn sie ist und bleibt immer noch ein wichtiges Mittel, über das tüchtige Ärzte verfügen müssen, damit sie helfen und heilen können.

Was geschieht nun mit der alten Klinik? Ich weiß es nicht genau. Immer noch hänge ich an ihr. Am gleichen Tage konnte ich im Vorbeifahren durch eine Lücke eines Bauzauns zwischen riesigen Baukränen, umhüllt von Mörtelstaub und dem Getöse schwerster Technik, ein Zipfelchen von ihrem Klinkerbau erhaschen. – Alles nur für eine Spanne Zeit!

Über das Altwerden

Seitdem ich älter geworden bin, erkenne ich, daß nicht alles, was darüber geschrieben wird, der Wirklichkeit entspricht. Vielleicht muß sich ein jeder selbst dazu äußern, denn vom Alter weiß nur der etwas, der es erreicht hat.

Bei mir fing es damit an, daß ich im Aussehen meiner Mutter immer ähnlicher wurde. Mit dem fünfzigsten Lebensjahr fiel es mir auf. Zuerst sah ich es auf Fotos, später bemerkte ich es auch im Spiegel.

Wenn man älter wird, ob Mann oder Frau, sollte man am besten nicht mehr in den Spiegel sehen, denn mit den Jahren kann man sich im Spiegel kaum noch erkennen. Was ist aus dir geworden? – fragt man sich. Doch langsam gewöhnt man sich an den traurigen Anblick. Auch wenn man seine nackten Beine ansieht, wird man plötzlich an seine früheren Patienten, alte Männer und Frauen, erinnert, die in Krankenbetten lagen oder die man auf den Operationstisch brachte. Also, auch die Beine haben es abbekommen! Und die Haut, wie hat die sich verändert. Sie ist so glatt geworden wie Frauenhaut, natürlich von älteren Frauen.

Die Ähnlichkeit mit der Mutter hatte ihren Höhepunkt in meinem siebzigsten Jahr erreicht. Hinzu kam meine, im fünfundvierzigsten Lebensjahr aufgetretene Hypertonie und eine allmähliche Verdickung der Fingergelenke beider Hände. Noch vor der Emeritierung fiel mir nämlich auf, daß ich die feinen Operationsscherchen nicht mehr richtig halten konnte. Die Fingerkuppen faßten nicht mehr leicht die Scherenöffnungen. Das alles beruhigte mich aber wiederum, denn aus dieser Feststellung glaube ich auch die Langlebigkeit meiner Mutter mitgeerbt zu haben. Sie ist neunzig Jahre alt geworden und hat bis zum Tode ihren klaren Geist behalten.

Bei Selbstbeobachtungen meiner Bewegungen, meines Ganges, meiner manuellen Verrichtungen stelle ich fest, daß sie das Gehabe eines alten Mannes annehmen. Ich versuche sie immer noch zu korrigieren, kann es auch noch, allerdings nur für kurze Zeit. Man sieht, da ist eine deutliche Diskrepanz zwischen Wollen und Können. Noch sehen das die anderen nicht, aber ich bemerke es.

Ist das nicht eine Täuschung, lieber Freund? Denn bereits im Dezember vor sieben Jahren, wie hast du dich ungeschickt beim Einkaufen in Wolgast angestellt. Mit einemmal warst du von einer Schar junger Verkäuferinnen umringt, die gefällig und geschickt beim Einpacken halfen, als dir alles aus den Händen fiel. Was für ein Gefühl hattest du dabei? Ja, sicher, die Damen halfen einem tattrigen Opa, dem man helfen muß. Plötzlich fühlte ich mich alt.

Man wird alt, ohne es zu wollen, trotz kritischen Widerstandes. Beim Hantieren stoße ich oft an oder etwas um, was früher nur selten geschah. Im Zusammenhang mit abnehmender Gelenkigkeit kann ich heute auch nicht mehr so gut auf dem Fußboden sitzen wie früher, und das Aufstehen aus dieser Lage fällt schwerer.

Schlimm sind Selbstgespräche. Ja, man glaubt, davon wird man verschont. Darüber darf man nicht lachen. Ohne daß man es will, fängt man plötzlich an, besonders wenn man sich geärgert hat. Vielleicht ärgert man sich leichter und öfter als früher. Jutta kann das bestätigen. Das mit dem Schlaf im Alter stimmt nicht. Noch nie habe ich so gut und so viel geschlafen wie jetzt. Weniger Interesse werden die Leser den alltäglichen Alterserscheinungen entgegenbringen, dem allmählich verfallenden Gebiß oder der Haarpracht, die immer kümmerlicher den alten Kopf schmückt. Männer werden aber aufhorchen, wenn sie erfahren, daß die uns besonders auszeichnenden Funktionen intakt geblieben sind und die Erlebnisse auf diesem Gebiet tiefer und mächtiger werden.

Dieses wären die körperlichen Unzulänglichkeiten. Wie sieht es mit den geistigen und seelischen aus? Ein alter Mensch blickt zurück. Er selbst hat keine Zukunft, muß jedoch diese geistige Lücke ausfüllen. Er tut es in Gedanken an die Vergangenheit. Der Erinnerungsgehalt steigt so hoch in der Wertung, daß man ihn als einzige Realität ansieht. Die Erinnerungen werden «vergoldet», und je weiter sie zurückliegen, um so lebendiger werden sie. Man bedauert alles in der Jugend Versäumte. Der alte Mensch möchte deshalb viele Fragen stellen, doch er findet keinen mehr, der Antwort geben kann.

Manche Rentner, besonders Akademiker, werden nicht fertig mit ihrem «Ruhestand», ebenso auch zuvor ungewöhnlich Tätige mit weitreichender Verantwortung. Sie fühlen sich ausgestoßen, verbraucht, entmachtet und kommen sich unnütz vor. Ihre gesteigerte Empfindlichkeit läßt sie in allem nur Mißachtung sehen.

Auf diesen Zustand wird verschieden reagiert. Die einen ziehen sich zurück in den endgültigen Ruhestand, werden inaktiv, leiden und verkümmern. Andere versuchen noch mit müdem Hasten den «abfahrenden Zug» zu erreichen, bleiben aber zurück, werden dann zum leisen Gespött der Jungen. – Eine letzte Kategorie: diese wirft alles Vorhergehende radikal ab und beginnt ein neues Leben. Solche Menschen durchstehen am leichtesten die Krise des «Vergehens», denn neben vielen Nachteilen, die den alten Menschen betreffen, bringt dieser Lebensabschnitt auch eine Befreiung von Pflichten und eine Bereicherung durch neue Empfindungen, die man als Vorteile ansehen kann.

Seit meiner Emeritierung hat meine zweite Jugend begonnen. (Wie oft wird man das in späteren Lebensjahren wiederholen?) Man empfand ein köstliches Gefühl von Freiheit, Unverantwortlichkeit, das man in sich ausreifen lassen kann. Man entdeckte plötzlich ein neues Gefühl beim Anblick von Dingen des täglichen Lebens, die man bisher wenig beachtet hatte. Man war gerührt von kleinsten Lebewesen, die uns umgeben, oder von Blumen und Bäumen, von langsam dahinziehenden Wolken.

Während ich dieses schreibe, kann man mich noch keineswegs zur Seneszenz zählen. Meine Identität kann ich noch wie ein junger Mensch wahren, ich besitze die normale Anpassung an die Gegebenheiten und leide unter keinerlei Neurosen.

Die im siebzigsten Lebensjahr aufgenommene Beschäftigung mit Literatur, Poesie, sowie der Kontakt mit aktiven Schriftstellern versetzen mich in die Vorstellung, immer noch meine diesbezüglichen Kenntnisse erweitern zu können und dadurch zu einem geistigen Aufstieg zu gelangen. Der Medizin bin ich nicht ganz untreu geworden. Ich befasse mich mit der Geschichte der Augenheilkunde, insbesondere mit der unserer Augenklinik, und widme viel Zeit der Ophthalmopathologie.

Sicher, damals, als ich aus der Klinik ausschied, glaubte ich, mir würde das Brett unter den Füßen fortgerissen werden, und vorübergehend erfaßte mich ein Gefühl grenzenloser Leere. Und doch muß ich der Obrigkeit danken, daß sie mir mit fünfundsechzig Jahren das Skalpell aus der Hand genommen hat. Aber auch nach dem Meniereschen Anfall, der mich über Wochen und Monate meines physiologischen Gleichgewichts beraubte, fühlte ich keinerlei Veränderung meiner normalen geistigen und emotionalen Konstitution. Hätte mich damals ein Beobachter nur nach dem schwankenden und taumeligen Gang beurteilt, wäre er sicher zu dem trüben Schluß gelangt, diesem hinfälligen Greis nur noch eine kurze Lebensdauer zuzugestehen.

Im alten Menschen, ich muß es von mir sagen, leben die gleichen Launen, Sehnsüchte, Leidenschaften und Begierden. Ich bin keins von diesen Gefühlen losgeworden. Ich habe mich, wie erstaunlich es klingen mag, im Innern nicht verändert. Ich bin weder besser noch schlechter geworden. Oft muß ich mich fragen: Bist du überhaupt älter geworden? Richtig alt wird man erst, wenn uns ein Leiden, eine Krankheit oder ein Gebrechen alles genommen hat.

Das Geheimnis, im Alter nicht «alt zu werden», ist einfach: Man muß aktiv bleiben und sich unentbehrlich machen. Wichtig ist, sich die intellektuellen und emotionalen Interessen zu erhalten, dabei noch Ziele zu haben, um der Langeweile und Herabwürdigung zu entrinnen. Vielseitige Interessen beleben das Alter, und es geht dann lautlos vorüber.

Vielleicht gelingt es mir, eine bisher vernachlässigte Begabung zu entdecken, aus der unerwartete Möglichkeiten erwachsen. Die Aufzeichnungen zu meiner Biographie gehören wiederbelebend dazu.

Nun bin ich achtzig Jahre alt geworden und will geduldig aufs «Alter» warten!

Inhalt

Bildnachweis: Archiv des Autors (26); Archiv der Humboldt-Universität (1)
Reproduktionen: Dietz Verlag/Ewald

ISBN 3-373-00238-9

1. Auflage 1989
Lizenz-Nr. 400/71/89
LSV 7003
Lektor: Hans-Ulrich Schnuchel
Technischer Redakteur: Ingrid Welzer
Einband: Hans-Joachim Schauß
Typographie: Kerstin Vorwerk
Satz und Reproduktion:
Offizin Andersen Nexö, Graphischer Großbetrieb, Leipzig III/18/38
Druck: (52) Nationales Druckhaus,
Betrieb der VOB National
Buchbinderische Weiterverarbeitung:
Interdruck, Graphischer Großbetrieb, Leipzig
III/18/97
Best.-Nr. 6969204
01450